中州问学丛刊　刘志伟　主编

古典研习录

邵杰　著

图书在版编目(CIP)数据

古典研习录/邵杰著.--上海:上海古籍出版社,
2021.4
(中州问学丛刊)
ISBN 978-7-5325-9920-2

Ⅰ.①古… Ⅱ.①邵… Ⅲ.①中国文学-古典文学研
究-文集 Ⅳ.①I206.2-53

中国版本图书馆 CIP 数据核字(2021)第 057816 号

中州问学丛刊

古典研习录

邵杰 著

上海古籍出版社 出版发行

(上海瑞金二路 272 号 邮政编码 200020)

(1) 网址:www.guji.com.cn

(2) E-mail:guji1@guji.com.cn

(3) 易文网网址:www.ewen.co

启东市人民印刷有限公司印刷

开本 890×1240 1/32 印张 11.875 插页 2 字数 266,000
2021 年 4 月第 1 版 2021 年 4 月第 1 次印刷
印数:1—1,050

ISBN 978-7-5325-9920-2

Ⅰ·3547 定价:48.00 元

如有质量问题,请与承印公司联系

《中州问学丛刊》总序

河南之地,古称中州。"中"者,谓其地在四方之中,亦谓华夏文明,根本在兹。此亦中原、中土、中国之"中"也。故商起乎东,周兴于西,皆宅兹中国,以御天下。

难之者曰:先哲不有云乎,"四方上下曰宇,古往今来曰宙"。时空无限,今人任择一点,皆可斟定为"中",是则天下本无"中",孰谓不然?况以现代眼光观之,各族类欲以世界文化中心自命者,皆难免偏隘之讥;而中华地广,习俗多异,艺学之道,各具风华,固不能齐于一者也。今有丛刊之创,名以"中州问学",其义何在?

答云:"中"字古形,象立一帜在环中,谓有志于此,小子何敢?然中州厚土,生长圣贤,发育英雄,实华夏文明之渊薮;布德泽于四方,吹万类而有声,无以过也。敬邀贤达,会集同仁,承绪古德,以求日新,虽谓力薄,实有愿焉。

中州之学,源深流广,更仆难数。言其大者,烨烨生光。

河出图,洛出书,隐华夏之灵根。老聃默默,仲尼仆仆,建儒道之本义。孟轲见梁惠王也,曰仁义而已矣。庄周于无何有乡,述逍遥为至乐。玄奘幼梵,发雄愿于万里;二程思精,垂道统于千祀。诗而能圣,杜子美用情深切;文以称雄,韩昌黎发义高迈。清明上河,图岂能尽;东京繁华,梦之不休。前贤往哲,或生于斯,或游于斯,焕乎其有文章;时彦来俊,或居境内,或栖海外,乐否共谈学问!

然后可言"问学"之旨。

吾人所谓"问学",本乎《中庸》"君子尊德性而道问学"之义。探究历史玄奥,抉发前人精义,光大华夏传统,固吾辈之责。

然又不尽于此。

问者,疑也。有疑乃有问,有问乃有学。灵均问天,子长叩史,所以可贵。故前贤可绍,非谓复述陈言;精义待发,必与时事相接。

惟清季民初以还,中外之交流日密,而相得之乐固存,龃龉之处亦多。因思学分东西,地判南北,而天道人心,洁净精微,自有潜通。由中国观世界、由世界观中国,近年学人颇措意于此,良有以也。

因兹发愿筹划"中州问学丛刊"。论其宗旨,欲置中州之学于世界史、人类史之视域,取资四方,融铸众学,考镜源流,执古求变,深思未来。亦以此心力,接续河洛学脉,催生当代中州学术文化流派。

谨诚邀宿学同规蓝图,共襄盛事。

是为序。

刘志伟

2020 年仲夏于中州德容斋

稿　约

敬启者：

　　本丛刊崇尚思想创新而以文献为基、学术为本，兼顾学术普及，将涵盖人文社会科学及其与诸学科交融之领域等，研究内容包括：

　　"中州"本源文化、"圣贤""英雄"文化与"人类新轴心时代"；21世纪学术文化研究系统、学科发展体系重构；华夏文物考古、非物质文化遗产的保护及其与当代文学、艺术创作之融合；人文社会科学及其与诸学科交融领域的专题性原创研究及集成性文献整理；以文献实学为坚实基础的思想与学理研究；东西方学术、文化巨匠的访谈对话；海外汉学著作翻译、研究；思想史、学术史研究。

　　诚邀尊撰，以光大丛刊！

《中州问学丛刊》编委会

2020 年 8 月

目　　录

先秦两汉编

先秦"诗"的意涵变迁与"诗言志"的维度

"诗言志"被朱自清先生称为中国文学理论"开山的纲领"①。纵观历来关于"诗言志"的诸多阐释中,对"志"的解释最为集中。可以说,"志"的意义是"诗言志"研究的重心。闻一多先生曾对"志"作过解释:"一记忆,二记录,三怀抱,这三个意义正代表诗的发展途径上三个主要阶段。"②后来的诸多解释都是以此来进一步探讨或者深化。不过,到目前为止,多数论者似都忽略了"诗言志"中"诗"的具体意涵。"诗"的意涵在先秦每个时期有所不同,这种变迁归结于"诗言志"中,必然会形成不同的维度。欲明"诗言志"的内涵与张力,需关注"诗"的意义变化。毕竟,"诗"才是"诗言志"理论的主体。

"诗言志"最早见载于《尚书·尧典》③,而关于《尚书·尧典》

---

① 朱自清《诗言志辨》,广西师范大学出版社,2004年版,第3页。
② 闻一多《闻一多全集》,生活·读书·新知三联书店,1982年版,第185页。
③ "诗言志"见于今文《尧典》,古文《舜典》。关于《尚书》的今古文问题,可参看刘起釪的简要介绍。杨伯峻主编《经书浅谈》,中华书局,1984年版,第23—28页。

的产生年代则意见不一，并直接影响到对"诗言志"的理解。当然，文献记载一般标志着观念的定型，只是其下限。"诗言志"的由来，可能较为古老。如徐复观先生以为《尧典》是根据口头传说整理纪录的，并认为其必定成于孔子之前①。近年来随着地下资料的发现和学界研究的进展，尤其是上博简《孔子诗论》的面世，使多数论者倾向认为"诗言志"这一说法在春秋之时已普遍流行。至于其产生年代，目前仍有争论，综合比观，应以西周时期较为合理②。

本文即以西周为起点，分阶段梳理当时语境下"诗"的所指，然后再来讨论"志"以及"诗言志"的意义，这样或许可以减少一些纷纭杂乱，使问题相对清晰一些。

一

首先考察"诗"在西周时期的意涵。"诗"字未载于今日所见之甲骨文、金文。除了《尧典》，其最早出现应在《诗经》中：

　　《大雅·卷阿》："矢诗不多，维以遂歌。"③

---

①　徐复观《中国人性论史》（先秦篇），（台北）商务印书馆，1969年版，第589—590页。

②　张汝舟先生曾据中星度数，推《尧典》年代为西周中期。参其《二毋室古代天文历法论丛》，浙江古籍出版社，1987年版，第162—164页。王文生《"诗言志"——中国文学思想的最早纲领》（载《中国文哲研究集刊》第3期，台北"中研院"中国文哲研究所编，1993年）论证"诗言志"之说产生在西周中后期的公元前9世纪中叶。李山先生通过多方文献比参，亦提出《尧典》是西周中期的文献，为探讨"诗言志"提供有力的线索。参李山《〈尧典〉的写制年代》，《文学遗产》2014年第4期，第31—52页。

③　《毛诗正义》，影印《十三经注疏》，中华书局，1980年版，第547页。

　　《大雅·崧高》:"吉甫作诵,其诗孔硕,其风肆好,以赠申伯。"①

　　《小雅·巷伯》:"寺人孟子,作为此诗。凡百君子,敬而听之。"②

　　此数语曾被多数研究者认为是《诗经》言及诗篇创作者的例子。但这些貌似关涉创作者的语句显然也是《诗》文本的组成部分,以此直接得出整个文本的作者,恐非所宜。此处之"诗",并不完全等同于《诗》之篇章。不过,其与《诗》作息息相关,则无甚可疑。另外关于西周之"诗"的记载,较为可信者见于《国语·周语上》:"故天子听政,使公卿至于列士献诗,瞽献曲,史献书,师箴,瞍赋,矇诵,百工谏,庶人传语,近臣尽规,亲戚补察,瞽、史教诲,耆、艾修之,而后王斟酌焉,是以事行而不悖。"③此处之"诗",虽亦非等同于今本《诗》,但与《诗经》的形成紧密相关,而且内容应主于讽谏。有学者曾经论述道:"最初的'诗',是在指代能够规正人行的讽谏之辞的意义上使用的。"④可谓探源之论。由以上诸例,可知西周时期的"诗",无论是具体的作品还是整体的所指,尽管不一定与今本《诗》的内容完全一致,但都属于《诗》的体系范围。

　　当前有不少学者扩大"诗"的涵盖,认为上古时期,凡有韵之文

――――――――――

　　① 《毛诗正义》,影印《十三经注疏》,第567页。
　　② 《毛诗正义》,影印《十三经注疏》,第456页。
　　③ 上海师范大学古籍整理研究所校点《国语》,上海古籍出版社,1998年版,第9—10页。
　　④ 马银琴《两周诗史》,社会科学文献出版社,2006年版,第481页。

字皆为诗。如将《周易》爻辞作为"诗",并以之推论"诗言志"等诗学理论。爻辞的年代跨度较大,从有些部分的风貌来看,可能受到民间的影响,故而显示出比《颂》更流畅、用韵也更成熟的特点。但从根本上说,其是巫史文化的产物,与周民族克商之后的文化建设异途。王国维先生曾言:"殷周间之大变革,自其表言之,不过一姓一家之兴亡与都邑之移转;自其里言之,则旧制度废而新制度兴、旧文化废而新文化兴。"①陈来先生亦言:"周代所集大成而发展的'周礼''礼乐'显然早已超出宗教礼仪的范围。历史上所谓'周公制礼作乐'的礼乐,分明是指一套制度与文化的建构。"②《易》之爻辞虽颇具周人文化气质,但毕竟与周代"礼乐"文化属于两个体系,它不可能在当时被称为"诗"。而所谓的民间歌谣,亦往往被现代学者认定为"诗"。实际上,民间歌谣即便可以作为部分《风》诗的源头,甚至可能影响到某些《雅》诗,但如果没有被"采"以入"诗"的话,就只能自生自灭。因此,在当时,它亦不是"诗"。总之,将上古有韵之文字皆认定为"诗",是基于后设立场上的文体划分,并非当时"诗"的意涵。

《诗经》的成书年代跨度很大,概而言之:"《周颂》产生在西周初期,西周武、成、康王之时;《大雅》诗的大半产生于西周前半和宣王中兴期;《小雅》的诗产生于西周后期;《邦风》(《国风》)的诗则是东周时期收集的十五个国家和地区的民间诗篇。这个类序反映的是整个《诗》的发展史。"③那么,如果"诗言志"产生于西周的话,其"诗"应主要指涉《周颂》和部分《大雅》。而它们的出现,必定与周

---

①　王国维《观堂集林》(外二种),河北教育出版社,2001年版,第288页。

②　陈来《古代宗教与伦理——儒家思想的根源》,生活·读书·新知三联书店,1996年版,第225、247页。

③　濮茅左《〈孔子诗论〉简序解析》,《上博馆藏战国楚竹书研究》,上海书店出版社,2002年版,第26页。

初统治集团政治文化的需要紧密相连,可以说,"诗"的出现承载着一种新的使命,是为一种新的文化体系确立范本。

李春青先生认为:"《周颂》及所谓'正大雅'是《诗经》中最早成为官方话语的诗歌作品,其他作品,即'正小雅''二南''变风变雅'等作品,即使有些原初创作时间并不一定晚于'颂'与'正大雅',但是其进入官方话语系统的时间则肯定在它们之后。道理很简单:周人之所以将诗歌置于官方文化系统的重要地位上,乃是为了实际的政治需要,而为新的统治确立合法性依据是他们面临的首要政治任务。"①

显然,这里的"官方话语系统"包括"诗"的体系。也就是说,此时的"诗"最初是从政教功用角度"言志",言政教功用方面的"志"。而"诗"这个称谓的出现已带有这种功用的自觉,"诗"只有在这种功用意义上,才能成其为"诗"、称其为"诗"。因此,"诗"所言之"志"不会是个人情感方面的"志",而是代表一个部族整体的"志"。对于"志",诸多学者都有精警的考辨,不过"诗言志"语境中的"志",与从文字角度推演出的"志",内涵应有不同,它不能很严格地进行释义,但可以确定,此时的"诗言志"既是关于"诗"本体的言说,又有着国家政教文化方面的意义,二者是并生一体的。

二

春秋时期,"诗"的意涵有较大变化,不妨先考察孔子之前的状况。此时的"诗",多与"赋诗"和"引诗"等活动相关,相关记载见于

---

① 李春青《诗与意识形态》,北京大学出版社,2005年版,第87页。

《左传》和《国语》等书。从中不难看出：此时"诗"的涵盖比起西周来已有较大扩充，不仅有《颂》及《大雅》，还有《小雅》和部分的《国风》（《邦风》）。文献中出现的"诗"，基本笼括于定型的《诗》，即"诗三百"之中，所谓的"逸诗"，并不多见。而且此时的"诗"，出现了不同的呈现形态，一种与乐舞艺术相结合，表演性更强；一种则更关注文字，与乐舞剥离而行世①。前者主要用于贵族教育和相关礼仪需要，后者则多出现于自由度较大的场合。

在贵族教育和礼仪系统的"诗"，主要以《诗》为范本，是上古时期培养人才的重要精神资源。

> 乐正崇四术，立四教。顺先王《诗》《书》《礼》《乐》以造士。春秋教以《礼》《乐》，冬夏教以《诗》《书》。（《礼记·王制》）②

> 十有三年，学乐，诵《诗》，舞《勺》。成童，舞《象》，学射御。（《礼记·内则》）③

从中可知，"诗"是当时贵族阶层教育中不可缺少的一部分。此系统之"诗"所传达的精神，必定与周初统治者的政教文化建构理想相一致。不管其源自"采诗"还是"献诗"④，只要进入这个体

---

① 此处参考了王国维的说法，他提及《诗》家之诗与乐家之诗的区分。见其《汉以后所传周乐考》，《观堂集林》（外二种），河北教育出版社，2001年版，第71页。

② 《礼记正义》卷一三，影印《十三经注疏》，中华书局，1980年版，第1342页。

③ 《礼记正义》卷二八，影印《十三经注疏》，第1471页。

④ 献诗之说，已见前引之《国语》。采诗说，正式见于《汉书·食货志》："孟春之月，群居者将散，行人振木铎徇于路，以采诗，献之大师，比其音律，以闻于天子。"《汉书·艺文志》亦言："故古有采诗之官，王者所以观风俗，正得失，自考正也。"班固《汉书》，中华书局，1962年版，第1123、1703页。

系成为"诗",也就获得了这种一致性。则其所言之"志",必定是国家政教文化建设之组成部分,这种境况与西周相通,但显然更加完整、系统。

不过,这和用于外交和交际的"诗"显然处于不同层面。从当时贵族间"赋诗"和"引诗"的状况,可以得知,"诗"的应用已很广泛而且多数较为纯熟。在外交和交际的某些重要场合,"诗"是必需的交际工具。但这个层面的"诗"并非单纯作为先王之志的遗产出现,而是鲜活可用的话语资源。

如果我们将贵族教育和礼仪系统的"诗",称之为"诗"的本体层面(根据《古本竹书纪年》和《史记》等书所载,自成康以还,周王室已有衰落的迹象①。《礼记·郊特牲》载:"觐礼,天子不下堂而见诸侯。下堂而见诸侯,天子之失礼也。由夷王以下。"②《史记·卫康叔世家》亦曰:"顷侯厚赂周夷王,夷王命卫为侯。"③可见,西周中后期的礼乐制度已经开始松动。"赋诗"中若干贵族对于"诗"的本体意义已不甚了解④,可为旁证。但从整体来看,赋诗者与听诗者之间的交流并无窒碍,而这必须基于"诗"作为范本的权威性,

---

① 《古本竹书纪年》载:"十九年,天大曀,雉兔皆震,丧六师于汉。"见方诗铭、王修龄《古本竹书纪年辑证》,上海古籍出版社,1981 年版,第 43—44 页。《史记·周本纪》载:"昭王之时,王道微缺。昭王南巡狩不返,卒于江上。"见《史记》卷四,中华书局,1959年版,第 134 页。

② 《礼记正义》卷二五,影印《十三经注疏》,第 1447 页。

③ 《史记》卷三七,第 1591 页。

④ 《左传·襄公四年》:"穆叔如晋,报知武子之聘也,晋侯享之。金奏《肆夏》之三,不拜。工歌《文王》之三,又不拜。歌《鹿鸣》之三,三拜。韩献子使行人子员问之曰:'……吾子舍其大,而重拜其细,敢问何礼也?'对曰:'《三夏》,天子所以享元侯也,使臣弗敢与闻。《文王》,两军相见之礼也,使臣不敢及。《鹿鸣》,君所以嘉寡君也,敢不拜嘉?'。"见杨伯峻《春秋左传注》(修订本),中华书局,1990 年版,第 3 册,第 932—933 页。

故可称之为"诗"的本体层面)的话,那么,"赋诗"和"引诗"之类在外交和交际场合的应用便可归入工具性层面。或者说,前者是作为范本的本体意义上的"诗",而后者是从前者那里获取了资源和权利后一种工具意义上的"诗"。《左传·襄公二十七年》"诗以言志"①中的"诗"应属后者。

此时的"诗",显然已经减弱了教育系统中对于艺术表演性的追求,而更注重文字,确切地说,是文字的意义。而"赋诗""引诗"的活动,亦不再追求文字原初意义的复现,而是断章取义,合为己用。放弃对系统性、完整性的追求,往往意味着自由度的扩展和新义的出现。洪湛侯先生指出:"无论从言语引诗还是外交赋诗来看,都存在这样两个特点:一是断章取义,二是以诗为喻。"②从《左传》中出现的具体的例子来看,有些"赋诗"和"引诗"行为在"取义""为喻"时仍能遵照"诗"的本体内涵,有些则不然。不过有一点是相同的:都是来表达自己的"志"——既有关于邦国政治的,又有关于个人心曲的。这个层面上"诗"的"志"已然含有个人的情怀。

值得注意的是,这样的"志"在听诗者那里并没有多大的理解障碍,其传达与接受还相当的流畅。究其根由,除了有"诗"的范本意义为双方所遵守之外,恐怕还主要归结为双方对"诗"的重新认知已经公开的合理化。双方在工具性应用的层面上对本体层面之"诗"作出了重新理解和个人化阐释,而这样的理解和阐释,一旦在公共交际领域形成共识(这并不困难),又必然要影响到贵族阶层对于己身所受教育之"诗"的理解。"诗"在本体层面的意义必然因

---

① 杨伯峻《春秋左传注》(修订本),中华书局,1990年版,第3册,第1135页。
② 洪湛侯《诗经学史》(上),中华书局,2002年版,第59页。

此发生变化。另外,此时《国风》和《小雅》虽然进入了"诗"(此处指本体层面)的体系,但相当一部分的风貌特征却呈现出一种与《颂》和《大雅》所代表的国家政教文化不同的异质,或者说是,"异志"。这无疑会在一定程度上减弱"诗"在本体意义上作为范式的神圣性,从而使得这种理解更加理直气壮。

就是说,作为本体层面的"诗"在接受领域里已经不再单纯是一种关于国家政教文化的崇高话语体系。新的因素已潜入其中,那就是个人之情怀。当其进入工具性层面时,就会使得这种个人之"志"具有一定的本体意义。而两个层面间的互动又为这种本体意义提供了巩固和发展的条件。以此而论,此时的"诗言志"不管在何种意义上,肯定都已含个人之"志"。只不过,"诗"在教育及礼仪系统中,着重点仍然在国家政教文化,只是到了交际场合,个人之"志"才会逐步显露,散发光芒。

三

及至孔子,《诗》已经基本定型,"诗"的组成内容已等同于《诗》,尽管与今本《诗》的面貌还有些微的差异。上博简《孔子诗论》的出现,使我们更加确信这一点。《论语》中保留有孔子论《诗》的相关材料,可以获知,孔子在授徒过程中承继西周的贵族教育传统,依然重视"诗"的教育功能。不过,这种重视已经逐渐转移到文字意义方面,对于"诗"在本体层面的音乐性则逐渐剥离,将之归于专门之业,未多涉及。所谓"兴于诗,立于礼,成于乐","诗"在此处更多指向文字篇籍。这应该是春秋"礼崩乐坏"之际"诗"的重大变化。

　　另据孔子"不学《诗》,无以言""人而不为《周南》《召南》,其犹正面墙而立也与"等语①可知,《诗》在孔子那里仍有作为范本的本体意义。其对《诗》的整理(根据《论语》和《史记》的相关记载,孔子与《诗经》的关系有删诗、正乐之举,虽然真实性值得怀疑,但孔子对《诗》作过整理应属可信)亦可为证。只是孔子理解中《诗》的本体意义,指向已不单是国家政教文化的人才培养,而且加入了个体"人"的自我成长。

　　同时,在孔子这里,《诗》在教育系统中天然即具有政令交际的功能,学、用不相离。《论语·子路》载孔子之言曰:"诵《诗》三百,授之以政,不达;使于四方,不能专对;虽多,亦奚以为?"②可知《诗》的应用性已经由最初的偶然出现转变为"诗"的固有属性,这是春秋以来"赋诗""引诗"活动的必然结果,是实践应用对于观念认知的积极影响。基于这样的背景,孔子适时扩充了"诗"的指向,"小子何莫学夫《诗》?《诗》可以兴,可以观,可以群,可以怨。迩之事父,远之事君。多识于鸟兽草木之名"③。孔子在个人成长中凸显了《诗》在伦理道德层面的功能,从个体修养(识鸟、兽、草木之名)到家庭伦理(事父)再到社会生活(事君),都可以通过《诗》的浸润灌溉而受益。

　　这应该是孔子及早期儒家对于理想人格的设计的重要组成部分。曾子有言曰:"士不可以不弘毅,任重而道远。仁以为己任,不亦重乎? 死而后已,不亦远乎?"④余英时先生分析道:"这个'己'

----

① 《论语注疏》卷一六、一七,影印《十三经注疏》,中华书局,1980 年版,第 2522、2525 页。

② 《论语注疏》卷一三,影印《十三经注疏》,第 2507 页。

③ 《论语注疏》卷一七,影印《十三经注疏》,第 2525 页。

④ 《论语注疏》卷八,影印《十三经注疏》,第 2487 页。

字分明是指士的个体而言的。为了确切保证士的个体足以挑此重
担走此远路精神修养于是成为关键性的活动。……所以从孔子开
始,'修身'即成为知识分子的一个必要条件。'修身'最初源于古
代'礼'的传统,是外在的修饰,但孔子以后已转化为一种内在的道
德实践,其目的和效用则与重建政治社会秩序密不可分。"①因此,
要做到"达政""使于四方而专对",必须注重个体修养,而且思想上
要有达"仁"、成"仁"的觉悟。这与儒家"人能弘道"的自期是高度
一致的。以此而论,孔子所倡言的"诗",更着意在"修己以安百
姓"②。先是直接及于身家,之后是逐步扩展,最终指向国家政治
的理想化建构。这样的流程显示出儒家《诗》教的心理机制。

　　而此种机制的个人化立场,则显著地表现在《孔子诗论》中。
《孔子诗论》中不仅有《诗》及《邦风》《小夏》《大夏》《颂》的总论,还
有几十首具体诗篇的论析③。其中出现了不少与《论语》中论《诗》
旨趣不同的材料,这部分材料多从个人情志角度出发阐释《诗》
篇。可以说,此中之"诗"在作为本体的同时,已成为审美客体。与此相
通的,是《论语·为政》的记载:"诗三百,一言以蔽之,曰'思无
邪'。"④"思无邪"可理解为"诗三百"在审美客体的位置上获得的
本体性内涵。显然,来自心灵的"思"此时被体认为基础性因素,
"诗"与"思"之间取得了贯通。惟其如此,不管学界对于《孔子诗
论》"诗亡隐志"(为表述方便,暂写为此)的简文有多少种异读与解

---

①　余英时《士与中国文化》,上海人民出版社,2003 年版,第 110 页。

②　《论语注疏》卷一四,影印《十三经注疏》,第 2514 页。

③　马承源主编《上海博物馆藏战国楚竹书》(一),上海古籍出版社,2001 年版,第
121—161 页。

④　《论语注疏》卷二,影印《十三经注疏》,第 2461 页。

释，我们都可以说：在孔子这里，"诗"之"志"只有通过个人的情志才能彰显其本体意义，进而产生其政教伦理的意义。甚至更进一步说，此时所谓的"诗言志"其实就是己言志，并且是言己志。只不过这种"志"，不仅从属于个人，还关涉家国天下，是与儒家理想人格相匹配的心灵诉求。

四

孔子之后，尤其是战国时期，"诗"的意涵有了较大变化，且呈现出较为复杂的态势。此时之"诗"，除了指称《诗经》外，还指称一些韵语、习语。其中有些与《诗经》关系密切，概属于《诗》之体系，有些则无甚关联。如有研究者指出，上博简《子羔》有言舜"敏以好诗"[1]之语，此"诗"即与《诗经》无涉，而应理解为上古韵语作品。可知此时"诗"的涵盖在泛化。

这样的趋势，加重了时人对《诗》的规范性、权威性的渴求。《孟子·离娄下》："王者之迹熄则《诗》亡，《诗》亡然后《春秋》作。"[2]就是将《诗》直接连通到"王者之迹"，作为有周一代的政典。此种认知，不可避免地要将《诗》视为一种崇高的政教文化遗产和了解古人的桥梁。《孟子·万章下》云："以友天下之善士为未足，又尚论古之人。颂其诗，读其书，不知其人，可乎？是以论其世也，是尚友也。"[3]《诗》在此处亦代表着先人活动、业绩的结晶，要了解

---

① 郭永秉《说〈子羔〉简 4 的"敏以好诗"》，载复旦大学出土文献与古文字研究中心编《出土文献与古文字研究》第一辑，复旦大学出版社，2006 年版，第 330 页。

② 《孟子注疏》卷八，影印《十三经注疏》，中华书局，1980 年版，第 2727 页。

③ 《孟子注疏》卷一〇，影印《十三经注疏》，第 2746 页。

其中的"志",就要"知人论世",与当时的社会情境结合起来加以分析。而且,孟子已认识到《诗》之"志"有时并不被论者所知,所以需要确切的方法。其曰:"说《诗》者不以文害辞,不以辞害志,以意逆志,是为得之。"①这就要求接受者和阐释者,即"说诗者"既要充分尊重《诗》之"志",又要悉心体会,在自身下功夫。说明在孟子这里,"诗"之"志"尽管可以通过自己的"意"来逆知,但毕竟属于古人及古世,是一种自足的存在。

这种自足在《荀子》中得到了巩固和发展。《荀子·儒效》:"圣人也者,道之管也。天下之道管是矣,百王之道一是矣,故《诗》《书》《礼》《乐》之归是矣。《诗》言是,其志也……故《风》之所以为不逐者,取是以节之也;《小雅》之所以为小者,取是而文之也;《大雅》之所以为大者,取是而光之也;《颂》之所以为至者,取是而通之也:天下之道毕是矣。"②《诗》在此处显然成了体现圣人之道的典籍,《诗》所言之"志"被固定在天下之道、百王之道。此时的《诗》志充满了历史意味,是古圣先王之遗志。此种维护《诗》之崇高乃至神圣的观念,与孟子有相近之处,但显然比孟子走得更远。与此同时,《诗》的音乐性再度引起关注,但其意并非要恢复西周贵族教育体系的"诗"教特色,而是从音乐的社会功能角度对《诗》乐进行界定。《荀子·乐论》:"夫乐者,乐也,人情之所必不免也。……先王恶其乱也,故制《雅》《颂》之声以道之,使其声足以乐而不流……使夫邪污之气无有得接焉。"③乐的产生,来源于人的感情欲求,而后经过引导、节制才入了正途,与先王之道取得一致。那么,"《雅》《颂》之声"

---

① 《孟子注疏》卷九,影印《十三经注疏》,第 2735 页。
② (清)王先谦《荀子集解》卷四,中华书局,1988 年版,第 133—134 页。
③ (清)王先谦《荀子集解》卷一四,第 379 页。

无疑是先王之志的音乐表现。这与《儒效》所论,是相互映和的。

对于《诗》"志"历史性的强调,在战国诸子的著作中时有体现。《荀子》中即有"《诗》《书》故而不切""夫《诗》《书》《礼》《乐》之分,固非庸人之所知也"之语①,说明《诗》的精义已不容易领会,理解、阐释的难度在加大。此时的诸子,对于《诗》的态度已不如孔门儒家那样亲切有味。

值得关注的是,郭店简《语丛一》有语:"《诗》所以会古今之志也者。"②研究者指出,此句意谓"《诗》所表达的'志',贯通古今,亦即通过《诗》,古今之人志意得以相通"③。若果如此,可证时人在《诗》的历史性与阐释的难度面前仍然作出了相当努力,说明《诗》中之"志",在后世亦有适用性。这一方面暗示着《诗》作为一种文化遗产的鲜活,另一方面则提点出《诗》中之"志"具有一定普遍性和规律性,如此才能引发后人的共鸣与切身认同。《诗》在战国诸子著作中常被引用来增强论点的说服力,根源即此。庄子学派更进一步,将《诗》之"志"作为无乎不在的道术之体现。《庄子·天下》曰:"古之人其备乎!配神明,醇天地,育万物,和天下,泽及百姓,明于本数……其明而在数度者,旧法、世传之史尚多有之。其在于《诗》《书》礼乐者,邹鲁之士,搢绅先生,多能明之。《诗》以道志,《书》以道事,《礼》以道行,《乐》以道和,《易》以道阴阳,《春秋》以道名分。"④这种对《诗》"志"所作的哲学化认定,标示着《诗》

① (清)王先谦《荀子集解》卷一《劝学》、卷二《荣辱》,第14、69页。
② 李零《郭店楚简校读记》,北京大学出版社,2002年版,第160页。
③ 张玖清《从出土楚简看"诗言志"在先秦的发展》,《文化与诗学》2010年第1期,第195页。
④ 陈鼓应《庄子今注今译》(最新修订重排本),中华书局,2009年版,第908页。

"志"带有穿越时空的品质,可以成为笼括百代的思想体系。

另外,"诗"涵盖的泛化,也在一定程度上促进了"诗"在创作层面的自由度。《庄子·外物》言儒以诗礼发冢,引诗云:"青青之麦,生于陵陂,生不布施,死何含珠为?"①此处之诗,显然已非《诗》之体系,更没有先王之道等的维系。时人对于此类"诗"之发生虽未多言及,但据情境可以推知,此类诗与日常生活的关系应更为密切,可以由普通人进行创作。此类诗所表达的"志",其实就是社会个体的情感慨叹。"诗言志"的结构,于此有了重大调整的契机。《毛诗序》"诗者,志之所之也,在心为志,发言为诗"之语,就是在战国时期"诗"之涵盖泛化的基础上对于"诗"之本源的一种重新认定。后来的"诗缘情"说,亦可导源于此。

总体而言,此一时期对于《诗》的理解具有强烈的历史感和崇敬意味,《诗》不但代表着古圣先王之遗志,还标示着天下之道、百王之道,其中之"志",一方面是古人"陈迹",一方面又有现实的适用性。"诗言志"此时几乎成为返本之论,近于诗以载道的意思。而"诗"之指已越出《诗》的体系,孕育着后世"诗"源出个人情感的观念。

余　论

大体说来,自西周到战国时期,"诗"的意涵经历了不小的变迁,"诗言志"的涵义亦不断得到更新。大体说来,西周之"诗",基本属于《诗》的体系范围,此时的"诗言志"只对应于周民族的政教

---

① 陈鼓应《庄子今注今译》(最新修订重排本),第755页。

礼乐文化;春秋时期的"诗",内容增加,基本笼括于今本《诗》之中,且针对不同需要分出了本体层面和工具性层面,前者主要用于贵族教育体系,后者则见于"赋诗"和"引诗"活动。两个层面的互动,使得个人之"志"逐渐成为"诗言志"的重要组成;及至孔子,"诗"之内容已等同于《诗》,且多指向文字篇籍,个人情志已经内化为"诗言志"的质素,且从个人情志到家国天下,亦是儒家《诗》教的方向;孔子之后到战国时期,"诗"的意涵有所扩展,但仍以《诗》为绝对主体。此时的"诗",颇具历史意味,代表着古圣先王之道,"载道"成为"诗言志"的核心内容。而"诗"源自个体情感的观念亦在此时萌芽。

　　先秦时期的"诗言志",已具有多个思想维度,有些始终不曾改变,有些则逐渐泯灭。自战国时期开始,中国典籍中的"诗",越出《诗》的体系,逐渐分出两大系统:一是《诗》之系统;一是《诗》外之诗。这两大系统,在中国古典时期的目录中,亦判然两分。《汉书·艺文志》中即如此:《六艺略》有《诗》类,《诗赋略》有"歌诗"类。后世目录,多以前者为经,后者入集。在《诗》的系统中,"诗言志"多关涉政教伦理及社会功能;而在《诗》外之诗的系统中,"诗言志"获得了充足的理论张力和活力。此中既有共享"诗"名的歌诗、乐府诗、玄言诗、宫体诗等体式,又有不以"诗"称名的赋、词、曲等体式,"诗言志"的理论内涵,随着"诗"的变化,亦不断得到更新。"诗言志"能够成为中国诗学的元观念之一,与此紧密相关。而这一切都可在先秦时期寻绎到线索。了解先秦时期"诗"的意涵变迁及"诗言志"的维度,对于深入把握整个中国诗学及文学的思想脉络,具有重要价值。

　　　　　　(原载《文艺评论》2015年第6期,本次收录略有修订)

《周易·咸卦》意蕴发微

关于《周易》中的《咸》卦，历来解者纷纷。总体看来，主要有四种不同的说法：一是男女感应说。此说以《周易正义》为代表："此卦明人伦之始，夫妇之义，必须男女共相感应，方成夫妇。既相感应，乃得亨通。"①这个观点在传统经学中居于统治地位，几乎所有的经学著作都赞同或进一步阐述此说。

二是文王狱中受刑说。此说出自今人程石泉，他认为感应说是牵强附会的说法，"咸"是斩的意思，《咸》卦的本义是形容文王在狱中的苦况，有足拇之伤延及腓、股、脢、辅、颊、舌。因狱中丧失自由活动的机会，各项器官丧失了功能，无异于遭受伤残②。

三是出行之吉凶记录说。此说乃高亨先生的发明。其训"咸"为伤，认为"咸其拇"为小伤之象，"志在外"言志在外出也。"咸其腓"，伤其腓，是凶象，但居家不出，则吉。继而伤其股，伤其背，伤其腮与舌等。因此，爻辞似为一篇关于外出的吉凶占卜记录③。

四是男女恋爱之辞说。这种说法产生时代较晚，但影响极大，

---

① 《周易正义》卷四，影印《十三经注疏》，中华书局，1980年版，第46页。
② 程石泉《易辞新诠》，上海古籍出版社，2010年版，第98—100页。
③ 高亨《周易大传新注》，齐鲁书社，1980年版，第289—296页。

是目前学界的主流看法。这种说法之中又可大致分为两种：

一种是强调情感方面，如刘洪泽认为：卦形表示"男感女应，男止女悦，爱情专一，是阐明男女婚姻恋爱道德的卦"①。沈子复认为，在男女感应过程中，若能重视感情的交流，情感就会上升到一种较高的层次，即和谐②。

另一种是强调性爱方面，如李敖认为，此卦是"典型的性交卦。通卦不但点出性交前的局部动作，调情动作，并且最后还显示出是一种男方仰姿。这太有趣了"③。此说因与卦爻辞取得了直接对应，得到了不少人的认可。

关于文王狱中受刑说，大约是无据的悬想。据各项史料记载，文王囚禁于羑里，并推演出《周易》六十四卦。揆诸常理，他基本的物质待遇、人身安全应有保障，甚至有大量的空闲时间可供思考。再以今日河南安阳汤阴县的羑里遗址来参证，羑里虽为囚禁之所，但与后世监狱的构造并不相同。它其实是建筑在高台之上的几间房子，空间并不小，说明当时文王被囚期间的活动范围是较为充足的，而且四周很大范围内都极荒凉。这样构造建筑的结果是，人要逃出去很快就会被发现。如此情形下，长期被囚之人极易产生绝望的情绪。也就是说，文王被囚，主要是精神上的压抑，而不是身体器官的种种问题。况且《咸》的卦辞曰："亨，利贞，取女吉。"④若真是身体器官丧失功能，何以能"取女吉"呢？应该是取女伐命吧！因此，这个说法虽然有着新意，却不能令人信服。

---

①　刘洪泽《易卦通解》，学苑出版社，1990 年版，第 155—159 页。
②　沈子复《易经释疑》，学苑出版社，1990 年版，第 188—191 页。
③　李敖《中国性命研究》，中国友谊出版社，1993 年版，第 6—7 页。
④　《周易正义》卷四，影印《十三经注疏》，第 46 页。

至于高亨先生"出行之吉凶记录"的说法,着眼点其实在初六与六二的爻辞中"志在外""居吉"之语。若说外出有凶,居家为吉,那么,接连而有序地伤及足拇、腓、股、脢、辅、颊、舌等各项器官,显然有些超出常理。况且其与整个卦辞"亨,利贞,取女吉"并不相应,既然外出有凶,那么如何取女为吉呢!显然是自相矛盾了。所以,此说亦不足取。

其余两种说法,其实颇有关联。男女恋爱之辞说的根源还在男女感应说,只不过男女恋爱之辞说走得更远,更注重现代语境下的表达。不管是情感的契合还是身体的应谐,男女间的感应都是必要的。《象》曰:"咸,感也。"①可谓一语中的。但感应有多种情形,《咸》卦具体是哪种情形,还需细致地进行分析。

一般来说,卦辞代表着对每卦总体的认知。如果我们承认《周易》在最初有着占筮的性质与功能,那么,就应该能够体会出《咸》卦辞中"取女"是尚未发生之事。这一点,孔《疏》所言已相当明确:"此卦明人伦之始,夫妇之义,必须男女共相感应,方成夫妇。既相感应,乃得亨通。若以邪道相通,则凶害斯及,故利在贞正。既感通以正,即是婚媾之善,故云'咸亨利贞取女吉'也。"②这里的论述重心即在首句的"共相感应",此后的亨通、贞正、婚媾之善,皆是未然之事,都以男女共相感应为前提。从这个意义上说,此卦的感应并不属于夫妇之间,而是存在于夫妇之前,是未婚青年男女之间的相互感应。

那么,此处感应是否就是指性爱行为呢?以《周易》这部书在远古的性质而论,似乎不大可能如此露骨地来描写性爱。不过,爻

---

①② 《周易正义》卷四,影印《十三经注疏》,第46页。

辞中出现的多种身体部位、器官,似乎提供了证据。性爱说的持有者在对九四爻辞的解释上最为大胆。"憧憧往来"被解释为性爱过程中的回合,"朋从尔思"被解释为女方从心理上接受了男方。研究者们还援引大量性心理学的论著来阐述这一现象。这个说法颇能警动人心,却并不细密。

关于"憧憧",陆德明《释文》引王肃曰:"憧憧,往来不绝貌";引《广雅》曰:"往来也。"①可见,"憧憧往来"指的就是来来往往的状态。将之与性爱联系在一起,显然有些牵强,甚至滑稽。或以为,这是指男女之间的目光来往或心意来往②。若依此说,那么直接言"吉"即可,所谓的"贞吉,悔亡",就不可理解了! 重要的是,这种来来往往的状态归属于何人呢? 这无疑需要结合"朋从尔思"作出解答。

历来关于"朋从尔思"的意见分歧更大,多数人认为"朋"是指女方,这句话是对男方的告诫,意思是说:她就会遵从你的意思!问题是,"朋"字在古代几乎没有指代过女性,此处直接释为女性,极有可能是受到了现代语言表达习惯的影响。"朋",当即朋友。"从",历来皆解释为遵从,当无问题。"尔思",传统的解释直译过来就是:你的想法。也有说法认为,"尔""思"皆为语气词,并无实际意义。但典籍中尚未见有先例,况且《系辞下》里有段这样的话:

　　《易》曰:"憧憧往来,朋从尔思。"子曰:"天下何思何虑?
天下同归而殊途,一致而百虑,天下何思何虑? 日往则月来,

---

①　《周易正义》附《周易音义》,影印《十三经注疏》,第 101 页。
②　刘天中《〈周易·咸卦〉解》,《周易研究》1990 年第 1 期,第 29 页。

月往则日来，日月相推而明生焉。寒往则暑来，暑往则寒来，寒暑相推而岁成焉。往者屈也，来者信也，屈信相感而利生焉。……过此以往，未之或知也。"①

可见，《系辞》中"思"乃实词。既然思是实词，那么"尔"就必然指人而言，不可能是语气词了。况且，此段话中详细阐述了往与来，强调往来是自然之道，存在于万物之间，往来能带来好处。虽说是用"憧憧往来，朋从尔思"作了引子，但若反向逆推，则知"憧憧往来"是前提，"朋从尔思"是后果。这应该是专门针对男子的话语。

结合卦爻的占断性质，所谓的"朋从尔思"应该是尚未发生之事。至于"憧憧往来"，可能是已然之事，也可能是未然之事。若是前者，"朋从尔思"便是关于结果的预测；若是后者，其与"朋从尔思"便一道成了男方行动的指南。这样，此八字的意思就基本清楚了。"憧憧往来"指的就是男方的行动，无论是男方家族内部还是女方家族，都要加强往来，适当运作。如此才能够争取大多数的支持，此即"朋从尔思"。也只有这样，才能打消掉女方的顾虑，此即"悔亡"之意，通俗一点说，就是女方的顾虑得以消散。

那么，这个被不少研究者认为是描写激烈性爱的言辞其实与性爱无关，它充其量只是一种爱情策略。然而，爻辞中出现的多种身体部位、器官又该作何解释呢？《易》善取象，这些身体部位、器官只是象，爻辞仅是借身体为喻以呈现男女相感过程之循序渐进，并非实写男女间的调情与暧昧。

① 《周易正义》卷八，影印《十三经注疏》，第87页。

再来看《咸》卦的爻辞：

初六：咸其拇。

六二：咸其腓，凶，居吉。

九三：咸其股，执其随，往吝。

九四：贞吉，悔亡。憧憧来往，朋从而思。

九五：咸其脢，无悔。

上六：咸其辅、颊、舌。①

意思是较为显豁的：一对男女从情窦初开，到萌生爱意，然后是互相倾心，可是两人的未来并不确定，在此状态下，女方显然有些顾虑，这时男方积极行动，终于赢得广泛的支持，也最终赢得了女方的信任。两人的事情随即公开化，可以想见，下一步就是正式的婚礼事宜。

要之，《咸》卦所着重呈现的，应为爱情的生发、成长与归宿。这是一个美妙的渐进过程。它有灵魂的妙合，外化为身姿神态的微妙感应；它有爱情的温度和疑虑，又最终修入共度余生的婚姻之门。所谓"人伦之始"的《咸》卦，当作如是观。

（原载《洛阳师范学院学报》2015 年第 1 期）

---

① 《周易正义》卷四，影印《十三经注疏》，第 47 页。

《列子》引《诗》的年代及其意义

今本《列子》八篇,引用典籍数量不多,其中明确引《诗》仅有一处,见载第四篇《仲尼》之中,其文如下:

> 尧治天下五十年,不知天下治欤,不治欤? 不知亿兆之愿戴己欤,不愿戴己欤? 顾问左右,左右不知。问外朝,外朝不知。问在野,在野不知。尧乃微服游于康衢,闻儿童谣曰:"立我蒸民,莫匪尔极。不识不知,顺帝之则。"尧喜,问曰:"谁教尔为此言?"童儿曰:"我闻之大夫。"问大夫,大夫曰:"古诗也。"尧还宫,召舜,因禅以天下。舜不辞而受之。①

此处童谣,唐宋以下诸多典籍皆有著录。影响尤大者,如宋郭茂倩《乐府诗集》将此谣列入"杂歌谣辞",题为《尧时康衢童谣》②。后世诸多载录皆法此而题名。此谣亦见今本《诗经》,"立我烝民,莫匪尔极",见《周颂·思文》;"不识不知,顺帝之则",见《大雅·皇矣》。已有学者结合先秦典籍引述情况,论证此谣乃《列子》作者组

---

① 杨伯峻《列子集释》,中华书局,2013年版,第149—150页。
② (宋)郭茂倩《乐府诗集》卷八八,中华书局,1979年版,第1231页。

合《诗》句而托名于圣王,实属伪作①。以事实层面之误,来论述典籍真伪问题,属于学界流行操作。然古书情况复杂,真伪之外,或可有别种角度与意蕴。故笔者不揣谫陋,草就此文,以求教于方家。

一、材料的产生年代

以目前中国文学史的常识来看,殷商之文字尚嫌简质,早先的尧舜时代应不太可能产生如此整齐的四言诗。若参照保留尧舜事迹最为近古的《尚书·尧典》《舜典》等记载,尧舜时期的文学尚无确切的踪迹可寻,即或有四言之诗,一直传承入《诗经》且分隶两诗的可能性亦极小。故《列子》此处童谣很可能来源于《诗》,具体年代当细致分析。

《大雅·皇矣》中屡言"帝谓文王",当是设言天帝语文王之辞,其中"不识不知,顺帝之则",毛《传》并未直接解释,郑《笺》云:"其为人不识古,不知今,顺天之法而行之者。"②本来意思显豁,孔《疏》则以为二者相异,释毛曰:"不待问而自识,不由学而自知。其所动作,常顺天之法则。"释郑曰:"其为人不记识古事,不学知今事,常顺天之法而行之。……此不识古不知今为美者,言其意在笃诚,动顺天法,不待知今识古,比校乃行耳。不谓人不须知古今也。"③《左传》襄公三十一年亦引此诗,孔《疏》释言近似:"'不识不知',谓不妄斟酌以为识知,唯顺天之法则。"④此种力图调和的解

---

① 周海平《"康衢童谣"考析》,《北京大学学报》2005 年第 2 期,第 156—157 页。
② 《毛诗正义》卷一六,影印《十三经注疏》,中华书局,1980 年版,第 522 页。
③ 《毛诗正义》卷一六,影印《十三经注疏》,第 522 页。
④ 《春秋左传正义》卷四〇,影印《十三经注疏》,中华书局,1980 年版,第 2016 页。

释，显然将"不识不知"植入了逻辑前提：文王自识自知而不待外求。这大约是为了维护文王的圣王形象，也可能是受到了道家思想的影响。

清儒马瑞辰考察东汉高诱注《吕氏春秋》《淮南子》时，曾数引《皇矣》此句来证"不谋而当，不虑而得"等言辞，认为《诗》句意谓"生而知之，无待于识古知今"①。王先谦亦赞同此说，并将早期典籍中引述此句者，悉数归为三家《诗》说②。实则典籍引《诗》，并非严格遵照《诗》之原有语境，据以划分《诗》学派别，逻辑上存在缺失③。高诱注往往取《诗》句为己用，据以反推《诗》义，于理亦恐有失；但其与道家著述的互参，似乎影响到了《诗》注，孔《疏》所论，或即此类。若《皇矣》中文王果然"生而知之"，何须天帝屡屡告知行动方针，乃至有"与尔临冲，以伐崇墉"之类的直接指示？比推诗义，可知此处是天帝对文王的嘱托，即不必识知，顺应天帝旨意即可。"不识不知"应是一种角色要求，不是本体状态，孔《疏》而下多牵合文王自身而言，似显迂曲。

《列子》此条言尧不知自身治政效果，出游闻童谣而喜，可知此谣实际上是对其治政的正面评价。《周颂·思文》言"立我烝民，莫匪尔极"，意在赞颂周之始祖后稷发展农业以养育民众的功德；《列子》此处所言，义应相近，是对尧之治功的颂扬。随后之"不识不知"，若理解为承前之句，应指尧的本体状态，异于《皇矣》中出自天帝的要求，而与道家不求外知的思想较为一致。此下"顺帝之则"自可循《诗》释为遵守天帝的法则。但尧遍问左右朝野，欲知治政

---

①　(清)马瑞辰《毛诗传笺通释》，中华书局，1989年版，第853页。
②　(清)王先谦《诗三家义集疏》，中华书局，1987年版，第859页。
③　刘立志《汉代〈诗经〉学史论》，中华书局，2007年版，第160—161页。

效果及百姓是否爱戴自己,则与道家之"不知"理致迥异;其闻谣而喜之情状,与此"不知"亦存在偏差。所以,此处之"不识不知"应区别开前句,理解为朝野诸人对治政效果的"不知"。若此时仍将"帝"释为天帝,则此句似无涉于尧之治政。唯有将"帝"理解为尧,指天下皆遵从尧的规则,才能真正凸显尧治天下的功绩,使尧的疑问终获解答,并触动其心思,产生喜悦之情。文本逻辑,于此方可合理贯通。此种解释,显然已与《诗经》同句所指完全不同。

据研究,《诗经》中出现的"帝",均具有至高无上的神明属性;至于君主,《诗经》中只称"王""后""天子"[1]。"帝"用来指称人间的统治者,渊源较早,《逸周书》及《左传》《国语》中均有"黄帝"之称,但其盛行于世,当始于战国中后期时期"五帝"之名的出现,《荀子》《庄子》《吕氏春秋》等典籍中均有"五帝",虽然所指并非完全一致[2]。此种观念亦映现在战国后期的政治实践中。据《史记·秦本纪》记载,秦昭襄王十九年(公元前 300 年),秦王称西帝,齐愍王称东帝[3]。后来两家虽自去帝号而复称王,但其称帝之行,已足以展现出一种超越性的意图,即在当时各国均已称王的背景下,借天帝之名来指称人间君主,以凸显更为尊崇的地位。后来嬴政初并天下,臣属认为其功绩"自上古以来未尝有,五帝所不及",建议上尊号为"泰皇",嬴政曰:"去'泰',著'皇',采上古'帝'位号,号曰'皇帝'。"[4]不满足于既有成号而自称"皇帝",无疑是充满霸气的

---

① 蒋立甫《〈诗经〉中"天""帝"名义述考》,《安徽师大学报》1995 年第 4 期,第437 页。

② 刘全志《先秦话语中黄帝身份的衍生及相关文献形成》,《中国社会科学》2015年第 11 期,第 188—190、198 页。

③ 《史记》卷五,中华书局,1959 年版,第 212 页。

④ 《史记》卷六,第 236 页。

自我设定。其在多大程度上受到了战国以来观念的影响，目前还不易获知，但此种称谓已明确表露出其凌越圣王、直通天帝的野心。如果说司马迁于《史记》立《五帝本纪》，是承战国以来"五帝"话语系统之余绪，那么，书中西汉天子称"帝"，则显然受到了秦始皇的影响。后世之帝，往往成为皇帝的简称。反观《列子》此处引述，以尧为"帝"，可知其思想观念不会早于战国中后期，材料的产生年代亦不可能更早。其中的歌谣，可以确定是源自《诗》。

《列子》此处出现的"儿童"，有学者论证其为晚汉以降词汇，并以此则材料佐证《列子》之为晋人伪作的说法[1]。实则古籍的定型年代，与其产生年代并不完全一致。古典时期的"伪书"，未必全是有意的伪造，其词语、文字的年代或许较晚，但其主体思想则可能是较早的产物。以《列子》此条材料而论，其最终定型或不早于东汉末期，但其中流露的思想意识，则非汉代的产物。

此处之尧，听到童谣即直接禅让天下，而舜不加辞让即接受之。这种随意的政治交接，虽颇合道家著述中的圣王形象，但与史实显然不合，尤其与《尚书·尧典》中"女于时，观厥刑于二女"等政治考察[2]，存在根本性差异。清儒俞樾据《列子》此处"舜不辞而受之"，论证《尚书·尧典》中"舜让于德弗嗣"（见于今本《舜典》，俞氏以今文家立场言之）为"舜攘于德弗辞"，认为"舜无得天下之心，而天下自来，是其取天下也、以德取之也。……赖《列子》此言可以见《尚书》之古义"[3]。其言显未深察《尚书》中尧舜禅让之事迹，而将

---

①　王东、罗明月《〈列子〉撰写时代考——从词汇史角度所作的几点补证》，《西南交通大学学报》，2009年第6期，第5—6页。

②　《尚书正义》卷二，影印《十三经注疏》，中华书局，1980年版，第123页。

③　（清）俞樾《诸子平议》卷一六，中华书局，1954年版，第315—316页。

《列子》与《尚书》轻率通约,忽略了《列子》的道家著述性质。

众所周知,汉代思想史中,尧舜具有特殊意义。汉人在初期的彷徨后,选定尧作为汉家先祖,"汉为尧后"的思想观念在西汉中期以后逐渐盛行,成为全社会的普遍认知①。王莽后来自称舜帝后裔,以尧舜禅让为成法,逼迫汉室禅让皇位,实际上是对此种思想观念的政治利用。汉代士人文字中,亦常出现"五帝三王"的记载,如刘向曾上疏建议成帝:"宜弘汉家之德,崇刘氏之美,光昭五帝三王。"②是希冀汉德可与"五帝""三王"相辉映。"五帝""三王",已成为衡量历代帝王德业的极高标准。又如扬雄在《剧秦美新》的《序》中赞扬王莽"配五帝,冠三王"③,可见其心中对于王莽的定位是超越三代、德配五帝的。东汉在意识形态上,自觉承续了前汉的多种思想资源,包括"汉为尧后"的观念。不过,由于王莽的原因,东汉之初对其追祖的虞舜,似乎有所回避。如班固所作《典引》,屡屡称及唐尧,而不再尧舜并提,显然是忌惮于王莽之事。以此观之,《列子》此处关于"尧舜禅让"的描写,应不可能出现于两汉时期。汉代之后,包含尧舜在内的"五帝"作为圣君的形象已经深入人心,亦不可能产生此种思想倾向。

从另一角度言之,汉代以降士人群体的知识体系中,包括尧舜在内的古圣先王之道主要存留于先代典籍尤其是"六经"之中,如《汉书·儒林传》所言:"六艺者,王教之典籍,先圣所以明天道,正人伦,致至治之成法也。"④足见当时士人的治政理想,基点即是

---

① 顾颉刚《五德终始说下的政治和历史》,《古史辩》第 5 册,上海古籍出版社,1982 年版,第 492—508 页。

② 《汉书》卷三六,中华书局,1962 年版,第 1956 页。

③ (南朝梁)萧统编,(唐)李善注《文选》卷四八,中华书局,1977 年版,第 678 页。

④ 《汉书》卷八八,第 3589 页。

六经为主的典籍。在经历了春秋战国时期"天子失官,学在四夷"的尴尬与秦代"焚书坑儒"的严酷之后,汉代士人及其奋力投入的经学开始走出困境,并逐步受到重视,成为官方学术的主体。经学的复振,带来的是全社会对于经典的重视,以及对于古圣先王之道的尊重和仰慕。这样的思想文化倾向,不可能催生出经典之外关于圣王的异质性述说。所以,《列子》此条材料的产生,只能在汉代以前。结合前文分析,其所产生的年代,应在思想较为自由的战国,极有可能在战国中后期,与列子生活的时代应相距不远。

二、《列子》的年代层级

当然,《列子》此条材料未产生于汉代,并不意味着汉代没有此类文献。若在此之前,这些文献即已产生,至汉代才在公共知识领域出现,虽可视为出自汉人之手,却并不能作为汉人思想的产物。如《韩诗外传》《说苑》等典籍中都留存有若干嘲弄古代圣贤的材料,但基本都是杂采先秦故事的结果,并不能代表汉人的观念。《列子》引《诗》的材料,亦应作如是观。

实际上,任何时代的文献都存在两大分野:一类是其时存在的前代文献;一类是时人自身创制的文献。当然,也存在两者兼具的情况。如《汉书》,有些篇章为班固独创,有些则全取《史记》。至于前代文献的存在形态,也较为复杂,既包括旧有形态的传承与整理,也包括全新形态的诞生与铸造。两者虽有大致界限,亦时常有所交融。如西汉《诗》类文献,既包含零星流传下来的先秦文本,又包含口头传承至汉代而形诸文本的部分。《汉书·艺文志》曰:"凡三百五篇,遭秦而全者,以其讽诵,不独在竹帛故也。"①即充分说明了文献新旧形态的交融对于典籍完整度的重要意义。如果充分考虑此种意义,文献的形成年代势必应作更为细致的区分,至少应包括四个层级:一、产生年代;二、记录年代;三、成型年代;四、定型年代。当然,每个层级内部,还可依据具体情况作出更为细致的划分;不少文献也存在年代层级合一的情况。但不同层级间的修整与变异,必须突破单一的年代观念才能更为深入的考察并清晰获知。

产生与记录的年代差异,在早期文献尤其是具体篇章中,较为常见,不难理解。成型与定型的区分,则主要着眼于整部典籍的面貌,需要略作阐述。典籍成型最重要的标志,应是文本的组合及其表现出的一致性。组合决定面貌,一致性则是典籍义例的核心质素。古典时期不少典籍往往有多次成型,有些是同一时间段的各自成型,有些则是初次成型后有所变动的再次成型,其间文本面貌和义例往往会随之产生差异。从这个意义上讲,定型必然伴随着成型。

但定型不同于成型的要素,主要应是文本面貌和义例在公共领域的稳定。成型阶段的典籍,并不一定具备公共性,即或有之,也无法在此基础上形成长期的稳定性;而定型阶段的典籍,必然也必须展现在公共领域,并在其中展现出强烈的稳定性,如此才能充分展现典籍的公共形象,获得公共认可,进而形塑关于典籍的通行性认识。当然,成型与定型,都是后设立场的观察与判断。若置诸当时,每次成型或许都可以是定型,至少含有定型的意味;而站在

———————

① 《汉书》卷三〇,第 1708 页。

后设立场,成型只意味着暂时的稳定,仍具有某种程度的开放性。以此而言,定型往往是成型阶段的终结。需要注意的是,这种终结并不意味着成型阶段的典籍文本就此消亡。

在典籍定型之后,文本面貌和义例可能仍会出现一些改变。典籍的公共形象,在最初定型后,逐步获得了自足的完整性;而新的改变则往往意味着典籍公共形象的整合、增添乃至重塑。与成型阶段不同,定型阶段的改变一般都以最初定型的状态为基准或依归,如典籍亡佚之后被重新辑佚的残本,仍力图按照原本义例来排列。这个过程甚至可能会参考和吸纳典籍成型阶段的某些文本特征,但不会就此造成全局性的影响。因此,确定典籍的定型年代,需要考虑并注意区分通行性认识的主要依据和现存可见的直接来源。

以《列子》言之,今日通行八卷本的祖本,由晋代张湛完成。张湛《列子序》曾言及所据的三个残本,分别是家藏本三卷、刘陶藏本四卷、赵季子藏本六卷,"参校有无,始得全备"[1]。说明张湛此时虽未有全备之本,但知晓其基本情况。所谓全备之本,应即《列子》之定型状态。《汉书·艺文志》明确著录"《列子》八篇"[2],刘向《列子新书目录》(清代以来颇有怀疑此篇伪者,今人已有辩驳[3])载:"所校中书《列子》五篇,臣向谨与长社尉臣参校雠太常书三篇,太史书四篇,臣向书六篇,臣参书二篇,内外书凡二十篇,以校除复重十二篇,定著八篇。中书多,外书少。章乱布在诸篇中。或字误,以尽为进,以贤为形,如此者众。及在新书有栈,校雠从中书已定,

①　(晋)张湛《列子序》,杨伯峻《列子集释》附录,第293页。
②　《汉书》卷三〇,第1730页。
③　马达《刘向〈列子叙录〉非伪作》,《河南大学学报》2000年第1期,第90—94页。

皆以杀青，书可缮写。"①其所校定八篇，正可对应《汉书·艺文志》所载，应即《列子》之定型。而在此之前，《列子》显然已有多种成型的文本，成型年代皆不晚于刘向校书之时。刘向所做的工作，就是将成型之书进一步整理为定型之书②。

据刘向所述，其参考的成型本《列子》至少有五种，各家的文本表现不甚一致，除了篇数、章节、文字的差异，篇目的不同亦可推知。刘向在书录中已明确提到"《穆王》《汤问》二篇""《力命》篇""《杨子》之篇"③，而据《列子释文》，《周穆王》"一曰化本"，《仲尼》"一曰极智"，《杨朱》"一曰达生"④，说明在《列子》定型之后，亦有篇目相异的本子存世。因刘向代表官方校定《列子》后，相关篇目不太可能发生完全的讹变，故这些篇目相异的本子，应自西汉前中期流传而来，保留着《列子》成型阶段的风貌。其中以《达生》为篇名者，很可能意味着，《列子》在成型阶段曾与《庄子》文本发生纠葛。今本《列子》与《庄子》复见之内容，或可资证。

典籍成型阶段多种文本的相异，显然与先秦古书以单篇流传的方式有关。余嘉锡先生曾有论说："古人著书，既多单篇别行，不自编次，则其本多寡不同。加以暴秦焚书，图籍散乱，老屋坏壁，久

---

① （汉）刘向《列子新书目录》，杨伯峻《列子集释》附录，第291—292页。

② 有学者将刘向校书视为早期文献由"开放性"文本向"闭合性"文本过渡的主要转折点，见徐建委《战国秦汉间的"公共素材"与周秦汉文学史叙事》，《中山大学学报》2012年第6期，第7—8页。关于此种转折更为精深的论述，可参徐建委《周秦汉文学研究中的〈汉志〉主义及其超越》，《文学遗产》2017年第2期。

③ （汉）刘向《列子新书目录》，杨伯峻《列子集释》附录，第292页。

④ （唐）殷敬顺撰、（宋）陈景元补遗《冲虚至德真经释文》，《丛书集成初编》本，中华书局，1985年版，第22、27、49页。

无全书,故有以数篇为一本者,有以数十篇为一本者,此有彼无,纷然不一。分之则残阙,合之则复重。"①此种情形下,不同本子中相同篇章内容的相异,实为合理的常见现象。而在各本内部,不同篇章中相关内容的复见,亦可能属于典籍成型阶段的文本特征。《列子》有一段内容分别见于今本《黄帝》与《仲尼》两篇:

> 列子师老商氏,友伯高子;进二子之道,乘风而归。尹生闻之,从列子居……列子曰:"……姬!将告汝所学于夫子者矣。自吾之事夫子友若人也,三年之后,心不敢念是非,口不敢言利害,始得夫子一眄而已。五年之后,心庚念是非,口庚言利害,夫子始一解颜而笑。七年之后,从心之所念,庚无是非;从口之所言,庚无利害,夫子始一引吾并席而坐。九年之后,横心之所念,横口之所言,亦不知我之是非利害欤,亦不知彼之是非利害欤;亦不知夫子之为我师,若人之为我友:内外进矣。而后眼如耳,耳如鼻,鼻如口,无不同也。心凝形释,骨肉都融;不觉形之所倚,足之所履,随风东西,犹木叶干壳。竟不知风乘我邪? 我乘风乎?"(《列子·黄帝》)②

> 子列子学也,三年之后,心不敢念是非,口不敢言利害,始得老商一眄而已。五年之后,心更念是非,口更言利害,老商始一解颜而笑。七年之后,从心之所念,更无是非;从口之所言,更无利害。夫子始一引吾并席而坐。九年之后,

---

① 余嘉锡《古书通例》,上海古籍出版社,1985 年版,第 103 页。
② 杨伯峻《列子集释》,第 48—50 页。

横心之所念,横口之所言,亦不知我之是非利害欤,亦不知彼之是非利害欤,外内进矣。而后眼如耳,耳如鼻,鼻如口,口无不同。心凝形释,骨肉都融;不觉形之所倚,足之所履,心之所念,言之所藏。如斯而已。则理无所隐矣。(《列子·仲尼》)①

前者为对话体,故有"吾"称;后者为记叙体,却仍用"吾",令人疑惑。王重民先生即认为:"'吾'字当衍……此篇既改为作者所述之言,而著'吾'字,则不可通矣。"②但除"吾"之外,"我""彼"二者亦存两篇,可知后者在文字上实袭自前者,虽有称谓及字句之改写,如改"夫子"为"老商",改假借之"庚"为本字"更",但主干内容并无不同。张湛于后者注曰:"《黄帝》篇已有此章,释之详矣。所以重出者,先明得性之极,则乘变化而无穷;后明顺心之理,则无幽而不照。二章双出,各有攸趣,可不察哉?"③可见张湛也意识到了二者的重复,但他并未删改,还力辩其别,说明其所据之本中,此条材料即为两出。揆诸常理,此种现象在刘向校定本《列子》中,应不太可能出现;张湛所见,应出自刘向校定之前所谓"章乱布在诸篇中"的本子,含有《列子》成型阶段的特征。

成型阶段各家文本的不同,实际上标示着,《列子》形诸文本不是一次性的,并没有一个共同的祖本;《列子》中诸多材料的记录,具有多源性。不同篇章中内容的复见,亦与此种特性密切相关。另外较明显的例证,是人称的相异。如《列子》中既称"子列子",又

---

① 杨伯峻《列子集释》,第132—133页。

② 杨伯峻《列子集释》,第132页。

③ 杨伯峻《列子集释》,第133页。

称"列子"，还称"列御寇"，应出于不同立场的记录手笔。《天瑞》篇第十节中"子列子"与"列子"并存①，说明此处文本很可能是缀合不同记录而成，故保留有若干痕迹；相似的情况亦见《黄帝》篇第十节，两称"仲尼"而后称"孔子"②，似亦合不同记录而成。记录的差异，往往由原始依据的差异导致。这种原生性的差异，是探究文献年代不容回避的问题。《列子》的产生年代，应随具体篇章而有所不同，兹事体大，尚需系统而精细的研究，俟来日再做探讨。

目前而言，《列子》中各条材料产生与记录的年代，并不整齐划一；《列子》作为典籍成型与定型的年代，亦非单一时间节点所能笼括。至少在西汉时期，《列子》已经有成型的多种本子，且由刘向校定八篇，是为最初定型；此后诸本亦各自流传而及两晋，由张湛校定并作注，是为再次定型。后世《列子》诸本，皆以张湛定本为依据。

三、记录年代：政治体制的考察

具体到《列子》引《诗》这条材料，产生年代当在战国时期，前文已论。而其记录年代，可由两端推见大概。先言此条材料中的政治体制，尧为了解治政效果，先后询问了三个层级：左右、外朝、在野。其中，"外朝"一词，见于《周礼》《礼记》《国语》等典籍记载中。《周礼·秋官·小司寇》云："小司寇之职，掌外朝之政，以致万民而询焉。一曰询国危，二曰询国迁，三曰询立君。"③与此相参的记载

① 杨伯峻《列子集释》，第29页。
② 杨伯峻《列子集释》，第67—69页。
③ 《周礼注疏》卷三五，影印《十三经注疏》，中华书局，1980年版，第873页。

如《周礼·地官·司徒》："乡大夫之职……大询于众庶,则各帅其乡之众寡,而致于朝。"①可见周之外朝政事,庶民百姓是可以参与的。从居住位置看,这些庶民不会悉数住在城邑之中。以周代金文记载来分析,城邑之中所居多为贵族,而邑外之地,则聚居着较多的农业劳动者②。

《尔雅·释地》曾涉及先秦时期的土地层级:"邑外谓之郊,郊外谓之牧,牧外谓之野,野外谓之林,林外谓之坰。"③武王伐纣,有牧野之战;《诗经·野有死麕》次章"林有朴樕,野有死鹿"④,即林野并举,皆可证《尔雅》所载。同时,《尔雅》在此数句后,亦有隰、平、原、陆等多种不同的地名解释,后总题曰"野"。可见,"野"有广义、狭义之分,广义之"野",总称邑外之地;狭义之"野",仅指称郊外之地的一部分。不管从广义还是狭义来理解"野",《周礼》中"外朝"的参与者必然有居住在野之庶民。《列子》此处将"在野"与"外朝"判然两分,可知其与周之礼制不甚相合。

"野"的地理含义,一直存在;其与"朝"对举,成为政治结构中的两极,当与春秋战国以来的社会变化有关。春秋以降,王官式微,不少礼乐人才散至民间,故孔子有"礼失而求诸野"(《汉书·艺文志》引语⑤)之说。原本远离城邑的处所,此时成为礼乐文化尚存的载体与象征。《论语·先进》载孔子之言:"先进于礼乐,野人

---

① 《周礼注疏》卷一二,第717页。

② 李峰《西周的政体:中国早期的官僚制度和国家》,生活·读书·新知三联书店,2010年版,第164—167页。

③ 《尔雅注疏》卷七,影印《十三经注疏》,中华书局,1980年版,第2616页。

④ 《毛诗正义》卷一,影印《十三经注疏》,第293页。

⑤ 《汉书》卷三〇,第1746页。

也;后进于礼乐,君子也。如用之,则吾从先进。"①内在意涵应深植于当时的社会现实。此时"野人"的构成,在原有的农业劳动者之外,多了一批文化才能出众的人。前者在文献中仍显示出粗鄙的色彩,而后者则逐渐成为贤能人才的指称,代表着当时道德文化的高度。野地多贤,遂成为一种文化现象。

孔子以"仁"作为"道"的核心,来干谒诸侯,其曰"克己复礼为仁"(《论语·颜渊》②),说明在其观念中,"复礼"是"道"行于世的必要条件。而要"复礼",必先有知礼、守礼、传礼、学礼之人。与礼乐文化传承紧密相关的"野人",于此才有可能成为真正影响现实的政治力量。早期儒家的此种逻辑,后世逐渐发展成传统政治思想中的两大模式:以学术文化来影响现实政治,以平民立场来劝导统治阶层。不过,在孔子的自我体认中,"士"作为特殊群体,总体上与庶民颇有区分。到了战国时期,"士"与"民"就呈现出了合流的趋势。如《孟子》中出现的"士庶人",即说明当时"士"的社会属性和社会地位更贴近于民,而非大夫,"士"成为"无官守,无言责"的政治自由者③。《孟子·万章下》有一段意味深长的记载:

> 万章曰:"敢问不见诸侯,何义也?"孟子曰:"在国曰市井之臣,在野曰草莽之臣,皆谓庶人,庶人不传质为臣,不敢见于诸侯,礼也。"万章曰:"庶人,召之役,则往役;君欲见之,召之,则不往见之,何也?"曰:"往役,义也;往见,不义也。且君之欲见之也,何为也哉?"曰:"为其多闻也,为其贤也。"曰:"为其多

---

① 《论语注疏》卷一一,影印《十三经注疏》,中华书局,1980 年版,第 2498 页。
② 《论语注疏》卷一二,影印《十三经注疏》,第 2502 页。
③ 蒋国保《孔孟"士"说同异论》,《杭州师范大学学报》2016 年第 4 期,第 3—4 页。

闻也,则天子不召师,而况诸侯乎? 为其贤也,则吾未闻欲见贤而召之也。……取非其招不往也。"……万章曰:"孔子,君命召,不俟驾而行。然则孔子非与?"曰:"孔子当仕有官职,而以其官召之也。"①

其中,"市井之臣"与"草莽之臣"的语源,当源自周礼,《仪礼·士相见礼》载:"凡自称于君,士大夫则曰下臣。宅者在邦则曰市井之臣,在野则曰草茅之臣。庶人则曰刺草之臣。他国之人则曰外臣。"郑玄注:"宅者,谓致仕者也。致仕者,去官而居宅,或在国中,或在野。"②可知周制中退休官员家宅在野,即可自称草茅之臣,当即孟子所云"草莽之臣";亦可证"在野"一词在早期应指处所,与其人是否入朝为官并无必然联系。

　　孟子此处将固有之词进行了意义的改造,"市井之臣"与"草莽之臣"本指致仕的官员,此处则显然被划归为未仕的庶人。而从孟子下文的阐述来看,此处的"庶人","不仅是自由民,而且还是未仕的'多闻者'与'贤者',是天子与诸侯都不能召唤而只能就见的独立特行之士,其实指的就是孟子自己"③。虽然孟子亦曾出仕④,也可以"市井之臣"或"草莽之臣"称名,但他刻意强调"庶人"的身份,且解释自己为何不去见诸侯的原因,目的显然是自我砥砺以彰显气节。尤其是他关于孔子"不俟驾而行"是由于"仕有官职"的说辞,

---

① 《孟子注疏》卷一〇,影印《十三经注疏》,中华书局,1980 年版,第 2745 页。
② 《仪礼注疏》卷七,影印《十三经注疏》,中华书局,1980 年版,第 978 页。
③ 李荫农《关于孟子的阶级划分论——与杨荣国同志商榷》,《学术月刊》1962 年第 3 期,第 58 页。
④ 梁奇《孟轲生平、仕齐考述》,《绥化学院学报》2014 年第 2 期。

充分显示出孟子在思想上已将官与民明确划界；比起"市井之臣"与"草莽之臣"等延时性称谓，孟子对于民众的判断标准，是即时性立场，不再为官者，皆可归入民。此种观念表明，战国时期的政治体制在发生变化，现实中的职位，正在成为政治结构划分的最重要基础。"在野"在词语上演变为与"在朝"相对的未仕状态，后世以朝野之称来指代政治结构中的官民二元分别，皆可推原于此种变化。

以此来观察《列子》此中"在野"之谓，知其文本记录当不早于孟子晚年与万章之徒讲论著述之时。而其中"外朝"所指，显然已不同于《周礼》所载，应指皇帝"左右"之外的官员。这一点与西汉前中期的情况较为类似。《汉书·严助传》载："（武帝）后得朱买臣、吾丘寿王、司马相如、主父偃、徐乐、严安、东方朔、枚皋、胶仓、终军、严奇等，并在左右。……上令助等与大臣辩论，中外相应以义理之文，大臣数诎。其尤亲幸者，东方朔、枚皋、严助、吾丘寿王、司马相如。"①可见在武帝统治前期，严助等人应为"左右"近侍，与外廷大臣的辩论，属于"中外相应"。颜师古注曰："中谓天子之宾客，若严助之辈也。外谓公卿大夫也。"②可谓十分精准的理解。司马迁《报任安书》云："乡者，仆亦尝厕下大夫之列，陪外廷末议。"③所言可与《严助传》互参，说明直至武帝前期，议论朝政主要是外廷的职责，而与外廷大臣相对的，是时常在皇帝左右的近侍。

这种中外之别，至昭宣之世，逐渐演变为"中朝"（亦称"内朝"）与"外朝"两大类别，成为朝臣中皇权与相权的各自代表④。至于

---

① 《汉书》卷六四，第 2775 页。
② 《汉书》卷六四，第 2776 页。
③ 《汉书》卷六二，第 2727—2728 页。
④ 劳榦《论汉代的内朝与外朝》，《国立中央研究院历史语言研究所集刊》第十三本，商务印书馆，1948 年版，第 227—232 页。

"中朝"的涵盖,已远超"左右"之人。《汉书·霍光传》载武帝时,"光为奉车都尉光禄大夫,出则奉车,入侍左右,出入禁闼二十余年,小心谨慎,未尝有过,甚见亲信"①。奉车都尉,属内朝臣无疑,而"入侍左右"之辞,说明"左右"当在禁宫之内,与皇帝更为亲近。列于"内朝"者,未必都是"左右"。《列子》引《诗》此条,将"外朝"与"左右"并列,而非"内朝""中朝"之语,可知其文本记录的年代当不晚于霍光秉政之时。

至于其中出现的"儿童"一词,若果于晚汉以降才产生,则很可能是文献流传过程中文字衍变所致,应不是记录初期的面貌。合而论之,《列子》此条材料的主体内容在战国时期即已形成,其记录年代,应在孟子晚年至汉昭宣世之间。刘向校定《列子》后,此条材料可能由于多种因素而产生了文字的变异,辗转而成今本面貌。

四、记录年代:《诗》称"古诗"考察

除了"儿童",此条材料中"古诗"之称亦值得注意。将《诗》径称为"古诗",现存先秦典籍中尚未见及,自汉代以降,却较为普遍。如《汉书·王褒传》引汉宣帝语:"辞赋大者与古诗同义,小者辩丽可喜。"②《汉书·艺文志》:"春秋之后……学《诗》之士逸在布衣,而贤人失志之赋作矣。大儒孙卿及楚臣屈原离谗忧国,皆作赋以风,咸有恻隐古诗之义。"③班固《两都赋序》:"或曰:赋者,古诗之

---

① 《汉书》卷六八,第 2931 页。
② 《汉书》卷六四,第 2829 页。
③ 《汉书》卷三〇,第 1756 页。

流也。"①皆以"古诗"之名指称《诗经》。《史记·孔子世家》"古者诗三千余篇"的言论，虽然不严格对应于今本之《诗》，但仍属《诗》之系统，与前举情况相类。

不过，此种态势在魏晋南北朝时期出现了变化，"古诗"除了用来指称《诗经》，还可用以指称汉人之诗。前者的情形，如挚虞《文章流别论》："古诗率以四言为体，而时有一句二句，杂在四言之间，后世演之，遂以为篇。"②又如《文选序》："今之作者，异乎古昔。古诗之体，今则全取赋名。"③其中的"古诗"，都是指《诗经》。后者的情形，如钟嵘《诗品序》："逮汉李陵，始著五言之目矣。古诗眇邈，人世难详，推其文体，固是炎汉之制，非衰周之倡也。"④此处的"古诗"，当是专指汉代的五言诗，而且没有公认的作者。类似的情况还见于刘勰《文心雕龙·明诗》："古诗佳丽，或称枚叔，其'孤竹'一篇，则傅毅之词，比采而推，两汉之作乎？"⑤所论汉代五言诗的冠冕之作，即为《文选》所载的《古诗十九首》，其中有九首亦见载《玉台新咏》，题为枚乘所作，故曰"或称枚叔"。陆机有《拟古诗》十二首，亦载《文选》，都是对《古诗十九首》相关诗篇的拟作。虽然目前还不能确定陆机这些拟作的原初名目，但其之前的建安诗人作品中，已经明显可以看到《古诗十九首》的影响⑥。

---

①　（南朝梁）萧统编，（唐）李善注《文选》，第 21 页。

②　（晋）挚虞《文章流别论》，载邓国光《挚虞研究》，香港学衡出版社，1990 年版，第 185 页。

③　（南朝梁）萧统编，（唐）李善注《文选》，第 1 页。

④　（南朝梁）钟嵘著，曹旭集注《诗品集注》，上海古籍出版社，1994 年版，第 8 页。

⑤　（南朝梁）刘勰著，范文澜注《文心雕龙注》，人民文学出版社，1958 年版，第 66 页。

⑥　谢思炜《〈古诗十九首〉词语考论》，《中山大学学报》2015 年第 5 期，第 13—22 页。

　　拟作的风气,在汉代一直存在。辞赋领域较为明显,尤其是
《楚辞》中的汉人作品,一定程度上都可视为对于屈原作品的模
拟;扬雄的拟经之作,也颇具规模;王莽时期的诏书,多模仿《尚
书》为文……至于诗歌领域,西汉四言诗对于《诗经》的模拟,已
有共识;值得注意的是乐府诗中的同题续作,往往是因旧曲而制
新词,这些旧曲所对应的旧作,后世常称为“古辞”。据学者考
证,“古辞”之名盖创始于南朝沈约《宋书·乐志》[1]。实则以建安
时期曹氏父子据汉乐府旧题而改创新词的态势来看,“古辞”名
目的产生当不晚于此时,因为要区分同题制作的年代先后,势所
必然。

　　反观“古诗”之名,理亦仿佛。汉人将《诗经》称为“古诗”,一方
面是由于《诗》篇的年代之古,另一方面则应是为汉代新的诗歌创
作留下“名”的空间。此种称名背后的深意,显然是将汉代的新诗
视为自觉承袭《诗经》的体制。这种意识,在汉武帝之时,表露无
遗。《汉书·礼乐志》曰:“至武帝定郊祀之礼……乃立乐府,采诗
夜诵,有赵、代、秦、楚之讴。”[2]前人多据此以为武帝时始立乐府,
后来二十世纪七十年代秦乐府编钟的出土[3],使得学界开始重新
思考武帝“乃立乐府”的真实含义。不少学者都以武帝扩充乐府职
能为说,虽不算错,但究嫌质实,赵敏俐先生结合《汉书·礼乐志》
“王者未作乐之时,因先王之乐以教化百姓,说乐其俗,然后改作,

　　① 罗根泽《乐府文学史》,东方出版社,2012 年版,第 26 页。
　　② 《汉书》卷二二,第 1045 页。
　　③ 编钟发现者袁仲一先生明言秦乐府编钟出土时间为 1976 年,见其《秦代金文
陶文杂考三则》,《考古与文物》1982 年第 4 期。但此后的多种论著皆言出土时间为
1977 年,似均本寇效信《秦汉乐府考略——由秦始皇陵出土的秦乐府编钟谈起》一文,
载《陕西师范大学学报》1978 年第 1 期。

以章功德"之语，认为武帝"立乐府"意味着武帝重新制礼作乐①。这个看法，更契合文本的逻辑，武帝时的采诗活动，显然是对先秦采诗而筑《诗》的模式进行学习，本质上是意欲制作一部新的"诗三百"，以表征、展现汉朝的鸿业。将《诗》称为"古诗"，是与此相应的时势需要，惟其如此，《诗》外之诗才能有"名"的立足之地，从而名副其实，名实相应。西汉中后期，刘向、刘歆父子校书中秘，所成之目录《七略》，既有《六艺略》之《诗》，又有《诗赋略》之"诗"，便是此种诗学观念在文献整理中的实践性贯彻。而其根源，则是汉家王朝"制礼作乐"以成就一代基业的雄心。

　　在此意义上讲，以"古诗"来指称《诗》，至晚在汉武帝时应已产生，并逐渐成为习语。而以"古诗"来指称汉代的《诗》外之诗，与汉乐府的同题创制紧密相关，至早应在东汉。《列子》此处将《诗》称为"古诗"，可知其记录很可能是出自汉人手笔，甚至有可能是刘向在整理过程中的所定；当然，也可能刘向所见版本中即为如此，故采纳而为定本。但也不排除另一种可能，即"古诗"之称是来自先秦的记录。

　　今存战国文献中，《诗》已逐渐成为一种历史陈迹和遗产，《诗》的规范性、权威性都有相当程度的表露。如《孟子》将《诗》作为一代政典，与"王者之迹"联系起来；《荀子》将《诗》作为体现圣王之志的典籍；《庄子》则将《诗》作为无乎不在的道的体现②。《诗》在此时，已失去了春秋时期"赋诗""引诗"等社会活动所呈现出的

---

① 赵敏俐等《中国古代歌诗研究——从〈诗经〉到元曲的艺术生产史》，北京大学出版社，2005年版，第181—183页。

　② 详参拙文《先秦"诗"的意涵变迁与"诗言志"的维度》，《文艺评论》2015年第6期；亦见本书"先秦两汉编"。

鲜活性,其历史属性被刻意强调,如《荀子》中明确提出"《诗》《书》故而不切"①,就是最好的例证。此种《诗》学认知,正是《诗》称"古诗"的思想基础。在观念中将《诗》推尊为"古诗",应始于战国时期。如此一来,《诗》外之诗,才能真正进入"诗"的行列,沾溉《诗》的荣光与威名,并逐步与《诗》并行,进而繁荣发展,蔚为大国,从而确立继《诗》而起的新的标杆。后来的汉乐府及《古诗十九首》,皆循此理路而进入古典诗歌的标界。也可以反过来理解,《诗》称"古诗"的逻辑前提,是《诗》外之诗的兴起与趋繁。

五、"诗"在战国至西汉的演变及其意义

从文献来看,战国时期"诗"的名义确已出现新的变化。如以下材料:

> 子舆与子桑友,而霖雨十日。子舆曰:"子桑殆病矣!"裹饭而往食之。至子桑之门,则若歌若哭,鼓琴曰:"父邪!母邪!天乎!人乎!"有不任其声而趋举其诗焉。子舆入,曰:"子之歌诗,何故若是?"(《庄子·大宗师》)②

> 儒以诗礼发冢。大儒胪传曰:"东方作矣,事之何若?"小儒曰:"未解裙襦,口中有珠。诗固有之曰:'青青之麦,生于陵陂,生不布施,死何含珠为?'"(《庄子·外物》)③

---

① (清)王先谦《荀子集解》,中华书局,1988年版,第14页。
② 陈鼓应《庄子今注今译》(最新修订重排本),中华书局,2009年版,第228页。
③ 陈鼓应《庄子今注今译》(最新修订重排本),第755页。

　　天下不治，请陈佹诗：天地易位，四时易乡。(《荀子·赋篇》)①

　　显而易见，此中之"诗"，皆已非《诗》之体系所能笼括，而应视为一种新的创作。尤其是《庄子》讲到儒士发冢掘墓，犹引诗作为理论依据，这固然是对于儒家喜引《诗》《书》为证做派的调侃与嘲讽，但也标示出战国时期"诗"的涵盖不断扩展的态势。除此之外，《吕氏春秋》等典籍中引述的很多"诗"，都不见于今本《诗》，严格来说，都应属自由的文辞创作，说明当时"诗"的指称在逐渐泛化。这种态势，在出土文献中有更为明显的呈现。比如有研究者指出，上博简《子羔》篇有言舜"敏以好诗"之语②。以事实年代而论，此处之"诗"绝非《诗》，而"诗"字的产生，已在周代，远后于舜的时代。由于简文没有更多信息，目前尚无法确论此处的所指，但此语无疑彰显出"诗"在战国时期的自由化状态。这种状态，影响了《诗》的固有品格，造就了战国时期诸多文献尤其是故事杂说中《诗》作年代的"错位"及意涵的变化。《列子》引《诗》，即如此类。学者若据战国文献中引《诗》材料，以探究《诗》之本义，不可不先明此理。

　　先秦各类文献中出现的许多《诗》外之诗，过去常称为"逸诗"，以示《诗经》对于先秦诗学的严密笼罩。曾有学者统计、归纳各类文献中的"逸诗"，"文物和传世文献不完全统计的逸诗篇数为135篇，占《诗经》305篇的44％。如果加上无篇名有歌辞的《郭店楚墓竹简·缁衣篇》1条，传世文献35条，其数更多。……如果大量的

---

　　①　(清)王先谦《荀子集解》，第480页。
　　②　郭永秉《说〈子羔〉简4的"敏以好诗"》，载复旦大学出土文献与古文字研究中心编《出土文献与古文字研究》第一辑，复旦大学出版社，2006年版，第330页。

先秦文化典籍不遭秦代文化浩劫，能保存到现在，其逸诗的数量会更多"①。近些年来的出土文献，又有大量发现，如清华简中《耆夜》《周公之琴舞》等不少诗篇，大部分都不见于今本《诗》，不少学者以此来论证《史记》"古者诗三千余篇"的合理性②，似乎《诗经》的来源可据此而定，鄙意恐言之过早。"逸诗"之称，似乎只是在《诗》的权威地位下对于此类诗篇的认定，而未能真正从此类诗篇的自身特性出发来构建认知。其实只要换个角度，从"诗"的名义泛化这一态势来观察战国以降的诗学，便会发现，这些诗篇中有不少只是类《诗》的文本，与《诗》未必属于同一系统，有些作品明显是在"诗三百"定型后依傍《诗》而成的"衍生品"，若悉数视为《诗》成型过程中的"淘汰品"，无疑会改变《诗》的预设，混淆源流。总体看来，战国时期的"诗"，已明显越出《诗》的范围，不宜将此时的《诗》外之诗都概称为"逸诗"。或者说，《诗》在战国时期已不具有西周乃至春秋时的权威性及由此而来的笼括性。至少在文化层面，"诗"的意涵更丰富、更扩展，在体制和风格上也显得更灵活、更自由了。

从商周时期形成的文化区系来看，王朝文化多以中原文化为主干进行建构。但各地方文化显然保存了更多的地域色彩与国别差异。比如今日所见之战国出土文献，以楚地为最多，览察可知，当时楚地的学术文化风气，相较于当时的中原地区，显然要更为自由。楚地传世文献如《楚辞》的许多篇章，比起《诗经》来，在情感、

① 徐宝贵《出土文献资料与诗经学的三个问题论考》，载复旦大学出土文献与古文字研究中心编《出土文献与古文字研究》第二辑，复旦大学出版社，2008年版，第387—388页。
② 代表性论述见徐正英《清华简〈周公之琴舞〉与孔子删〈诗〉相关问题》，《文学遗产》2014年第5期；刘丽文《清华简〈周公之琴舞〉与孔子删〈诗〉说》，《文学遗产》2014年第5期。

情绪的表达上都更为热烈;《诗》于战国时期虽屡被称述而时有文化意义之突破,但恣肆终难及《楚辞》。《楚辞》中亦有明标《诗》外之"诗"者,共有四端,除去两篇汉人作品(严忌《哀时命》"杼中情而属诗"与王褒《九怀》"抚轼叹兮作诗"),尚有《九歌》"展诗兮会舞"与《大招》"二八接舞,投诗赋只"①。旧注亦有解"诗"为《诗》者,但显然与诗篇语境不合,此中之"诗"当属《诗》文本之外的新辞制作,且与乐舞紧密融合,已成为综合性的文艺表演。这在《诗》《乐》沦亡的背景下,无疑增添了《诗》外之"诗"的鲜活色彩,为"诗"与"歌"的互通提供了生动的例证。

"诗"与"歌"的互通,早已有之,但随着春秋以降礼乐体系的变革与更新,《诗》的文辞意蕴逐渐成为《诗》义的主导,《诗》的表演形态则转为遗响。战国之"诗"重新进入表演场域,成为可以表演的歌曲,在某种意义上,也是对于《诗》教的继承。且综合性的文艺表演,不仅是多种门类艺术的合作使然,亦与当时不同文化的交流有关。如《招魂》:"二八齐容,起郑舞些,衽若交竿,抚案下些。竽瑟狂会,搷鸣鼓些。宫庭震惊,发《激楚》些。吴歈蔡讴,奏大吕些。士女杂坐,乱而不分些。"②此段文字应为当时楚地文艺表演的精细描摹:舞蹈方面,是妙龄女子们的郑舞,舞姿动作亦有形容;音乐方面,既有竽、瑟、鼓等多种乐器激昂的音乐演奏,又有庄重的大吕之声;歌曲方面,既有楚国乐曲《激楚》,又有吴、蔡等地之歌。多样化的表演中,先后出现了郑、楚、吴、蔡四个地区的文化要素,且雅俗并存而共赏,最终充分调动起大家的热情,不再拘礼,以至"乱而

① (宋)洪兴祖《楚辞补注》,中华书局,1983年版,第75、221页。
② (宋)洪兴祖《楚辞补注》,第210—211页。

不分"。可见当时楚地文化存在相当的包容性,不同文化元素及文艺形态可以在同一场合进行"乱炖式"表演。此种文艺表演,无疑体现着战国时期的文化融合。然而,这种融合态势,并未持续太久。随着楚国在政治、军事上的不断失利,文化融合的进程必然受到影响,甚或是阻碍;秦、楚及东方诸国之间日益频繁的战争,并未给文化整合创造出良好的条件和土壤;秦代虽统一天下,但享祚不长,且文化政策残暴。战国时期遗留下来的很多文化问题,只能留给西汉王朝来解决。

汉武帝"立乐府"而"采诗夜诵",正是将"诗"作为礼乐文化的重要载体,这种观念无疑是承先秦之余绪。同时,汉之"采诗"也兼顾了不同区域,具有强烈的文化融合意味。《汉书·艺文志·诗赋略叙》:"自孝武立乐府而采歌谣,于是有代赵之讴,秦楚之风,皆感于哀乐,缘事而发,亦可以观风俗,知薄厚云。"①其中谈到代、赵、秦、楚,却无中原地区的明确表述,然而在"诗赋略"中却有"《洛阳歌诗》""《河南周歌诗》"等名目,说明此时中原地区的文化与王朝文化的主体,仍保持着高度的一致性,故无须从名目上特别说明。以文化地理而言,汉王朝的采诗,主要是为获取更广泛文化区系的歌诗文艺,以地方文化来充实、丰富王朝礼乐的相关建设。若溯源至战国时期的态势,或可如此表述:战国诗学的丰富多元化形态,尤其是根植于地域特色而各具特点的诗歌创作与表演,为西汉王朝的礼乐文明建设提供了良好基础;而战国时期的文化融合进程,则最终完成于西汉,形成了兼容并包的文化格局,成为中华文化的重要典范。

（原载《上海大学学报》2019 年第 5 期）

---

① 《汉书》卷三〇,第 1756 页。

《楚辞》编纂体例"经传说"析论

　　《楚辞》编纂体例"经传说",是指部分研究者根据《楚辞》作品中所谓的"经"与"传"及其相互关系来探究并确定《楚辞》编纂体例之所得。需要说明的是,此处所言的编纂体例对应于汉代成型的《楚辞》,而非后世变动面貌之《楚辞》。另外,不少学者虽在某种程度上承认《楚辞》作品中的经传关系,但并未涉及《楚辞》的编纂体例,故此种论述并不能作为"经传说"的内容。

　　《楚辞》编纂体例"经传说"最早的完整论述当推明代的王世贞,其在《楚辞序》中曰:"梓《楚辞》十七卷,其前十五卷为汉中垒校尉刘向编集,尊屈原《离骚》为经,而以原别撰《九歌》等章及宋玉、景差、贾谊、淮南、东方、严忌、王褒诸子,凡有推佐原意而循其调者为传。"①其看法是刘向编集了《楚辞》的前十五卷,即不包括刘向的《九叹》和王逸的《九思》,并有分经、分传之举。王氏此处所论当本于洪兴祖所载的"经传本"。洪兴祖《楚辞补注》目录中《九歌》下注曰:"一本《九歌》至《九思》下,皆有传字。"②则该本各篇篇题

---

　　①　(明)王世贞《弇州四部稿》卷六七,影印文渊阁《四库全书》第 1280 册,上海古籍出版社,1987 年版,第 166 页。

　　②　(宋)洪兴祖《楚辞补注》,中华书局,1983 年版,第 1 页。

当依次为:《离骚经》《九歌传》《天问传》《九章传》《远游传》《卜居传》《渔父传》《九辩传》《招魂传》《大招传》《惜誓传》《招隐士传》《七谏传》《哀时命传》《九怀传》《九叹传》《九思传》。此本之出未知何时,而现存的"经传本"所分经、传与此全同。王世贞所论并未涉及《九叹》《九思》两篇何以称"传",且王逸《离骚后叙》明言:"逮及刘向,点校经书,分为十六卷。"①王氏仅论刘向编集前十五卷,虽不能曰错,亦究难称备。此后尚有不少相关论述,但完整性、严密性似更逊王氏一筹。如明末的金兆清《楚辞榷·条例》云:"昔人编是书也,以《离骚》为'经',此下二十四篇皆名以'传'。兹概题以'楚辞'者,备楚风也。"②金氏并未明言编集之人,但他所言的经与传,仅限于屈作二十五篇,后又曰概题"楚辞",似又扩至非屈作而言,令人费解。二十世纪以来,《楚辞》编纂体例"经传说"有了新的变化,大体可分为两类:

一、据版本立论者。此类亦可分为两种:(一)据《楚辞释文》篇次者,代表为姜亮夫、蒋天枢二先生。不过,姜、蒋二先生的意见并非一致。姜亮夫先生认为自《离骚》至《招隐》,为刘安所编集;《离骚》称经,《九辩》以下各篇称传,亦刘安所为;对经传关系的描述是:"不过视《骚》为屈子作品之最高概括,而《歌》《章》《问》《卜》《渔》皆不过一鳞一爪之详述,亦即故实之发恢、详载而已。"③蒋天

---

① (宋)洪兴祖《楚辞补注》,第48页。

② 参崔富章《楚辞书录解题》(上册),高等教育出版社,2010年版,第122页。

③ 姜亮夫《洪庆善楚辞补注所引释文考》,《楚辞学论文集》,上海古籍出版社,1984年版,第396—398页。姜先生在《屈原赋校注》中意见略异:"则称经直始于王逸无疑。而追序安、固,更加经名,改易古说,以成私见,诬矣!……盖王逸欲以《离骚》当经,《九歌》《天问》以下当传(王本于九歌、天问、九章、远游、卜居、渔夫诸篇篇题之下,皆明标'楚辞'二字,是以诸篇当《离骚》之传矣),此汉世经生结习,欲以尊其所好,(转下页)

枢先生则认为《楚辞》中经传之称当为宋玉所题，"意谓《离骚经》为屈原思想感情及身世遭际之纲领，其他各篇则可用以补充与诠证之者"①。看来，姜、蒋二先生只是在经、传范围上意见一致，但《楚辞释文》篇题中有无"经""传"字样，目前似乎还无法论定。

（二）据《楚辞章句》篇次者，代表为王宏理、周苇风二先生。王先生的看法是：经传之说，始自汉儒；屈原为《楚辞》之代表作家，《离骚》则为屈原之代表作品，最能代表屈氏文学成就与崇高思想境界；"然则律之先儒作法，则《楚辞》似又可称之'离骚经传'之类，或直以'离骚'相称"②。此论突出了《离骚》的重要性，但汉代文献中仅见《离骚》称"经"之记载，未见有《楚辞》作品称"传"者，《楚辞》中的经传之说显然并非起于汉儒（详后）；周先生则认为：《楚辞》中存在"以传释经"的体例；其中屈原作品为经，非屈原作品为传，非屈作为屈作的解读之文，非模拟之作；此种体例肇自刘安③。周先生所据虽为《楚辞章句》篇次，但对于经、传的范围却并未依"经传本"而定。

二、非据版本立论者。代表为王利锁、王浩、杨思贤等先生。王利锁先生一方面认为起于汉儒的经传之说乃"迂腐之见"，另一

（接上页）妄为增益，盖不可从云。"姜先生晚年曾对此书重加修订，此论未予更改。分见《屈原赋校注》，人民文学出版社，1957年版，第1页；《重订屈原赋校注》，天津古籍出版社，1987年版，第1—2页。此说所据为《章句》本篇次，对于经传的范围与前说有异。但其不以经传之名目为然，故不属于编纂体例"经传说"的内容。

①　蒋天枢《〈楚辞新注〉导论》，《楚辞论文集》，陕西人民出版社，1982版，第4页；《楚辞校释》，上海古籍出版社，1989年版，第2页。

②　王宏理《楚辞成书之思考》，《杭州大学学报》1996年第1期。

③　参周苇风《论〈楚辞〉的篇次》，《湖南大学学报》2003年第1期；《〈楚辞〉编纂体例探微》，《文学遗产》2006年第5期；《楚辞发生学研究》第四、五章，广西师范大学出版社，2008年版。

方面则认为只有《七谏》《九怀》《九叹》《九思》四篇汉人作品才"真正称得上是'传'骚之作",而不是所谓模拟之作①。虽有矛盾之处,但旗帜鲜明地将模拟与解读对立起来考量称"传"之作,颇具特色。王浩先生的表述大略是:汉代拟骚诗具有双重性质,既模拟屈骚,又是对屈骚的传述与解读;拟骚诗的传解方式与《楚辞章句》中的韵体传基本相同;拟骚诗入选《楚辞》,在于其传述屈骚的特质②。但王浩先生对于非汉代的宋玉作品则未置一词。杨思贤先生亦针对《楚辞》中的汉人拟作论述道:"这些拟作与淮南王安的《离骚传(赋)》一样,都是对屈原作品创造性的解释,……只不过解释的形式不同而已。也就是说,在《楚辞章句》中,屈原(包括宋玉)的作品相当于'经',而汉代的拟作相当于'传',《楚辞章句》的编纂者将它们编集在一起,与汉代经学的著作体例和'取义'倾向有关。"③如此,"传"对"经"既是模拟,又是解释,调和了此前那种对立的模式;而将宋玉作品看作"经",恐亦为弥缝之举。

纵观以上种种,可见"经传说"的持有者虽都同意《楚辞》作品中有经有传,但对于何者为"经"、何者为"传"却分歧甚大,关于经、传关系也意见各异,而对于编纂体例确立的时间亦未有共识。仔细寻绎,会发现《楚辞》编纂体例"经传说"涉及四个相互关联或者说层层递进的层面:一、关于《楚辞》作品中的"经";二、关于《楚辞》

---

① 王利锁《是模拟之作还是解读之文——〈楚辞〉中四篇汉人作品的性质归属质疑》,《河南社会科学》1998 年第 4 期。

② 王浩《汉代拟骚诗对屈骚主题的重现与衍变》,《甘肃社会科学》2009 年第 5 期;《汉代楚辞传播与拟骚诗传体性质的形成》,《五邑大学学报》2010 年第 2 期。

③ 杨思贤《模拟中的解释——论〈楚辞章句〉中的汉人拟作》,《江海学刊》2010 年第 5 期。

作品中的"传";三、关于《楚辞》作品中的经传关系;四、关于《楚辞》编纂体例的确定。鉴于这四个层面又各有其渊源,我们不妨分别予以考察:

一、关于《楚辞》作品中的"经"

以目前的文献而论,《楚辞》中仅见有《离骚》称"经"①。《论衡·案书》篇云:"扬子云反《离骚》之经,非能尽反,一篇文往往见非,反而夺之。"②王逸《楚辞章句》中亦云:"《离骚经》者,屈原之所作也。……屈原执履忠贞而被谗邪,忧心烦乱,不知所诉,乃作《离骚经》。离,别也。骚,愁也。经,径也。言己放逐离别,中心愁思,犹依道径,以风谏君也。……《离骚》之文,依《诗》取兴,……其词温而雅,其义皎而朗。"③又《离骚后叙》曰:"而屈原履忠被谮,忧悲愁思,独依诗人之义而作《离骚》……至于孝武帝,恢廓道训,使淮南王安作《离骚经章句》,则大义粲然。……孝章即位,深弘道艺,而班固、贾逵复以所见改易前疑,各作《离骚经章句》。"④此后,《离骚经》几乎已成定称,尽管许多人深不以为然。

---

① 当前学界亦有一种看法,认为《离骚》可能是刘向十六卷本《楚辞》之前一部集子的总名。其依据主要有二:一是汤炳正先生的《楚辞》成书"五阶段"说(参其《〈楚辞〉成书之探索》,《屈赋新探》,齐鲁书社,1984年版);一是今本《楚辞补注》中,屈作题下均有"离骚"大题,非屈作之下则为"楚辞"大题。汤先生的说法接受者颇众,但还有再探讨的必要,本人将另文详之。至于"离骚"与"楚辞"的大题,始见于宋代《楚辞》版本,很可能只是题款问题,在其他文献记载中亦无法得到印证,故不能作为确切依据来支撑这个观点。因此,本文中的《离骚》仍指屈原的单篇作品。
② (汉)王充著,黄晖校释《论衡校释》,中华书局,1990年版,第4册,第1175页。
③ (宋)洪兴祖《楚辞补注》,第1—3页。
④ (宋)洪兴祖《楚辞补注》,第48页。

最著名的批评来自洪兴祖："古人引《离骚》未有言'经'者，盖后世之士祖述其词，尊之为经耳，非屈原意也。逸说非是。"①洪氏此说得到了大多数学人的支持和响应。但在关于《楚辞》的绝大多数版本中，《离骚经》之名仍然保留着。李大明先生曾对《离骚》称"经"的历代说法进行辨析，并主要据《论衡》之语认为《离骚》称"经"的时间为东汉前期②。但揆诸常理，记录事件的文献的年代一般只能标示出事件发生年代的下限。《离骚》称"经"的时间恐不会简单等同于《离骚》称"经"所见文献的时间。况且，我们今日所见汉代文献已远少于当时，以今日之"始见"实难论定当时之"首称"。我们仍需从《离骚》在汉代的称谓中具体寻绎《离骚》称"经"的时间。

《离骚》在目前所见汉代文献中，除被称"经"之外，几乎均被称为《离骚》或《离骚赋》③。而从上引《章句》的叙述中，可以看出即便王逸本人，也并没有将"经"作为《离骚》篇名固有的一部分。否则怎么会说"独依诗人之义而作《离骚》"而不说"作《离骚经》"呢？从这些线索看，《离骚经》不可能是屈原自题，也不可能是宋玉所题。不然，《离骚》在汉代的称呼就不可能呈现如此不一致的面貌。

---

① （宋）洪兴祖《楚辞补注》，第 2 页。

② 李大明《离骚称"经"时间新论》，《四川师范大学学报》1993 年第 2 期；《汉楚辞学史》（增订本），中国社会科学出版社、华龄出版社，2004 年版，第 254—260 页。

③ 《离骚赋》之名有些例外，《淮南子》高诱《叙》云："初，安为辩达，善属文。……孝文（引按："文"当作"武"）皇帝甚重之，诏使为《离骚赋》，自旦受诏，日早食已。上爱而秘之。"（何宁《淮南子集释》，中华书局，1998 年版，第 5 页）又《汉纪·孝武皇帝纪》载："初，安朝，上使作《离骚赋》。"（《两汉纪》，中华书局，2002 年版，第 205 页）两处所述与《汉书》所载的刘安上《离骚传》事极为近似，后世或以为字误，或以为此乃刘安作赋之名，但皆不以其所言指称屈原之《离骚》。详细讨论见汤炳正《楚辞类稿》，巴蜀书社，1988 年版，第 137—166 页。

洪兴祖认为"非屈原意",是颇有见地的。要之,《离骚》称"经"当出现在屈宋之后。

那么,《离骚》称"经"始于何时呢?以现有资料看,整个汉代给予《离骚》最高评价的莫过于刘安。尤其是"《国风》好色而不淫,《小雅》怨诽而不乱。若《离骚》者,可谓兼之矣"之语①,更是无以复加。之后的司马迁、扬雄、班固等,评价皆有回落②。即使到了王逸,评价重新回升,但显然并未达到刘安所言的高度:刘安眼中的《离骚》,兼有《国风》、《小雅》的优点,以此反观王逸"《离骚》之文,依《诗》取兴""独依诗人之义而作《离骚》"之语,可以明显感受到其低调——《离骚》对《诗经》的依存。《离骚后叙》又曰:"夫《离骚》之文,依托《五经》以立义焉。"③说明起码在王逸看来,《离骚》称"经"的合理性和合法性比起《诗》《书》《礼》《易》《春秋》诸经来有着严重的不足乃至缺失,因此才寻求依托以支撑。这也可以证明王逸对于"《离骚经》"这一名称有着深深的疑虑,前引洪兴祖"逸说非是"的批驳,恐未及深察。

当然,我们要考虑到"经"这一指称的演变。章学诚《文史通义·经解上》曾论述战国情形道:"当时诸子著书,往往自分经传,……盖亦因时立义,自以其说相经纬尔,非有所拟而僭其名也。经同尊称,其义亦取综要,非如后世之严也。……而儒者著书,始严经名,不敢触犯,则尊圣教而慎避嫌名,盖犹三代以后,非人主不得称我为朕也。"④张舜徽先生亦有总结:"盖经者纲领之谓,凡言

---

① 班固《离骚序》中所引刘安语,见(宋)洪兴祖《楚辞补注》,第49页。
② 司马迁与刘安对屈原及其作品的评价并不相同,详参汤炳正《〈屈原列传〉理惑》,《屈赋新探》,齐鲁书社,1984年版,第1—22页。
③ (宋)洪兴祖《楚辞补注》,第49页。
④ (清)章学诚著,叶瑛校注《文史通义校注》,中华书局,1985年版,第94页。

一事一物之纲领者，古人皆名之为经，经字本非专用之尊称也。故诸子百家书中有纲领性之记载，皆以经称之。"①姜亮夫先生对于《离骚》称经的判断是："则文学之士，特标《离骚》为经者，不过宗派作用，反映一时代之风气者耳。"②凡此足可说明，"经"在战国时候，显然还比不上后来儒门之"经"的神圣与威权。那么，"《离骚经》"这一名称如果不出现在战国，就极有可能是出现在刘安保有楚地之时。若属后者的情形，目前尚无法断定其是否倡自刘安，但言刘安认《离骚》为"经"、汉初当有《离骚》称"经"之事，应无大谬③。

　　称《离骚》为"经"固然是一种尊崇，不过这种尊崇随着儒经地位在武帝时期的日益上升而显得愈发苍白。同时我们也觉察到，为刘安所尊崇的《离骚经》在其叛乱身亡后被中央朝廷尊为"经"的可能性几乎没有。这就意味着，在西汉的大多数时期和大多数场合，《离骚》是难以称"经"的。而这与我们今日看到的汉代文献也是相符的。那么，东汉时期的《离骚经》之称就只能是因袭旧名的文献篇题，与儒经具有的荣耀已然无缘。若此，王逸的《章句》也不过是保留了旧题，袭用了旧称。那么，王逸作出的"经，径也"之类

---

①　张舜徽《爱晚庐随笔》，湖南教育出版社，1991 年版，第 48 页。

②　姜亮夫《楚辞学论文集》，第 396 页。

③　王泗原先生认为《离骚经》之"经"字为刘安所加（《楚辞校释》，人民教育出版社 1990 年版，第 7 页）；金开诚先生认为刘安视《离骚》为"经"，但该提法并不一定始于刘安（《屈原辞研究》，江苏古籍出版社，1992 年版，第 24—25 页）；黄震云先生辨析历代诸家之说后，认为："《离骚经》的提法刘安着先鞭，然后是汉宣帝，见于文字专名还是《楚辞章句》。"（《楚辞通论》，湖南教育出版社，1997 年版，第 63 页）此说过分依赖《汉书·王褒传》中汉宣帝"辞赋大者与古诗同义"之语，并以宣帝所指为《离骚》，实则宣帝此处所言主要着眼于辞赋的品格，似不宜指实为具体作品。相较之下，金开诚先生的说法更为通达。

的解释,就不能作为一个正常而公平的依据去评价王逸的是非对
错①。这个通常引起批评的解释,正反映了王逸依违名实之间的
矛盾与尴尬。《离骚后叙》中提到的班固、贾逵的《离骚经章句》,很
可能本不以《离骚经章句》为名,而是王逸袭用旧称而追改的结果。
当然,也可能是班、贾二人袭用了《离骚经》的旧称,各自为其作了
章句。无论怎样,很显然,《离骚》获得"经"的地位,只是在有限时
间、有限空间中一部分人的建构。如果不是昙花一现,至少也是非
主流的。它从来就没有显出普适性。董运庭先生论道:"充其量也
只能说,《离骚》在汉代由于被尊崇,曾一度被视同于'经',其地位
或许类似于'经'。但这种地位并不稳固,而且从来没有得到正式
的确认。"②与本文所论有相通之处。以此观之,周苇风先生所言
的"既然屈原的《离骚》可以称为经,则屈原别的作品自然也可以称
为经"③,恐怕让人无法苟同。而杨思贤先生将宋玉作品与屈原作
品一起视为"经",则更于文献无征。

二、关于《楚辞》作品中的"传"

　　《楚辞》中作品称"传",目前所见,始于宋人的记载,且均与《离
骚》称"经"同时出现。除前引洪兴祖所得之"经传本"外,另有一
"经传本",见载于朱熹《楚辞集注》。该书目录中"续离骚九辩第

　　①　王铮《〈离骚〉题名古传二字考辨:从〈楚辞章句〉到〈屈原列传〉》文中认为:
"《离骚经》题亦当属王逸转述古说为是",但又认为"王氏因袭旧集本貌,不加分辨原有
题名,又依《章句》解题通例,强为原题作注,望文生义,以成荒谬"。(《求是学刊》1990
年第6期)
　　②　董运庭《论〈离骚〉称"经"与刘勰〈辨骚〉》,《重庆师范大学学报》2006年第3期。
　　③　周苇风《〈楚辞〉编纂体例探微》,第26页。

八"下有注曰:"晁补之本此篇以下乃有传字。"①又《楚辞辩证上》"目录"条曰:"洪氏目录《九歌》下注云:'一本此下皆有传字。'晁氏本则自《九辩》以下乃有之。"②诸家多认为朱熹所言的晁本即晁补之《重编楚辞》,不过,在现存资料中,除朱熹而外,并未见到晁书中篇题称"传"。《重编楚辞》分十六卷,上、下各八卷,上八卷为重编的屈原作品,下八卷为重编的非屈作。晁补之《离骚新序》中曰:"八卷皆屈原遭忧所作,故首篇曰《离骚经》,后篇皆曰'离骚'。余皆曰'楚辞'。"③并未言"传"字。清道光十年晁贻端刻《晁氏丛书》本《重编楚辞》目录后有按语曰:"按《新序》中篇:刘向《离骚楚辞》十六卷,王逸传之,首卷曰'离骚经',后篇皆曰'离骚',余皆曰'楚辞',未尝有'传'字也。"④那么,是否朱熹所言的晁本为晁氏所藏之"经传本"而非《重编楚辞》呢?

这种可能性显然不大:如果朱熹得见晁氏所藏之"经传本",那么其前的洪兴祖诸人于理不应不见,亦不应不载。洪兴祖注《楚辞》本于王逸《楚辞章句》,《直斋书录解题》载:"兴祖少时从柳展如,得东坡手校十卷,凡诸本异同,皆两出之。后又得洪玉父而下本十四、五家参校,遂为定本。……书成,又得姚廷辉本,作《考异》,附古本《释文》之后;其末又得欧阳永叔、孙莘老、苏子容本于关子东、叶少协,校正以补《考异》之遗。洪于是书用力亦以勤矣。"⑤以此而论,其搜集各本均应属《楚辞章句》版本系统,《楚辞

---

① (宋)朱熹《楚辞集注》,上海古籍出版社、安徽教育出版社,2001年版,第1页。
② (宋)朱熹《楚辞集注》,第171页。
③ (宋)晁补之《鸡肋集》卷三六,《四部丛刊》本。
④ 参崔富章《楚辞书录解题》(上册),第42页。
⑤ (宋)陈振孙《直斋书录解题》卷一五,上海古籍出版社,1987年版,第434页。

释文》或许有些例外,但它起码也保留有《楚辞章句》的某些痕迹①。若晁氏果藏有同一系统之另一"经传本",洪氏当不会漏过。

　　换个角度说,晁补之《重编楚辞》已将《楚辞》各篇重新排列,并去《九思》一篇入《续楚辞》,根据晁补之《离骚新序》中的阐述,其《重编楚辞》篇次当为:《离骚》《远游》《九章》《九歌》《天问》《卜居》《渔父》《大招》《九辩》《招魂》《惜誓》《七谏》《哀时命》《招隐士》《九怀》《九叹》②。此与世传《楚辞章句》已面貌迥异。洪兴祖不载晁本篇目,理固宜然。而朱子对于"楚辞"的理解,与晁补之有相近之处,是以其屡屡言及。因此,我们认为,朱熹所言的晁本,确应指晁补之的《重编楚辞》。

　　晁补之本人于"传"字未有明言,并不代表朱子所言为虚。李大明先生曾论及《重编楚辞》的题目款式:"按古书各卷题目款式,本小题在上,大题在下。……而晁氏《重编楚辞》各卷题目,盖《离骚经》至《大招》皆有'离骚'之大题,《九辩》以下皆有'楚辞'之大题,合于《楚辞》各卷题目之古式。"③这个论证颇有理据,当可信从。若再参以朱熹之说,则晁本各篇篇题应为:《离骚经》《远游》《九章》《九歌》《天问》《卜居》《渔父》《大招》《九辩传》《招魂传》《惜誓传》《七谏传》《哀时命传》《招隐士传》《九怀传》《九叹传》。

　　李大明先生曾对晁补之《重编楚辞》中的"经"与"传"进行分析:"晁氏的意见是那个时代文人们对《楚辞》的普遍认识,他们认

---

①　如《九怀》序中"故作《九怀》,以裨其词"下有"《释文》作埤"之类的注语。见(宋)洪兴祖《楚辞补注》,第268—269页。可知《楚辞释文》保留有《楚辞章句》之《序》。

②　(宋)晁补之《鸡肋集》卷三六,《四部丛刊》本。

③　李大明《晁补之〈重编楚辞〉三种目录论考》,《四川师范大学学报》1996年第3期,第46页。

为《离骚》是'经',其他屈赋是'传',故系以'离骚'之题;其他人的拟作,则归于'楚辞'总名之下了。"①后又结合洪氏所载之"经传本"论道:"既然《离骚》被称为'经',其他屈赋乃至后人拟作被称为'传',也就成了历代众多文人的普遍认识。"②李先生的论述,有某种程度的矛盾:如果晁氏视其他屈赋为"传",那么,何以《九辩》以下方才标"传"? 如果真为普遍认识,何以洪、晁二本标"传"范围已自不同,且朱熹等人的认识异于洪、晁(后文将谈及)? 洪兴祖所据版本如许之多,仅有一种"经传本",从其不称"古本""唐本"可知,此本来历当不会很早。而此本经传之题,又为洪氏所不取,可知其时"经传本"并非主流。据洪、晁二本而言时人之普遍认识,恐非所宜。至少我们知道,《楚辞》中的"经""传"之称在宋代以后才成为《楚辞》版本中同时共有的现象。换言之,《楚辞》篇题中的"传"字的出现,其最有可能的原因就是后人根据《离骚经》之"经"字所作的附会。

那么,《楚辞》中的作品是否可能于汉代称"传"而宋前未彰呢? 不妨先来考察汉代文献中称"传"的情况③。现存两汉文献中与典籍相关的"传"大致有三种情形:

(一)史传之属。这方面的例子极多,《史记》《汉书》等史籍中的"传"皆为此类,而汉人对此也有着清醒的自觉。如司马迁在《史记·管晏列传》中所言:"吾读管氏《牧民》《山高》《乘马》《轻重》《九

---

①　李大明《宋本〈楚辞章句〉考证》,《四川师范大学学报》1995年第1期,第78页。

②　李大明《晁补之〈重编楚辞〉三种目录论考》,第46页。

③　冷卫国先生曾就《史记》《汉书》中"传曰"的用例,将"传"分出三个方面的含义:一、指《论语》《礼记》《荀子》等儒家典籍;二、与"经"相对,解释经义之作;三、指古文本的儒家典籍文献。见其《刘向、刘歆赋学批评发微》,《文学遗产》2010年第2期。不过,其中一与三两方面有明显交集。

府》,及《晏子春秋》,详哉其言之也。既见其著书,欲观其行事,故次其传。"①可知在司马迁看来,此类之"传"主要是为载人行事。《汉书·儒林传》载:"诸齐以诗显贵,皆固之弟子也。昌邑太傅夏侯始昌最明,自有传。"②这"自有传"指的是夏侯始昌有专门的"传"(见《汉书》卷七十五)来纪其人,《儒林传》中就不必赘述了。可见,对于此类"传"的功能和界限,汉时已有共识。

(二)"六艺"之外的前代遗文。《史记·三王世家》载:"传曰:'蓬生麻中,不扶自直;白沙在泥中,与之皆黑'者,土地教化使之然也。"③此语当出《荀子·劝学》篇中"蓬生麻中,不扶而直;白沙在涅,与之俱黑"之句。则此处所谓"传"者,应指《荀子》。《汉书·宣帝纪》载地节三年十一月诏书语:"传曰:'孝弟也者,其为仁之本与!'"④此语出《论语·学而》篇所载有子之言。则此处之"传"乃指《论语》。此类例子尚多,兹不备举。不过,《论语》《孝经》《尔雅》等书在《汉书·艺文志》中皆于"六艺略"单独成类,是否意味着其非"传"呢?章学诚对此有很好的解释:"《论语》述夫子之言行,《尔雅》为群经之训诂,《孝经》则又再传门人之所述,与《缁衣》《坊》《表》诸记,相为出入者尔。刘向、班固之徒,序类有九,而称艺为六,则固以三者为传,而附之于经,所谓离经之传,不与附经之传相次也。"⑤"离经之传"与"附经之传"的区分颇有见地。揆诸两汉文献,我们可以这么认为:《论语》等书在汉代虽可称"传",可为解经

①　《史记》卷六二,中华书局,1959 年版,第 7 册,第 2136 页。
②　《汉书》卷八八,中华书局,1962 年版,第 11 册,第 3612 页。
③　《史记》卷六〇,第 6 册,第 2117 页。
④　《汉书》卷八,第 1 册,第 250 页。
⑤　(清)章学诚著,叶瑛校注《文史通义校注》,第 94 页。

之助,但其并非为解经而作,与专门的解经之作有所不同。值得注意的是,《后汉书·班彪列传》所载班固奏记语:"传曰:'必有非常之人,然后有非常之事;有非常之事,然后有非常之功。'"①此语当出司马相如的《难蜀父老》:"盖世必有非常之人,然后有非常之事;有非常之事,然后有非常之功。"②可见其时,不仅先秦旧籍可称"传",后汉之人亦可认前汉之作为"传"。

（三）专门解经之作。此类大略相当于章氏所言的"附经之传"。这也是后世经、传对言时,传最通常的意义指向。此类之"传",又可分为以"传"称名和非以"传"名两种情况。前者如《汉书·艺文志》"诗经类"中的"《齐孙氏传》二十七卷""《齐后氏传》二十八卷""《韩内传》四卷"等③,例子较多,此处不再备举;后者则需略作说明。如《汉书·匡衡传》载匡衡上疏中有语:"传曰:'正家而天下定矣。'"④此句出《易·家人》之《象》辞,则此处之"传"当指《易》之《象》。《象》为解《易》之作,当无可疑。

不过,仍然有比较特殊的情形:《汉书·王褒传》:"于是益州刺史王襄欲宣风化于众庶,闻王褒有俊材,请与相见,使褒作《中和》《乐职》《宣布》诗,选好事者令依《鹿鸣》之声习而歌之。……宣帝召见武等观之,皆赐帛,谓曰:'此盛德之事,吾何足以当之!'褒既为刺史作颂,又作其传,益州刺史因奏褒有轶材。上乃征褒。"关于"颂",师古注曰:"即上《中和》《乐职》《宣布》诗也。以美盛德,故谓

---

① 《后汉书》卷四〇,中华书局,1965年版,第5册,第1330页。
② 《汉书》卷五七,第8册,第2584页。《后汉书》此处章怀太子注曰:"司马相如喻蜀之辞。"(《后汉书》卷四〇,第1331页)说明唐人并未见更早的文献记载。本文归诸司马相如,应无问题。
③ 《汉书》卷三〇,第6册,第1708页。
④ 《汉书》卷八一,第10册,第3340页。

之颂也。"关于"传",师古注曰:"解释颂歌之义及作者之意。"①表面看来,此处所言之"传"并非针对"经",这是否意味着不仅"经"可有"传",非经之作亦可有"传"呢?

如果仔细观察,会发现从益州刺史"欲宣风化于众庶"到依照《鹿鸣》之声来习歌三诗,王褒所上的三首诗无论从动机和效果上看,都是有意向《诗》靠拢的。而宣帝的谦虚态度并非毫无依据:《诗经》在汉代具有明显的"政教"色彩,体现着人事之伦、王道之迹。而追慕《诗经》之作,也就在某种程度上取得了与"经"相近的特质。宣帝称自己不足以当此盛德之事,也从一个侧面暗示出王褒所上之诗有类于"经"。如果联系师古注中"以美盛德,故谓之颂"的说法和《毛诗序》中"颂者,美盛德之形容"之语,我们甚至可以推测王褒所上之诗,与《诗》中之《颂》在内在精神上应颇为接近。那么,王褒本人为其作品所作的"传",即便不能直接称为解经之作,至少也算得上是一种流衍。

由上可知,汉代称"传"者虽众,但功能各自不同,性质亦复有异。《楚辞》中作品如果在汉代称"传",只有可能是上述第二种情形。但显然,《汉书·艺文志》"诗赋略"中"屈原赋二十五篇"之后,并未将《楚辞》中的非屈作次之,而是将这些作品分别计入其对应作者的赋作当中。这就标示着此处不可能存在"释经"的体例,反观"六艺略"中《易》《书》《诗》《礼》《乐》《春秋》各类,则思过半矣。是以"离经之传"的可能性不大。当然,"诗赋略"有其载录体例,未必能体现《楚辞》本身的特点。但如果真的是"离经之传"或者是类似于后汉人认前汉人作品为"传"的情形,何以任校书郎的王逸未

---

① 《汉书》卷六四,第 9 册,第 2821—2822 页。

有只言片语及之呢？既然《离骚经》的旧称可以得到解释，《楚辞》中作品如果称"传"，自然也会得到王逸的解释。但显然，不仅王逸没有解释，六朝及隋唐时期亦未见相关记载，直到宋代才见到《楚辞》中作品称"传"的记载。以此而论，《楚辞》中作品称"传"，当非始于汉代。也就是说，《楚辞》中的"经"与"传"并非同时之物，"经"乃遗称，而"传"并非出现在《楚辞》定型的汉代时期。以经传关系来探求《楚辞》的编纂体例，实际上是抹煞巨大的时空差别而强行建构。譬如"关公战秦琼"，作为谈资尚可，若据以规模史实，则不能无谬。难道《楚辞》编纂体例的确定意味着忽略《楚辞》成型的汉代吗？我们注意到，重大的变化见于宋代。那么，宋人的看法便值得仔细考量。

三、关于《楚辞》作品中的经传关系

从上面的考察中，我们知道《楚辞》作品中的经传关系并非《楚辞》中所本有，不能作为探求《楚辞》编纂体例的依据。但探讨《楚辞》作品中的经传关系有助于我们深入考察"经传说"和理解《楚辞》中本有的作品关系，所以不可忽略。

以现有材料论，不仅《楚辞》"经传本"最早见于宋代，从名目上以经传关系来称说《楚辞》中作品之间的关系，也最早见于宋代。先是吕祖谦，其在《吕氏家塾读诗记》中引郑玄《诗谱》中语："《小雅》十六篇，《大雅》十八篇为正经。"并在注中引孔疏之语："凡书非正经者谓之传，未知此传在何书也。"之后便阐述道："按《楚辞》，屈原《离骚》谓之经，自宋玉《九辩》以下皆谓之传。以此例考之，则《六月》以下，《小雅》之传也；《民劳》以下，《大雅》之传也。孔氏谓

凡书非正经者谓之传,善矣;又谓未知此传在何书,则非也。"①仔细察按之下,可知吕氏此处为明显的误读。

郑氏《小大雅谱》载:"传曰'文王基之,武王凿之,周公内之',谓其道同,终始相成,比而合之,故大雅十八篇,小雅十六篇为正经。"孔疏中"未知此传在何书"之句,乃针对此语而发②。孔疏要表明的只是不知道郑玄此处所引之"传"在何书。吕祖谦显然并未注意此种联系,而将孔疏中的"传"理解为《雅》中与"正经"相对的作品了,故对孔疏有否定之辞。按照吕氏的解释,孔疏中"未知此传在何书"的意思是:《小雅》《大雅》中"正经"之外的部分在何书?依此而论,孔疏竟然不知《小雅》《大雅》中"正经"之外的部分在《诗经》之中。孔疏虽或有矛盾之处,但还不至于如此低劣。遗憾的是,吕氏的这个误读在朱熹那里并未被察觉。《朱子语类》载弟子问"分'《诗》之经,《诗》之传',何也?"朱熹答曰:"此得之于吕伯恭。《风》《雅》之正则为经,《风》《雅》之变则为传。如屈平之作《离骚》,即经也。如后人作《反骚》与《九辩》之类则为传耳。"③这也再次确认了吕祖谦在《诗经》中划分经传的依据,是《楚辞》作品中的经传关系。那么,其依据何在呢?

还是朱熹提供了线索,其《楚辞辩证·上》"目录"条详引了吕祖谦《吕氏家塾读诗记》此处的内容,并作结道:"然则吕氏实据晁本而言,但洪、晁二本,今亦未见其的据,更当博考之耳。"④洪、晁二本面貌,前已大略论及。如果吕祖谦用经、传之称来划分《楚辞》

---

① （宋）吕祖谦《吕氏家塾读诗记》卷一七,《四部丛刊》本。
② 《毛诗正义》卷九,影印《十三经注疏》,中华书局,1980年版,第402页。
③ （宋）黎靖德编《朱子语类》卷八〇,中华书局,1994年版,第6册,第2093页。
④ （宋）朱熹《楚辞集注》,第171页。

中作品的根据确是晁本中的"经""传"标目,那么,其解读就值得仔细斟酌:吕氏对于《雅》中经、传的划分,效果是非经即传,同例相推,吕氏理解中的《楚辞》亦应如此。但如晁本所标,仅仅《离骚》为经,那么,自《九歌》到《渔父》,即《九辩》之前的诸篇显然成了非经非传的"怪物"!洪兴祖所得之"经传本",《九歌》以下皆标"传"名,亦与吕氏所论不符。当然,可能是吕祖谦辞非谨严,故有此疏漏。不过,晁氏《重编楚辞》及洪氏《楚辞补注》中,"离骚"作为大题的涵盖非《离骚》一篇,而为全部屈作。那么,吕氏所谓"屈原《离骚》谓之经",实际上更有可能是"屈原'离骚'谓之经",即屈作为经,《九辩》以下之非屈作为传。若此,则朱子所言并非无稽,而后世以屈作为"经"、非屈作为"传"之说,当推吕氏为宗师矣。但吕氏关于《楚辞》作品中经、传的划分似乎并未得到朱熹的认同。朱熹言"今亦未见其的据,更当博考之耳",某种程度上暗示出朱熹对于洪、晁二氏的"经传本"持保留态度。而其在答弟子问时认"《反骚》与《九辩》之类"为"传",已表明其与吕氏看法有异。

　　朱熹的意见,与其对《楚辞》一书所作的变动当是相应的。朱熹在《楚辞集注》中对《楚辞》的篇目进行了改动:删去《七谏》《九怀》《九叹》《九思》四篇,将《哀时命》次于《招隐士》之前,并将贾谊《吊屈原赋》与《鵩鸟赋》录于《惜誓》之后,屈作篇题皆冠以"离骚",而《九辩》以下篇题皆冠以"续离骚"。至于《反离骚》,朱熹《楚辞辩证上》曰:"若扬雄则尤刻意于楚学者,然其《反骚》,实乃屈子之罪人也,洪氏讥之,当矣。旧录既不之取,今亦不欲特收,姑别定为一篇,使居八卷之外,而并著洪说于其后。"①可知,《反离骚》原是附

---

① 　(宋)朱熹《楚辞集注》,第168页。

载于《楚辞集注》之后的①。那么，其所谓的"《反骚》与《九辩》之类"很有可能就是指《楚辞集注》中"离骚"之外的部分。而其所谓"屈平之作《离骚》，即经也"当亦认包含屈作之"离骚"为经，非仅指《离骚》一篇，这一点盖与吕祖谦相同。

明代张旭《重刊楚辞序》曰："夫何后之好事者，复参用晁本，乃于《目录》中《离骚》之下妄加一'经'字，而以《九歌》至《渔夫》皆为'离骚'，于此七题之上各加'离骚'二字；《九辩》与《招隐士》皆以为'离骚'之'传'，于此八题之上又各加'续离骚'三字。不宁惟是，复以'离骚一'至'七'等字，衍出二十有五之数，分属屈原五卷之文。牵强附会，不知甚矣，于朱子何加多哉！"②以现存宋本而论，"离骚""续离骚"之名当为朱子原本所有③。但张旭的否定之辞显然标示出其将《楚辞集注》中的"续离骚"作为"离骚"之传，结合上面的分析，可知朱子原意亦当如此。朱子"续离骚"之名，当源自晁补之。

晁氏《重编楚辞》而外，尚有《续楚辞》《变离骚》二书。二书今仅存其序④。其《续楚辞序》云："姑以其辞类出于此，故参取焉。"《变离骚序》上亦曰："若谓之'变楚辞'乎？则'楚辞'已非'离骚'，'楚辞'又变则无'离骚'矣。后无以复知此始于屈平矣。恶

---

①　朱熹之孙朱鉴刊刻此书时，删去了《楚辞集注》与《楚辞后语》的重复之处。（见人民文学出版社1953年影印宋端平本《楚辞集注》中朱鉴的《跋》）目前所见版本，《集注》之末仅有《反离骚》之目，注曰："见《后语》。"即指《反离骚》之文见于《楚辞后语》。

②　此序载国图藏明正德十四年沈圻刻本《楚辞集注》，参崔富章《楚辞书录解题》（上册），第86页。

③　参姜亮夫《楚辞书目五种》，中华书局，1961年版，第41—44页；崔富章《楚辞书录解题》（上册），第65—69页。

④　并见（宋）晁补之《鸡肋集》卷三六，《四部丛刊》本。

夫愈远而迷其源,若服尽然为之系其姓于祖,故正名以存之。"可知晁补之主要是从楚辞发展的源流角度来重构《楚辞》体系,故其推尊屈作甚力,许之为楚辞之祖。或许正是在这个意义上,屈作与非屈作才呈现出显明而严格的等级差别。吕氏以《楚辞》之经、传比《诗经》之正、变;朱子删增《楚辞》,分"离骚""续离骚"之目,无不与此有关。换个角度就是,宋代关于《楚辞》作品中的经、传之称,更多地代表着宋人对于《楚辞》中作品等级的认定,体现着《楚辞》中作品正统与非正统的分别,尽管其时之《楚辞》往往已非汉时之《楚辞》,而其时关于正统与非正统的认知也不尽相同。

元人祝尧云:"愚按晁氏《续骚》,《九辩》《招魂》《大招》《惜誓》《吊屈原》《鵩赋》《哀时命》《招隐士》凡八题悉谓之传,盖原为作者,玉乃述者尔。"①此处之《续骚》,似非晁氏之书,据其后所举之八篇,当为朱熹《楚辞集注》中"续离骚"的内容。则祝氏看法已与宋人有所不同:"传"成了述"经"之作。《楚辞》中的经、传关系开始转型。不过,晁、朱二人之《楚辞》已改变了汉时《楚辞》旧貌,由此而得出的作品关系及编纂体例,只能对应于宋人的《楚辞》而非汉时《楚辞》。

大约是看到了这一点,明代人的看法有所改变。明人王世贞《楚辞序》曰:"梓《楚辞》十七卷,其前十五卷为汉中垒校尉刘向编集,尊屈原《离骚》为经,而以原别撰《九歌》等章及宋玉、景差、贾谊、淮南、东方、严忌、王褒诸子,凡有推佐原意而循其调者为传。"②值

---

① 　(元)祝尧《古赋辩体》卷九《招魂》题下注,影印文渊阁《四库全书》第 1366 册,上海古籍出版社,1987 年版,第 837 页。

② 　(明)王世贞《弇州四部稿》卷六七,第 166 页。

得注意的是,王氏此处所论与洪兴祖所载的"经传本"是相应的。也就意味着,此时经、传范围的划分,已与世传《楚辞章句》系统的"经传本"相互匹配。这是一个重要的转变。而其对于《楚辞》中经、传关系的解读也在某种程度上符合了人们关于经、传关系的通行看法。后世刊刻《楚辞章句》者,有数家增入王世贞此《序》,盖非无因①。毕竟,像张旭那样强行为朱熹辩护的作法,是难以服人的。

　　后人围绕《楚辞》中经、传之名亦有一些论述,清顾成天《九歌解·自序》云:"自《离骚》一篇而外,若《九章》则《骚》之照面注脚也。"②虽未显言,但似乎承认作品之间存在释读关系。又如黄文焕《楚辞听直·凡例》云:

　　　　《远游》以及《天问》《九歌》《卜居》《渔父》《九章》,王逸本俱系"传"字于每题之下,朱子本无"传"字,而加"离骚"二字于每题之上。今所订者,"传"与"离骚"概从删焉。逸之系以"传"也,首篇为"经",则他篇自应为"传"。"传"之名,意亦非逸始。淮南王只作《离骚经章句》,班固、贾逵亦只《离骚经章句》,皆不及诸篇。惟视"经"为纲,"传"为目,故详于纲,略于目。"传"之名,盖从淮南、班、贾俱已有之。朱子加以"离骚"二字,二十五篇,本均称《离骚》,以其义概从《离骚》中出也。去"传"字而加"离骚",犹夫称传之旨也。譬诸《庄子》之外篇、杂篇,总内篇之注脚也。余之不系以"传",不冠以"离骚",盖曰屈子之意，未尝不即后申前，未尝不以此贯彼。固分之而亦经亦传，合之而总属《离骚》，无所不可。①

黄氏此论貌似深刻，实则前提有误：其将王逸《楚辞章句》本系有"传"字等同于王逸本人系"传"字。王逸《楚辞章句》版本系统中，固然有些有"传"字，但更多的本子并无"传"字，不能根据版本的或有去论定典籍的本有。且《楚辞》中作品称"传"，并非始于汉代，前已论。而黄氏所论，似乎仅限于屈作：《离骚》为"经"，则其他屈作为"传"。那么，"经传本"中非屈作也系有"传"字，又当何说？且朱子明言"后人作《反骚》与《九辩》之类则为传"，并未以屈作为"传"。是以黄氏虽删去"经""传"及朱子所加之"离骚"，但他的论述远不充分。

清林云铭《楚辞灯·凡例》曰："屈子本传，太史公云止作《离骚》，后人添出'经'字，且将《九歌》以下诸作，皆添一'传'字，不知何意。盖传所以释经，从无自作自释之例。而王逸《章句》，以'经'解作径字之义，又与诸篇加'传'之意不合矣。……余惟以太史公之言为主，将'经''传'二字及晦庵每篇加'离骚'二字，一概删去，以还其初而已。"②其所据之"经传本"，当同于洪兴祖所载之本。所谓"从无自作自释之例"，盖未深察，汉代王褒即有自作自释之例，前已述及。而其言王逸释"经"字义与"传"意不合，似亦以"传"字添于汉代，故不可信从。清夏大霖《屈骚心印·发凡》亦云："予

---

① （明）黄文焕《楚辞听直》，杜松柏主编《楚辞汇编》第2册，台北新文丰出版公司，1986年版，第4—6页。

② 参姜亮夫《楚辞书目五种》，第127页。

谓'经''传'字,自是后人多赘者,删之是。"①可见,无论赞成还是反对,传以释经仍然被多数人视为经传关系的核心质素,即使反对者的论证并不严密。

有所突破的应属清代的章学诚,其在《文史通义·经解下》中云:

> 若夫屈原抒愤,有辞二十五篇,刘、班著录,概称之曰《屈原赋》矣。乃王逸作《注》,《离骚》之篇,已有经名。王氏释经为径,亦不解题为经者,始谁氏也。至宋人注屈,乃云"一本《九歌》以下有传字",虽不知称名所始,要亦依经而立传名,不当自宋始也。夫屈子之赋,固以《离骚》为重,史迁以下,至取《骚》以名其全书,今犹是也。然诸篇之旨,本无分别,惟因首篇取重,而强分经传,欲同正《雅》为经,变《雅》为传之例;是《孟子》七篇,当分《梁惠王》经,与《公孙》《滕文》诸传矣。②

其后又在《乙卯札记》中曰:"郑氏《诗谱》,《小雅》十六篇,《大雅》十八篇为正经。孔颖达曰:'凡书非正经者谓之传,《六月》以下,《小雅》之传,《民劳》以下,《大雅》之传也。'《离骚》为经,而《九歌》以下为传,义取乎此。朱子云尔。"③查章氏两处所论,盖有四误:一误以《毛诗正义》中"凡书非正经者谓之传"之"传"等同于变《雅》,此误实为沿袭吕祖谦之误,朱熹亦未能免;二误以"《六月》以下,《小雅》之传,《民劳》以下,《大雅》之传也"之语为《毛诗正义》中

---

①　参姜亮夫《楚辞书目五种》,第185页。

②　(清)章学诚著,叶瑛校注《文史通义校注》,第111页。

③　(清)章学诚《章学诚遗书》外编卷二,文物出版社,1985年版,第376页。

文字，实则此为吕祖谦之语；三误以朱熹述吕祖谦之语归宗于朱子本人，冠带颠倒；四误以《楚辞》中经传之分乃取自《诗》中经传之例，殊不知吕氏本文意正相反：《诗》分经传源自《楚辞》之分经传。且吕祖谦所本为晁本，《九辩》以下为传，而非《离骚》为经，《九歌》以下为传之本。

章氏所论虽少翻检之功，但锋芒所及，仍有可观：首先，他注意到《楚辞》中"经""传"二名之间的时间差，指出"传"名乃"依经而立"，诚为卓识；其次，他并未耽于通常的经传之名来理解《楚辞》中的经传关系，意识到《楚辞》中的"经""传"关系主要标示着作品等级的划分，揭示了宋人的相关看法；再次，他指出《楚辞》中作品具有整体性，"诸篇之旨，本无分别"，不能因为一书中某些篇章的重要就强行改变该书的体例。

章氏所论颇有启发意义：一部典籍中往往有某些篇章相比之下显得更为重要或影响更为深远，但未必非要据此划出严格的等级标识，如分经分传、分主分客……当然，此种等级标识作为一种阐释亦自有其价值，但若以之作为本体并去推演其他，则不免夫以流为源，难得正解矣！《楚辞》中作品固然以屈作为重，而屈作中又以《离骚》为重，此乃共识。但若因此而轻视非屈作，则并不利于人们理解《楚辞》。单以《楚辞》成书或者说编纂研究而论，非屈作的价值似乎在屈作之上，因其有更多的参照系可资比较。

四、关于《楚辞》编纂体例的确定

前引诸家论述，虽时有涉及《楚辞》编纂体例者，但往往耽于经传之名而强言体例，是以疏漏颇甚。那么，究竟如何去确定《楚辞》

的编纂体例呢？这需要首先确定《楚辞》在汉代定型时的面貌。当前多数《楚辞》研究者认为刘向以前已有编集工作的进行①，这在目前不失为有益的推测。但不少人未加论证便径据之以讨论《楚辞》之种种，则不免混淆了典籍的成型与定型两个概念。

　　一般而言，不少典籍往往可能有多次成型，即在初次成型之后面貌常有变动，但这些变动过程及其相关信息在很多时候已经无法获悉，这就意味着，典籍最终成型即定型的面貌才最有可能被普遍认知并成为一个普遍意义上的讨论对象。依此而论，探求一部书的体例，最重要的依据和基础是其最终定型的面貌。无论此前曾有多少次编纂过程，也无论这些编纂过程带来了多少次互不相同的面貌，只有将它们整合进最终定型的面貌，即与最终定型的面貌表现出的体例取得一致时，才能作为此书的编纂体例来言说。否则，就只能是此书编纂的"体例预备"或"体例参考"。具体到《楚辞》的情形，不管刘向以前有多少人可能参与过相关集子的编纂，从目前的材料看，王逸关于十六卷本定自刘向的说法，尚没有证据可以推翻②。那么，我们对于刘向本人及之前

---

　　①　其中多数研究者以《招隐士》为断限，但所据篇次不同。如汤炳正先生据《楚辞释文》篇次（见《〈楚辞〉成书之探索》，《屈赋新探》，第97—99页），而姜亮夫先生则据《楚辞章句》篇次（见姜亮夫《洪庆善楚辞补注所引释文考》，《楚辞学论文集》，第397—398页）。

　　②　参力之先生《〈楚辞〉研究二题》，《〈楚辞〉与中古文献考说》，巴蜀书社，2005年版，第28—34页。黄灵庚先生曾认为："这'分为十六卷'是对《离骚》一篇而言，与《离骚》以外的其他作品毫不相干。"见其《〈楚辞〉十七卷成书考辨》，《复旦学报》2008年第3期。查王逸《离骚后叙》曰："而屈原履忠被谮，忧悲愁思，独依诗人之义而作《离骚》，……遂复作《九歌》以下凡二十五篇。……后世雄俊，莫不瞻慕，舒肆妙虑，缵述其词。逮至刘向，典校经书，分为十六卷。"这显然是说，刘向将屈作与"后世雄俊"之辞分为了十六卷，而非仅指《离骚》一篇。黄先生之说，恐有"断章取义"之嫌！

的编纂行为和理念的相关推测和认定,只有在保存了刘向编纂痕迹的《楚辞章句》的面貌中求得共同点,才有可能获取普遍意义,成为编纂体例的质素。换言之,《楚辞章句》乃探求《楚辞》编纂体例的真正起点。

　　经传关系非《楚辞》中本有的作品关系,前已论证。不过,研究者所明确揭示出的模拟和解读关系,似于《楚辞》中文献有征,值得讨论。关于模拟,目前已是学界之共识,虽然在过去常常被称以反面的说法——抄袭,并引发相关的作者问题。王逸《离骚后叙》曰:"屈原之辞,诚博远矣!自终没以来,名儒博达之士著造辞赋,莫不拟则其仪表,祖式其模范,取其要妙,窃其华藻,所谓金相玉质,百世无匹,名垂罔极,永不刊灭者矣。"①这里已经说得非常明白,后世辞赋对于屈作皆有模拟。而如果从《楚辞》文本出发,这样的例子恐怕举不胜举,本文从略。但此处所论显然并非仅限于《楚辞》中的非屈作,而是屈原之后的全部辞赋创作。刘勰《文心雕龙·辨骚》亦云:"枚、贾追风以入丽,马、扬沿波而得奇,其衣被辞人,非一代也。"②可见模拟屈原作品的并非只有《楚辞》中的非屈作。这就意味着,对屈作的模拟并不是此类作品得入《楚辞》或者说《楚辞》编集的充分条件,故不能作为《楚辞》的编纂体例来言说。

　　至于解读,除开那些"经""传"的附会,《楚辞章句》里亦有相关材料:

①　(宋)洪兴祖《楚辞补注》,第49页。
②　(南朝梁)刘勰著,范文澜注《文心雕龙注》,人民文学出版社,1958年版,第47页。

宋玉者,屈原弟子也。闵惜其师,忠而放逐,故作《九辩》以述其志。(《九辩序》)

宋玉怜哀屈原,……故作《招魂》,欲以复其精神,延其年寿,外陈四方之恶,内崇楚国之美,以讽谏怀王,冀其觉悟而还之也。(《招魂序》)

屈原放流九年,忧思烦乱,精神越散,与形离别,恐命将终,所行不遂,故愤然大招其魂。……因以风谏,达己之志也。(《大招序》)

言哀惜怀王,与己信约,而复背之也。……盖刺怀王有始而无终也。(《惜誓序》)

小山之徒,闵伤屈原,……故作《招隐士》之赋,以章其志也。(《招隐士序》)

东方朔追悯屈原,故作此辞,以述其志,所以昭忠信,矫曲朝也。(《七谏序》)

(严)忌哀屈原受性忠贞,不遭明君而遇暗世,斐然作辞,叹而述之,故曰《哀时命》也。(《哀时命序》)

(王)褒读屈原之文,……追而愍之,故作《九怀》,以裨其词。(《九怀序》)

　　（刘）向以博古敏达，……追念屈原忠信之节，故作《九叹》。（《九叹序》）

　　至刘向、王褒之徒，咸嘉其义，作赋骋辞，以赞其志。……窃慕向、褒之风，作颂一篇，号曰《九思》，以裨其词。（《九思序》）①

　　从中可以清晰地看到：《楚辞》中非屈作对于屈原之志都有述解（尽管角度不尽相同），也可以说对屈作都有着一定程度的补充和释读作用，起码王逸如此认为。但我们发现，贾谊的《吊屈原赋》亦为追伤屈原之作，对解读屈作亦有帮助，何以未被刘向编入《楚辞》呢？

　　又《汉书·扬雄传》载："（扬雄）乃作书，往往摭《离骚》文而反之，自岷山投诸江流以吊屈原，名曰《反离骚》；又旁《离骚》作重一篇，名曰《广骚》；又旁《惜诵》以下至《怀沙》一卷，名曰《畔牢愁》。"②《反离骚》已载《汉书》，其余两篇已佚。但从相关信息来看，这些作品虽有正有反，但均在某种程度上标示着对屈子及其作品的解读。宋代的晁补之虽然重构了《楚辞》体系，但仍认为"《离骚》之义待《反离骚》而益明"③，可谓善解。唐皮日休曰："扬雄之文，丘、轲乎？而有《广骚》也；梁竦之词，班、马乎？其有《悼骚》也。又不知王逸奚罪其文，不以二家之述为《离骚》之两派也。"④梁竦

　　①　（宋）洪兴祖《楚辞补注》，第 182、197、216、227、232、236、259、269、282、314 页。

　　②　《汉书》卷八七，第 11 册，第 3515 页。

　　③　（宋）晁补之《变离骚序上》，《鸡肋集》卷三六，《四部丛刊》本。

　　④　（唐）皮日休《皮子文薮》卷二《九讽系述》，《四部丛刊》本。

的《悼骚赋》出于东汉,其时刘向所集之十六卷本已面貌固定,非王逸所能施力。但扬雄之作入《楚辞》,起码在时间上应该是允许的。不过,《反离骚》一篇显然并未入汉代之《楚辞》。

另,《汉书·艺文志》"诗赋略"载有"淮南王赋八十二篇"和"淮南王群臣赋四十四篇"①,以淮南王刘安对屈作的推崇来看,这一百多篇赋当中,不可能只有一篇《招隐士》是"闵伤屈原……以章其志"的。以此种种而论,对屈作的解读,亦非《楚辞》编集的充分条件。确切地说,无论模拟还是释读关系,都只是在《楚辞》框架下对于作品关系的阐释和界定,根本无法反过来解释这个框架是如何建立的。要探求《楚辞》的编纂体例,不能仅仅依据框架内的所有,还要联系框架外的存在。

目前可知最深刻的考察来自力之先生,其远承王逸意绪并广泛结合传统文献加以考察的研究成果极具方法论意义,结论可大略撮述为:《楚辞》收录了屈原的所有作品,而非屈作入录的条件与作品之优劣无关,与作者是否楚人亦无关,是以司马相如无作品选入,东方朔之入选者亦非最佳之篇,而宋玉所作,仅《九辩》《招魂》在其域中。从成书体例之角度考察,《楚辞》中非屈原作品,均代屈原设言。这些作品中的"我",均为"屈原"②。这个观点可以完美

---

① 《汉书》卷三〇,第 6 册,第 1747 页。

② 力之《〈楚辞〉与中古文献考说》,巴蜀书社,2005 年版,第 3—15 页。此前费振刚先生从辞赋文体相异的角度也提到《楚辞》中非屈原作品的抒情主人公都是屈原,是模仿屈原语气,代屈原立言。虽涉及《楚辞》的编纂体例,惜未有专门考察。参其《辞与赋》,《文史知识》1984 年第 12 期;《全汉赋》前言,《全汉赋》,北京大学出版社,1993 年版,第 5 页;而力之先生则认为《楚辞》之"辞"非文体名,参其《试论赋的范围与汉赋"序文"之作者问题:读〈全汉赋〉》,载《〈楚辞〉与中古文献考说》,第 212—226 页;并在成书研究中将《楚辞》作品与赋广泛比较。二家立足点有异,本人赞同力之先生的考察。

地解释历代《楚辞》研究者关于《楚辞》收录非屈作尤其是汉人作品的诸多疑虑,是当代《楚辞》学的一大收获。

当然,这并不意味着《楚辞》编纂体例的全部。大凡谈论一部书的编纂体例,有两端不可或缺:一为收录标准,一为编排次序。一般而言,编排次序要确定收录标准之后才能具体操作。"代屈原设言说"已能成功解释《楚辞》的收录标准①,而关于编排次序,由于学界对此的意见较为复杂,本人将另文详论②。

结　　语

通过以上循流溯源的考察,可知《楚辞》编纂体例"经传说"存在诸多缺陷:《楚辞》中作品称"经"见于汉代,但仅为有限时空之现象;其作品称"传"非始于汉,且代有播迁,实难划一;"经""传"既非同时之物,"经传说"已无立足地,况且"经""传"二者虽共存于宋,不过是宋人重新建构的《楚辞》领域中关于作品的等级界定,与汉代之《楚辞》旧域无甚关联;直至明代,"经"、"传"之称乃重托身于汉代《楚辞》之域,二者关系方变而为"以传释经",然此种关系于《楚辞》之范围,充其量仅能"安内"而不明于"攘外",并无法确定

---

①　潘啸龙先生曾反对《楚辞》体例为"代屈原立言",并重点对《招魂》《招隐士》进行了论析,见其《楚辞》的体例与〈招魂〉的对象》,《安徽师范大学学报》2005 年第 4 期。嗣后,龚俅先生从《招隐士》研究的数个方面对潘说进行了精当的反驳,见其《关于〈楚辞·招隐士〉的几个问题》,《苏州科技学院学报》2007 年第 1 期;而钟其鹏先生则在梳理《招魂》研究史的过程中对潘说进行了反驳,见其《关于〈招魂〉体例与所涉礼制问题及其他:近二十年〈招魂〉聚讼焦点问题研究述评之二》,《云梦学刊》2009 年第 6 期。

②　参拙文《论王逸注次异于〈楚辞章句〉篇次——兼论〈楚辞章句〉注释的五个阶段》,《广西师范大学学报》2015 年第 5 期;亦见本书"先秦两汉编"。

《楚辞》的收录范围,《楚辞》之编纂体例如何据此而定? 故此"经传说",虽信者颇众,渊源有自,实则每步皆失,终不得大谊之所在。然学术源流亦于斯概见,可为世之学者深思之助焉。

(原载《中国诗歌研究》第九辑,社会科学文献出版社,2013 年9 月版。本次收录略有增改)

论王逸注次异于《楚辞章句》篇次

——兼论《楚辞章句》注释的五个阶段

　　《楚辞》原始篇次如何,学界迄今尚未达成统一意见。究其原因,主要有三:一是现存《楚辞》版本的篇次不同;二是版本不同导致研究者对于《楚辞》中作品及序文的真伪有所争论;三是争论导致《楚辞》的收录标准众说纷纭。如此一来,探究《楚辞》的原始篇次,进展甚微。令人振奋的是,对于《楚辞》的收录标准,"代屈原设言"说已能较为圆满地予以解释①。而其对于探求《楚辞》的原始篇次,意义亦非同小可:首先,该观点的论证过程没有与篇次的众说纷纭发生纠缠,这就决定了其可以作为合格的参照系。其次,"代屈原设言"说及其相关论点,完全扫清了宋代以来在《楚辞》作品及序文真伪问题上并无实据的怀疑。这就意味着:《楚辞》篇次的探讨,有了可以信据的基础。

　　《楚辞》的篇次目前可知的主要有两种:一、《楚辞章句》(以下

---

　　① 力之《〈楚辞〉与中古文献考说》,巴蜀书社,2005 年版,第 138、212—226 页。此前,费振刚先生曾提及《楚辞》中非屈作的主人公都是屈原,是模仿屈原语气,代屈原立言。但所言简略,未涉及《楚辞》之编纂。参其《辞与赋》,《文史知识》1984 年第 12 期;《全汉赋·前言》,北京大学出版社,1993 年版,第 5 页。

简称《章句》)本篇次。依次是:《离骚》《九歌》《天问》《九章》《远游》《卜居》《渔父》《九辩》《招魂》《大招》《惜誓》《招隐士》《七谏》《哀时命》《九怀》《九叹》《九思》。这是目前通行本的篇次。二、《楚辞释文》(以下简称《释文》)本篇次。依次是:《离骚》《九辩》《九歌》《天问》《九章》《远游》《卜居》《渔父》《招隐士》《招魂》《九怀》《七谏》《九叹》《哀时命》《惜誓》《大招》《九思》。至于宋代晁补之等重定的《楚辞》,是在新的认知基础上编选的书籍,本文暂不涉及。

　　两种篇次,宋人已论及。《楚辞补注》目录后洪兴祖注曰:"按《九章》第四,《九辩》第八,而王逸《九章》注云:'皆解于《九辩》中。'知《释文》篇第盖旧本也,后人始以作者先后次序之耳。"①晁公武《郡斋读书志》如出一辙,并多出"或曰天圣中陈说之所为也"之语②。陈振孙《直斋书录解题》引洪氏之说,并言:"朱侍讲按:天圣十年陈说之序,以为旧本篇第混并,乃考其人之先后,重定其篇第。然则今本说之所定也。"③朱侍讲即朱熹,其说见于《楚辞辨证》④。显然,诸说均倾向《释文》篇次要早于《章句》篇次,并推测《章句》以作者先后为序,是后人"重定其篇第"的结果。其言陈说之所定,似不妥当。洪兴祖《楚辞补注》中,径引"古本"15次,引"唐本"3次,皆未言其次序异于《章句》篇次,可知《章句》篇次来源当甚早,应非宋人所定。

　　宋人关于《释文》篇次较早的论断,为后世诸多学者所认可。其依据即《章句》中《九章》之下出现的"皆解于《九辩》中"之语。笔

　　① (宋)洪兴祖《楚辞补注》,中华书局,1983年版,第3页。
　　② 孙猛《郡斋读书志校正》卷一七,上海古籍出版社,1990年版,第805页。
　　③ (宋)陈振孙《直斋书录解题》卷一五,上海古籍出版社,1987年版,第434页。
　　④ (宋)朱熹《楚辞集注》,上海古籍出版社,1979年版,第172页。

者查检全书,此为唯一可能与《章句》本篇次龃龉的注语。另外,
《章句》在《九辩》之序而不是在《九歌》《九章》之序中释"九"之义,
刘永济《屈赋通笺》已有揭示①。这似乎有利于《释文》篇次为"旧
本"的推论。汤炳正先生吸收以上诸家成果,力证《释文》篇次为古
本篇次,并据以探讨《楚辞》之成书过程,颇为学界尊崇。其中牵涉
到《文心雕龙》的一些内容,十分引人注目。

　　《文心雕龙·辨骚》:"故《骚经》《九章》,朗丽以哀志;《九歌》
《九辩》,绮靡以伤情;《远游》《天问》,瑰诡而惠巧;《招魂》《招隐》,
耀艳而深华;《卜居》标放言之致,《渔父》寄独任之才。故能气往轹
古,辞来切今,惊采绝艳,难与并能矣。自《九怀》已下,遽蹑其迹,
而屈、宋逸步,莫之能追……枚、贾追风以入丽,马、扬沿波而得奇,
其衣被词人,非一代也。"②关键是"自《九怀》已下,遽蹑其迹,而
屈、宋逸步,莫之能追"一句的解读。范文澜先生注语中引晁公武、
洪兴祖关于《释文》篇第当为旧本的推测后,言:"据此,彦和所云
《九怀》(王褒作)以下,当指东方朔《七谏》、刘向《九叹》、严忌《哀时
命》、贾谊《惜誓》、王逸《九思》诸篇。"③这是根据《释文》篇次对《文
心雕龙》此句作出的解释。汤炳正先生根据《文心雕龙》此处所述
论道:

　　　　这就非常清楚地看到了刘氏所据的本子,对汉人的作品
　　不像今本那样以贾谊的《惜誓》起首,依年代顺序排下来,而是
　　跟《楚辞释文》的篇次一样,以王褒的《九怀》起首。所以才用

　①　刘永济《屈赋通笺》,人民文学出版社,1961年版,第48页。
　②　(南朝梁)刘勰著,范文澜《文心雕龙注》,人民文学出版社,1958年版,第47页。
　③　(南朝梁)刘勰著,范文澜《文心雕龙注》,第57页。

"自《九怀》以下"一句概括汉人的全部作品。如果依今本篇次，则《九怀》之前的汉人作品还有贾谊的《惜誓》、淮南小山的《招隐士》、东方朔的《七谏》、严忌的《哀时命》等，难道这些作品不是"遽蹑"屈、宋之"迹"的吗？难道这些人独能"追""屈、宋逸步"吗？这显然不是刘氏立论的本旨。只有根据《楚辞释文》的篇次，才能正确理解刘文的意义。由此可以证明，梁代刘勰所据《楚辞章句》的篇次，也跟《楚辞释文》的篇次相同。①

汤先生此论暗含两个前提：一、刘勰所据之本的篇次要么同于《章句》篇次，要么同于《释文》篇次，必须与两者之一保持一致；二、刘勰"自《九怀》以下"之句，指的是《楚辞》中全部汉人作品。由于《章句》次序无法与前提二取得一致，所以根据前提一，刘勰所据之本的篇次同于《释文》篇次。

如果仔细比对《文心雕龙》此处所及与《章句》和《释文》的篇次，恐怕并不能对这两个前提表示合理的赞同。刘勰此处可能只是举例性质，诚如汤先生言："是根据屈、宋作品的艺术风格来归类排列的，不是依篇次来排列的。"②即使将其中所论坐实为具体篇目，联系"枚、贾追风以入丽，马、扬沿波而得奇"之语来理解，可以明显看出"枚、贾"和"马、扬"是"追"了的，而且各有所得。那么，"自《九怀》以下"之语就正好可以说明：王褒《九怀》之前，还是"能追"的。依《章句》本的篇次观之，完全没有扞格矛盾的

---

① 汤炳正《屈赋新探》，齐鲁书社，1984年版，第90—91页。
② 汤炳正《屈赋新探》，第90页。

地方。所以，依据《文心雕龙》来判断《楚辞》篇次的作法，是十分勉强的。

　　关于《释文》篇次的由来，姜亮夫先生曾言："《章句》今传之次，即刘向原本，无可疑。然《释文》今次，引《九怀》冠于汉代诸家之首，……则吾人可设想，为卷轴册页之一反复，当出于过录者之无知遗误。"①周苇风先生亦有相似论述："由于刘向《楚辞》十六卷只在《离骚》《九辩》后分别系有'经''传'，卷、策相积，次序混乱，经、传不复分明。"②两家都认为《释文》篇次的产生，是由于刘向十六卷《楚辞》的次序错乱，且都或隐或显地认为王逸注释所据即《释文》篇次，而今本《章句》的篇次应是有人恢复了刘向十六卷《楚辞》篇次的结果。这样的解释，既欲照顾今本《章句》与刘向十六卷本的紧密联系，又欲弥缝《九章》注中"皆解于《九辩》中"之语与《章句》篇次之间可能出现的矛盾，彰显出研究者的努力。但深究之下，似有未妥。

　　众多周知，《章句》的形成以刘向十六卷《楚辞》为基础，作品仅多出王逸的《九思》。王逸曾入中秘校书，他在《章句》中明言："逮至刘向，典校群书，分为十六卷……今臣复以所识所知，稽之旧章，合之经传，作十六卷章句。"③说明其对刘向十六卷本十分了解，若其《章句》篇次果异于刘向十六卷本，不应丝毫不提；若言刘向本篇次错乱而由他人恢复原次，那么，以当时条件衡量，似未有比王逸更合适且更具影响力的人选。因此，在尚未有更多证据的情况下，我们仍然要承认：除了自作的《九思》，王逸《章句》的篇次与刘向定

____

① 姜亮夫《楚辞学论文集》，上海古籍出版社，1984年版，第401页。
② 周苇风《〈楚辞〉编纂体例探微》，《文学遗产》2006年第5期。
③ （宋）洪兴祖《楚辞补注》，第48页。

本的篇次应是相同的①。也就是说，《楚辞》的原始篇次，即《章句》中除去《九思》之外的作品次序，而非《释文》篇次。

同时亦可看到，王逸《章句》是在《招魂》而不是在《大招》《招隐士》中释"招"之义，这一点与《章句》篇次更为对应，姜亮夫先生已显言之②。此可为《释文》篇次非《楚辞》原次之侧证。汤炳正先生曾言："凡见于前者即略于后，乃王逸《楚辞章句》的惯例。"③由于此论乃为《释文》篇次张目，故遭受不少非议，但总体来看，似亦不能算错。关键是，"详前略后"的注释是否一定与篇次严格对应？

《释文》被认作"旧本"的最重要依据是《九章》注中"皆解于《九辩》之中"语。此外，便是《章句》在《九辩》而非于《九歌》《九章》中释"九"之义。而不利的证据是，《章句》在《招魂》而非于《大招》《招隐士》中释"招"之义。目前看来，直接据此来探讨篇次，恐怕难以解决问题。既然这些现象均源出《章句》，那么，解读工作就首先要以《章句》为依归。根据《章句》，《九辩》《招魂》均为宋玉的作品。王逸在此两处释"九"与"招"，值得推敲。

《离骚》后叙曰："至于孝武帝，恢廓道训，使淮南王安作《离骚经章句》，则大义粲然……逮至刘向，典校经书，分为十六卷。孝章即位，深弘道艺，而班固、贾逵复以所见改易前疑，各作《离骚经章句》。其余十五卷，阙而不说。"④《后汉书·马融列传》载："注《孝

---

①　王伟先生认为今本《章句》非《章句》原貌，并具体论证了《章句》古本面貌。见其《王逸〈楚辞章句〉篇次新探》，《中南民族大学学报》2011 年第 2 期。但其文中并未论及《章句》本篇次与刘向定本篇次的关系，且对《释文》过分依赖，立论不够稳妥。

②　姜亮夫《楚辞学论文集》，第 392 页。

③　汤炳正《汤炳正论楚辞》，上海科学技术文献出版社，2008 年版，第 110 页。

④　(宋)洪兴祖《楚辞补注》，第 48 页。

经》《论语》《诗》……《离骚》。"①可知王逸之前或几乎同时,刘安、
班固、贾逵、马融等均作过《离骚》的注释。《章句》中《天问》后
叙曰:

> 昔屈原所作,凡二十五篇,世相教传,而莫能说《天问》,以
> 其文义不次,又多奇怪之事。自太史公口论道之,多所不逮。
> 至于刘向、扬雄,援引传记以解说之,亦不能详悉。所阙者众,
> 日无闻焉。既有解□□□词,乃复多连蹇其文,蒙颁其说,故
> 厥义不昭,微指不哳,自游览者,靡不苦之,而不能照也。今则
> 稽之旧章,合之经传,以相发明,为之符验,章决句断,事事可
> 晓,俾后学者永无疑焉。②

由此处所言可知,王逸之前已有关于屈原二十五篇的解说。这一
点蒋天枢先生已有阐发③。不过,对于《天问》的解说一直是个难
题。刘向、扬雄曾对《天问》作过注释一类的工作,虽较前有所进
展,但终究不能令人满意。既然王逸作《章句》时屈原作品已有解
说,那么,引起无穷争论的三种现象:《九章》注中出现的"皆解于
《九辩》之中"之语、释"九"于《九辩》、释"招"于《招魂》,就有了共同
的指向——王逸作《章句》时极有可能始于宋玉的作品,而非始于
已有旧注和旧说的屈原作品。

　　这一点可以在《九辩》序中得到印证:"九者,阳之数,道之纲纪
也。故天有九星,以正机衡;地有九州,以成万邦;人有九窍,以通

---

① 　《后汉书》卷六〇,中华书局,1965 年版,第 1972 页。
② 　(宋)洪兴祖《楚辞补注》,第 118—119 页。
③ 　蒋天枢《楚辞论文集》,陕西人民出版社,1982 年版,第 217—218 页。

精明。屈原怀忠贞之性,而被谗邪,伤君暗蔽,国将危亡,乃援天地之数,列人形之要,而作《九歌》《九章》之颂,以讽谏怀王。明己所言,与天地合度,可履而行也。宋玉者,屈原弟子也。闵惜其师,忠而放逐,故作《九辩》以述其志。至于汉兴,刘向、王褒之徒,咸悲其文,依而作词,故号为'楚词'。亦采其九以立义焉。"①这里释"九"之义,具有纵贯性质,首先对应于屈原,然后方及宋玉,再及刘向、王褒。这种总领性质的阐说最有可能出现在开端的时刻。再联系其下释"楚词"之语,读者明显可以感觉到一种总体的观照和把握。在此处释"楚词",甚至极有可能标示着:王逸作《章句》是始于《九辩》一篇。无疑,这一点与今本《章句》的篇次更易保持一致。

如此,貌似可以用来考量篇次的证据可能与篇次无关。此前被认为是可以证明今本篇次非原次的证据,目前充其量只能标示出王逸作注的次序而不是作品的篇次。以《释文》篇次为《楚辞》原次,证据显然不足。至于《释文》篇次从何而来,是否源于《章句》本而发生了错乱或被改动,目前尚难以断定。不过,《九怀》序中"以裨其词"下有"《释文》作埤"之类的注语②,可证《释文》中应该保存有《章句》之序。当然,我们目前能够看到的注释系统,以《章句》为最早。是否存在《章句》之外的注释系统,而《释文》正好存留了其中的篇次排列,仍待探究。

今本《章句》中的注释面貌复杂,不仅有王逸本人的注解,亦应包含王逸之前的《楚辞》旧注,且《章句》"自宋以来,已非逸之旧本"③,今本中混入了不少后人之注。如此,探究今本《章句》的注

---

① (宋)洪兴祖《楚辞补注》,第 182 页。
② (宋)洪兴祖《楚辞补注》,第 268—269 页。
③ 四库全书研究所《钦定四库全书总目》,中华书局,1997 年版,第 1974 页。

次,对于探求《章句》的原貌和成书过程乃至《楚辞》的成书过程,都是有帮助的。不过,许多研究者似乎仍将今本《章句》之注悉数归诸王逸,起码在称呼上是如此。为避繁琐,本文不再一一辩驳。

据研究,今本《章句》中的注释大致可分为两种类型:散体注释和韵体注释。二者的内容皆为训解文字,解释语句,体制上散体注释更自由,但在内容上韵体注释更灵活①。韵体注释当前已得到不少关注,综合来看,除去《九思》之外,韵体注出现的篇章主要有《九章》中的《抽思》《思美人》《惜往日》《悲回风》和《远游》《卜居》《渔父》《九辩》《招隐士》《九怀》这些作品。如果将"也"算入字数,并对注语中的韵语详细划分,可得两种形式:八言和四言②。《九章》中的《哀郢》《抽思》《思美人》《惜往日》《悲回风》和《远游》《九辩》《九怀》的韵体注语几乎全为八言;《渔父》中则几乎全为四言;《卜居》《招隐士》二者参半。值得注意的是,《九章》中的《思美人》和《远游》《卜居》《渔父》《九辩》《招隐士》《九怀》中几乎没有训解文字的现象。

另外,根据《章句》中注语释句的单位,可以将除王逸《九思》以外的作品大致分为两个大的方面:

一、单句释义,计有《九歌》中的《国殇》,《九章》中的《惜诵》《抽思》《思美人》《惜往日》《悲回风》,以及《远游》《卜居》《渔父》《九辩》《招隐士》《九怀》等作品。其中,《招隐士》较为特殊,在单句中

----

① 陈松青:《王逸注释〈楚辞〉的文学视角——〈楚辞章句〉之"八字注"探析》,《中国文学研究》2003 年第 1 期;曹建国:《〈楚辞章句〉韵体注考论》,《文学评论》2010 年第 5 期。

② 这种区分亦被称为"节律评注"和"简约评注",参［德］白马著,张慧文译《不同的评注,不同的评注者?——以〈楚辞章句〉的多样化评注为基础试探本书的成书过程》,《中国楚辞学》第九辑,学苑出版社,2007 年版。

以"兮"字为界,分别注释。

二、双句释义,计有《离骚》《九歌》(除去《国殇》)《天问》《招魂》《大招》《惜誓》《七谏》《哀时命》《九叹》和《九章》中的《涉江》《哀郢》《怀沙》《橘颂》等作品。其中,《九歌》中的《湘君》共 38 个单句,18 个为单句释义,20 个为双句释义,二者基本持平。

若据前文所论,以王逸《章句》之作始于《九辩》,那么,与其面貌最接近之注语应是《九章》中的《思美人》和《九怀》之注。三者不仅皆为单句释义,且皆为八言韵体,而且八言韵体注在各自篇目注释中所占的比例均为 90％以上,《九怀》约为 99％,《九辩》约为97％,《思美人》约为 94％。如果将此视为第一阶段,那么第二阶段应属《九章》中的《惜往日》和《远游》之注。二者亦为单句释义、八言韵体注,八言韵体注在各自篇目注释中所占的比例均为 80％以上,《惜往日》约为 82％,《远游》约为 85％。

第三阶段应为《卜居》《渔父》《招隐士》之注。三者皆以韵体注为主体,且都有不同程度的四言注。至于四言注为何出现在此三篇中,应与作品的体制有关。《卜居》《渔父》皆以"屈原既放"起篇,带有较强的叙事色彩,且全篇结构为对话形式,与《楚辞》中其他作品诗性抒情的特征极为不同。其注释自当与作品体制贴合,而有所差异。也就是说,此三篇作品之四言注,应是八言注为了适应具体作品体制的变种,与八言注在本质上应无甚差别。

第四个阶段应为《九章》中的《抽思》《悲回风》《哀郢》之注。三者面貌均韵体与散体并存,《抽思》注为韵散杂错;《悲回风》之注前半多韵,后半多散;《哀郢》中韵体注则多半在后。《抽思》中韵体注所占比例约为 67％,《悲回风》中约为 43％。《哀郢》中注语约为

27％。韵体注比例的减弱,说明比起纯粹的韵体注,不同注释面貌的差异在增加。《哀郢》注不仅散体较多,且为双句释义,不同于《抽思》《悲回风》的单句释义,可知其注释面貌之形成当晚于其余二者。

第五个阶段应以散体注为主,包括《离骚》《九歌》《天问》《招魂》《大招》《惜誓》《七谏》《哀时命》《九叹》和《九章》中的《涉江》《怀沙》《橘颂》等篇章的注释。目前来看,此中注次先后,尚无良好的标准以供探求,暂付阙如。

需要说明的是,上述五个阶段的划分,只是暂时的拟测,并非没有改良的余地。《章句》有一处注语需要注意:《惜往日》"闻百里之为虏兮……宁戚歌而饭牛"句下注曰:"见《骚经》《天问》。"①这似乎与上面的推导不符,但依据此注恐怕并不能推翻本文的推论,原因至少有二:一是此注可能被加工过;二是此处所言可能是以《离骚》《天问》的旧注为基础的。不妨参照另一处情况:《远游》中"驾八龙之婉婉兮,载云旗之逶蛇"两单句下分别有"虬螭沛艾,屈偃蹇也"和"旌旗竟天,皆霓霄也"。此二句见《骚经》"的注语②。《离骚》中句同,惟"逶蛇"作"委蛇",注曰:"言己乘八龙,神智之兽,其状婉婉,又载云旗,委蛇而长也。驾八龙者,言己德如龙,可制御八方也。载云旗者,言己德如云,能润施万物也。"③《章句》中的"言……",皆为前此的补充,如果将两处注语合观,可见后者实为前者的补充,即《远游》之注,要早于现存《离骚》注中的某些部分。这也可以印证前文的考察。

①　(宋)洪兴祖《楚辞补注》,第 151 页。
②　(宋)洪兴祖《楚辞补注》,第 169 页。
③　(宋)洪兴祖《楚辞补注》,第 46 页。

《章句》中韵体注的年代,据学者研究,当在王逸之前①。这就意味着,王逸《章句》之作,很大一部分应是在前人注释的基础上加工、整理,而不纯以自身的注释为底色。但如何区分旧注和王逸之注、如何剔除王逸之后羼入的注释,目前还未有严谨而科学的研究理路,仍需学界深入探讨。

（原载《广西师范大学学报》2015 年第 5 期）

---

① 曹建国《〈楚辞章句〉韵体注考论》,《文学评论》2010 年第 5 期;陈鸿图《〈楚辞章句〉韵文注的时代》,《中国楚辞学》第十六辑,学苑出版社,2011 年版。

《汉书·艺文志》"诗赋别立"及"先赋后诗"探析

  《汉书·艺文志》承《七略》之分类,于后世目录学乃至整个中华学术厥功至伟,千载以来,赞者不绝。清代学者章学诚所言可为代表:"校雠之义,盖自刘向父子部次条别,将以辩章学术,考镜源流,非深明于道术精微、群言得失之故者,不足与此。后世部次甲乙,纪录经史者,代有其人;而求能推阐大义,条别学术异同,使人由委溯源,以想见于坟籍之初者,千百之中,不十一焉。"①可知在章氏看来,"部次条别"不仅是简单的分类,更有着探讨学术源委的意义。不过,章氏对《汉书·艺文志》也时有批评:"《汉志》最重学术源流,……然立法创始,不免于疏,亦其势耳。"②这"不免于疏"中,便相当多地涉及《诗赋略》与《六艺略》中《诗》类的关系。如:

    《诗赋》篇帙繁多,不入《诗经》,而自为一略,则叙例尚少发明其故,亦一病也。③

---

  ① (清)章学诚著,叶瑛校注《文史通义校注》附《校雠通义》卷一,中华书局,1985年版,第945页。
  ②③ (清)章学诚著,叶瑛校注《文史通义校注》附《校雠通义》卷二,第994页。

赋者古诗之流,刘勰所谓"六义附庸,蔚为大国"者是也。义当列诗于前,而叙赋于后,乃得文章承变之次第。刘、班顾以赋居诗前,则标略之称诗赋,岂非颠倒与? 每怪萧梁《文选》,赋冠诗前,绝无义理,而后人竞效法之,为不可解。今知刘、班著录,已启之矣。又诗赋本《诗经》支系,说已见前,不复置议。①

而《诗赋》自为一略,不隶《诗经》;则以部帙繁多,不能不别为部次也。惜其叙例,不能申明原委,致开后世诗赋文集混一而不能犁晰之端耳。……诗歌一门,自为一类,虽无叙例,观者犹可以意辨之,知所类别。②

综其所论,盖有二端不满:一是"诗赋"不入《诗》类,却无叙例以明之;二是《诗赋略》名标先诗后赋,但具体内容却是"赋"在"歌诗"之前。章氏的意思很明显:"诗赋"虽不入《诗》,但"本《诗经》支系",而其中"歌诗"显然与《诗》关系更为密切,应列于"赋"前。

关于"诗赋"不入《诗》类,阮孝绪《七录序》中已有论述:"刘氏之世,史书甚寡,附见《春秋》,诚得其例。今众家记传,倍于经典,犹从此志,实为繁芜。且《七略》诗赋,不从六艺诗部,盖由其书既多,所以别为一略。"③章学诚看来同意了此说,虽然因原始依据无

---

① (清)章学诚著,叶瑛校注《文史通义校注》附《校雠通义》卷三,第1065页。
② (清)章学诚著,叶瑛校注《文史通义校注》卷七《永清县志文征序例》,第792—793页。
③ (唐)释道宣《广弘明集》卷三,影印文渊阁《四库全书》第1048册,上海古籍出版社,1987年版,第262页。

法得知而意有未甘。后来的学者，大抵因循而述。如余嘉锡《古书通例》云："以《七略》中史部附春秋之例推之，则《诗赋》本当附入《六艺》诗家，故班固曰：'赋者，古诗之流也。'其所以自为一略者，以其篇卷过多，嫌于末大于本，故不得已而析出，此乃事实使然，与体制源流之说无与也。"①又如孙钦善先生据《七录序》的说法推演道："这是因为当时史书尚少，尚未独立成专门学科，故推记事之史的本源，而附之于《春秋》。……'诗赋略'反映了战国至汉的文学主流。诗赋从渊源关系上看，本出自《诗经》，其所以不附《诗经》之后，而独立成一略，是因为家数、篇数剧增，不得不据图书发展的实际情况分类。"②这便是目前文献学界的主流看法③。

　　当然，也有另外的角度。如刘师培在《论文杂记》中指出："若诗赋诸体，则为古人有韵之文，源于古代之文言，即别于六艺九流之外；亦足证古人有韵之文，另为一体，不与他体相杂矣。"④刘氏此处的"有韵之文"与"文言"是两个不同时代的概念，其对"文言"的界说是："藻绘成文，复杂以骈语韵文，以便记诵，如《易经》六十四卦及《书》《诗》两经是也。"⑤而其以诗赋诸体为"有韵之文"，则表明他承认诗赋诸体可溯源于《诗》。但他实际上是以"有韵之文"

　　①　余嘉锡《古书通例》，上海古籍出版社，1985年版，第64页。
　　②　孙钦善《中国古文献学史》，中华书局，1994年版，第112页。
　　③　李零先生曾引余嘉锡先生说并再加补充道："《汉志》以史书附春秋，但不以诗赋附诗，原因是这类材料太多，诗类装不下。它是以汉代的作品为主，外加它的源头，即楚辞，不包括《诗经》。"（《简帛古书与学术源流》，生活·读书·新知三联书店，2004年版，第326页）李先生言《诗赋略》"以汉代的作品为主"，一点不假；但断其源头为"楚辞"，则失于武断。事实上，"诗赋略"中的作品不可能全部都源于"楚辞"，无论对"楚辞"作出何种解释。
　　④　刘师培《中国中古文学史·论文杂记》，人民文学出版社，1984年版，第114页。
　　⑤　刘师培《中国中古文学史·论文杂记》，第109页。

与"文言"两个概念的区分作为诗赋诸体别于"六艺"之外的原因，不得不说，这是某种程度上的回避。刘咸炘《文学述林》则曰："盖自《七略》条别六艺、诸子，而诗赋专为一类，此类体性主于抒情，又用整齐之式及韵，与《书》《春秋》《官礼》之流之叙事，诸子之论理者不同。"①这是从内容及体性方面做的区分。今日更多的研究者则认为《诗赋略》的出现标志着文学与学术或者说经学的分离，文学开始具有独立的地位②。这种站在今日所谓文学立场的解释自然有其道理，且论述起来颇为方便，但仅以今日的文学观念来探因，恐怕缺乏"了解之同情"。最重要的应该是汉人自身的看法，我们的考察必须首先顾及汉代的语境。

关于"先赋后诗"的问题，关注者相对较少。民国时期段凌辰先生曾针对章学诚的意见提出看法："汉世为赋之极盛时代，作家之多，作品之富，远非歌诗所及。故以赋居前，以诗次后，正所以著赋之盛且大也。章氏知诗赋繁多，自为一略；不知赋篇繁多，故次于诗前，异哉。……至诗赋二名相次，实当时习惯使然，无顺逆之可言也。"③这个解释明显是将章氏提出的两个问题放在一起进行探讨，其实仍是脱胎于《七录序》中诗赋既多之说，并以赋作之繁盛为根由来回答章氏关于"先赋后诗"的疑虑。不过，尹海江先生经过详细论析，雄辩地证明了从篇卷数量上来确定"诗赋"别立的原

---

① 黄曙辉编校《刘咸炘学术论集·文学讲义编》，广西师范大学出版社，2007年版，第6页。

② 此类例证极多，略举近年来数例：曹虹《中国辞赋源流综论》，中华书局，2005年版，第15页；伏俊琏《俗赋研究》，中华书局，2008年版，第8—10页；侯文学《汉代经学与文学》，人民出版社，2010年版，第18页；吴崇明《班固文学思想研究》，上海古籍出版社，2010年版，第120—122页。

③ 段凌辰《汉志诗赋略广疏》，《河南大学学报》1934年第1期，第17—18页。

因是难以成立的，他认为《汉志》的排序体现了汉代的学术等级，从
"六艺"、诸子、诗赋到兵书、数术、方技，学术地位依次而递减。诗
赋虽同源于经《诗》，然而汉代学术等级严明，而当时诗赋地位不
高，是以别为一略；"歌诗"不入经《诗》，"歌诗"后于诸赋，乃因其学
术地位不高。至于标目中诗先于赋，是作者行文不拘的原因①。
此处的"行文不拘"与段氏的"习惯使然"，可谓合辙之语②。

　　程千帆先生也曾部分触及这个问题，其曰："在唐以前的纯文
学的领域中，赋是主要的、很流行的文体，因此，有些古代学者认为
它的地位比诗为高，如东汉班固根据刘歆《七略》编成的《汉书·艺
文志》著录当时传世作品，先赋后诗，赋分四种而诗仅一种。梁萧
统《文选》甄录历代作品，也以赋为首而诗次之。在五言诗及乐府
诗形成并逐渐兴盛之后，赋也仍与诗并列，仅次于诗。"③对于《诗
赋略》标目中的先诗后赋，程先生并未解释。不过，既然诗赋作品
与《诗》颇有渊源，那么，"先赋后诗"的现象就不能够仅仅限于所谓
的"纯文学"领域中去考察，而必须联系《诗经》才能得到合理性解
释。从"先赋后诗"直接得出赋的地位比诗高，恐怕并不太恰当；而
以之作为时人的看法，盖亦有失公允。

　　其实，阮孝绪所谓"盖由其书既多"，本属推测之词，后人坚而
实之，遂以诗赋数量的繁多为"诗赋"别立之由。今日看来，恐不能

---

　　①　尹海江《论〈汉书·艺文志〉的编次》，《华中科技大学学报》2006年第3期，第
106页；《〈汉书·艺文志〉研究》，浙江大学2007届博士学位论文，第63页。
　　②　吴光兴先生虽未专门探讨该问题，但其认为"歌诗"一类在《诗赋略》中乃居附
属地位，与段、尹二位所论有相通之处。见其《关于〈汉书·艺文志〉"诗赋略"的分类及
小序之有无的问题》，《文史》2010年第二辑。
　　③　程千帆《辞赋的特点及其发展变迁》，《程千帆全集》第七卷，河北教育出版社，
2000年版，第3页。

以之作为定论。至于"学术等级"云云,于序列之解释自然可观,但既然"歌诗"学术地位不及诸赋,为什么"歌诗"未单独成《歌诗略》而是与"赋"合称《诗赋略》呢?"歌诗"与"赋"之间固然有差异,但是否有一种所谓的"合力"使它们成为一略呢? 问题的关键在于分别探寻汉代文献中"赋""歌诗"与《诗》类的关系。

首先,我们要承认,"诗赋本《诗经》支系"的说法是有着深刻原因的。先看"赋"与《诗》的关系,《诗赋略·叙》已有明言:"学《诗》之士逸在布衣,而贤人失志之赋作矣。大儒孙卿及楚臣屈原离谗忧国,皆作赋以风,咸有恻隐古诗之义。"①这就非常明确地将《诗》与赋(起码是孙卿、屈原之赋)定位为同一序列的传承关系。班固《两都赋·序》云:"或曰:'赋者,古诗之流也。'"②不管"或曰"二字是代表着班固的引述还是暗示其有限度的怀疑,"赋为古诗之流"的看法在当时应是较为普遍的。可见,在汉人观念中,"赋"与《诗》是有着一定渊源关系的,起码"赋"的产生是同《诗》紧密相关的。以《诗赋略》中的"屈原赋"而言,王逸《楚辞章句》云"《离骚》之文,依《诗》取兴,引类譬喻";又言屈原"独依诗人之义而作《离骚》"③,皆可证汉人赋源于《诗》的看法。"赋"与《诗经》的紧密联系历代皆有论述,此处不一一举例了。

至于"歌诗",《诗赋略·叙》亦有论述:"自孝武立乐府而采歌谣,于是有代赵之讴,秦楚之风,皆感于哀乐,缘事而发,亦可以观风俗,知薄厚云。"④而《汉书·礼乐志》的说法与之相近:"至武帝

---

① 《汉书》卷三〇,中华书局,1962 年版,第 1755—1756 页。
② (南朝梁)萧统编、(唐)李善注《文选》,中华书局,1977 年版,第 21 页。
③ (宋)洪兴祖《楚辞补注》,中华书局,1983 年版,第 2、48 页。
④ 《汉书》卷三〇,第 1756 页。

定郊祀之礼，……乃立乐府，采诗夜诵，有赵、代、秦、楚之讴。"①需要说明的是，"乐府"作为一种机关，在武帝以前早已存在，尤其是二十世纪七十年代秦乐府编钟的出土，更有力地证明了这一点②。那么，汉代文献中关于武帝立乐府的说法，便不可避免的生发出新的解释③。但不管赋予其何种解释，在汉人的观念里，采诗确属武帝以后乐府机关的职能之一。而且，按照汉人的说法，这种采诗活动实属古制。

《汉书·食货志》对古制的具体表述是："孟春之月，群居者将散，行人振木铎徇于路，以采诗，献之大师，比其音律，以闻于天子。故曰王者不窥牖户而知天下。"④又《六艺略》中《诗经》类《叙》曰："故古有采诗之官，王者所以观风俗，知得失，自考正也。"⑤此类论说尚多，不再赘引。这样的采诗活动，对应的正是《诗》。"采诗"这种机制的承袭，无疑使得"歌诗"与《诗》有着无法割断的联系。同

---

① 《汉书》卷三〇，第 1045 页。

② 编钟发现者袁仲一先生明言秦乐府编钟出土时间为 1976 年，见其《秦代金文陶文杂考三则》，《考古与文物》1982 年第 4 期。而迄今为止的绝大多数论著皆言出土时间为 1977 年，似均以寇效信先生所言时间为准。寇说见《秦汉乐府考略——由秦始皇陵出土的秦乐府编钟谈起》一文，载《陕西师范大学学报》1978 年第 1 期。其发表时间虽早于袁仲一文，但袁为编钟发现者，其言当更为准确。

③ 如寇效信先生认为："乐府本为秦代旧制。……汉武帝重新建立了乐府机构，扩大了乐府的编制，扩充了乐府的职能。"（《秦汉乐府考略——由秦始皇陵出土的秦乐府编钟谈起》，《陕西师范大学学报》1978 年第 1 期，第 36—37 页）该观点此后被广泛征引并认同。成祖明先生则提出"乃立乐府采诗夜诵"应连读，是指武帝时始设立乐府"采诗夜诵"这个新的职能。（《"乃立乐府"新解》，《古籍整理研究学刊》2009 年第 5 期）赵敏俐先生则结合《汉书·礼乐志》的记载，认为武帝"立乐府"意味着武帝重新制礼作乐。（《中国古代歌诗研究——从〈诗经〉到元曲的艺术生产史》，北京大学出版社，2005 年版，第 181—183 页）

④ 《汉书》卷二四，第 1123 页。

⑤ 《汉书》卷三〇，第 1708 页。

时，我们也要看到，富含音乐之"歌诗"与《诗》的原初状态更为接近，某种程度上也体现出汉人在《诗》乐亡失背景下对于《诗》的原初状态的追慕。可以说，"歌诗"与《诗》确有着血脉的相通。

　　尽管"诗赋本《诗经》支系"的说法具有合理性，尤其是溯源之时，但源流并重，方能体察大势。仍先言"赋"：明显可以看出，"赋"与《诗》的关系并不总是维持在初始的状态。《诗赋略·叙》中"学《诗》之士逸在布衣，而贤人失志之赋作矣"之语，明显地将赋的产生，归因于《诗》所代表的官学地位的丧失。但众所周知，包括《诗》在内的"五经"在汉代又被重新立为"官学"。当然，这是一个渐进的过程。不过，"经"的崇高地位在先秦早已确立。那么，即便"赋"的产生，或者说"赋"之兴，源于《诗》之降，并因此使初期的某些"赋"隐约具有了同《诗》相近的品性和地位。"离骚经"这一名称的出现或可为证，而刘安所言的"《国风》好色而不淫，《小雅》怨诽而不乱。若《离骚》者，可谓兼之矣"①之语更可以说明此点。

　　可是随着《诗》的官学化，"赋"与《诗》之间曾经有过的"亲密"关系趋向于疏远，已是必然之势。而"赋"作对于《诗》义的疏离，亦加剧了这种趋势。《诗赋略·叙》中已明言："大儒孙卿及楚臣屈原离谗忧国，皆作赋以风，咸有恻隐古诗之义。其后宋玉、唐勒，汉兴，枚乘、司马相如，下及扬子云，竞为侈丽闳衍之词，没其风谕之义。"②从前期的"恻隐古诗之义"到后来的"没其风谕之义"，赋作自身的流变已一目了然。《汉书·王褒传》载宣帝之语曰："辞赋大者与古诗同义，小者辩丽可喜。辟如女工有绮縠，音乐有郑卫，今世俗犹

---

① 班固《离骚序》中所引刘安语，见（宋）洪兴祖《楚辞补注》，第 49 页。
② 《汉书》卷三〇，第 1756 页。

皆以此虞说耳目,辞赋比之,尚有仁义风谕,鸟兽草木多闻之观,贤于倡优博弈远矣。"①虽然宣帝在总体上称赞了赋作的功能,但其关于辞赋的大小之分已非常明显地揭示出赋作在"古诗之义"这个坐标下的陵替与没落。若此,"赋"虽然在汉代,尤其是西汉时期为多数帝王所喜爱,创作颇为繁盛,却终究无法与《诗》划入一区。

　　当然,我们还可以从体例方面作一点探讨。《诗经》类所收各家,主要着眼在学之传承,于《诗经》有依附关系。《诗赋略》所收显然无法与这种关系取得协调。其实不单是《诗经》类,《六艺略》中各类均有此特点,唯一可能引起后人不满的应该就是所谓"史部附《春秋》"。这种说法盖仍源于阮孝绪《七录·序》(前文已引),《隋书·经籍志》亦曰:"班固以史记附《春秋》,今开其事类凡三十种,别为史部。"②其实,这种说法纯属以后例前。在汉代并无后世所谓的"史部",而这类材料入《春秋》类,在汉代来讲,是极为正常之事。

　　《春秋》自孔子之后,影响深远,在汉代已足为史官之法的代表。司马迁在《太史公自序》中亦明显表露出以《春秋》为榜样的意思:"先人有言:'自周公卒五百岁而有孔子。孔子卒后至于今五百岁,有能绍明世,正《易传》,继《春秋》,本《诗》《书》《礼》《乐》之际?'意在斯乎! 意在斯乎! 小子何敢让焉。"③因此,《春秋》类中所收之书,在后来虽被认为是"史部"之书,在当时则可以与《春秋》作为一以贯之的整体。何况《春秋》本为鲁史旧称,《孟子·离娄下》道:"晋之《乘》,楚之《梼杌》,鲁之《春秋》,一也。其事则齐桓、晋文,其

---

①　《汉书》卷六四,第 2829 页。

②　(唐)魏徵等《隋书》,中华书局,1973 年版,第 993 页。

③　《史记》卷一三〇,中华书局,1959 年版,第 3296 页。

文则史。"①那么,以"史部附《春秋》"实则正是从史书的源流上所做的分类。因此,以"史部附《春秋》"之例,来推论《诗赋略》与《诗经》类的关系,是不恰当的。

至于"歌诗"不入《诗》类,与"先赋后诗"的排序其实是二而一的问题。我们不妨再回到《诗赋略·叙》中去考察:

> 古者诸侯卿大夫交接邻国,以微言相感,当揖让之时,必称《诗》以谕其志,盖以别贤不肖而观盛衰焉。故孔子曰"不学《诗》,无以言"也。春秋之后,周道浸坏,聘问歌咏不行于列国,学《诗》之士逸在布衣,而贤人失志之赋作矣。大儒孙卿及楚臣屈原离谗忧国,皆作赋以风,咸有恻隐古诗之义。其后宋玉、唐勒,汉兴,枚乘、司马相如,下及扬子云,竞为侈丽闳衍之词,没其风谕之义。……自孝武立乐府而采歌谣,于是有代赵之讴,秦楚之风,皆感于哀乐,缘事而发,亦可以观风俗,知薄厚云。②

如果将其中的"关键词"做一个简单的串联与搭配,可得出一个清晰的认识:

"观盛衰"——"作赋以风"——"观风俗,知薄厚"
　　│　　　　　│　　　　　　│
《诗经》　　　"赋"　　　　"歌诗"

---

① 《孟子注疏》卷八,影印《十三经注疏》,中华书局,1980 年版,第 2728 页。
② 《汉书》卷三〇,第 1755—1756 页。

　　很显然,《诗经》、"赋""歌诗"在本质上(这主要在它们产生之初得以表现)是同一意义基础上的完整序列。这个序列虽然有时间的先后标识,但更注重"诗义"观照下的传承与流变:《诗》降而"赋"兴,"赋"微而"歌诗"起。"歌诗"在某种程度上,是扮演着"诗义"传承者的历史角色。因为在汉代,《诗》仍然是"诗"中首要而且最重要的组成部分,"诗义"很多时候也就可以等同于《诗经》之义。而"歌诗"不管从产生机制还是从音乐质素上讲,都与《诗》的原初状态更为接近。当然,名称的相近也是一个重要因素。不过,"歌诗"之名很可能源自其与《诗经》的相近。这或许能够解释,"歌诗"与"赋"相较,为何会给人一种更接近于《诗》的印象。

　　但不管"歌诗"的这种角色被赋予了怎样的意义,承载了怎样的希望,它与《诗》之间终究还有"赋",作为一种联系,也作为一种"隔离"。从这个观照角度出发,"歌诗"虽为追述《诗经》之业,却在客观上表现出与《诗经》之义更多的疏远。这正是体制源流使然。《汉书·艺文志》中《诗》类之《叙》云:"诵其言谓之诗,咏其声谓之歌。"①实际上是面对《诗经》音乐系统的亡失而对"诗"所做的一种重新认定:"诗"在此时成为了一种可以独立于音乐的制作。汉人对于"诗三百"的音乐性虽颇有记忆,但现实中《诗》乐的亡失终究使得"歌诗"与《诗》之间渐趋疏远②。

　　不过据《诗赋略·叙》的文字描述,这个"诗义"观照下的序列

――――――――――

　　①　《汉书》卷三〇,第1708页。
　　②　伏俊琏先生认为:《诗赋略》中屈原赋、陆贾赋、荀卿赋三类为书面语的文人赋,杂赋为口诵体、歌诗为歌唱体;而"口诵体"中的"成相杂辞"可以作为从"诵"到"歌"的过渡环节。(《俗赋研究》,第29—31页)这在传述方式上也可以说明,"歌诗"与"诗"之间有着比"赋"与"诗"之间更大的差异。可为"先赋后诗"提供侧证。

先后出现了两次断裂,即《诗》道之坏和"赋"义之失。无疑,《诗》重获官学地位使得首次断裂得到更大的凸显,这样"赋"与"歌诗"之间就呈现出比"赋"与《诗》之间更紧密的联系。而"歌诗"与《诗》的相近则在一定程度上弥补了"赋"失掉"风谕之义"所带来的裂痕——"赋"与"歌诗"有可能面临的分途。"赋"与"歌诗"之所以能成为一略,与《六艺略》中的《诗经》类分途,也就因此可以获得合理的解释。而《诗赋略》中"歌诗"排在"赋"的后面,恐怕并不是"习惯使然"或"行文不拘"的原因,而是在整个"诗义"观照下关于"诗"的流变的总结与记录。《诗赋略》名标"诗赋",而实则"先赋后诗",亦以此故。也就是说,《诗赋略》名中之"诗"乃从大处着眼,与其中"歌诗"一类之专指并非同一层面。后世之异议,很大程度上是因为混淆了这两个不同意义的"诗"。

(原载《咴天学术》第九辑,学苑出版社,2012 年 10 月版。本次收录,略有修改)

《剧秦美新》作年及涉莽时事考论

扬雄《剧秦美新》一文,由于牵涉对王莽新朝的颂扬,受到后世不少非议。至宋代以后,又有维护其人而疑此篇为伪者,以《汉书》未载为藉口,或以为谷永(谷子云)作,或以为刘棻作,明清两代,议论尤多。然学界主流,皆认此篇为扬雄所作,经过清代以迄当今众多学者的努力,《剧秦美新》作者为扬雄,已成定论,无甚可疑。然而,关于此文的作年,学界看法则颇不一致,至今未有定论。本文拟在此前的研究基础上,进行全面细致的考察。

一

关于《剧秦美新》的作年,大体说来,有如下几种说法:

一、作于始建国元年(公元 9 年)。此说以陆侃如先生为代表,主要观点是:扬雄在王莽即位后"以耆老久次转为大夫",时当始建国元年,此与文中"中散大夫"之职可以呼应,且与文中感激之情相应①。而后,林贞爱、韩晖、杨福泉、高明、王青、孙少华等先生

---

① 陆侃如《中古文学系年》,人民文学出版社,1985 年版,第 40—41 页。

皆持此说①。另,近代学者罗焌虽持此说,但断限此年秋后。其
《扬子云年谱》云:"《王莽传》曰:'建国元年秋,遣五威将军王奇等
十二人班符命四十二篇于天下。大归言莽当代汉有天下云。'案
《剧秦美新》曰:'其异物殊怪,存乎五威将帅,班乎天下者,四十有
八章。'是此文必为是年秋后之作。"②这已经显示出结合文本来研
究作品年代的努力。

　　二、作于始建国二年(公元 10 年)。此说以张震泽先生为代表,
主要观点是:根据《汉书·王莽传》,始建国二年十一月收捕甄丰父
子。雄自投阁当在此时,则其惧祸而献《剧秦美新》,当亦在是年③。

　　三、作于始建国四年(公元 12 年)。此说以汤炳正先生为代
表,主要观点是:(一)《美新》文中有劝王莽仿行巡狩封禅之事,根
据《王莽传》,王莽拟于始建国五年二月建寅之节东巡狩,以元后之
丧而终止。则扬雄之劝,必在莽无此举动之前。(二)文中历叙莽
自居摄政以来之政绩,最晚者为"复五爵、度三壤"一事,据《莽传》,
即在始建国四年二月。可证扬雄此文作于始建国四年二月以后。
(三)根据《汉书·元后传》,元后卒于始建国五年二月,王莽诏大夫
扬雄作诔,则扬雄为大夫当在此前。此与文中"中散大夫"之称
相应④。

　　①　林贞爱《扬雄集校注》,四川大学出版社,2001 年版,第 340 页;韩晖《〈文选〉编
辑及作品系年考证》,群言出版社,2005 年版,第 152—153 页;杨福泉《扬雄年谱订考》,
《绍兴文理学院学报》2006 年第 1 期,第 77 页;高明《扬雄〈剧秦美新〉考论》,《西藏民族
学院学报》2006 年第 2 期,第 52 页;王青《扬雄评传》,南京大学出版社,2011 年版,第
352—353 页;孙少华《桓谭年谱》,社会科学文献出版社,2012 年版,第 195 页。
　　②　罗焌《经子丛考》(外一种),华东师范大学出版社,2009 年版,第 199 页。
　　③　张震泽《扬雄集校注》,上海古籍出版社,1993 年版,第 207 页。
　　④　汤炳正《杨子云年谱》,载四川大学古籍整理研究所编《儒藏·史部·儒林年
谱》第 3 册,四川大学出版社,2007 年版,第 183—184 页。

　　此说从者颇众,如王以宪、许结、刘保贞、张晓明、罗国威等皆撰文支持此说①。刘保贞先生还根据《剧秦美新》文中所叙事件年代,更为具体地将此文年代定在王莽下令复五爵之后和废止"王田、奴婢"政策前,当始建国四年夏。

　　四、作于始建国五年(公元 13 年)。此说以刘跃进先生为代表,其曰:"我以为作于此年,对于王莽有感恩戴德的成分在里面。"②别无更多论证。

　　纵观诸家之说,多数论证都较为简略,惟始建国四年说的论证最为详细。然而,其中若干细节亦有可商榷之处。鉴于《剧秦美新》一文牵涉较广,判断其作年宜多方取证,全面分析,才能有更为精确之结论。以下分而论之。

二

　　首先要讨论的是,扬雄中散大夫之职与《剧秦美新》作年之关系。《剧秦美新》序中,扬雄自称"中散大夫",可见此文作于其任职中散大夫时。据《汉书·扬雄传》,扬雄曾先后两次任职大夫,一次是在王莽即位之初,"以耆老久次转为大夫";一次是因甄寻、刘棻事件而投阁、下狱、病免,之后"复召为大夫"③。前者当在始建国

---

　　①　王以宪《扬雄著作系年》,《湘潭大学社会科学学报》1983 年第 3 期,第 102—103 页;许结《〈剧秦美新〉非"谀文"辩》,《学术月刊》1985 年第 6 期,第 73 页;刘保贞《扬雄与〈剧秦美新〉》,《山东大学学报》2000 年第 6 期,第 45 页;张晓明《扬雄著作存佚考及系年研究》,《青岛大学师范学院学报》2004 年第 4 期,第 25 页;罗国威、罗琴《两汉巴蜀文学系年要录》(上),《西华大学学报》2011 年第 3 期,第 36 页。

　　②　刘跃进《秦汉文学编年史》,商务印书馆,2006 年版,第 316 页。

　　③　《汉书》卷八七,中华书局,1962 年版,第 3583—3585 页。

元年,学界已有公论。后者则至今不知具体时间。

　　但在序文中,扬雄提到自己"数蒙渥恩",如果仅仅是由于王莽即位而得以升任大夫,何来此说? 且文中多有始建国元年以后事,汤先生等人的论证已有揭示。细观《扬雄传》,其"数蒙渥恩"昭然自明:一、王莽初即位时,扬雄升任大夫;二、扬雄下狱时,王莽的宽赦;三、病免后"复召为大夫"。因此,《剧秦美新》写作之时,当在扬雄"复召为大夫"之后。

　　欲考察其"复召为大夫"的时间,需先探讨其投阁之事。《扬雄传》有详载:

　　　　王莽时,刘歆、甄丰皆为上公,莽既以符命自立,即位之后欲绝其原以神前事,而丰子寻、歆子棻复献之。莽诛丰父子,投棻四裔,辞所连及,便收不请。时雄校书天禄阁上,治狱使者来,欲收雄,雄恐不能自免,乃从阁上自投下,几死。莽闻之曰:"雄素不与事,何故在此?"间请问其故,乃刘棻尝从雄学作奇字,雄不知情。有诏勿问。然京师为之语曰:"惟寂寞,自投阁;爱清静,作符命。"雄以病免,复召为大夫。①

　　可见,扬雄投阁虽出于自我恐惧,但根本原因是甄寻、刘棻符命事件的牵连,而其投阁的后果却并未如其所预期般死去且免祸。之后其仍旧被收入狱中,王莽听闻后对其关怀,经过审查,扬雄只是教过刘棻奇字,并未参与符命事件。于是,王莽就下诏不再问扬雄之罪。但扬雄的身体状况此时必定极差,故有

_____

① 《汉书》卷八七,第 3584—3585 页。

"病免"之事。那么,问题的关键,就是刘棻供辞连及扬雄致使其投阁的时间。

此处还须辨析"惟寂寞,自投阁;爱清静,作符命"之语,京师关于此事的舆论,在语词上明显源自扬雄的《解嘲》:"爱清爱静,游神之廷;惟寂惟寞,守德之宅。"①而其风格则含着戏谑与嘲讽。值得注意的,是其中"作符命"的含意。后世许多学者都认为此处之"符命",即指《剧秦美新》文。这大约是受到了《文选》将此文归类入"符命"的影响。如果细心观察,《文选》"符命"类所收文章,已与汉代所谓"符命"不甚相同。况且,根据之前的讨论,《剧秦美新》的写作当在投阁之后。那么,此处"作符命"之语,就应该是当时京师舆论的一种反讽表述,言扬雄虽求清静,却仍不免有作符命之举。这并非意味着扬雄真的作了符命之文,而是舆论对其无辜涉入甄寻、刘棻符命事件的存心嘲弄,代表着时人或许并无恶意的乐祸心态。扬雄虽免罪责,但在京师舆论中,他俨然已成共犯,是甄寻、刘棻符命事件的参与者。

甄寻、刘棻符命事件的始末,见于《汉书·王莽传》始建国二年的记载:

> (十一月)改定安太后号曰黄皇室主,绝之于汉也。冬十二月,雷……是时争为符命封侯……司令陈崇白莽曰:"此开奸臣作福之路而乱天命,宜绝其原。"莽亦厌之,遂使尚书大夫赵并验治,非五威将率所班,皆下狱。……时(甄丰)子寻为侍中京兆大尹茂德侯,即作符命,言新室当分陕,立二伯,以丰为

---

① 张震泽《扬雄集校注》,第 191 页。

右伯，太傅平晏为左伯，如周召故事。莽即从之，拜丰为右伯。
当述职西出，未行，寻复作符命，言故汉氏平帝后黄皇室主为
寻之妻。莽以诈立，心疑大臣怨谤，欲震威以惧下，因是发怒
曰："黄皇室主天下母，此何谓也！"收捕寻。寻亡，丰自杀。寻
随方士入华山，岁余捕得，辞连国师公歆子侍中东通灵将、五
司大夫隆威侯棻，棻弟右曹长水校尉伐虏侯泳……牵引公卿
党亲列侯以下，死者数百人。……乃流棻于幽州，放寻于三
危，殛隆于羽山，皆驿车载其尸传致云。①

　　将此处记载与《扬雄传》参互比观，可知，《扬雄传》所言王莽即
位之后"欲绝其原以神前事"的做法，源于始建国二年陈崇的上奏。
而甄寻此后两次所献符命，均显示出其政治觉悟的低劣：西周初
期，周公、召公分陕而治，乃是出于稳定国家形势的需要，王莽新室
承西汉大一统帝业，若复分陕，于君有国家分裂之忧，于臣有谋求
私权之虞。即便如此，热衷于三代礼乐的王莽仍然采纳了这个建
议，当然也可能出于安抚功臣的考虑。但甄寻仍不罢休，得寸进尺
地要汉平帝皇后作自己的妻子，这无疑挑动了王莽的敏感神经，觉
察出甄寻自作聪明的政治伎俩。于是，王莽在震怒之下，下令搜捕
甄寻。显然，甄寻符命中所提及的"黄皇室主"，是在始建国二年十
一月才改号的。按照史书的记载顺序，甄寻犯事应在始建国二年
十二月。
　　而"岁余捕得"，表明甄寻落网至少是在始建国三年十二月，甚
至有可能已在始建国四年之初。

---

　　①　《汉书》卷九九，第 4120—4123 页。

　　钱穆先生《刘向歆父子年谱》将收捕及"死者数百人"之事系于始建国二年，并将"扬雄校书天禄阁，畏罪自投阁下，几死。诏勿问"之事亦系于此年①。盖忽略了"岁余捕得"之语。陆侃如先生《中古文学系年》曰："既说'岁余'，当是三年冬了。"故系落网事及扬雄投阁事于三年②。以情理推之，刘棻、刘泳等人被甄寻的招供之辞所牵连并受到处置，定在甄寻落网之后。《扬雄传》所谓"莽诛丰父子，投棻四裔，辞所连及，便收不请"，与《王莽传》此处所载基本一致。扬雄的投阁，是由于刘棻的牵连，所以扬雄投阁之年至早应在始建国三年十二月，如果考虑到捕获甄寻后的审讯、文书处理等相关工作耗时，则扬雄投阁更有可能在始建国四年初春。之所以言在初春而非更后，是基于其投阁未死的事实。其投阁既有必死之心，说明天禄阁之高度足令赴地者死亡。根据现存的天禄阁遗址，仅台基就高 6—7 米③，可见当时阁楼的高度必定甚高。而其投地未死，当与其时穿着较厚有关。故初春时节显得较为合理。

　　既然扬雄投阁在始建国四年初春，那么，根据《扬雄传》的记载，其下狱、受审、遇赦而出，当亦在此年春季。随之而来的"病免"，与其投阁后糟糕的身体状况必然是相关的。虽然不知这段修养时间的长度，但考虑到其投阁几乎丢掉性命的情形，其"病免"至少三个月应无问题。这样计算的结果，扬雄复出为官，即"复召为大夫"的时间，至早应在始建国四年夏。这无疑也是《剧秦美新》作年的上限。

---

　　①　钱穆《刘向歆父子年谱》，《两汉经学今古文平议》，商务印书馆，2001 年版，第139—140 页。

　　②　陆侃如《中古文学系年》，第 42 页。易小平先生意见相同，见其《〈刘向歆父子年谱〉勘误六则》，《史学集刊》2010 年第 2 期。

　　③　李毓芳《汉长安城未央宫的考古发掘与研究》，《文博》1995 年第 3 期，第 83 页。

三

其次,要讨论的是《剧秦美新》文中所叙事件的断限。因为文中所叙事件,多能在史书记载中找到踪迹。如果能考出所叙事件中最晚的年代,判断《剧秦美新》的作年就会多一份参照。《剧秦美新》一文,大致可分为两个部分:以"逮至大新受命"一句为界,之前乃简论上古至秦汉之治政,之后则着眼在颂扬王莽新朝。后者是本文讨论的重点。

这部分文字又可大致分出四个段落,不妨分别言之。

(一)从"逮至大新受命"到"真天子之表也",为第一段。此段大致是铺叙王莽受命以来之各种祥瑞吉兆,其中时间可考者有二:

1."玄符灵契,黄瑞涌出",可参《王莽传》中始建国元年的诏书:"予前在摄时,建郊宫,定桃庙,立社稷,神祇报况,或光自上复于下,流为乌,或黄气熏烝,昭耀章明,以著黄、虞之烈焉。"①可知此处所叙,乃居摄时事。

2."四十有八章"的颁布。据《王莽传》,始建国元年秋,王莽"遣五威将王奇等十二人班符命四十二篇于天下"②。扬雄文中言四十八章,可能是笔误。

总之,此段所叙之事,不出始建国元年。

(二)从"若夫白鸠丹乌"到"亲九族淑贤以穆之",为第二段。此段主要是赞扬王莽新朝治政勤恳,其中时间可考者有四:

---

① 《汉书》卷九九,第4106页。
② 《汉书》卷九九,第4112页。

1．“古文毕发”，可参《王莽传》平帝元始四年的记载，“征天下通一艺教授十一人以上，及有逸《礼》、古书、毛《诗》《周官》《尔雅》、天文、图谶、钟律、月令、兵法、《史篇》文字，通知其意者，皆诣公交车”①。《汉书·平帝纪》记此事则在元始五年②。

2．“式軨轩旂旗以示之”，可参《王莽传》始建国元年正月之记载：“更名秩百石曰庶士，三百石曰下士……中二千石曰卿。车服黻冕，各有差品。”③

3．“正嫁娶送终以尊之”，可参《王莽传》载录王莽在平帝时的上奏：“请考论五经，定取礼，正十二女之义，以广继嗣。”④

4．“亲九族淑贤以穆之”，可参《王莽传》始建国元年之诏书：“予伏念皇初祖考黄帝，皇始祖考虞帝，以宗祀于明堂，宜序于祖宗之亲庙。其立祖庙五，亲庙四，后夫人皆配食。郊祀黄帝以配天，黄后以配地。以新都侯东弟为大禖，岁时以祀。家之所尚，种祀天下。姚、妫、陈、田、王氏凡五姓者，皆黄、虞苗裔，予之同族也。《书》不云乎？‘惇序九族。’其令天下上此五姓名籍于秩宗，皆以为宗室。”⑤

要之，此段所叙之事，亦不出始建国元年。

（三）从“夫改定神祇”到“岂不懿哉”，为第三段。此段是更进一步详述王莽受命以来的具体治政措施。其中时间可考者有八：

1．“改定神祇”“钦修百祀”，皆见于《汉书·郊祀志》中王莽于平帝元始五年的奏书⑥，文长不具引。

---

① 《汉书》卷九九，第 4069 页。
② 《汉书》卷一二，第 359 页。
③ 《汉书》卷九九，第 4103 页。
④ 《汉书》卷九九，第 4051 页。
⑤ 《汉书》卷九九，第 4106 页。
⑥ 《汉书》卷二五，第 1264—1268 页。

2．"明堂雍台"，可参《王莽传》平帝元始四年的记载，"莽奏起明堂、辟雍、灵台，为学者筑舍万区，作市、常满仓，制度甚盛"①。

3．"九庙、长寿"，关乎"九庙"与"长寿宫"两种事宜，需要稍作辨析。先言"九庙"，前引王莽始建国元年诏书中已有立九庙之议，包括祖庙五、亲庙四。但据《王莽传》，直到地皇年间，九庙建设方才成就。根据《扬雄传》，扬雄已卒于此前的天凤五年②，则知扬雄文中所言之"九庙"，应非最终成型之建筑。次言"长寿"，据《汉书·元后传》，王莽在平帝在位期间已经建成长寿宫，只到始建国五年元后崩，之后方才称为"长寿庙"。而元后逝世后，"莽召大夫扬雄作诔"，可见扬雄"复召为大夫"的时间下限，当在元后去世之时，即"始建国五年二月癸丑"③。

4．"制成六经"，是指王莽新朝于西汉五经博士之外又立《乐经》博士，事见《王莽传》平帝元始四年的记载④。

5．"北怀单于"，可参《王莽传》平帝时之记载："（莽）乃遣使者赍黄金币帛，重赂匈奴单于……所以诳耀媚事太后，下至旁侧长御，方故万端。"⑤

6．"复五爵，度三壤"，汤炳正先生认为此事是《剧秦美新》文中最晚之事，结合《王莽传》记载，定其在始建国四年二月。其实，《王莽传》中相关的记载，有两处。一处见于居摄三年王莽上奏之语："实考周爵五等，地四等，有明文；殷爵三等，有其说，无其文。……

---

① 《汉书》卷九九，第4069页。
② 《汉书》卷八七，第3585页。
③ 《汉书》卷九八，第4034—4035页。
④ 《汉书》卷九九，第4099页。
⑤ 《汉书》卷九九，第4051页。

臣请诸将帅当受爵邑者爵五等,地四等。"①结果"奏可",说明当时的王莽已在一定范围内努力恢复五爵、三壤制。另一处见于始建国四年夏天的记载,"莽至明堂,授诸侯茅土。下书曰:予以不德,袭于圣祖,为万国主。……州从《禹贡》为九,爵从周氏有五。诸侯之员千有八百,附城之数亦如之,以俟有功。"②这就意味着,五爵、三壤制的实施要成为全国性的政策。综合来看,扬雄文中所言当指后者。《王莽传》此段之前有"夏,赤气出东南,竟天"之语,可知此事至早乃在始建国四年夏。汤炳正先生正确地判断出了最晚之事,但其将时间定在此年二月,大约是漏读了《王莽传》中部分文字。

慎重起见,不妨再考察"茅土"一词。"茅土"与"五爵"是相关的,《尚书·禹贡》曰:"厥贡惟土五色",孔《传》曰:"王者封五色土为社,建诸侯则各割其方色土与之,使立社。焘以黄土,苴以白茅,茅取其洁,黄取王者覆四方。"③以白茅包土授予诸侯,前提是白茅具有包容性。结合白茅的植物属性,其能包物,当在其生命力最为旺盛之时,以季节而论,当为夏季。也就是说,扬雄此处所叙之事,当在始建国四年夏。

7."经井田,免人役",可参《王莽传》始建国元年诏书:"今更名天下田曰'王田',奴婢曰'私属',皆不得卖买。其男口不盈八,而田过一井者,分余田予九族邻里乡党。故无田,今当受田者,如制度。"④

---

① 《汉书》卷九九,第 4089 页。
② 《汉书》卷九九,第 4128 页。
③ 《尚书正义》卷六,影印《十三经注疏》,中华书局,1980 年版,第 148 页。
④ 《汉书》卷九九,第 4111 页。

8. "方甫刑"，可参《汉书·王莽传》始建国三年的诏书："百官改更，职事分移，律令仪法，未及悉定，且因汉律令仪法以从事。"①

如此可知，该段所叙之事，最晚即为"复五爵，度三壤"，时当始建国四年夏。

（四）从"厥被风濡化者"到文末，为第四段。此段所言，多着眼于将来，其中有劝新室封禅之辞。据《王莽传》，始建国四年因高句骊侯驺被新朝严尤诱杀，王莽受到鼓舞，虽然东北与西南夷皆乱。但王莽却并不以边疆战乱为意，决定于次年即始建国五年二月，东巡狩。从扬雄文中"望受命之臻焉""信延颈企踵"及文末"庶可试哉"等推测、劝勉性质的表达来看，此文之作当先于王莽始建国四年巡狩诏书之发布，若后于此诏，则扬雄此文断不必劝勉，必已极言巡狩之重大意义。王莽此诏虽无明确的时间标识，但在始建国四年当无可疑。汤先生看到了扬雄此文当先于巡狩之诏，但其将巡狩之诏的时间误认为是始建国五年，恐未细察。那么，扬雄《剧秦美新》的作年必当在始建国四年。

综合来看，扬雄此文所叙王莽之事，横跨平帝、王莽居摄、始建国三个历史时期，以始建国以来的事件为大宗。其中最晚者为"复五爵，度三壤"，时当始建国四年夏。这与前文所考察《剧秦美新》作年的上限，是一致的。

四

作年上限既已明了，那么，其下限如何确定呢？虽然目前尚无

---

① 《汉书》卷九九，第4125页。

直接的材料，但从《剧秦美新》文中关于王莽时期井田制的赞美（"经井田"），可以推导出文章作年的下限。

根据《汉书》记载，井田制度自王莽始建国元年施行以来，与当时社会现实严重脱节，激起社会不少反弹。所以到始建国四年，区博就以民心向背为由头，谏言取消井田之制，《王莽传》载：

> 中郎区博谏莽曰："井田虽圣王法，其废久矣。周道既衰，而民不从。秦知顺民之心，可以获大利也，故灭庐井而置阡陌，遂王诸夏，讫今海内未厌其敝。今欲违民心，追复千载绝迹，虽尧舜复起，而无百年之渐，弗能行也。天下初定，万民新附，诚未可施行。"莽知民怨，乃下书曰："诸名食王田，皆得卖之，勿拘以法。犯私买卖庶人者，且一切勿治。"①

可见，王莽亦察觉到民意所在，乃下诏书承认买卖公田土地和人口的合法性。这样一来，土地、人口都得以流通，井田制已无存在基础。那么，扬雄以井田制度来颂扬新朝，应当是在此项政策尚有效用之时，即王莽下诏废井田政策之前。这一点刘保贞先生已有明确揭示，刘先生并断言废止井田当在始建国四年夏，但并未给出理由。如果仅从《王莽传》文本来看，废止井田诏书紧承区博谏言，而区博谏言又紧承"复五爵，度三壤"之事，其发生于此年夏季，确极有可能。但若仅有此点理由，那么其发生于夏季之后亦属可能。要进一步精确，就需结合当时的实际。

从区博的谏言来看，他对于民众的利益有允分考虑，不然不会

---

① 《汉书》卷九九，第4129—4130页。

谏言取消井田。考虑到农业社会的季节活动,这种谏言的时间,最
有可能就是在农作物收获季节即秋天之前的夏季。如果他进谏的
时间是在夏天之后,即便王莽快速地采纳其建议,下诏废井田,按
照当时政策的传播与落实速度,此年农作物的秋收工作势必不能
悉数得到此项政策的惠泽,如此一来,不仅有部分民众的利益无法
得到保护,而且有可能因为政策落实的先后产生地域群体间的利
益失衡,从而酿成政治动乱。这与区博进谏的初衷无疑是违背的。
所以,区博的谏言与王莽下诏废止井田政策,时间均应在始建国四
年夏。这样来看,此项政策在秋季就能基本落实并取得成效,起到
赢取民心的作用。《剧秦美新》文中将"经井田"作为王莽治政功绩
之一,说明扬雄作此文时,井田制度尚未废止。这就意味着,该文
作于井田制度废止之前,其下限亦当在始建国四年夏。

　　结合前面的考察,可以做出一个总括的论断:《剧秦美新》的创
作年代当在王莽始建国四年(公元 12 年)夏。此时距离初春时节
的投阁事件,已有数月时间。扬雄经过数月修养,身体应该已经基
本回复正常,虽仍有颠眴之疾,但日常行动当能自如。其于此年夏
天被"复召为大夫",不仅缓解了其"家素贫"带来的经济压力,而且
使他的心态发生了变化,从之前的默然独守转向呈现自己,深怕
"所怀不章,长恨黄泉"。《剧秦美新》当作于其重新任大夫职之初。
所以,文中对于王莽的感激和新室的颂扬,应该体现着扬雄此时真
实的心境。

　　(本文原为笔者参加 2014 年 8 月郑州大学举办的"'《文选》
学'与汉唐文化"国际学术研讨会暨中国文选学会第十一届年会时
所提交的论文;后经删改,与人共同署名,发表于《河南师范大学学
报》2014 年第 5 期;本次收录,有增补修改)

《剧秦美新》"帝典"论与汉新之际士人心态

扬雄《剧秦美新》一文，《汉书》中曾有提及，但并未收录其文；后《文选》"符命"类及《太平御览》中皆收录有《剧秦美新》文。历来关于《剧秦美新》的研究，主要集中在四个方面：

一、真伪问题：由于文中对王莽新朝的颂扬之辞，宋代以降，颇有疑此篇为伪者，多归名于谷永、刘棻。经过清代至今众多学者的辨析，《剧秦美新》为扬雄所作，已无疑义①。

二、年代问题：有四种说法，分别是始建国元年（公元 9 年）、二年（公元 10 年）、四年（公元 12 年）、五年（公元 13 年）。综合扬雄事迹及文中涉莽时事考论，其作年应在始建国四年夏②。

三、思想倾向：大致牵涉两个层面，一是此文对王莽新朝的态度；二是扬雄自身的心态。关于前者，历代看法基本一致，《剧秦美新》文中所呈现的，确是对王莽新朝的颂扬。关于后者，争议较多，或以为是真心颂扬以求宠禄，或以为是明颂暗讽，或以为是媚莽以

① 参（清）全祖望《鲒埼亭集外编》卷四〇《扬子云生卒考》、（清）梁章钜《文选旁证》卷四〇、（清）朱珔《文选集释》卷二三等相关论证。

② 诸家说法及相关梳理，可参拙文《〈剧秦美新〉作年及涉莽时事考论》，见本书"先秦两汉编"。

避祸,至今尚未有统一的意见①。

四、价值与意义:主要集中在文学层面和文化层面。文学层面的研究主要关注文体意义和语句修辞,前者主要以《文心雕龙·封禅》及《文选》"符命"类为据展开讨论②;后者自班固"典而亡实"的评论开始,大宗见于历代《文选》评点著作中。文化层面的研究主要集中在观念、思想等方面,且多为扬雄及汉代思想研究之连及,不再细述③。

总体来看,相关研究已取得不少成果,但很多问题仍有待结合多种因素,进一步研究。如文中言及"帝典"者,颇能体现扬雄自身心志,且映现汉新之际的士人心态,可惜历来深究者无多。故笔者不揣浅陋,特为拈出略加考析,以向海内外方家求教。

一

《剧秦美新》文中提及"帝典"之处,主要有如下三则:

────────

① 各种意见自汉至宋已基本齐备,参许结《〈剧秦美新〉非"诔文"辩》,《学术月刊》1985 年第 6 期;方铭《〈剧秦美新〉及扬雄与王莽的关系》,《中国文学研究》1993 年第 2 期;杨世明《扬雄身后褒贬评说考议》,《四川师范学院学报》2001 年第 2 期;李祥俊《北宋诸儒论扬雄》,《重庆社会科学》2005 年第 12 期。

② 参蒋文燕《试论汉代赋家"符命"文体创作与士人理想之关系》,《人文丛刊》第一辑,学苑出版社,2005 年版,第 139—146 页;蒋文燕《关于封禅文、剧秦美新和典引的一点思考》,《宁夏大学学报》2006 年第 2 期;李乃龙《符命的文体渊源与〈文选〉"符命"模式》,《学术论坛》2006 年第 12 期。

③ 除去各种思想史、文学史及年谱类著作,代表性论述可参侯文学《淑周楚之丰烈——扬雄作品的文化阐释》,东北师范大学博士学位论文,2003 年,第 120—122 页;孙少华《扬雄投阁的文化美学与生命悲情》,《山西师大学报》2009 年第 6 期;解丽霞《为学重〈仪礼〉与为术重〈周礼〉——扬雄与王莽古文经学》,《孔子研究》2011 年第 3 期;孙少华《扬雄的文学追求与文学观念之迁变》,《清华大学学报》2012 年第 1 期。

会汉祖龙腾丰沛，……发迹三秦，克项山东，而帝天下。……秦余制度，项氏爵号，虽违古而犹袭之。是以帝典阙而不补，王纲弛而未张，道极数殚，暗忽不还。

（新朝）绍少典之苗，著黄虞之裔。帝典阙者已补，王纲弛者已张，炳炳麟麟，岂不懿哉！

宜命贤哲作《帝典》一篇，旧三为一，袭以示来人，摛之罔极。①

扬雄既建议王莽作《帝典》一篇，说明新朝尚未制作《帝典》，则其前文赞新朝"帝典阙者已补"之语，不免令人费解。李善及五臣注皆不及此，其内涵如何，尚待推求。而要理解莽新朝的"帝典阙者已补"等施为，需先分析汉初"帝典阙而不补"的情形。

据文中描述，汉高祖在建汉之初，曾废除秦政中惨酷烦重的部分，而且在儒学、刑法等多个领域都有相应的进步举措。不过，由于当时"日不暇给"的形势，只能暂时沿用秦、项时期的制度和爵号，虽然知道其违背古制，却袭而未改。在这种背景下引出"帝典阙而不补，王纲弛而未张"之语，表明"帝典"十分重要，堪与"王纲"并提。李善注曰："为袭秦、项，故阙者不补，弛者未张也。"②吕延济注曰："典，则也。弛，废也。"③由此看来，此处的"帝典"应指秦、

① （南朝梁）萧统编，（唐）李善注《文选》卷四八，中华书局 1977 年版，第 680、681 页。
② （南朝梁）萧统编，（唐）李善注《文选》卷四八，第 680 页。
③ 《六臣注文选》卷四八，中华书局 1987 年版，第 913 页。

项之前,与古之盛世相对应的典章制度。

扬雄文中在此之前,已言及先秦时期"上罔显于羲皇,中莫盛于唐虞,迩靡著于成周"①。伏羲时期、尧舜时期、成周时期成为扬雄笔下盛世的代表,其所谓的秦、项"违古",应是以此三个时期为主要参照的。但春秋之后,情况急转直下:

> 至政破纵擅衡,并吞六国,遂称乎始皇。盛从鞅、仪、韦、斯之邪政,驰骛起、翦、恬、贲之用兵。划灭古文,刮语烧书,弛礼崩乐,涂民耳目。遂欲流唐漂虞,涤殷荡周。黜除仲尼之篇籍,自勒功业。改制度轨量,咸稽之于《秦纪》。②

可见,秦并六国及之后建立统一帝国的过程中,其政治、文化等多项政策均对此前的古典文明及遗留形态进行了改造乃至消除。在此种情形下,代表古之盛世的典章制度,已阙失无疑。汉代未能补阙古之典章制度,在崇尚古代的汉代知识分子看来,显然是一种巨大的遗憾。扬雄此处所谓"帝典阙而不补",实际上是站在复古立场来评说汉初的治政,哀叹古之盛世典章制度的不复。

此种情形,可在史书中得到印证。《汉书·礼乐志》:"汉兴,拨乱反正,日不暇给,犹命叔孙通制礼仪,以正君臣之位。……以通为奉常,遂定仪法,未尽备而通终。"③可见,汉初许多制度礼仪尚不够完备,需要逐步制定。据《史记·叔孙通传》记载④,刘邦统一天下之初,无暇顾及仪礼之事,仅出于简单随意的习惯,罢去秦代

---

① ②　(南朝梁)萧统编,(唐)李善注《文选》卷四八,第 679 页。
③　《汉书》卷二二,中华书局,1962 年版,第 4 册,第 1030 页。
④　《史记》卷九九,中华书局,1959 年版,第 8 册,第 2722—2723 页。

细琐严苛的仪法。然而,此种"简易"之风,弥漫于整个朝廷,已影响朝堂秩序乃至人身安全。刘邦的心理因此发生变化,叔孙通趁机献言,争取到"起朝仪"的机会。他认为从五帝、三王到夏商周三代,礼法没有相同的,汉代礼仪不必皆遵古法。他"采古礼与秦仪杂就之",即杂合古礼与秦代礼仪,创造出符合汉初治政需要,也符合刘邦个人习惯的新型礼仪。

这种新型礼仪,在演习阶段即获得刘邦的好感。群臣学习之后,取得非凡效果。刘邦帝王身份的尊严与荣耀,由此得到前所未有的彰显。此后,叔孙通又受诏制定多种仪法。可以想见,此类仪法,必然会考虑当时的现实需要,而不仅仅是遵袭古制。《史记·礼书》曰:"至于高祖,光有四海,叔孙通颇有所增益减损,大抵皆袭秦故。自天子称号下至佐僚及宫室官名,少所变改。"①可见叔孙通制作礼仪时,对于秦代礼仪的参考,应该要甚于先秦古制。扬雄文中言"秦余制度,项氏爵号,虽违古而犹袭之",应非虚语。

那么,为何直到王莽时期,才有"帝典阙者已补"的施为? 难道在整个西汉时期,"帝典阙而不补"的情况从未改善? 据相关记载,在叔孙通未及备制礼仪而卒后,制定礼仪的努力一直存在。不过,文帝时期由于皇帝"好道家之学",崇尚简易,其事不行;而在景帝时期,由于诸侯叛乱等因素的阻碍,亦未施行。武帝时期,朝廷极力支持,本是最有可能补阙"帝典"的时机。然而,受制于儒学内部理解古代典法的差异,竟十余年迁延不决。最后,仍由武帝出面统一思想:"盖受命而王,各有所由兴,殊路而同归,谓因民而作,追俗

---

① 《史记》卷二三,第 4 册,第 1159—1160 页。

为制也。议者咸称太古,百姓何望? 汉亦一家之事,典法不传,谓子孙何? 化隆者闳博,治浅者褊狭,可不勉与!"①遂形成定议,以太初之元改正朔,易服色,封泰山,定宗庙百官之仪。

武帝的指导思想与儒士们显然不同,他并不主张事必曰古,此与汉初高祖类似。区别在于,高祖仅以个人习惯为出发点,而武帝已开始深入考虑汉代"一家之事"比肩古代的可能性。两相比较,武帝显然更加理性,也更具弘拓治统的雄心与气象。因此,武帝时期制定的礼仪典法,至多是借鉴古代之制,而绝不可能复古求同。

自武帝之后,一直到王莽执政,西汉时期的礼法结构与框架,基本已无大的变动。此一时期在制度上去完全追随、齐同上古三代,已无可能,也无必要。《汉书·元帝纪》载元帝为太子时曾建议宣帝"宜用儒生",宣帝作色而答:"汉家自有制度,本以霸王道杂之,奈何纯任德教,用周政乎! 且俗儒不达时宜,好是古非今,使人眩于名实,不知所守,何足委任!"②宣帝论汉政为"王霸并用",可谓精辟。而其对于儒生、德教的态度,已经决定了其内心不可能过分看重上古三代的礼制,遑论以古为尊、补阙"帝典"! 如此看来,王莽执政时期的举措,实为整个西汉时期最大规模亦最为深入的复古运动。其具体内容,《汉书》已有详载。扬雄文中所谓"帝典阙者已补",应属王莽治政的组成部分,指涉王莽复现了上古三代的典章制度。

不难看出,《剧秦美新》文中两处相互照应的"帝典",与文末扬

---

① 《史记》卷二三,第 4 册,第 1160—1161 页。
② 《汉书》卷九,第 1 册,第 277 页。

雄建议的"帝典",并非同指。前者对应于古之盛世的典章制度,后者则对应于具体的篇籍。二者虽有差别,但细致来论,亦紧密相关。制度礼法往往通过文字,方成依据,而其传承,虽非全借文字,但形诸文字,更易保存完整、传之久远。古代典籍中"帝典"连言,基本指具体篇籍,而且不出《尚书》之《尧典》《舜典》。如:

> 子曰:"吾于《帝典》见尧、舜之圣焉,于《大禹》《皋陶谟》《益稷》见禹、稷、皋陶之忠勤功勋焉,于《洛诰》见周公之德焉。故《帝典》可以观美,《大禹谟》、《禹贡》可以观事……"(《孔丛子·论书》)

> 于惟帝典,戎夷猾夏;周宣攘之,亦列《风》《雅》。(《汉书·叙传》)

> (安帝延光二年)尚书令忠上奏……汉祖受命,因秦之纪,十月为年首,闰常在岁后。不稽先代,违于帝典。(《后汉书·律历志中》)

> 讯夏启于甘泽兮,伤帝典之始倾。(冯衍《显志赋》)①

参照《孔丛子》此处出现的《尚书》篇目,可知其《帝典》乃指《尧典》《舜典》,于中可见尧、舜之圣,固其所宜。《汉书·叙传》所指,

---

① 傅亚庶《孔丛子校释》,中华书局,2011 年版,第 17—18 页;《汉书》卷一〇〇,第 12 册,第 4267 页;《后汉书·志》第二,中华书局,1965 年版,第 11 册,第 3034 页;《后汉书》卷二八,第 4 册,第 992 页。

可参《舜典》:"帝曰:'皋陶,蛮夷猾夏,寇贼奸宄,汝作士。'"①则此处"帝典"之谓《舜典》,已无可疑。《后汉书·律历志》所叙,揭示出秦之纪历与先代不合,《尚书·尧典》曰:"期三百有六旬有六日,以闰月定四时,成岁。"②而秦代及西汉初期之岁历,与此显然有异,此处"帝典"即指《尧典》。《显志赋》"帝典"之指似不甚显明,其所谓"讯夏启于甘泽",乃指涉夏启与有扈氏的战争。《尚书·甘誓》:"启与有扈战于甘之野,作《甘誓》。"③据汉唐诸儒的解释,有扈氏为姒姓,乃夏之同姓。同姓之国,互相攻伐,违背了《尧典》中"克明俊德,以亲九族"的原则,故冯衍才有"伤帝典始倾"的叹息。要之,此处之"帝典"亦指《尧典》。

扬雄于文末建议新朝"作《帝典》"之语,涉及《文选》版本问题,需略作辨析。李善注此处曰:"言宜命贤智作《帝典》一篇,足旧二典而成三典也,谓《尧典》《舜典》。"④可知"旧三为一"之"旧",李善解释为足成之意。但此种解释,未见于其他典籍,令人生疑。大约是看到了这种矛盾,后世学者为了更合理地解释"旧三为一",将"袭"字上读。

如清人梁章钜曰:"按《封禅文》:'袭旧六为七。'此倒用其句,置'袭'字于下耳,仍读作'一袭'为是。"⑤《封禅文》中有"被饰厥文,作《春秋》一艺,将袭旧六为七,摅之亡穷"之语⑥,据六臣相关

---

①　《尚书正义》卷三,影印《十三经注疏》,中华书局,1980年版,第130页。

②　《尚书正义》卷二,第119页。

③　《尚书正义》卷七,第155页。

④　(南朝梁)萧统编,(唐)李善注《文选》卷四八,第681—682页。

⑤　(清)梁章钜《文选旁证》卷四〇,福建人民出版社,2000年版,第1114页。

⑥　(南朝梁)萧统编,(唐)李善注《文选》卷四八,第677页。五臣本"亡"作"无",见《六臣注文选》第909页。

注释,司马相如此处所言,是一种建议,即承袭六经再作一经,共成七经。此处之"袭",显然是承袭之意。若扬雄亦用此义,最合理用法应是"袭旧三为一",而非"旧三为一袭";况且以《封禅文》句式方之,扬雄文中"旧三为一",似应指新作《帝典》与旧日三典合而为一,若如李善注,仅有旧日二典,似当以"旧二为一"更为妥当。现代学者或将"一袭"解释为"一套",如:"一袭,犹言一套。旧有《尧典》《舜典》二典,今作《帝典》一篇,与《尧典》《舜典》共三篇为一套也。"①这样一来,看似圆满解决了"袭"字的归属,但旧有帝典为《尧典》《舜典》,显然应是"旧二",何来"旧三"之说?"旧三"未得善解,仅在"袭"字上做文章显然不足以服人。况且,在李善注和五臣(刘良)注中,"袭以示来人"都是连贯的意义单元。在没有充分证据的情况下,"袭"字不宜上读,更不宜另立新说。

　　观敦煌残卷《文选》,此句作"宜命贤哲作典篇,奋三为一,以示来人,摛之罔极"②。比起李善注本,不仅少了"帝""一""袭"字,"旧"字也变为"奋"。五臣本此句与敦煌本较为接近:"宜命贤哲作典一篇,奋三为一,袭以示来人,摛之罔极。"③如此,"袭"字的来历就值得怀疑;而在李善注中令人困惑的"旧(舊)"字,也因与"奋(奮)"字形体的接近,而变得更加可疑。若结合笔画架构对比两字差异,可知两字上部的"艹"与"大"之间的讹变,发生几率应该较高,互讹的容易度也不易区分;而两字下部的"臼"与"田"之间的讹变,则显然是后者更易讹为前者,"臼"字即便顺笔连写,中间多出

　　① 张震泽《扬雄集校注》,上海古籍出版社,1993年版,第231页。郑文先生的意见亦类似,参其《扬雄文集笺注》,巴蜀书社,2000年版,第250页。
　　② 饶宗颐编《敦煌吐鲁番本文选》,中华书局,2000年版,第72页。
　　③ 《六臣注文选》卷四八,第916页。朝鲜正德本卷二四、韩国奎章阁本卷二五所载皆然。

竖笔的可能性也较低,而"田"字若写得潦草,在"艹"与"隹"之下,极易被认为是"臼"。也就是说,从"奋(奮)"到"旧(舊)"的讹变,更加容易,更具可能性。这也就标示着,"奋(奮)三为一"应更接近《文选》此句的原貌。

五臣本此处刘良注曰:"宜作《帝典》一篇,述至德,令振尧舜之典,合三篇以为一书,袭行于时,以示来世,舒于臣下之心,使无极也。摛,舒。奋,振。罔,无也。"①将新作《帝典》与《尧典》《舜典》振而为一,显然更符合扬雄原文的语意与气脉,也更符合王莽新朝的政治文化策略。这样的解释,显然比李善注所谓"足旧二典而成三典"来得顺畅。那么,以文本面貌而言,"奋三为一"比起"旧三为一",就显得更合乎情理。宋代高似孙曾言:

> 相如《封禅书》曰……扬雄《剧秦美新》文曰:"宜命贤哲,作《帝典》一篇,奋三为一,袭以示来人,摛之罔极。"二文甚相类,左太冲作《三都赋》初成,时人互有讥訾,思意不惬,后示张公,张曰:此《二京》可三。庾仲初作《扬都赋》成,以呈庾亮,亮以亲族之怀,大为其名价曰:可三《二京》、四《三都》。②

可见高氏所见《文选》,此处亦作"奋三为一"。而高氏将其比于司马相如《封禅书》及左思、庾仲初事,足见其观念中,扬雄"作《帝典》"的建议,有承袭、方驾《尧典》《舜典》之意,如此才有可能与《尧典》《舜典》熔铸为一。在此意义上讲,"奋三为一"显然更恰当、

---

① 《六臣注文选》卷四八,第 916 页。
② (宋)高似孙《纬略》卷七,清《守山阁丛书》本。

更贴切。

　　清代何焯曰:"旧,一作奋。前言仲尼不遭用,《春秋》因斯发。此言宜命贤哲作《帝典》一篇,奋三为一袭。雄盖以自负也。"①其以"奋"代"旧"来解释文意,说明其亦以"奋"义为长。但其以"一袭"连读,恐怕并无充足理由,此点前文已论。要之,在"奋三为一"的语境下,"袭"字已无立足之地,其所以出现在李善及五臣注本中,盖因司马相如《封禅文》"袭旧六为七"之语而误增,复由传写颠倒而成定貌。不少注家虽多方弥缝,终难掩矛盾。今综合比观而定此处之文,方显清晰无碍。

　　至此,扬雄此处语句应可顺利疏解,其建议王莽命人作新的《帝典》,是要整治、振起帝王典业,不仅是绍述尧舜之旧典,寻求古典支持以彰显现实政权的合法性,更是要熔古铸今,焕发尧舜旧典之精神生机,开创垂统万世之典业。"奋三为一"之"奋"字,实为极高明而极精准的用语。

<h2 style="text-align:center">二</h2>

　　扬雄将"帝典阙者已补"之情况归于王莽新朝,固然与王莽大力复古、遵循并模仿三代治政紧密相关,但更重要的是,王莽的作为符合了士人的期待。据《汉书·王莽传》,王莽早期教育及仕宦经历,颇合儒士之行;自西汉后期执政以来,推行古制,所作所为,与士人阶层之期待颇为契合。士人群体极易在王莽治政中找到亲

切的自我认同感。王莽因此赢得了当时士人群体的普遍认可。透过史书的相关记载,可知当时多数士人在王莽代汉过程中是拥护至少是默许的态度。王莽最终虽败乱而亡,但其在执政前中期的诸多举措,都为他赢得了无与伦比的声誉。而其中来自士人阶层的支持,更是前所未有。纵观王莽走向权力巅峰的过程,每一步都有士人阶层自觉或不自觉的推动。钱穆先生曰:"莽朝一切新政莫非其时学风群议所向,莽亦顺此潮流,故为一时所推戴耳。"[①]可谓得间之论。

即便以维护汉家正统来修史的班固,虽对王莽颇有讥刺,对其代汉之前的作为,亦表露出隐约的欣赏:"王莽始起外戚,折节力行,以要名誉,宗族称孝,师友归仁。及其居位辅政,成、哀之际,勤劳国家,直道而行,动见称述。"[②]扬雄文中将"已补"与汉初"不补"的情形相对应,不仅传达出自身对于王莽复古运动的赞赏与期望,大约也蕴含着当时士人群体对于汉家王权政治依违古制的一种略显压抑的反抗姿态。

自先秦儒家以来,士人阶层多推崇古圣先王之道,并据以构建和实践政治理想。此种理想治政的特征,大致是教化行于天下,风俗移染万民。尽管这可能仅是美好的梦幻,但作为一种言说,已为多数士人接受。《汉书·循吏传》曰:"孝武之世……时少能以化治称者,惟江都相董仲舒、内史公孙弘、儿宽,居官可纪。三人皆儒者,通于世务,明习文法,以经术润饰吏事,天子器之。"[③]所谓"化

---

① 钱穆《刘向歆父子年谱》,《两汉经学今古文平议》,商务印书馆,2001 年版,第94 页。

② 《汉书》卷九九,第 12 册,第 4194 页。

③ 《汉书》卷八九,第 11 册,第 3623 页。

治"，就是教化之治。此时的教化之治，本质上是儒士们对于古圣先王之道的推尊与模仿，目的在"使民化"而非"使民服"。与单纯的事务性吏治相比，儒者之治显然更具思想性。也就是说，将代表古圣先王之道的思想观念与意识形态施用于现实政治运作，是儒士阶层理想治政的重要手段。此义自汉初的陆贾、贾谊，到后来的公孙弘、董仲舒，再到匡衡、萧望之、翟方进等儒术名臣，形态虽然各异，实则一以贯之。

王莽的治政，将这种运作推向了极致，尽管其依据书本的举措时常显得不切实际，但其推崇古制之心确实强烈。董仲舒曰："古以大治，上下和睦，习俗美盛，不令而行，不禁而止，吏亡奸邪，民亡盗贼，囹圄空虚，德润草木，泽被四海，凤皇来集，麒麟来游，以古准今，壹何不相逮之远也！"①上古化治的表征是"凤皇""麒麟"等祥瑞的出现，其深层指向是天地运行与人事更替之间的和谐与平衡。此为天人关系的理想状态，先秦儒家已持此观。对于士人群体而言，王莽代汉无疑是接近甚或实现此种理想状态的契机。

王莽统治期间，亦有士人采取不合作态度，或拒以出仕，或默然自守。如《后汉书》载："（卓）茂与同县孔休、陈留蔡，安众刘宣、楚国龚胜、上党鲍宣六人同志，不仕王莽时，并名重当时。"②此数人是否真的"名重当时"，尚属疑问。而其不仕莽新之行为，不论出发点是感情还是名分，在汉新之际都意味着部分士人思想活力与理想追求的减弱。当时大部分士人对于新朝的诚心拥戴，正意味着士人群体在"弘道"追求下对于自身阶层和人格的强烈认同。这

---

① 《汉书》卷五六，第 6 册，第 2520 页。
② 《后汉书》卷二五，第 4 册，第 872 页。

种认同超越了汉家既有的王权及伴随而来的君臣名分,体现出士
人群体鲜活的人格追求与政治信念。

当时拥戴王莽的士人群体,表现各有不同,大致可分三种:一
种是直接在上书、奏议、策论中表达颂扬之情。此部分人数量较
多,合于莽意者或致封侯;另一种是献符命来增强王莽统治的合法
性。这类人数量亦不少,颇迎合王莽意旨而行事。《汉书·扬雄
传》云:"及莽篡位,谈说之士用符命称功德获封爵者甚众。"①直称
功德与献符命,二者都显得较为直接。还有一种是为王莽统治寻
求更周密的依据,刘歆、扬雄是其中重要代表。

刘歆深于典籍,曾为王莽的复古措施提供不少学理依据,平帝
时由王莽举荐,"典儒林史卜之官,考定律历,著《三统历》《谱》"②。
《三统历》及《谱》的原貌,今已无考,《汉书·律历志》认为其"推法
密要",故基本采取其说。其中《世经》,以西汉逐渐流行的"五行相
生"理论为基础,排出了较为严密的帝德谱系:1.帝系之初归于太
昊伏羲氏,应于木德;2.三皇(太昊、炎帝、黄帝)、五帝(少昊、颛顼、
帝喾、唐尧、虞舜)、三王(夏商周开国之主)及汉高祖共十二帝,皆
有对应之帝德,按照"五行相生"的序列渐次延展;3.共工与秦皆为
水德,因在木火之间,与序列不合,故不入正统。该谱系既照顾到
汉人"伐秦继周"之功业及政治理想,又符合西汉中期以后渐趋普
遍的"汉为尧后""汉为火德"的社会认知③,影响颇大。

---

① 《汉书》卷八七,第 11 册,第 3583 页。

② 《汉书》卷三六,第 7 册,第 1972 页。原文标点为《三统历谱》,但据《汉书·律
历志》"向子歆究其微眇,作《三统历》及《谱》以说《春秋》"之语,《历》与《谱》应为不同著
作,故此处二者宜断开。

③ "尧后""火德"的说法,见于顾颉刚《五德终始说下的政治和历史》,《古史辩》第
5 册,上海古籍出版社,1982 年版,第 492—508 页。

　　关于该谱系的发明权，争议不小，《汉书·郊祀志》及《汉纪·高祖纪》皆以为是"刘向父子"共同的作品，自晚清以来，学者多将之归于刘歆的创造，近年来，不少学者又以为主要是刘向的作品①。《汉书·律历志》："至孝成世，刘向总六历，列是非，作《五纪论》。向子歆究其微眇，作《三统历》及《谱》以说《春秋》。"②《五纪论》今已不存，《后汉书》等间有征引，但条目过少，难以确知原貌。五纪，见于《尚书·洪范》："一曰岁，二曰月，三曰日，四曰星辰，五曰历数。"③可知《五纪论》应主要着眼于天文历法层面，结合西汉"论"文的特点，其中排出帝德谱的可能性不大。

　　且刘向于永始元年（公元前 16 年）曾上疏成帝曰："王者必通三统，明天命所授者博，非独一姓也。"④此处所言，通于绥和元年（公元前 8 年）成帝诏书"盖闻王者必存二王之后，所以通三统也"之语⑤，其中的"三统"，仍然近于董仲舒的黑、白、赤"三统说"，是新王通过存续最近两个朝代王者之宗祀，以示天命流转并凸显自身合法性的理念架构⑥。这与《汉书·律历志》中天、地、人"三统"及孟、仲、季"三统"有较大不同，且其循环体系以三为基数，更

　　①　相关看法可参杨权先生的梳理，他推测《世经》所见谱系始创于刘向，后刘歆在其基础上有所改进。见其《新五德理论与两汉政治——"尧后火德说"考论》，中华书局，2006 年版，第 126—161 页。陈泳超先生对此作了精当的反驳，参其《〈世经〉帝德谱的形成过程及相关问题——再析"五德终始说下的政治和历史"》，《文史哲》2008年第 1 期。
　　②　《汉书》卷二一，第 4 册，第 979 页。
　　③　《尚书正义》卷一二，第 188—189 页。
　　④　《汉书》卷二六《楚元王传》，第 7 册，第 1950 页。
　　⑤　《汉书》卷一〇《成帝纪》，第 1 册，第 328 页。
　　⑥　《春秋繁露·三代改制质文》，苏舆《春秋繁露义证》，中华书局，1992 年版，第186—202 页。

与《世经》中以五行构建帝德之谱系迥异①。据考,刘向卒于绥和元年②,若《世经》帝德谱果为刘向创立,则前后数年间之思想不应剧变如此。参互看来,将《世经》帝德谱的发明权归于刘歆,更为妥当。至于"刘向父子"的说法,应属一种着眼于家学的叙事策略③。

刘歆此谱,不仅可与汉德相连通,亦可契合王莽为自身确立的谱系。王莽曾将自身谱系溯至黄帝与舜,并为之立庙祭祀。刘歆谱中,汉为尧后,尧既禅位于舜,尧后之汉帝禅位于舜后之王莽,就合于古事,顺理成章;同时,炎帝、尧、汉皆为火德,据五行相生关系,代汉之王莽应为土德,谱中黄帝与舜恰皆为土德。或以为王莽之谱系与刘歆并不相同:

> "始祖"乃是言自己的王氏血统之源,"初祖"则是言"帝王之统"开始于何帝了。……(《世经》)将"始"系于"伏羲/太昊";但我们在王莽的诏书、《莽衡铭辞》中完全看不到这样的帝王世系,既没有伏羲、太昊,也没有神农、炎帝;王莽显然仍旧遵循着司马迁的《太史公书》所系之帝王世系,而以黄帝为"帝系之始",其准仍在《尚书》与司马迁《史记》。④

王莽言黄帝为"皇初祖考",并不意味着以黄帝为"帝系之始",

---

①　徐兴无先生认为儒家三正论与五德终始的模式来自两个体系,有无法弥合的缝隙。见其《谶纬文献与汉代文化构建》,中华书局,2003 年版,第 174—181 页。

②　刘向卒年有争议,具体辨析及结论可参刘跃进《秦汉文学编年史》,商务印书馆,2006 年版,第 286—287 页。

③　李纪祥《以"汉"为"书"——班固笔下的"一代"与"始末"》,《文史哲》2014 年第 3 期。

④　李纪祥《以"汉"为"书"——班固笔下的"一代"与"始末"》。

他对黄帝和舜的追认,应以同为土德为基础,如果初祖、始祖与自己并非"同德",何谈祖系！至于其他材料中的帝王序列,往往据族属定先后,与帝德谱之序列并非同指。帝德谱之序列必须在五行相生的体系内,不合者即被剔除,并非严格的递嬗次序。明乎此,便可知王莽追祖黄、虞与刘歆帝德谱系的建构,正可互相映发。

刘歆帝德谱在西汉后期"汉祚已衰"的思想浪潮下,无疑具有浓厚的政治色彩,其呼唤新德的意图十分明显,放眼当时政治舞台,惟王莽足以当之。要之,此谱虽非王莽代汉之唯一依靠,但其为王莽代汉确实提供了近乎完美的理论支撑。另据《汉书·王莽传》,刘歆等人的初衷可能并未指向王莽代汉甚且居摄①,但在王莽的意志面前,他们表现出了非凡的适应和推助能力。其内心或许有纠结与犹疑,但王莽的自我设定通过士人的鼓吹尤其是刘歆帝德谱的推助,已经足以进入王道政治体系,此类士人就必然选择顺从乃至依附。

与刘歆等人的表现不同,扬雄在王莽掌权、居摄及代汉过程中未见有政治行为,亦未获特别青睐,只是"以耆老久次转为大夫"②。其作《剧秦美新》之时,已值新朝,王莽政权的合法性已经基础丰厚,故扬雄为王莽助力的取径就异于一般政治人物,而着力于文本呈现。

首先,《剧秦美新》文中突出《舜典》,将其与《尧典》并称,在今文《尚书》为主流的汉代,实属罕见。众所周知,《舜典》仅在古文《尚书》中列目。根据汉唐诸儒的解释,今文《尚书》中仅有《尧典》,

---

① 《汉书》卷九九,第 12 册,第 4123 页。
② 《汉书》卷八七《扬雄传》,第 11 册,第 3583 页。

其内容包括古文《尚书》的《尧典》与《舜典》①。扬雄此举,无疑基于古文《尚书》的立场。当然,这或许与扬雄的好古崇尚及王莽将古文《尚书》立于学官的举措②相关。但真正的必然性因素,应是突出《舜典》对于"舜之后裔"的王莽统治有着正面的意义。

其次,扬雄提出制作新的《帝典》,应是参照《尧典》《舜典》反映尧舜事迹功业的成例,希望新作《帝典》能够反映新朝的治政功绩。尧舜之治,已为春秋以来之典范,西汉儒生多所称颂且寄此期望于汉朝,扬雄的诸多赋作亦有此倾向。但其如此建议王莽,可见其对新朝的期望确非寻常。班固曰:"虽尧舜之盛,必有典谟之篇,然后扬名于后世,冠德于百王。"③文本呈现于帝王盛业之意义,当时或已成共识。承续《尧典》《舜典》的新《帝典》,足以标示莽新治政可以追攀尧舜之治。

再次,其建议将新《帝典》与《尧典》《舜典》合而为一。文字篇籍的一体化,不仅有助加强王莽政权的合法性、宣扬新朝治政,而且可以催生新的《帝典》范本进入知识体系,进而影响思想及意识形态,作用于现实政治,从而成为王道政治的自然组成。联系文末"令万世常戴巍巍"等语,可知扬雄关于王道政治的理想并不满足于古圣先王之道的复返与再现,而是要树立新王以垂统万世。

---

① 据陆德明《经典释文》,今本《尚书》之《舜典》,乃自王肃注《尚书》之《尧典》中分出。但自开篇"曰若稽古"到"乃命以位"二十八字,则来自南朝齐姚方兴所上之《尚书·舜典》,非王注《尚书》之内容。孔《疏》的意见与此类似(《尚书正义》卷三,第125页)。可见,今本《舜典》已非汉代之旧。后世分《舜典》于《尧典》之行为,足证汉代古文《尚书》确有《舜典》,其内容在今文《尚书》中隶属《尧典》。

② 《汉书》卷九九《王莽传》,第12册,第4069页。《汉书》卷一二《平帝纪》记此事在元始五年(第1册,第359页)。

③ 《汉书》卷一〇〇《叙传》,第12册,第4235页。

于此可见，扬雄的思考显然更为沉潜，亦更显超越。与着眼于帝德谱系来印证新朝的合法性不同，扬雄的指向是：参旧典而制新典，配圣王以树新王。有了新典与新王，新的王道便呼之欲出。此种新王道的基点便是"奋三为一"的新《帝典》。如果说刘歆提供的是一种关于史运的新解释，具有强大的现实功能；那么扬雄则是古今并融，致力于促成新文本，为后世提供解释的经典依据。

三

扬雄关于作《帝典》、"奋三为一"的建议，显然是要最大限度凸显新朝治政，某种程度上已越出王莽、刘歆等人的初衷与设定。虽然"作《帝典》一篇"是对王莽的建议，但若将此与扬雄"斟酌六经，放《易》象《论》"①的行径联系起来，亦未尝不可视为扬雄的自我期许。《汉书·扬雄传》载扬雄"欲求文章成名于后世，以为经莫大于《易》，故作《太玄》；传莫大于《论语》，作《法言》；史篇莫善于《仓颉》，作《训纂》……皆斟酌其本，相与放依而驰骋云"②。对于此种模拟，尤其是《太玄》《法言》之作，在当时显得极为特殊，只有桓谭等少数人对其表露出欣赏和称赞。当时多数儒者对此种行为则普遍不予接受，甚而至于嘲讽、抨击："诸儒或讥以为雄非圣人而作经，犹春秋吴楚之君僭号称王，盖诛绝之罪也。"③"非圣人而作经"，恰可映衬出扬雄的自圣心态。如果将"作《帝典》"视为扬雄自圣心态的再次表现，那么当时诸多儒士对扬雄的评价，则反映出士

---

① 《汉书》卷一〇〇《叙传》，第 12 册，第 4265 页。
② 《汉书》卷八七，第 11 册，第 3583 页。
③ 《汉书》卷八七，第 11 册，第 3585 页。

人群体对于"作"的复杂态度。

"作"在先秦时期,已有多种意义。除指称具体动作外,主要指涉三个层面:

一是对应于实物的创制。如宫室的建设(《诗经·大雅·文王有声》:"文王受命,有此武功;既伐于崇,作邑于丰……"①),又如器具、器物的制作(《周易·系辞下》:"古者包牺氏之王天下也……作结绳而为罔罟。"②)

二是对应于事物的兴发。如圣王之业的兴起(《周易·系辞下》:"神农氏没,黄帝、尧、舜氏作。"③),又如植物的生长(《诗经·小雅·采薇》:"采薇采薇,薇亦作止。"④)此中亦包含一些相关联的意义,如疾病的发作(《孟子·离娄下》:"子濯孺子曰:'今日我疾作,不可以执弓,吾死矣夫。'"⑤),如人的奋发(《孟子·告子下》:"人恒过,然后能改;困于心,衡于虑,而后作;征于色,发于声,而后喻。"⑥)还可引申为音声的起兴、音乐的演奏,如《论语·八佾》:"乐其可知也:始作,翕如也。"⑦

三是对应于制度、文化、篇籍等的创立,包括制度的创设(《尚书·禹贡》:"禹别九州,随山浚川,任土作贡。"⑧)、文化的创生(《周易·说卦》:"昔者圣人之作《易》也,幽赞于神明而生蓍。"⑨)、

---

① 《毛诗正义》卷一六,影印《十三经注疏》,中华书局,1980年版,第526页。
② 《周易正义》卷八,影印《十三经注疏》,中华书局,1980年版,第86页。
③ 《周易正义》卷八,第86页。
④ 《毛诗正义》卷九,第413页。
⑤ 《孟子注疏》卷八,影印《十三经注疏》,中华书局,1980年版,第2729页。
⑥ 《孟子注疏》卷八,影印《十三经注疏》,第2762页。
⑦ 《论语注疏》卷三,影印《十三经注疏》,中华书局,1980年版,第2468页。
⑧ 《尚书正义》卷六,第146页。
⑨ 《周易正义》卷九,第93页。

篇籍的创造(《诗经·小雅·节南山》:"家父作诵,以究王讻。式讹
尔心,以畜万邦。"①)

汉代文献中的"作",基本承袭了先秦时期的复杂态势,但在典
籍创造的涵盖下出现了新的变化。如《史记》中,司马迁一方面雄
心勃勃地说自己"作"××本纪、××书、××世家、××列传,直到
全书将要完结时,仍然是"作十表""作八书""作三十世家""作七十
列传"之类的言辞;一方面又自陈,"余所谓述故事,整齐其世传,非
所谓作也,而君比之于《春秋》,谬矣",其结尾亦未称"作":"余述历
黄帝以来至太初而讫,百三十篇。"②此种既言"作"又不敢称"作"
的矛盾现象,亦见于其他汉代文献。也就是说,此时对应于典籍创
造的"作",至少已分化出两个层面:其一与先秦相同,泛指篇籍创
造,汉人皆有此资格;另一则较为神圣,似非普通阶层所能任及。
此中关键,当在孔子与《春秋》的关系。

孔子据鲁国史书而成《春秋》,此为历来之常识。但孔子似并
未以《春秋》为"作",《论语·述而》载孔子语曰:"述而不作,信而好
古,窃比于我老彭。"③或以为,"述而不作"本义是孔子政治理想尤
其是孝道思想的表达,与著述没有关系④。此恐过分关注"述"的
字义,对具体语境缺乏考察。孔子语中"述而不作"与"信而好古"
并列,意思当有相通之处。"信而好古",包含信古与好古两个方
面,信古是价值判断,好古是情感判断,都意味着对于古道的遵沿。
那么,"述而不作",应是指涉孔子自己的思想倾向:只是继承古道

---

① 《毛诗正义》卷一二,第 441 页。

② 《史记》卷一三〇《太史公自序》,第 10 册,第 3299—3300、3319、3321 页。

③ 《论语注疏》卷七,影印《十三经注疏》,第 2481 页。

④ 周远斌《"述而不作"本义考》,《理论学刊》2006 年第 1 期。

而不另事改创。反映到篇籍层面,当然就是注重保存先代典籍而不擅自著文,遵循古圣先王之言而不私自立说。

《汉书·儒林传》言孔子:"叙《书》则断《尧典》,称《乐》则法《韶舞》,论《诗》则首《周南》……皆因近圣之事,以立先王之教,故曰:'述而不作,信而好古。'"①此种解释虽基于篇籍层面而立论,但指出孔子"立先王之教"的用意,可谓洞见。但自战国以降,孔子"作"《春秋》之言说逐渐深入人心,并且显示出极强的典范意义。其于文献当源自《孟子》:

> 世衰道微……孔子惧,作《春秋》。《春秋》,天子之事也。是故孔子曰:"知我者其惟《春秋》乎!罪我者其惟《春秋》乎!"(《孟子·滕文公下》)

> 孟子曰:"王者之迹熄而《诗》亡,《诗》亡然后《春秋》作。晋之乘,楚之梼杌,鲁之春秋,一也。其事则齐桓、晋文,其文则史。孔子曰:'其义则丘窃取之矣。'"(《孟子·离娄下》)②

将《春秋》与代表王道政治的《诗》相连接,置于"天子之事"的层面上,与战国时期孔子地位的上升甚至神圣化紧密相关。孔子在《春秋》中寄托自己的王道政治理想,此时被视为一种"微言大义"的特殊创造,高于常人,比于圣人,延续了王道之命脉。

---

① 《汉书》卷八八,第 11 册,第 3589 页。
② 《孟子注疏》卷六,第 2714 页。

汉代儒士继承此种观念,将《春秋》之成,当作一种创立,某种程度上象征着王道之法。《史记·儒林列传》言孔子:"故因史记作《春秋》,以当王法,其辞微而指博,后世学者多录焉。"①董仲舒在著名的"天人三策"中,亦以《春秋》为基础来建构自己的理论体系,并将孔子作《春秋》抬高到"素王之文"的位置,"孔子作《春秋》,先正王而系万事,见素王之文焉"②。"素王"之称,在先秦原指身怀道家素德之王,至汉代乃专指孔子,盖以其有天子之德而无天子之位③。德位相称的观念,在《周易》"十翼"中时有所见。《中庸》载孔子之语曰:"非天子,不议礼,不制度,不考文。今天下车同轨,书同文,行同伦。虽有其位,苟无其德,不敢作礼乐焉;虽有其德,苟无其位,亦不敢作礼乐焉。"④此语是否孔子所言,未敢遽断,但其显然将制礼作乐归结为德位相兼者专有之事,显然符合儒家的思想。《礼记·乐记》:"知礼乐之情者能作,识礼乐之文者能述。作者之谓圣,述者之谓明。明圣者,述作之谓也。"⑤与《中庸》之论可谓一脉相承。

汉代士人在现实王权既定的情况下,对德位关系作出重新调适,突出了德业之重要,将孔子《春秋》之"作",单独设域,与古代圣人天子制礼作乐、创设制度文化相匹配。此种意义之"作",遂成圣人之专利。是以汉代士人于孔子之后,不敢复言"制礼作乐"及其对应之篇籍"作"事。汉人在"作"的言辞上显得矛盾,不仅展示出

---

①　《史记》卷一二一,第 10 册,第 3115 页。
②　《汉书》卷五六《董仲舒传》,第 6 册,第 2509 页。
③　葛志毅《玄圣素王考》,《求是学刊》1992 年第 1 期。
④　《礼记正义》卷五三,影印《十三经注疏》,中华书局,1980 年版,第 1634 页。
⑤　《礼记正义》卷三七,第 1530 页。

士人群体在王道权威框架下卵翼自身生命创造的谨慎姿态,亦标示着德位不称情势下士人群体"制礼作乐"潜志在篇籍层面之曲折表达。时人对于扬雄的批判,除却嫉妒之心作祟之外,其实是在警惕扬雄的拟经之作会僭越至礼乐之"作",破坏既有格局。

东汉初期的士人于此尤显谨慎,班固曾指责司马迁"私作本纪,编于百王之末,厕于秦、项之列",称自己是"缀辑所闻,以述汉书"①,《汉书》中于纪、表、志、传等皆言"述"而不称"作"。《论衡·对作篇》更是将篇籍创作区分出作、述、论的等级次序,"六经"属于"造端更为,前始未有"的"作",《史记》《新序》《汉书》属于"述",《新论》及《论衡》都属于"论"②。总的来看,无论是指涉篇籍体制还是礼乐体系,汉代的"作"皆意味着提供一种"事实",而"述"或者更次一级的"论"则是在既成"事实"上的董理,是基于"事实"的行为。

以此反观扬雄"作《帝典》"之建议,可知其不仅致力于提供新的治政范本,而且希望王莽新朝能够超越先秦以来王道体系阐释者、遵循者的角色,去"制礼作乐",匹列圣王。此种"作"的权力,并不属于士人,所以士人群体对于此种"作"的热望和践行,只能以"述"的面目出现。寄"作"于"述",以"述"代"作",这种表达策略更典型地体现在汉新之际的符命制作中。

关于符命,学界多将其归入谶纬文化中。陈槃先生认为:"符应",诸书或作"符命",或"符瑞",或"瑞应"(亦作"应瑞"),或"瑞命",或"嘉应",或"福应",或"德祥",或"祯祥",或"祥瑞",或"祥

①　《汉书》卷一〇〇《叙传》,第 4235 页。
②　(汉)王充著,黄晖校释《论衡校释》,中华书局,1990 年版,第 4 册,第 1180—1181 页。

异"之等,其实一也①。以思想体系而言,此论自属合理,但若细较于两汉文献,似嫌绝对。

"符应"之称出现较早,在两汉文献中主要指天降福祥应于自然者,多关涉物事。王莽代汉,据称有"十二符应":武功丹石、三能文马、铁契、石龟、虞符、文圭、玄印、茂陵石书、玄龙石、神井、大神石、铜符帛图②。《汉书》载平帝元始五年,"前辉光谢嚣奏武功长孟通浚井得白石,上圆下方,有丹书著石,文曰:'告安汉公莽为皇帝。'符命之起,自此始矣"③。似将武功丹石归入"符命"。始建国元年秋,王莽"遣五威将王奇等十二人班符命四十二篇于天下。德祥五事,符命二十五,福应十二,凡四十二篇。其德祥言文、宣之世黄龙见于成纪、新都,高祖考王伯墓门梓柱生枝叶之属。符命言井石、金匮之属。福应言雌鸡化为雄之属"④。"福应十二"应即武功丹石等"十二符应",但此中"井石"即武功丹石,亦属"符命",何以一事分属两间? 且既言"符命四十二篇",复言"符命二十五",何以前后不一?

察两汉文献,"符命"之称,于王莽执政时才正式出现。最早见于《汉书·元后传》:"(太后)怒骂之曰……且若自以金匮符命为新皇帝……何用此亡国不祥玺为,而欲求之?"⑤元后骂语,声气俱存,愈逼真反愈可疑,应出后人追记。真正能体现当时"符命"涵义者,当属王莽所颁四十二篇符命的总说:

---

① 陈槃《古谶纬研讨及其书录解题》,台北编译馆,1991 年版,第 1 页。

② 《汉书》卷九九《王莽传》,第 12 册,第 4113 页。

③ 《汉书》卷九九《王莽传》,第 12 册,第 4078—4079 页。

④ 《汉书》卷九九《王莽传》,第 12 册,第 4112 页。

⑤ 《汉书》卷九八,第 12 册,第 4032 页。

　　帝王受命,必有德祥之符瑞,协成五命,申以福应……故
新室之兴也,德祥发于汉三七九世之后。肇命于新都,受瑞于
黄支,开王于武功,定命于子同,成命于巴宕,申福于十二
应……皇天眷然,去汉与新,以丹石始命于皇帝。……申命之
瑞,浸以显著,至于十二,以昭告新皇帝。皇帝深惟上天之威
不可不畏,故去摄号,犹尚称假,改元为初始,欲以承塞天命,
克厌上帝之心。然非皇天所以郑重降符命之意,故是日天复
决以龟书。①

　　显然,德祥、符命、福应是四十二篇中原有分类②。三者皆为
帝王受天之命的表征,但有所区别。德祥,"大体是伪托其祖宗德
泽,明其受命之有自"③,属于未兆之几;福应,属于受命之事物应
验;符命,则是皇天郑重所降,代表正式天命。从"丹石始命"和"复
决以龟书"之语来推断,符命应是天命的文本表现。始建国五年王
莽有语:"玄龙石文曰:'定帝德,国雒阳。'符命著明,敢不钦奉!"④
玄龙石属十二福应,而玄龙石文于此为符命,可知丹石、石龟之属
亦然,论事则为福应(符应),其文则为符命。《剧秦美新》中"其异
物殊怪,存乎五威将帅,班乎天下者,四十有八章",是说物怪之事
有四十八章,应属德祥和福应,与四十二篇之数并不矛盾。将包含
德祥、符命、福应的四十二篇皆称为"符命",是"符命"涵盖扩展的

　　① 《汉书》卷九九《王莽传》,第12册,第4112—4113页。
　　② 孙少华先生以三者为四十二篇中篇名,见其《桓谭年谱》,社会科学文献出版
社,2012年版,第202页。
　　③ 陈槃《古谶纬研讨及其书录解题》,第52页。
　　④ 《汉书》卷九九《王莽传》,第12册,第4132页。

结果。东汉著述中其例甚多,盖以后设立场追溯而言,与莽新时"符命"已非同指。

王莽对于符命的认定,亦见以下诸例:

> 嘉新公国师以符命为予四辅,明德侯刘龚、率礼侯刘嘉等凡三十二人皆知天命,或献天符,或贡昌言,或捕告反虏,厥功茂焉。(《始建国二年诏书》)

> 予受符命之文,稽前人,将条备焉。(《地皇元年诏书》)

> 昔符命文立安为新迁王,临国雒阳,为统义阳王。是时予在摄假,谦不敢当,而以为公。(《地皇元年诏书》)

> 符命文立临为统义阳王,此言新室即位三万六千岁后,为临之后者乃当龙阳而起……辄顺符命,立为统义阳王。(《地皇二年策书》)①

由此可知,当时所谓"符命"主要有两大特征:一是皇天所降;二是皇天有命。前者一般体现为来源之神秘,至少是珍异;后者则往往体现为文字、图画等文本信息。与前者相比,后者或许更为重要。因为罕秘之事仍需解释才能发挥作用,而解释本身的不确定性无疑会影响其结论的权威性和合理性,但若有文本依据,则可减少此等忧虑。董仲舒曾就武帝"三代受命,其符安在"的疑问作答:

---

① 《汉书》卷九九《王莽传》,第 12 册,第 4119—4120、4158—4159、4165 页。

"必有非人力所能致而自至者,此受命之符也。天下之人同心归之,若归父母,故天瑞应诚而至。《书》曰'白鱼入于王舟,有火复于王屋,流为乌',此盖受命之符也。"①以此启端,西汉所谓"受命之符"多指超异的自然现象。"受命之符"形诸文本,当始于成帝时的赤精子之谶②,但真正大规模的文本制作,且以"符命"称之,则发生于王莽执政时期。

符命文本,多由士人造作,以篇籍创造而言,其为"作";以天命而言,其为"述";形式上是宣扬天命以理人事,本质上则是代天立言。符命在莽新时期的兴盛,不仅出于士人阶层呼唤新王、参与王者兴作进程的意图与理想,而且因为外"述"而内"作"的文本造作更符合士人角色之自我设定与"立言"追求。"立言"是先秦所谓"三不朽"(立德、立功、立言)之一③,随着儒家重文倾向的凸显,文域成为士人展现德行与建功立业的主要场所,"立言"愈发重要,甚且成为"立德"与"立功"的凭据和基础。汉代以降士人认知结构中对于文本篇籍的偏好,亦与此有关。无论是刘歆的帝德谱、扬雄的"帝典"之论,还是莽新时期的大量符命乃至后汉的谶纬之文,都可视为士人群体"立言"以追求不朽德业的表征。此种心志,上通天道,下通人事,是士人群体构建和谐天人关系的重要机制。

此种机制在新朝建立过程中厥功至伟,但在王莽即真后,却迅速显露出危机。始建国二年,朝廷规定"吏民出入,持布钱以副符传",导致"公卿皆持以入宫殿门",甚为不便,"是时争为符命封侯,

---

① 《汉书》卷五六《董仲舒传》,第 8 册,第 2500 页。
② 顾颉刚《秦汉的方士与儒生》,上海古籍出版社,2005 年版,第 23—24 页。
③ 《春秋左传正义》卷三五,影印《十三经注疏》,中华书局,1980 年版,第 1979 页。

其不为者相戏曰：'独无天帝除书乎?'"①此种戏谑之语，反衬出当时符命文本已开始过分细致地指导社会生活，天帝降命的频繁与琐碎，对人世运行的正常秩序造成了不良影响。如此一来，"天命"的权威性亦随而急遽降低，那么，代表"天命"的符命文本亦必然因此受到质疑。王莽随后下诏使臣属验治符命，"非五威将率所班，皆下狱"，就是对符命繁琐化、庸俗化倾向的反拨。

此年发端的甄寻、刘棻符命事件，更揭示出符命造作中个人意志的难以自控。甄寻曾先后两次献符命：先言新室当如周、召分陕故事，以其父甄丰为右伯，太傅平晏为左伯；后言曾为汉平帝后的王莽之女当为甄寻之妻②。此种造作，显然超出常态的"符命"设计，而以个人私利为基础来构拟天命。当天命为个人私利所绑架，为祸必烈。甄寻、刘棻下场悲惨，且"牵引公卿党亲列侯以下，死者数百人"③。扬雄亦受此事牵连而投阁，"京师为之语曰：'惟寂寞，自投阁；爰清静，作符命'"④。学界多将此处之"符命"理解为《剧秦美新》文，实则此语是对于扬雄卷入甄寻、刘棻符命事件的嘲讽，并不意味着扬雄真的造作了符命⑤。不过"作符命"之说，透射出士人群体将此类文本创造与天命紧密连接的理念，与礼乐之"作"有相通之处。而此"作"的个人化趋势，虽然扩大了符命的内涵，但无疑降低了天命的应有品格，从而影响了天人之间的合理距离与和谐关系。于此，士人所构建的天人关系机制乃有重新调适之契机。

---

① 《汉书》卷九九《王莽传》，第12册，第4122页。
②③ 《汉书》卷九九《王莽传》，第12册，第4123页。
④ 《汉书》卷八七《扬雄传》，第11册，第3585页。
⑤ 参拙文《〈剧秦美新〉作年及涉莽时事考论》，见本书"先秦两汉编"。

　　在天人感应的关系模式并未改变的前提下,机制的调适无非两种方式:改天命、换人事。前者主要是提供关于天命的新"事实"及新解释,后来反莽势力中符命、谶文之出,皆属此列;后者则主要是以王道言说来规导王权,甚至促成王权更迭、江山易主。符命因与王莽关系密切而颇致非议,其内在精神则不断为东汉及后世的官方意识形态提供资源。《文选》将《封禅文》《剧秦美新》和班固《典引》三文归入"符命"类,虽不合符命之原义,亦自有深意:一方面应该是看到了三文在规整天人关系及秩序的深层用意上,与汉代符命制作的相同之处;另一方面应是突出三文中对于帝王受命的规范化理解,暗含着对西汉末以降符命谶纬滥造滥用的批判。虽然班固《典引》中对其余二者颇有讥弹,但三文都着眼于构建帝王受命的应时体系,是以儒家正统立场对于王道政治的指引性言说,具有强烈的意识形态指向。

余　　论

　　汉新之际的士人群体,接受且秉持先秦以来王道政治的基本理念,多将王莽于汉末执政期间的举措作为古圣先王之道的复现,是以在王莽代汉立新的过程中热诚拥戴、推波助澜。刘歆的《世经》帝德谱、扬雄《剧秦美新》"帝典"之论和此时的符命制作,都可视为士人群体在德位不称的既定情势下"制礼作乐"理想之外化,其思想表现具有共通性:追求并建构王道,规范并引导王权;其文本呈现亦具有相似之结构:外"述"而内"作"。总归来讲,都是士人阶层基于天人关系的一种"立言",是调适、构建天人关系及其相关机制的重要方式。借天命、王道以寄托、呈现自身的意图,本质都是士人群体关于人类社会发展的自我设定与期许。士人心态及其外化,标示着人类对于自身和未来的种种思考与自觉探索,是人类智慧确认自身存在并推动社会前进的重要环节。

　　(原载《文学遗产》2016 年第 2 期。因发表时版面限制,原文内容及注释删改较多,本次收录,有所增改)

郑玄著述辑佚的回顾与展望

郑玄(127—200),字康成,北海高密(今山东高密)人,东汉末年的经学大师,也是中国古典时期最负盛名的经学家。其著述总量巨大,据《后汉书·郑玄传》所载:"凡玄所注《周易》《尚书》《毛诗》《仪礼》《礼记》《论语》《孝经》《尚书大传》《中候》《乾象历》,又著《天文七政论》《鲁礼禘祫义》《六艺论》《毛诗谱》《驳许慎五经异义》《答临孝存周礼难》,凡百余万言。"[①]这百余万字的著述,仅"三礼注"(即《周礼》《仪礼》《礼记》之注)和《毛诗笺》较为完整地保存了下来,其余著述则散佚严重。自宋代以降,众多学人广事搜罗,投身郑玄著述的辑佚工作。本文拟对这些辑佚工作进行回顾和评述,在明确得失的基础上,展望将来郑玄著述的新辑工作。敬祈海内外方家不吝赐教。

郑玄著述的辑佚工作始于宋代欧阳修,其《郑氏诗谱补亡》,附见于《诗本义》中。据书中自称,其所得郑玄《毛诗谱》为残本,且谱表部分"颠倒错乱,不可复序",所以他参照《毛诗正义》中相

---

① 《后汉书》卷三五,中华书局,1965年版,第1212页。

关引文及表述,补成此书,即所谓"凡补谱十有五,补其文字二百七,增损涂乙改正者八百八十三,而郑氏之《谱》复完矣"①。虽然不算是严格的辑佚,但其为后来辑《毛诗谱》者提供了可以遵行的祖本,影响极大。嗣后,南宋的王应麟将郑玄《周易》注、《尚书》注、《论语》注辑录成书,是为郑玄著述正式辑本之始。王氏辑本,虽未全备,但既开后世郑著辑佚的先河,又示辑佚来源之门径,可谓功在千秋。

元明时期的郑著辑佚,亦不多见。明代胡震亨亦辑有郑玄《周易》注,但大抵出自王应麟本。此外,元代陶宗仪《说郛》与明代孙瑴《古微书》中均辑录有纬书多种,虽不注佚文出处,但比照清儒后续之作,可知其中包含有郑玄的纬书注,可算作郑著辑佚的开拓。延及清代,郑著辑佚呈现出繁盛的态势,不仅从事人数众多,所得辑本数量亦多,且涌现出许多高质量的辑本,其中沿用至今者不在少数。纵观清代的郑著辑佚,基本可以归结为旧辑增补、旧辑校正、旧辑评注和清人新辑四个方面。而在清人新辑之中,有不少辑本在当时即已得到重视,为时人及后来者采录并进一步完善,如此一来,各家辑本之间往往是递相增补、校正和评注的关系,很难断然划清彼此的界限。

为加深了解,本文采取表格的方式将这四个方面予以呈现。由于许多内容上相同或关联的辑本题名互有差异,所以表格采取以人系书的方式,仅呈现辑佚者之名,以便省览。

---

① (宋)欧阳修《诗本义》第三册附录《诗谱补亡后序》,《四部丛刊》三编,商务印书馆,1935年版,第131—132页。

郑玄著述	旧辑增补	旧辑校正	旧辑评注	清人新辑	新辑补校评注
《周易》注	惠栋、孙堂、张惠言	卢文弨、阮元、孙志祖、丁杰、臧庸、陈鳣、孙堂、李慈铭、黄元锡、许克勤	阮元、侯康、陈澧、曹元弼	朱彝尊、黄奭、袁钧、孔广林	叶志诜、赵之谦、李盛铎
《尚书》注	孔广林、孙星衍	李调元、叶志诜、赵之谦、李盛铎		黄奭、袁钧、王仁俊	
《尚书大传》注				朱彝尊、孙之騄、惠栋、陈寿祺、黄奭、袁钧	卢见曾、卢文弨、张澍、顾观光、刘恭冕、袁尧年、翁方纲、龚橙、陆明睿、皮锡瑞、王闿运
毛诗谱	吴骞	吴骞	丁晏、马征庆	王谟、黄奭、李光廷、袁钧、胡元仪、孔广林、马瑞辰	叶志诜、赵之谦、赵在翰、李盛铎
周礼序				卢文弨、孙诒让	
答临孝存周礼难				黄奭、袁钧、孔广林、王仁俊	叶志诜、赵之谦、赵在翰、李盛铎、皮锡瑞
《丧服变除》注				洪颐煊、黄奭、马国翰、袁钧、孔广林、丁晏	叶志诜、赵之谦、赵在翰、李盛铎
鲁礼禘祫义				王谟、黄奭、马国翰、袁钧、孔广林	叶志诜、赵之谦、赵在翰、李盛铎、皮锡瑞
三礼目录				王谟、臧庸、黄奭、袁钧、孔广林	叶志诜、赵之谦、赵在翰、李盛铎、胡匡衷
箴膏肓、发墨守、起废疾		钱大昕、孔继涵		王谟、王复、黄奭、袁钧、孔广林	武亿、叶志诜、赵之谦、赵在翰、刘逢禄

郑玄著述	旧辑增补	旧辑校正	旧辑评注	清人新辑	新辑补校评注
《论语》注	陈鳢、吴骞、丁杰	陈鳢、吴骞		王谟、宋翔凤、黄奭、劳格、陈鳢、袁钧、孔广林、钱玫、王仁俊、龙璋、俞樾	戴穗孙、马国翰、叶志诜、赵之谦、赵在翰
《孝经》注				朱彝尊、王谟、冈田挺之、洪颐煊、臧庸、黄奭、陈鳢、严可均、劳格、袁钧、孔广林、孙季咸	叶志诜、赵之谦、赵在翰、李盛铎、皮锡瑞、曹元弼
驳许慎五经异义		钱大昕、孔继涵		王谟、王复、黄奭、袁钧、孔广林	武亿、袁尧年、叶志诜、赵之谦、赵在翰、李盛铎、陈寿祺、皮锡瑞
六艺论				陈鳢、王谟、臧琳、马国翰、严可均、孔广林、洪颐煊、黄奭	袁钧、臧庸、叶志诜、赵之谦、赵在翰、李盛铎、皮锡瑞
郑志	四库馆臣、王复	孔继涵、陈鳢、吴骞、刘玉麟、武亿、王振声、孙星华	王复、钱东垣、钱绎、钱侗	黄奭、袁钧、孔广林	叶志诜、赵之谦、赵在翰、李盛铎、成蓉镜、雷雨人、皮锡瑞
《易纬》注				朱彝尊、赵在翰、殷元正、黄奭、乔松年、顾观光、王仁俊	孙诒让、陆明睿
《书纬》注				朱彝尊、王谟、赵在翰、殷元正、黄奭、马国翰、乔松年、顾观光、王仁俊、孔广林	孙诒让、陆明睿、叶志诜、赵之谦、李盛铎、皮锡瑞

续表

郑玄著述	旧辑增补	旧辑校正	旧辑评注	清人新辑	新辑补校评注
《礼纬》注				黄奭（辑本引"清河郡本"）	
论语孔子弟子目录				陈鳣、袁钧、孔广林、王谟、宋翔凤、黄奭	
汉官香方注				王仁俊	
郑玄集				卢见曾、严可均	李慈铭

　　需要说明的是，表中有些著录项有所省并，如《箴膏肓》《发墨守》《起废疾》三种，在清代多为单独的辑本，因辑佚者基本相同，所以表中合为一项。又如《〈易纬〉注》《〈书纬〉注》《〈礼纬〉注》等项，只是将各自性质相近的著述予以合称，每类称名之下，实包含有多种类别的辑本。

　　又，清人辑本中有些并非或并未确定为郑玄著述者，本表未予列入。如王仁俊辑《婚礼谒文》一卷，归于郑玄名下，而马国翰、严可均等人的辑本皆归入郑众名下，揆诸文献，言郑玄者似为孤证①，故不宜列目郑玄著述。另外，关于郑玄的其他纬书注，亦需特别说明。其《〈诗纬〉注》目录虽有载，但今日诸书所引，惟有宋均注而不见郑玄注，研究者或以为本无《诗纬》郑玄注："《易》《书》《礼》的郑注辑文散见于东汉以后文献，而只有《诗纬》的郑注佚文完全不存。考虑到《易》《书》《礼纬》的郑注能在《新》《旧唐志》以外的目录类著作中找到其他记载，而只有《诗纬》仅见于《新》《旧唐

---

　　①　孙启治、陈建华《中国古佚书辑本目录解题》，上海古籍出版社，2009 年版，第40 页。

志》，这里就出现了问题，即使人怀疑《诗纬》中并没有郑注。"①在清人辑本中，亦无郑玄《诗纬》注的踪迹，故未列入本表。至于郑玄关于《乐纬》《春秋纬》《孝经纬》和河图洛书等谶纬的注解，目录著作中并无记载，仅有零星文字偶见于典籍引文中②，其是否真正属于郑玄之著述，目前还无法确知。谨慎起见，本表亦未列入。

从表中大致可以看出清代郑著辑佚的几个基本态势：

一是辑佚总量的显著增多，这种增多趋势是全面性的，包括辑佚者、辑本、辑佚种类等各项的数量。据表中数据及相关著录统计，清代关于郑著的各类辑本及相关整理著作的总量至少在270种以上，成绩巨大。

二是注重吸收清代以前旧辑本的成果，对于旧辑本尤其是《〈周易〉注》《〈尚书〉注》《〈论语〉注》《毛诗谱》《郑志》等相关辑本较为重视，遵循颇多。当然，清人在遵循旧辑的同时，并非全盘接受，而是通过增补、校正、评注等多种手段来提供更为精确的文本面貌，以期更加完善。

三是在增补校正旧辑本之外，常有清人另起炉灶的新辑本出现。虽然这些新辑本亦非完全脱离旧辑本，且常有暗袭旧辑之处，但新辑本在总体上确实显得更为精密。其主要表现在辑佚范围与辑本体例两个方面。

清人新辑本的辑佚范围，比起前朝旧辑来，明显有所扩充。许多辑本更是取益多方、搜求无遗，且多能详列出处、细加校勘，体现出精益求精的学术态度。不过，清辑本中亦有辑佚范围缩小之例，

---

①　安居香山、中村璋八《纬书集成》，河北人民出版社，1994年版，第46页。

②　杨天宇《郑玄著述考》，《洛阳师范学院学报》2002年第1期，第80—81页。

如《群书治要》中保存有不少《孝经》郑玄注,洪颐煊、黄奭、严可均等多数辑本均予采录,而曹元弼《孝经郑氏注笺释》中则悉数删汰。虽然略显武断,但曹氏书中将其附于注解之末加以辩驳①,亦体现出精密的学术追求。

至于辑本体例的精密化,亦有相当多的表现,如《毛诗谱》清人辑本中对于《诗》谱文字和图表的恢复与重建,又如《郑志》袁钧辑本中将佚文依五经次序归类、各类按篇序排比的做法,都是力求靠近乃至恢复原书面貌的辑佚方式,为精确理解原书提供了尽可能的依据,值得提倡。

然而,清人的郑著辑佚亦有偏失之处。如《郑志》与《郑记》,在《隋书·经籍志》等目录著作中,判然分明。因两书均已亡佚,故许多辑佚者在《郑志》辑本中厕入《郑记》,纵观清人诸辑,惟有袁钧将《郑记》单独成辑;余下诸家中,仅孔广林、黄奭所辑《郑志》中将《郑记》低一格录下,虽有分别的意识,却并不彻底。又,袁钧《郑氏佚书》皆收郑玄佚作,但其中《春秋传服氏注》显然为服虔所作,虽然袁钧以为"服书出于郑,即郑学也","存服所以存郑",但毕竟有失严谨,后来山东大学所编的《两汉全书》即以其归还服虔②。这种归属权的错位,在谶纬书的辑本中亦有所表现:有引郑注以为正文者,有将郑注与宋均注混同者,都为后人利用辑佚成果造成了不便。

二十世纪至今,郑玄著述的辑佚主要有三次大的动向:

一是敦煌残卷的发现、整理与研究所带动的郑著辑佚。此方

---

① 孙启治、陈建华《中国古佚书辑本目录解题》,第76页。
② 张廷银《寓广博于精审之中——读〈两汉全书〉》,《光明日报》2010年9月21日第11版。

面最具代表性的是王素的专著《唐写本论语郑氏注及其研究》（文物出版社 1991 年版）。书中对于敦煌卷子中的数件郑玄《论语注》进行了详尽的研究，且有录文与校勘。此外，敦煌卷子中与郑玄著述有关者尚有《毛诗传笺》《毛诗正义》、郑玄《礼记注》《礼记正义》、郑玄《孝经注》等，在《敦煌经部文献合集》（中华书局 2008 年版）中均有题解、录文、校勘，可为将来郑玄著述的全面辑佚提供基础。

　　二是 1997 年《郑玄集》（"齐文化丛书"之一）在齐鲁书社出版。书中收录了郑玄"三礼注"及部分佚著，但显然并不完备，颇多未收录者。而且该书缺乏明晰的体例，不便阅读理解，且印数不多，影响力并未达到应有的效果。

　　三是《两汉全书》（山东大学出版社 2009 年版）中有关郑玄的部分，提供了郑玄著述的新图景。《两汉全书》收录郑玄著述较为全面，既注意吸收、利用前人的辑佚成果，也注意吸收学界的相关研究成果，颇便观览。但美中不足的是，甄别稍有不严。如其中所列的《孟子郑氏注》，虽见载《隋书·经籍志》和《新唐书·艺文志》，但未见他书征引，清人马国翰、王仁俊之辑本皆是采录郑玄注诸书中引《孟子》及隰栝《孟子》义者，并非严格意义上的《〈孟子〉郑玄注》。其所采择有叠床架屋之嫌，不宜列为郑玄著述。另外，《两汉全书》将两汉谶纬文献统一汇总，郑玄关于谶纬的注包含其中，而并未归入郑玄之下。从全书考虑，此种安排无甚问题，但以郑玄著述而论，却未免离析之象。

　　近年来，随着我国传统文化研究的日渐兴盛，作为传统文化主要载体的儒学经典愈来愈受到重视，中国经学研究在经历了二十世纪的沉寂之后，又重新焕发了生机，得到学界有识之士的悉心呵护与不断投入。郑玄作为中国经学史上最重要的代表人物之一，于此背景下亦越发受到关注,其丰富的研究价值与文化内涵,正日益彰显。展开郑玄的相关研究,要求我们必须尽可能全面而精确的提供郑玄著述的基本面貌,以此为据,方能真正了解郑玄的学术思想与人格风范,使千百年来的美誉有坚实的着落和依归。而要做到这一点,就需要全面搜集、网罗郑玄的各种著述并加以辨别、考证。

简言之,郑玄著述的辑佚工作有必要继续开展下去。虽然有清代学者的众多辑佚成果珠玉在前,但我们立足当今的资料条件和技术手段,再加上科学的理论指导和研究方式,应有后来居上的自信与自期。若奋力而为,最终能形成一部完备而精准的《郑玄全集》,必将极大促进郑玄研究乃至中国经学研究的发展,同时亦将对相关领域的研究及文化建设产生推助作用。以下谨就《郑玄全集》的若干构拟与设想,提出相关看法,希望可以对未来的郑玄著述新辑工作提供参考且有所助益。

《郑玄全集》的编纂,核心即在郑玄著述的辑佚。此项工作,大致说来,应该具备如下程序:

首先,需确定郑玄著述的目录。我国传统学术历来重视目录,目录之学,被清代学者王鸣盛许为“学中第一要紧事,必从此问途,方能得其门而入”①。目录对于确定著述的总量及类别意义重大,研究并确定目录是正式编纂工作包括辑佚开始之前的先期准备。具体到郑著辑佚,我们需要结合历代目录中的著录情况、前人辑本及相关研究成果,全面、合理的考察郑玄著述的总体数量、种类及存佚的完整程度。在此过程中,要严格甄别,注意删汰前人的误

---

① （清）王鸣盛《十七史商榷》,商务印书馆,1959 年版,第 1 页。

辑;同时要建立郑玄著述的辑佚目录,以类相从,重点考察后世对于郑玄著述的辑本数量及其版本归属,汇总其目,记录其名字、版本,据其内容分别撰写提要,以备查考。

其次,对于郑著中全部亡佚、未能辑佚者,要根据相关信息,撰写叙录、提要,尽可能详明的介绍此类著述的情况,交待其原始载录及流变信息,便于读者了解。

再次,对于郑著已有辑本者,要重点比对各辑本的资料来源、体例差异、文字异同,进行比较考订,核对原书,考辨得失,探求最符合原貌的体例,更为全面、精准地提供最可靠的辑佚文本。最后这道程序,要求全面掌握并比较历代的郑著辑本,是未来整个郑著辑佚工作的重心所在。虽然说起来略显简单,但实行起来必然极耗心力,是郑著辑佚工作中最为繁难的部分。

以上所言,主要是从纵向流程来观照未来的郑著辑佚工作,若以横向层面来看,未来工作中亦有数端需要注意的事项:

一、扩大采辑的范围。在清儒的辑佚成绩面前,做到这一点虽然略显困难,但实属必要。此中略有三个方面可及:

1. 要充分利用当今数字电子技术的优势,最大限度地扩展辑佚的来源范围。二十世纪七八十年代以来,"数字化"浪潮已经席卷了电子技术几乎所有的应用领域,以古典研究而论,典籍数字化为当前的学术界提供了前所未有的便利,典籍的电子检索技术与文本复制、保存技术日渐成熟,许多古典时期的重要乃至珍稀典籍不仅由此可获见全貌,亦可快速随机保存,省去了传统学者繁重异常的搜求、翻检工作,更有利于精耕细作式的典籍整理与研究。在此趋势下,我们有理由,也有条件使郑著辑佚工作更加精善,相信新的郑著辑本会在尊重清儒辑佚成果的基础上,更加全面。

2. 要关注二十世纪以来丰富的出土文献，如金石文献、简帛文献、尤其是敦煌卷子中与郑玄著述有关的内容，将其作为辑佚取资范围和异文校勘之所。比如敦煌卷子中的《毛诗传笺》和《毛诗正义》，都保留有郑玄《毛诗笺》的相关内容，二者与今本《毛诗正义》中保留之《毛诗笺》用字时有不同，若能于郑著新辑中统一校勘，不仅可免读者翻检之劳，亦可增加辑本的学术史意味，或许还可揭示新的学术内涵，使郑玄研究乃至整个经学研究领域产生新问题和新视角。

3. 要关注旧辑不甚留意的内容。如《毛诗笺》，虽不需展开特别辑佚，但若将之与他书引文如《文选》李善注所引相比较，亦有助于加深对今本《毛诗笺》面貌的认识。所以，在新辑郑著中，我们可以考虑将《毛诗笺》单列成书，并且附上相关材料，如群籍所引的异文，又如孔《疏》中对于郑玄注释的相关解释，为读者深入理解郑玄著述提供便利。

二、提高辑佚的精准度。辑佚之学，本质即为处理丛残之文献材料，材料本来之完整性既已不存，若复失之精确，则材料本有之意蕴将更加难以了解。如何精准地呈现所辑的文献材料，是衡量辑本质量和辑佚工作水平高低的重要标准。具体到未来郑著辑佚的精准度，大致有三个方面可以开展：

1. 借助前人成果和当今的数字检索等技术，全面查检、核对原书，注明出处，详列异文。前人在传统的学术操作方式下，往往付出极大努力来追求辑佚文本的精准度，这在不少郑著辑本中，都有鲜明的体现。但经过我们比较发现，多数辑本在辑佚来源上往往互为有无，在同源同条的材料中，文字亦往往互有异同。其中，既有辑佚者对于郑著性质理解的差异，也有辑佚者所据原书版本的差异,更有文字传抄过程中造成的差异。不管哪一种差异,都不利于郑著面貌的精准呈现,需要我们在未来作进一步审慎的考辨。尤其是辑佚者所据原书版本的差异,较难处理。前人限于条件,往往无法获览一书之多种版本,辑本中多就目力所及而采录,今日之文献条件虽大为改善,但如何正确判断更符合原书原貌的文字,仍是艰巨而复杂的任务。因为这已经不是单纯的文献整理工作,而需要开展严谨细密的研究。与此相应,此类问题的处理方式也值得斟酌。清代学者章学诚曾言:"古人校雠,于书有讹误,更定其文者,必注原文于其下;其两说可通者,亦两存其说;删去篇次者,亦必存其阙目,所以备后人之采择,而未敢自以谓必是也。"[①]这样的校勘方式虽显得朴拙,然而在今天看来,仍不失为一种妥善的处理。

2. 广泛比照、参考郑玄的所有著述,防止辑佚中出现错乱颠倒、张冠李戴的问题。辑佚之文多数来源于群籍征引,而我国古代典籍引书往往带有随意性,不仅有櫽栝其意的化用和暗引,即使在明引中,亦有剪裁语句以合己用的节引,甚至有因记忆或误而发生的书名错乱。凡此种种,皆足以增加辑佚工作的难度。若过于轻信,据书直录,则往往造成归属权的错位。清人辑本中即出现有同条材料分属两书的情形,故而需注意时时比对,防患于未然。

3. 充分吸纳清代以来的相关研究成果,力求全面、精确地呈现郑玄著述的文字面貌。清代经学极盛,经学家们在深入研究经典的同时,对于前代经学大师的著述也进行了系统、深入的研究。清

---

① （清）章学诚著、叶瑛校注《文史通义校注》附《校雠通义·校雠条理》,中华书局,1985年版,第983页。

代关于郑著的研究成果,十分丰富。即以郑著清人辑本而论,增
补、校正、评注等各项工作无不倾注着辑佚者和研究者的心血,尤
其是各类评注、考证,往往具有学术深度,为相关条目的文字取舍
提供了很好的参考。除此之外,许多研究成果还致力于提供相关
条目的知识背景,虽然指向性不在直接的是正文字,但此举极大增
强了不同类别文本之间的互动交流,亦有助于郑玄著述全面而精
确地呈现。清代以降,经学研究一度陷入寥落的境地,尤其是新文
化运动之后,经典及经学承载了过多负面的意义,受到了国人的冷
遇。不过,自新时期以来,郑玄及其著述的研究成果日益增多,且
呈现出逐渐细密化的趋势。如《郑志》一书,清人虽有不少辑本,且
颇有疏证,但经今人研究,各本采辑仍有遗漏,目前该书已有更全
面的辑本①。凡此皆可证,吸纳前贤时彦研究成果对于提高郑著
辑佚精准度的重要性。

　　三、确立恰当的体例。体例本质上是材料的组织形式和呈现
方式,对于一般典籍而言,其重要性不言而喻;而对于辑佚著述而
言,重要性则又更进一层。郑玄著述历代亡佚较多,不少著述的体
例已难窥知,如何合理的确定郑著辑本的体例,是决定郑著最终面
貌的重点和难点。此中略有两个方面可言:

　　1. 确定各书辑本的先后顺序。目前看来,郑著辑佚体系中,各
书辑本的次序并未十分固定。如齐鲁书社的《郑玄集》是把"三礼
注"放在前面,而《两汉全书》则是取法清儒,按照经、史、子、集之序
来排列各书。后一种做法便于归类和阅读,有其合理性,但其忽视

---

① 赵颖《〈郑小同〉与〈郑志〉研究》附录《〈郑志〉佚文新编》,山东师范大学硕士学
位论文,2014年,第47—72页。

了郑著的先后次序,从中不易感知郑玄学术的发展变化。未来的郑著辑佚,可以考虑按照郑玄著述的先后次序来排列辑本,如此可以让读者更加清晰地看出郑玄自身学术的发展脉络和先后变化。不过,关于郑玄著述的先后次序,清代以来尚有若干争议①,未来需要进一步考证、坐实。

2. 郑著各书辑本需依实际情况确立体例。由于历代而下,郑著各书的保存程度有所不同,各书性质亦多有不同,故在辑佚过程中需因书制宜,确立合适的体例。如"三礼注"和《毛诗笺》,因与相关经文的结合较为紧密,那么在相关辑本中,应考虑全录经文,否则易使人费解;而《周易》《尚书》《论语》《孝经》等郑玄注,由于条目存者无多,辑本中似不必悉录相关经文及正文,遇相关费解处,加按语说明即可,以简洁明了为要务;又如谶纬类相关注释,虽存者较少,但不易理解,辑本中应采录相关谶纬材料,亦可采择相关研究成果,作出考证说明;再如郑玄关于经学史的著述《驳许慎五经异义》《答临孝存周礼难》《六艺论》等,多散存条目,可依各经门类排列,便于集中体现郑玄的思想。同时,这些辑本中要加大背景知识的介绍与引证,使读者真正了解郑玄著述的经学史意义。另外,可以考虑将清儒及今人的考证说明择要采录,为读者加深了解提供便利。如此一来,郑玄及其著述的学术史价值亦将得以凸显。

关于郑玄的成就,《后汉书》中曾如此评价:"自秦焚'六经',圣文埃灭。汉兴,诸儒颇修艺文;及东京,学者亦各名家。而守文之徒,滞固所禀,异端纷纭,互相诡激,遂令经有数家,家有数说,章句

---

① 参王利器《郑康成年谱》,齐鲁书社,1983 年版,第 82—87 页。

多者或乃百余万言,学徒劳而少功,后生疑而莫正。郑玄括囊大典,网罗众家,删裁繁诬,刊改漏失,自是学者略知所归。"①这样的赞誉,在《后汉书》中实为仅见。虽然郑玄的多种著述历经岁月,已多所残佚,但仅据现存之文,亦可窥见其"念述先圣之元意,思整百家之不齐"②的志向与伟业。我们今天重提郑玄著述的辑佚工作,不仅是在学术史的立场上,对于郑玄学术功绩的追怀与凭吊;更是在文化史的意义上,对于儒学盛世的向往与存念。相信在前人及今人诸多努力所凝结的成果指引下,本着科学、严谨、求实的学术态度展开郑玄著述的辑佚工作,在不远的将来,一定可以产生出体例严明、文字精确、考证详明的《郑玄全集》,为中国学术史和文化史上最著名的经学大师立一存照,以慰世人,传之久远。

（原载《山东社会科学》2016 年第 3 期,发表时与人共同署名,内容有所改动,今仍复旧观）

---

① 《后汉书》卷三五,第 1212—1213 页。
② （汉）郑玄《戒子益恩书》,载《后汉书》卷三五,第 1209 页。

魏晋南北朝编

"《文选》例主《诗》教"说辨正

　　关于《文选》的义例,自古至今已有不少学人做过探究,其中内涵也得到了相当丰富的开掘。不过,由于视角和观念的不同,大家的认识并未统一,且呈现出鲜明的个性差异。从目前的态势来看,这个课题的研究在相当长时间内仍将继续。纵观古今关于《文选》义例的研究,主要路径盖有两端:一是在《文选》自身框架内总结归纳,二是将《文选》与其他典籍,尤其是《文心雕龙》进行比较,进而推定《文选》的义例。经过众多学者的努力,以此两端为基点的相关研究,已经取得了巨大的成绩,推进、深化了整个《文选》研究;而这两种方式也逐渐成为《文选》义例研究中的主流范式。

　　应该说,这样的主流方式更多着力在具体、细致的比对、统计、分析、总结等方面,可操作性较强,在拓展《文选》义例研究尤其是体例研究中贡献甚巨。然而,对于凸显《文选》在思想文化方面的精义,似乎显得力度不足。值得注意的是,在主流方式之外,亦有相关学者从另外的路径切入,如从较为宏观的思想文化统系上着眼,来探究《文选》的义例。"《文选》例主《诗》教"说,是其中较为特别的一种。

一

"《文选》例主《诗》教"说,由近代学者刘咸炘(1896—1932)明确提出。刘咸炘博涉四部之学,其生平著述《推十书》,汪洋恣肆,创见迭现,纵横古今中外,在二十世纪上半叶已产生重要影响。惜刘氏享年不足四十,学脉较弱,建国后其著述之刊刻长期以来无人打理,致使其学久不为世所知。直至 2009 年,点校本《推十书》(增补全本)推出,刘氏著述之全貌方显于世。《推十书》共有十编,其中戊编皆为关乎文学者。其中关涉《文选》的主要有两篇:一是《文学述林》卷一之《文选序说》①;二是《诵〈文选〉记》一卷。《诵〈文选〉记》作于 1917 年,对《文选》多数篇目进行了评说,内中捃拾历来《文选》评论资料,剪裁锻炼,可助理解文意。《文选序说》作于1920 年,是刘咸炘《文选》研究之最重要成果。《文选序说》的核心观点,即"《文选》例主《诗》教"说。

篇中有段纲领性的论述:

> 而集之为称,自隋以前,固专指篇翰之出于《诗》教者也。经说、史传各为成书,子家别为专门,故词赋之流专称为集,非后世杂编为集之例也。《书》《礼》《春秋》皆主质,故诗之流、藻

---

① 此处篇名,点校本作"《文选·序》说"。细查此篇,主要着眼于《文选》序例,非仅以《文选·序》为阐说对象,故改之。

韵之作专称为文,非著述统号为文之名也。文也,集也,皆大
其名而狭其实。此义不明,则"六艺"源流混而文体不可复别。
《文选》之为世诟病以此。……章实斋作《诗教》《文集》二篇,
发明隋前篇翰之源,正后世文集之谬,而不知《文选》之例即主
《诗》教。①

　　这段论述在抛出主要论点之前,先行提出了一些看法,可主要
概括为:(一)"集",有广狭二义,在隋代以前,专指出于《诗》教的篇
翰,是为狭义;后世将著作杂编为集,是为广义。(二)"文",有广狭
二义,广义即著述之统号;狭义为诗之流、藻韵之作。(三)"文集"
之初义,皆取狭义之称。《文选》作为文集,亦属狭义。后世对《文
选》的批评,多因未能深入理解"文""集"之广狭二义。

　　由此可知,刘咸炘将《文选》中作品来源设定为与《诗》有直接
承继关系的藻韵之作。惟其如此,"《文选》例主《诗》教"的说法才
有可能成立。刘氏在下文的论述,皆为此论张目,对"《文选》例主
《诗》教"说展开了充分论证。纵观此下论述,主要集中在四个
方面:

　　(一)《文选》的性质,"本专指当时之集而言"②。根据前文所
论,狭义之集,专指源出《诗》教之篇翰。那么,以此推导出《文选》
乃《诗》教影响下的产物,就顺理成章了。如果说这还属于一种笼
统的整体把握,那么,文中关于文体的详细阐说,则体现出刘氏此

　　①　刘咸炘《推十书》(增补全本),戊辑第1册,上海科学技术文献出版社,2009年
版,第21页。本文标点略有不同。以下引此篇文字,标点据语境时有更改,不再一一
说明。

　　②　刘咸炘《推十书》(增补全本),戊辑第1册,第21页。

论针脚的细密。

（二）据《文选·序》，《文选》作品及相关文体可分为两大系统：词赋之体和告语之体。词赋之体，乃直接源自《诗》教者，计有赋、骚、诗、颂、箴、戒、铭、诔、赞等多种文体，论体亦附入其中。告语之体，刘氏解释为："盖告语单篇，与经说、史传、子家殊途，'三百篇'中有书简哀吊之义，春秋赋《诗》酬答，其义亦取主文。"①也就是说，这些文体及其作品，形貌虽与《诗》较远，但性质亦属狭义之文，可溯源至《诗》，与《诗》血脉相通。刘氏在此处所论及的各种文体，几乎全同《文选·序》中所涉文体，次序亦基本无差。

（三）《文选》选录标准主于《诗》教。此点与上一点有相通之处，但前者主要基于框架内的映现，而此点则着重在框架外的比参。实际上是对《文选·序》中相关说明的解释。刘咸炘引申《文选·序》而论：不选经籍，为"深晰源流"；不选子家，为"深辨文质"；不选说辞，因"事异篇章"，且"夫事异篇章，不特说辞为然，凡子、史部成书皆非《诗》教一流单篇抒采之比也"②。而《文选》选有史论、赞的原因，则是由于其藻韵合于《诗》教。

（四）《文选》本身的体类设置和体类排序都应合乎《诗》教。此方面论证主要是从反面展开的，因《文选》一书的实际情况与《诗》教并非完全相合，也可以说，是《文选》本身体例并未贯彻《文选·序》之思想大义。刘咸炘提出三端未安之处：

1."序次倒"。即《文选》中体类次序"忽此忽彼、杂乱无序"，主要集中在三个问题：（1）不应先赋后诗，而应先诗次骚次赋；（2）词赋之体与告语之体，在《文选·序》中剖判分明，在《文选》中却互相

---

①② 刘咸炘《推十书》（增补全本），戊辑第 1 册，第 22 页。

舛乱；(3)赋体源出《诗》《骚》，但赋中各类却未依源流而编。对于先赋后诗的问题，刘咸炘数年后补记曰："先赋后诗，今觉其不可轻非。……盖当时自以汉赋直承'三百篇'。五言诗初兴，境犹未广，古人视诗、赋为一，不似后人之分别。"①虽然确认了先赋后诗的合理性，但仍以《诗》为根本统摄，可知其观点是一以贯之的。

2."立目碎"。主要指《文选》中体类设置不甚合理，主要集中在两方面：(1)赋中各类彼此失当；(2)骚、七、辞、对问、符命等文体的不当。刘咸炘在文中按照其理解为《文选》重新设计了类目，依次是诗、赋(分为楚辞、情志、纪行、京都宫苑、典礼、人事、物色、哀伤、论文)、颂、赞、杂飏颂、箴、铭、连珠、设词、碑、志、诔、哀、吊、祭、诏、册、令、教、策文、表、上书、弹事、启、笺、奏记、书、移、檄、序、论、行、状。相信此中分合去取，应该是刘咸炘心目中以《诗》教为旨归的施为。

3."选录误"。主要是指某些作品的选录不甚合理，名实之间不甚相符。如论体之中，《过秦论》本无"论"名，《四字讲德论》《非有先生论》亦非论体树义之体制，皆不宜选入。

通过以上的介绍，可知"《文选》例主《诗》教"说主要是从《文选·序》所映现的文学思想中把握《文选》的义例，其与《文选》自身的体例尚不能完全相合。其主要内涵是：《文选》是以《诗》为依归，将《诗》之精神统绪作为主要标准的选集。其所涉作品，主要包括词赋之体与告语之体，前者可算《诗》的直接继承者，后者亦可溯源到《诗》，与《诗》取得精神血脉的相通。《文选》中的体类设置与体类排序，都应以《诗》为最根本的参照。

---

① 刘咸炘《推十书》(增补全本)，戊辑第 1 册，第 24 页。

　　显然,如此突出《诗》之影响,与刘咸炘对于"文"的认知紧密相关。不过,在《文选》义例研究中,突出《诗》教者并非刘咸炘一人,而刘氏对于"文"的认知亦颇有渊源。为更深理解"《文选》例主《诗》教"说及其意义,还需对刘咸炘之前的若干观念进行相应考察。

二

　　刘咸炘倡"《文选》例主《诗》教"说,应该受到了章学诚的直接影响。章氏在《文史通义·诗教上》篇中明确提出:

　　　　周衰文弊,"六艺"道息,而诸子争鸣。盖至战国而文章之
　　变尽,至战国而著述之事专,至战国而后世之文体备;故论文
　　于战国,而升降盛衰之故可知也。战国之文,⋯⋯其源皆出于
　　"六艺",人不知也。后世之文,其体皆备于战国,人不知;其源
　　多出于《诗》教,人愈不知也。①

此处将文章之事直接承接六艺之道,颇具识见,章氏在文中亦有详细说明。应该说,这与中国传统文学思想中"文以载道"之论是有相通之处的,所以这个观点在学理上并无难以接受的地方。但其在"六艺"中力推《诗》教,恐怕让人有些费解。章氏将战国之文与"六艺"尤其是《诗》教连接起来,主要是从行人辞命的角度进行论证:

----

　　① (清)章学诚著,叶瑛校注《文史通义校注》,中华书局,1985 年版,第 60 页。

战国之文,既源于"六艺"。又谓多出于《诗》教,何谓也?
曰:战国者,纵横之世也。纵横之学,本于古者行人之官。观
春秋之辞命,列国大夫,聘问诸侯,出使专对,盖欲文其言以达
旨而已。至战国而抵掌揣摩,腾说以取富贵,其辞敷张而扬
厉,变其本而加恢奇焉,不可谓非行人辞命之极也。孔子曰:
"诵诗三百,授之以政,不达;使于四方,不能专对,虽多奚为?"
是则比兴之旨,讽喻之义,固行人之所肄也。纵横者流,推而
衍之,是以能委折而入情,微婉而善讽也。①

对于古代的行人之官,已有学者做过详细考察,其可远溯虞舜时期
的"纳言"和夏代的"遒人",职守大致是掌外事、通聘问以及以此为
基础的相关职能②。所以,行人之官必须擅辞令、善沟通。而行人
之官与《诗经》的关系十分密切,早已是学界共识。《汉书·食货
志》明确记载:"孟春之月,群居者将散,行人振木铎徇于路,以采
诗,献之大师,比其音律,以闻于天子。故曰王者不窥牖户而知天
下。"③《诗经》虽非皆由采集而来,但对于《国风》的结集而言,行人
之官的参与显然是无可代替的组成部分。因此,深于"比兴之旨,
讽喻之义"的行人之官,自然就成了战国纵横之士的学习和模仿对
象。以此为基础,战国之文与《诗》,就有了不可分割的血脉关联。
　　而章学诚突出《诗》教的观点,与其对"文"的理解是互相呼应
的。其曰:"子史衰而文集之体盛,著作衰而辞章之学兴。文集者,

---

① （清）章学诚著,叶瑛校注《文史通义校注》,第 60—61 页。
② 付林鹏《行人制度与先秦"采诗说"新论》,《中国诗歌研究》第十辑,社会科学文献出版社,2014 年版,第 48 页。
③ 《汉书》卷二四,第 1123 页。

辞章不专家,而萃聚文墨,以为蛇尤之菹也。……经学不专家,而文集有经义;史学不专家,而文集有传记:立言不专家,而文集有论辨。后世之文集,舍经义与传记、论辨之三体,其余莫非辞章之属也。而辞章实备于战国,承其流而代变其体制焉。"①可见,章氏所论之"文",主要立足在辞章,与"文"之早期意义并不相同。先秦之"文",本是一个宽泛的涵盖,不仅关乎文章篇籍,而且是天、地、人活动之重要表征。后世之"文",不仅在狭义上几乎成为文章制作的专指,且其中又得到不同类型的细分,如文、质二分的情况下,"文"之义又进一步狭窄,指涉异于质朴平实的文章风格,主于藻采为其主要特色。这样看来,章氏所论,显然是站在"文"之变迁的狭义立场向上溯源的结果。

这种看法,并非章氏之专利。早在两汉时期,"文"的指涉就逐渐分出了广狭之义,广义之"文"大致仍沿袭先秦的宽泛所指,狭义之"文"则逐渐趋向于篇章的创作。及至魏晋以后,尤其是南朝时期,对于两汉以来狭义之"文"又进一步细分,其时著作中鲜明的文体意识是其重要标志,而南朝的"文笔之分"亦是其中重要环节。"文笔之分",在南朝应该是较为普遍的观念。刘勰《文心雕龙·总术》:"今之常言,有文有笔,以为无韵者笔也,有韵者文也。"②虽然围绕这段话及同时代之类似说法有过解释上的分歧,但文笔之分确实使"文"有了进一步的狭义,即讲究藻采和韵律③。后世将韵

---

① (清)章学诚著,叶瑛校注《文史通义校注》,第61页。

② (南朝梁)刘勰著,范文澜注《文心雕龙注》,人民文学出版社,1958年版,第655页。

③ 多数学者都认为此处之"韵"乃指声律,但刘勰此处所指应不限于此,只不过永明声律说兴起后,促进了以有韵和无韵作为划分文笔的通行标准。参陶礼天《六朝"文笔"论与文学观——〈文心雕龙〉"文笔之辨"探微》,《文艺研究》2005年第5期,第91页。

体文和散体文加以区分，与此应有莫大关联。刘师培曰："盖诗有藻韵，其类亦可称文；笔无藻韵，唐人散体概属此类。……散行之体，概与文殊。唐宋以降，此谊弗明，散体之作，亦入文集。"①明确将文笔之分与韵文、散文的二分对应起来，所言虽有可商之处，但确实揭示了二者间的相似相通关系。刘咸炘在《文选序说》中屡次提到"藻韵"，并将藻韵之作界定为狭义之文，与刘师培的看法较为接近，应该是充分吸取了南朝"文笔之分"的养分。

　　刘咸炘比起章学诚来，直接跨越了"战国之文"这一中间环节，而将后世藻韵之文直接溯源于《诗》教，不仅避免了章氏以行人辞命作为学理论证的疏失（战国之文不是皆学行人之辞，而行人采诗亦非《诗》之全部，战国之文与《诗》教之间的联系逻辑上不够严密），而且避免了章氏对于《文选》的矛盾态度。章氏曾以《文选》中文体为例，论述战国之文的"赅备"。虽然仅列举了《文选》中七种文体，且论证有牵强、片面之处②，但总体立意尚属合理。令人惊异的是，他对《文选》的批评也异乎寻常地严厉。《文史通义·诗教下》曰："《文选》者，辞章之圭臬，集部之准绳，而淆乱芜秽，不可殚诘；则古人流别，作者意指，流览诸集，孰是深窥而有得者乎？"③细察其所举各例，基本是批评《文选》自身的编排体例有失当之处。此种批评，刘咸炘也有相关表述，但其在批评的同时，已将基调定为：《诗》教不仅是《文选》中所收作品的源头，也是《文选》编排的根本参照。至于《文选》编排的失当，只是没有充分贯彻《文选·序》中指导思想的结果，并无原则性的错误。其曰："其全书大体疆畛

① 刘师培《中国中古文学史讲义》，上海古籍出版社，2000 年版，第 6 页。
② 参何诗海《"文体备于战国"说平议》，《文学评论》2010 年第 6 期，第 124 页。
③ （清）章学诚著，叶瑛校注《文史通义校注》，第 82 页。

固甚明白,固非不知源流者所得毛举以相讥矣。"①可谓对章学诚
说法的强力反拨!

三

"《诗》教"一词,出于《礼记·经解》:"孔子曰:'入其国,其教可
知也。其为人也温柔敦厚,《诗》教也。疏通知远,《书》教也。广博
易良,《乐》教也。絜静精微,《易》教也。恭俭庄敬,《礼》教也。属
辞比事,《春秋》教也。'"②从此处所述参互来看,所谓经之教主要着
眼在"六经"对于民众的教化作用,尤其在塑造民众性格及精神面貌
方面。章学诚所谓的"《诗》教",从其整体阐述来看,并非指《诗经》对
于民众性格及精神面貌的塑造,而是主要着眼在文章之事对于《诗》
之精神统绪的继承,指称狭义之"文"在发展演变中形成的传统。

刘咸炘所言的"《诗》教",显然是承接章学诚而论,但其理解应
更为宽泛。其《诵〈文选〉记》在评"上书"中邹阳、枚乘作品时曾言:
"书说本出《诗》教,讽谏谲说,体亦宜之。"③长期以来,上书之体,
和诏、册、令、教、文、表、启、弹事、诸多文体,都被认为是应用性较
强的文体,与诗赋之体泾渭分明,在溯源"六经"之时,更多与《尚
书》《春秋》发生联系。刘咸炘则将这些作品界定为"告语之体",并
将其定性为源出《诗》教者。这是一个略显大胆的创见,实际上是
在狭义之"文"的基础上进行的一种变通,避免了前贤强调狭义之
"文"所带来的某些弊端。

---

① 刘咸炘《推十书》(增补全本),戊辑第 1 册,第 24 页。
② 《礼记正义》卷五〇,影印《十三经注疏》,中华书局,1980 年版,第 1609 页。
③ 刘咸炘《推十书》(增补全本),戊辑第 2 册,第 925 页。

　　将文章乃至文集的源头定为《诗》教,有着颇深的目录学渊源。我国现存最早的典籍目录《汉书·艺文志》中,《六艺略》有《诗》类,《诗赋略》亦有"歌诗"一类。而在《诗赋略·叙》中,歌诗与赋拥有共同的源头——《诗》。其曰:

　　　　古者诸侯卿大夫交接邻国,以微言相感,当揖让之时,必称《诗》以谕其志,盖以别贤不肖而观盛衰焉。……春秋之后,周道浸坏,聘问歌咏不行于列国,学《诗》之士逸在布衣,而贤人失志之赋作矣。大儒孙卿及楚臣屈原离谗忧国,皆作赋以风,咸有恻隐古诗之义。……自孝武立乐府而采歌谣,于是有代赵之讴,秦楚之风,皆感于哀乐,缘事而发,亦可以观风俗,知薄厚云。①

　　从中可以明显看出,《诗》义观照下的传承与流变:《诗》降而"赋"兴,"赋"微而"歌诗"起。诗、赋都在扮演着《诗》义传承者的历史角色②。刘咸炘在《文选序说》的开头即说:"《七略》渐变而为四部,刘氏《诗赋》一略,王氏《七志》更为《文翰》,阮氏《七略》又改翰为集,而文集之名成。盖诗赋之体,流变为颂、赞、篇、铭、设词、连珠,而其风势,推用于一切告语之文,必称翰而后可该。"③《七略》虽佚,但其分类及大体内容都保存在《汉书·艺文志》中,故而言《七略》分类者,可于《汉志》观之。从《汉志》中的《诗赋略》,到《七志》中的《文翰志》,再到《七录》中的《文集录》,都是将创作之文章

　　---

①　《汉书》卷三〇,第1755—1756页。
②　参拙文《〈汉书·艺文志〉"诗赋别立"及"先赋后诗"探析》,见本书"先秦两汉编"。
③　刘咸炘《推十书》(增补全本),戊辑第1册,第21页。

集为一类,性质上具有相似之处。所以,《汉志》中诗赋源出于《诗》的表述,就为后人理解文翰、文集乃至经史子集之"集"提供了可资借鉴的参照。

在这个意义上讲,刘咸炘重视《诗》教的说法恰恰是崇古尊经的一种表现。而刘咸炘将之归于《文选·序》的观点,与《文选·序》中体现的思想大有关联。《文选·序》中明确表示不选经书、子书等相关作品,应该是意识到了文集在性质上的特殊之处。刘咸炘对于这一点的阐述,基本是准确的。《文选·序》中所论文体,是否如刘咸炘所言,有词赋之体和告语之体的分别,尚不能遽断。但在文体形态上,确有较重文采和较重应用两种倾向。言前者源出《诗》教,差可接受;论后者源出《诗》教,则未必得当。刘咸炘虽将后者作为诗赋流变之风势所及,但这种影响究竟能否对文体的属性起支配作用,极难考知;而且此类应用性较强的文体所受影响应不限于诗赋之体,即不尽受《诗》教之影响。因此,刘咸炘此处的论断,在逻辑上无疑是不够圆满的。

细致一点说,《文选》所录作品具有丰富的面向,非止有赋、诗、骚等"藻韵之作",亦且有诏、册、令等不以藻韵见长的作品。前者源出《诗》教,应无太大问题;但其余诸体虽亦颇涉藻韵,但未必皆与《诗》教相关。如诏、册、令、教等文体,恐更多来源于《尚书》;史论、史述赞、论等,恐更多源自《春秋》。将这些文体悉数列入《诗》教名下,显得有些勉强。刘咸炘以《诗》教为根本准则,来批评《文选》自身的诸多状况,很多时候不免有些削足适履。《文选·序》与《文选》自身在诸多方面皆有所差异①,但对于《文选》义例研究而

---

① 参力之《关于〈文选序〉与〈文选〉之价值取向的差异问题——兼论〈文选〉非仓卒而成及其〈序〉非出自异手》,《文学评论》2002年第2期,第138—144页。

言,最重要的是《文选》自身的蕴含。如果强行要求《文选》要与《文选·序》悉数对应,那就会本末倒置,难得正解。

结　语

　　刘咸炘的"《文选》例主《诗》教"说,远承《汉书·艺文志》以来的目录学传统,近取章学诚"文体备于战国"说中对于《诗》教的尊崇态度,从狭义之"文"的角度,将《文选·序》中所涉文体分为词赋之体和告语之体两大类别,并分别论证其源出《诗》教的合理性。此说对于理解中国古典文学及文学观念的变迁,有着重要参考意义。但其过分推重《诗》教的影响力,对于《文选》自身之诸多情况,缺乏通透的说服力,反而在一定程度上遮蔽了《文选》自身内涵的丰富性。不过,此说提点出《文选》义例与"六经"的关系问题,对于把握《文选》的思想精义的文化地位,完善《文选》义例研究,具有特殊的价值。

（原载《兰州大学学报》2014 年第 5 期）

《诗》的隐显与《文选》"赋、诗、骚"的排序

——《文选》序"体"研究之一

　　《文选》的编纂研究目前已取得极大的成就,但已有成果多集中在《文选》的收录范围、收录标准、编纂时间等方面,对于《文选》中39体的编排次序①,学界的关注似乎不多。本文针对其中前三种赋、诗、骚的排序进行分析,希望对《文选》相关研究有所助益。

　　《文选》中赋、诗、骚三者的排序引发了后人不少的非议。代表性的如章学诚《文史通义·诗教下》:"赋先于诗,骚别于赋,赋有问答发端,误为赋序,前人之议《文选》,其显然者也。"②关于"赋有问答发端,误为赋序"的问题,与本文关系不大,此不赘论。而"骚别

---

　　① 　此处称"体"而不称"文体",乃是考虑到今人所谓"文体"与六朝所谓"文体"并非同一概念,如此或许可以避免先入之见。王立群先生看法稍异,他认为:"《文选》所收七百余篇作品按赋、诗、文三大文类编排,每大文类之中再划分为若干次文类。《文选》共有七十六种次文类。其中,'骚'为楚辞,'七'为赋体,不能计入赋、诗、文之中。其余七十四种次文类,赋分十五种,诗分二十四种,文分三十五种。"参其《〈文选〉次文类作家编序研究》,《文学评论》2004年第3期。此看法颇具现代意味,然《文选·序》曰:"凡次文之体,各以汇聚;诗赋体既不一,又以类分。"显然以诗赋等为体,各体之下再分类。本文从《文选·序》称体。至于《文选》之三十九体,详参傅刚先生《昭明文选研究》,中国社会科学出版社,2000年版,第189—192页。

　　② 　(清)章学诚著,叶瑛校注《文史通义校注》,中华书局,1985年版,第81页。

于赋"关乎其时人们对"骚"和"赋"的理解,这种理解又会影响其排序。有鉴于此,本文将其与"赋先于诗"一并加以论析。

一

关于"赋先于诗",不独《文选》为然,章氏还联系起来批评了《汉书·艺文志》:"赋者古诗之流,刘勰所谓'六义附庸,蔚为大国'者是也。义当列诗于前,而叙赋于后,乃得文章承变之次第。刘、班顾以赋居诗前,则标略之称诗赋,岂非颠倒与? 每怪萧梁《文选》,赋冠诗前,绝无义理,而后人竞效法之,为不可解。今知刘、班著录,已启之矣。"①实际上,这主要因为章氏将《汉书·艺文志·诗赋略》名中之"诗"与其中所含的"歌诗"这两个并不在同一层面的"诗"混而为一所致。通过《诗赋略·叙》明显可以看出所谓的"承变次第":《诗》——赋——歌诗。我们不能因为《诗》与"歌诗"名称的相近,(可惜在很多人看来,两者并无名称的差别)就认为"歌诗"与《诗》一样,理当居于"赋"前②。不幸的是,这种对于《汉书·艺文志》粗疏的认识延续到了《文选》之中。

《文选·序》曰:"《诗序》云:'诗有六义焉:一曰风,二曰赋,三曰比,四曰兴,五曰雅,六曰颂。'至于今之作者,异乎古昔。古诗之体,今则全取赋名。"③有一点需先明确:"古诗之体,今则全取赋名"究何所指? 现当代学界的主流理解侧重在今日之"赋"源出"六义"之"赋"而为文体。如郭绍虞先生主编的《中国历代文论选》认

---

① (清)章学诚著,叶瑛校注《文史通义校注》,第 1065 页。
② 参拙文《〈汉书·艺文志〉"诗赋别立"及"先赋后诗"探析》,见本书"先秦两汉编"。
③ (南朝梁)萧统编,(唐)李善注《文选》,中华书局,1977 年版,第 1 页。

为此二句"意谓赋本为《诗》六义之一,后来沿用而成为一种文体的名称。班固《两都赋序》:'或曰,赋者古诗之流也。'刘勰《文心雕龙·诠赋》说赋本'六义附庸,蔚成大国',与此意同"①。深于"《选》学"的傅刚先生亦认为:"萧统以文体之赋与六诗之赋联系起来,这就使得赋取得了《诗经》的直接继承身份。"②若依此种见解,所谓"全取赋名"的"全"字恐无着落;况且班固并未如刘勰那样将"文体之赋"对应于"六义"之"赋"。

从《汉书·艺文志·诗赋略·叙》和《两都赋序》的情况来看,班固着眼的是赋对于《诗》这个整体的继承。应该说,萧统此处所指与刘勰较远,而更近于班固:其所谓"古诗之体"的"古诗"既有"六义",与班氏"古诗之流"的"古诗"其实同意,可以看作是《诗经》。萧统认为,《诗经》之体,在其时全以"赋"为名,换个角度说,即"赋"成了《诗》的代表,而不仅仅是所谓的"继承身份"。近人刘咸炘释此句曰:"此言后世之赋以附庸而成大国,兼该六义,足以当古之诗也。"③虽仍牵合刘勰而论,但其"兼该六义"之语,则甚为精当,可谓得萧氏之本意。

事实上,随着赋的发展,赋于"六义"之"赋"以外,已可兼备其他各体。早在汉初,屈原赋即被认为有"体兼风雅"的特点④。当然,屈赋在《文选》中为骚类,稍显隔膜。以《文选》中赋作而言,跨度从先秦到南朝。其间赋的发展,不仅有对《诗》语的袭用(例证极

---

① 郭绍虞《中国历代文论选》,上海古籍出版社,1979年版,第1—2页。

② 傅刚《昭明文选研究》,中国社会科学出版社,2000年版,第227页。

③ 刘咸炘《文学述林》,见黄曙辉编校《刘咸炘学术论集·文学讲义编》,广西师范大学出版社,2007年版,第21页。

④ 班固《离骚·序》中所引刘安语曰:"《国风》好色而不淫,《小雅》怨诽而不乱。若《离骚》者,可谓兼之矣。"见(宋)洪兴祖《楚辞补注》,中华书局,1983年版,第49页。

多,此处不赘),更有对《诗经》整体精神的继承。汉代的赋,班固《两都赋序》中有所描述:"或以抒下情而通讽谕,或以宣上德而尽忠孝,雍容揄扬,著于后嗣,抑亦雅颂之亚也。故孝成之世,论而录之,盖奏御者千有余篇,而后大汉之文章,炳焉与三代同风。"①此语当属目前可见之汉人赋论中最为正面者。当然,这主要是就西汉时期而言。西汉后期开始,赋作渐深于《诗》教,到了东汉时期,赋的总体风格趋于"温雅",皆与儒学之兴盛颇有关联。魏晋以后,赋之发展更加多元,赋之诗化现象较为突出②。凡此都说明,赋在发展过程中,对于《诗》乃至《诗》之外的诗都有靠拢和吸收。

以"颂"而论,作为文类之"颂"固然源自"六义"之"颂",但两汉时期以"颂"为题的作品皆可置于"赋"下,东汉尤然③。可见"赋"对于"颂"确有着某种程度的吸纳。《文心雕龙·颂赞》曰:"马融之《广成》《上林》,雅而似赋,何弄文而失质乎!"④即便刘勰在《诠赋》篇中认为"赋"仅源于"六义"之"赋",但他也不能不承认,马融的《广成颂》与《上林颂》亦带有强烈的"赋"的特征。这也从侧面说明"赋"的涵盖已远非"六义"之"赋"所能笼括⑤。

---

①　(南朝梁)萧统编,(唐)李善注《文选》,第 21—22 页。

②　详参马积高《赋史》,上海古籍出版社,1987 年版,第 85—212 页。程章灿先生论及赋的诗化时说:"诗是南朝文学的首要组成部分。在诗与赋的影响关系中,诗处于一个主动的地位。在南朝,赋的诗化现象比诗的赋化现象更突出,更重要。"(《魏晋南北朝赋史》,江苏古籍出版社,2001 年版,第 243 页)

③　侯文学《汉代经学与文学》,人民出版社,2010 年版,第 20—26 页。

④　(南朝梁)刘勰著,范文澜注《文心雕龙注》,人民文学出版社,1958 年版,第157 页。

⑤　当然,"颂"作为文类,自有其独立性。程章灿先生的考察结论是:"颂在东汉以后逐渐摆脱赋颂之间的模糊界限而走向独立;另一方面,随着文体分类学的进步,文体区分日益细致深化,人们对颂本来隶属于赋的那段历史也就慢慢淡忘了。"(《魏晋南北朝赋史》,第 7 页)

　　再如"比兴",赋作中似乎并不缺少,王逸在《楚辞章句》中早有提示:"《离骚》之文,依《诗》取兴,引类譬喻。"①范文澜先生《文心雕龙注》曰:"窃谓赋比兴三义并列,若荀宋之赋自六义之赋流衍而成,则不得赋中杂出比兴。今观荀屈之赋,比兴实繁,……谓赋之原始,即取六义之赋推演而成,或未必然。"②这是对刘勰的看法表示异议,虽然其言赋比兴不得相杂于作品中有待商榷,但亦未否认,荀屈之赋中确有比兴。鲁洪生先生将赋与《诗》联系起来考察后认为:"'六诗'之赋用古《诗》言志,荀卿之赋以礼、知、云、蚕、针说理,汉赋借沉疴、田猎、宫苑讽谏,皆以比、兴'铺采摛文,体物写志','敷布其义',与用诗感发志意之兴、用诗譬喻类推之比与托物言志、引譬连类之表现方法在思维方式上是完全相同的。"③凡此,均可说明赋作对于"比兴"的运用由来已久。

　　总的看来,在先秦至南朝的发展过程中,赋作的面貌及质素已有巨大的改观。赋这一领域,已经完全具备了原属《诗经》的特性与功能。萧统身处南朝,发"古诗之体,今则全取赋名"之语,绝非无稽之谈。不少学者从目录学的角度及赋在萧梁时的地位寻找原因,如程千帆先生认为《汉书·艺文志》及《文选》中"先赋后诗"的现象代表着"有些古代学者认为它的地位比诗为高"④。傅刚先生的看法更全面而且谨慎一些,他认为赋在诗先,代表了萧统的文学史观,并且,"尽管汉魏六朝时期的文体观念在诗赋连称的时候,诗居赋先,但目录学和编集体例却以赋居篇首,这已成为一个习惯。

---

①　见(宋)洪兴祖《楚辞补注》,第1—3页。

②　(南朝梁)刘勰著,范文澜注《文心雕龙注》,第137页。

③　鲁洪生《汉赋源于〈周礼〉"六诗"之赋考》,《文学遗产》2009年第6期,第6页。

④　程千帆《辞赋的特点及其发展变迁》,《程千帆全集》第七卷,河北教育出版社,2000年,第3页。

其中的原因可能与《七略》、班《志》的影响有关,也可能与赋在当时的地位有关"①。胡大雷先生从文学史角度提出看法:"因为作为总集的《文选》不录《诗经》作品,而除了《诗经》作品,就文学史的发展状况而言,赋就先于诗兴盛。……因此,从人们心理来说,对赋的崇尚高于对诗的崇尚,崇尚赋的风气在当时已经形成。"②林伯谦、钱志熙、冯莉等学者的看法亦大致不出以上数端③。从文学史的发展看来,《诗经》之外,赋确实先于诗而兴盛。但在当时人们的观念中,赋的地位是否就一定高于诗呢? 诗作不如赋作繁盛,与两者地位的高低、所受崇尚的程度差异并无必然的逻辑关系。况且,不少文献中,诗乃在赋之先。这些都在某种程度上昭示出当时背景的复杂。从背景出发进行考察,固然会有许多或然的创获,但说服力恐终究不及萧统自己的论说。

　　《文选》中赋既为《诗》之代表,那么,要论定赋与诗的先后,还需再看关于"诗"的论述。《文选·序》曰:"诗者,盖志之所之也。情动于中而形于言:《关雎》《麟趾》,正始之道著;桑间濮上,亡国之音表。故风雅之道,粲然可观。自炎汉中叶,厥途渐异。退傅有'在邹'之作,降将著'河梁'之篇。四言五言,区以别矣。又少则三字,多则九

---

① 傅刚《昭明文选研究》,第 227—228 页。

② 胡大雷《文选编纂研究》,广西师范大学出版社,2009 年版,第 167—168 页。

③ 林伯谦先生认为《文选》以赋居首体现着《文选·序》中"以能文为本"这一标准,"在南朝萧梁之际,赋体铺采摛文,体物写志,也最足以显见当代竞逐新丽的文风"。其落脚点仍在赋在南朝之地位。(《由〈文选序〉辨析选学若干疑案》,《东吴中文学报》第 13 期,2007 年 5 月,第 85 页)钱志熙先生认为:"辞赋出于古诗,其发展早于汉人四五言诗,其体制也尊于汉之各类歌诗。"(《〈文选〉"次文之体"杂议——〈文选〉在文体学与文学史学上的贡献与局限》,《文艺理论研究》2009 年第 6 期,第 85 页)冯莉《赋与骚——以〈文选〉列赋为首与别骚于赋为中心》一文就该问题提出三点原因,与傅刚先生观点近似。(《中国楚辞学》第十七辑,学苑出版社,2011 年版,第 234—240 页)

言,各体互兴,分镳并驱。"①此段论述意思很明显:"诗"的发展"自炎汉中叶"以来,已与《诗经》所代表的"风雅之道"渐渐有异,或者说,与"古诗之体"有了疏离。那么,《文选》之"赋冠诗前"就有了充足的理由:根据《文选序》的说法:"若夫姬公之籍,孔父之书,与日月俱悬,鬼神争奥,孝敬之准式,人伦之师友,岂可重以芟夷,加之剪截?"②《文选》以不录《诗经》作品为前提。而在此背景中,"赋"已足为《诗》的代表。那么,以"古诗之体"为衡准,《文选》之"赋"显然比《文选》之"诗"保留了更多的典范意义,更显得"正宗"。故赋在诗前,实属顺理成章③。某种程度上,这一点和《汉书·艺文志》中"赋"在"歌诗"之前的情形确有几分相像。不过,《汉书·艺文志》中《诗》在《六艺略》,而《文选》中并未录《诗》。但两者均以《诗》义为标尺,则是相同的。要之,《文选》中赋在诗前,关键在《诗》的隐显。

二

《文选》中的"骚"体次于"诗"后,与赋、骚之间的关系紧密相连。问题首先集中在所谓"骚别于赋"。前引章学诚的观点盖源自宋人。南宋钱文子《离骚集传序》曰:"至《离骚》之作,则自其生而长,长而仕,仕而不得志,不得志而不得去,终始本末实敷言之,而赋之体具矣。骚,犹扰也,自伤离此扰扰,以名其赋也。汉王逸以

---

①　(南朝梁)萧统编,(唐)李善注《文选》,第1—2页。

②　(南朝梁)萧统编,(唐)李善注《文选》,第2页。

③　王存信先生已简要涉及此点:"诗赋虽然都是接受《诗经》传统而发展的,但赋更为直接,即'古诗之体,今则全取赋名'。诗却同赋的发展不一样,已经与古诗不同了。《文选》正是从遵守《诗经》的传统观念出发,认为赋才是《诗经》的直接继承者,故将它放在首位。"(《〈文选·赋〉分类浅议》,《江苏教育学院学报》1995年第3期,第35—36页)

离为别,骚为愁,经为径,既失其旨;而梁萧统选文,乃特名之以
'骚'。彼徒习其读不得其义,又为畏之,不敢以齿诸赋,则遂摭其
目而名之。夫《关雎》《鹊巢》,不系曰诗,而夫人知其为诗。《离骚》
不系曰赋,而王逸、萧统遂不知其为赋。不亦异哉!"①以《离骚》诸
作为赋,《汉书·艺文志》已然。言王逸、萧统不知其为赋,显然是
强词夺理。吴子良《荆溪林下偶谈》卷二"《离骚》名义"条亦曰:"离
训遭,骚训忧,屈原以此命名,其文则赋也。故班固《艺文志》有《屈
原赋》二十五篇。梁昭明集《文选》,不并归赋门,而别名之'骚',后
人沿袭,皆以'骚'称,可谓无义。"②吴氏此论主要从《汉书·艺文
志》着眼,认为《文选》中"骚"亦不应独立。

关于骚与赋的关系,素来为研究者所关注,"从一般的意义上
说,'骚'当合于赋;而严格说来,'骚'自与一般的赋有所不同"③。
不过,在南朝时,二者之间的区别似乎比汉时更引人注目,时人也
确有将二者加以分离的倾向,如《文章缘起》《文心雕龙》等书④;目

─────────

① 此《序》不载传世《离骚集传》诸版本,见宋末元初陈仁子《文选补遗》卷二八"九
章"部分"屈原"题下注引。(文渊阁《四库全书》,上海古籍出版社 2003 年影印本,第
1360 册,第 453 页)关于钱文子与《离骚集传》的关系,可参钱志熙《离骚集传作者里籍
家世考》,《中国典籍与文化》2010 年第 1 期。

② 吴子良《荆溪林下偶谈》,文渊阁《四库全书》,第 1481 册,第 494 页。

③ 力之《关于'骚''赋'之间异同问题──兼论吴子良等批评〈文选〉别'骚'于'赋'
之得失》,《〈楚辞〉与中古文献考说》,巴蜀书社,2005 年版,第 210 页。

④ 此处只是概而言之,实际上两者之间仍有合力。如民国学者徐英认为《文章缘
起》并未将骚、赋分开,其曰:"荀宋并起,贾马代兴,屈原之有《离骚》,犹宋玉之有《招
魂》。任昉述题名之始,故谓骚始于屈,赋始于宋,未必以赋别于骚也。"参其《〈文选〉类
例正失》,《安徽大学月刊》,1935 年第二卷,见南江涛选编《文选学研究》(上),国家图书
馆出版社,2010 年版,第 171 页。而关于《文心雕龙》中的骚、赋关系,力之先生认为:
"《文心雕龙》至多是准别'骚'于'赋'。"(《〈楚辞〉与中古文献考说》,第 211 页)张少康先生
的意见则是:《文心雕龙》中的《辨骚》篇是论"文之枢纽"中的一部分,不是文体论中的一
篇。在《文心雕龙》的文体分类中,骚合于赋,并未单列一类。(《〈文心雕龙〉的文体分类
论──和〈昭明文选〉文体分类的比较》,《江苏大学学报》2007 年第 1 期,第 52 页)

录学中,《七录》将《楚辞》单独设类亦可算作一个侧证。因此,《文选》的"骚别于赋"并不应该简单地以《汉书·艺文志》之例来比推,从而加以否定。毕竟时代不同,南朝人的观念不可能全同汉人。高步瀛先生言:"《汉书·艺文志》有屈原赋二十五篇。骚即赋也。昭明析而二之,颇为后人所讥。然观此《序》,则骚赋二体,昭明非不知之。特以当时骚赋已分,故聊从众耳。"①虽言之不详,但"骚赋已分"作为一种背景,则确实存在。

《文选·序》在言赋之后,紧接着说:"又楚人屈原,含忠履洁,君匪从流,臣进逆耳,深思远虑,遂放湘南。耿介之意既伤,壹郁之怀靡诉。临渊有怀沙之志,吟泽有憔悴之容。骚人之文,自兹而作。"②萧统此处明显是有意地对骚和赋加以区分,并对"骚"体作出了溯源,即屈原之作。"楚人屈原"前之"又"字很值得注意,表面上,它仅是承接上文的一个连词,但其深层意蕴则是开启新轨的标志。《文选序》此处所体现的是骚与赋并非一域的态度。至于这种态度背后暗含着怎样的思想,后人也有推测。如王芑孙《读赋卮言·导源篇》曰:"追其统系,'三百篇'其百世不迁之宗矣。下次则两家歧出,有由屈子分支者,有自荀卿别派者,昭明序《选》,所云以'荀、宋表前,贾、马继后',而慨然于源流自兹也。相如之徒,敷兴摛文,乃从荀法;贾傅以下,湛思渺虑,具有屈心。抑荀正而屈变,马愉而贾戚,虽云一彀,略已殊途。"③此说显然是将赋分为了正与变:从荀子者为正,从屈子者为变。且观王氏的论说,应以《文选》

---

① 高步瀛《文选李注义疏》,中华书局,1985 年版,第 14 页。
② (南朝梁)萧统编、(唐)李善注《文选》,第 1 页。
③ (清)王芑孙《渊雅堂全集·读赋卮言》,《续修四库全书》第 1481 册,上海古籍出版社,2002 年版,第 374—375 页。

赋、骚之别为赋体正变之分。刘永济先生亦云："昔昭明选文,骚赋异卷;彦和论艺,别赋于骚;而《班志·艺文》,但称屈赋,不名楚骚。尝思其故,盖萧、刘别其流而班氏穷其源耳。"①虽以源流为目,但其意与王芑孙氏甚为接近。但揆诸文献,萧统只是认定赋与骚有分别,至于是否为正变或源流的关系,目前似乎还没有证据可资论说。

赋、骚既分,而赋又为《诗》之代表,那么,赋在骚前就可以理解了。其次,便是骚与诗何者居先的问题。章学诚在《永清县志文征序例》中曾批评道:"而萧统选文,用赋冠首;后代撰辑诸家,奉为一定科律,亦失所以重轻之义矣。如谓彼固辞章家言,本无当于史例,则赋乃六义附庸,而列于诗前;骚为赋之鼻祖,而别居诗后,其任情颠倒,亦复难以自解。"②可知章氏的意思,并不完全反对"骚"的别立,而是认为"骚"应排在"赋"之前,"诗"亦应排在"赋"之前。参以其"古之赋家者流,原本诗骚"之语③,可知章氏眼中三者的排序应依次为诗、骚、赋④。如果此处的"诗"置换为《诗》,那么章氏的批评无疑具有合理性。但章氏忘记了一个重要的前提:《文选》中的"诗"并不包括《诗》。"赋"为《诗》的代表居首,那么"自炎汉中叶",渐异于"风雅之道"的"诗",自然要排在"赋"的后面。章氏于此,仍仅执"诗"之名而未深察"诗"之实。当然,我们今日有现代标点符号的提示作用,不然,恐仍沿此失。

---

①　刘永济《十四朝文学要略》,中华书局,2007 年版,第 95 页。
②　(清)章学诚著,叶瑛校注《文史通义校注》,第 789 页。
③　(清)章学诚著,叶瑛校注《文史通义校注》,第 1064 页。
④　刘咸炘亦曾认为《文选》当先诗次骚次赋,但随后有所省察,认为"先赋后诗"有其合理性。见其《文学述林》,载黄曙辉编校《刘咸炘学术论集·文学讲义编》,第 23、25 页。

　　对于诗在骚前，傅刚先生分析道："《文选》中所录的汉以后诗歌，尽管与《诗经》不同，但实质仍然是诗，若以诗排在骚前，也是有足够理由的。事实上，自汉魏以来的文体著录顺序，一般都以诗排在首位。"①著录顺序固然是一个方面，但更重要的，还是诗与《诗》的相通。傅先生尚未显言，此处不妨详细论之：在现代标点符号产生以前，古典文献中的"诗"和《诗》虽然在具体语境中有着意义的不同，但起码在观感上毫无差异。这是《文选》中的"诗"在名称上的一种天然优势。而通过《文选·序》中"厥途渐异"这样的表述，我们固然能够感受到"炎汉中叶"以后"诗"相较于《诗》所发生的变化，但名称的相同使这种变化实际上呈现为同一道路的不同阶段之间的差异。换句话说，我们借助现代标点得以明确的"诗"，相对于《诗》来只是渐行渐远。那些走过的新途仍标着同样的"名"，那么，所谓"渐异"的"新途"，在同一个"名"的统摄下，就不可避免地会成为同一条路当中的某一段。即《文选》中的"诗"比起《诗》虽可算"渐异"的"新途"，但仍属同一道路。顺带产生的效果是，这条道路似乎并非直线型，而是有着弯道。但尽管如此，它终究仍是以"诗"为名的一条道路。

　　那么，在《诗》不入选而赋代表《诗》的情形下，"诗"与《诗》的亲近关系就表现为"诗"与赋之间的合力。《文选·序》中骚与赋已非一域，而对于骚与《诗》的关系又只字未提，显然蕴含着疏离的倾向。如此，在萧统的观念中，诗与赋之间的合力显然大于骚与赋之间的合力。《文选》中诗在骚之前，也就由此可得合理的解释。

---

　　①　傅刚《昭明文选研究》，第 223 页。

结　　语

综上所述,《文选》中"赋、诗、骚"三者的排序与《诗》的隐显紧
密相关:在《诗》不入选的前提下,"赋"作为《诗》的代表,居首;"诗"
作为《诗》途的后续发展阶段,次之;"骚"既有异于"赋",复又疏离
于《诗》,故又次之。当然,这是《文选》本身的排序。《文选·序》中
关于三者的论述顺序则是:赋、骚、诗。两者看起来似乎是矛盾
的①。不过,《文选·序》并非如《文心雕龙》般,有着严密的理论体
系。它可以涉及很多东西,但它显然不能代替《文选》自身的说服
力。在当前没有更多资料的情况下,《文选·序》固然是考察《文
选》极具参考价值的材料,但它仍不过是一篇序,一篇关于《文选》
的序。对于《文选·序》中"骚"在"诗"前,我们推测主要是论述起
来方便:"赋"虽成了"古诗之体"的代表,因其与"骚"实有极深的渊
源,紧接着谈到"骚"亦属自然。不过,这种顺序是不能拿来与《文
选》的排序严格对比的。即使这种顺序背后可能暗含着一些意图,
以《诗》着眼仍是其"荦荦大者"。

(原载《广西师范大学学报》2012 年第 6 期)

---

① 关于《文选·序》与《文选》之间的差异,多数学者认为其与《文选》编者问题或
《文选·序》作者问题有关。此论证据不足,力之先生已详辩其非,见《关于〈文选序〉与
〈文选〉之价值取向的差异问题——兼论〈文选〉非仓卒而成及其〈序〉非出自异手》,《文
学评论》2002 年第 2 期,第 138—144 页。

"骚""七"兼体与《文选》之"由诗渐文"

——《文选》序"体"研究之二

一、《文选》所设各体的大类划分

《文选》所设各体,常被简要归纳为几个大类,相关看法主要有两种:

一种是归为两大类。不过,关于两个大类的认定,尚未形成统一。如刘师培将其归为文、笔两类:"当时世论,虽区分文笔,然笔不该文,文可该笔,故对言则笔与文别,散言则笔亦称文。……而昭明《文选》其所选录,不限有韵之词。此均文可该笔之证也。"①这在一定程度上弥补了阮元过分强调"文"之韵藻骈偶等质素所带来的局限性,在文笔之分的基础上对"文选"之"名"与《文选》选录作品之"实"的差异作出了相对合理的解释。后世不少学者都有相近的论说②,新时期以来,亦有不少学者以诗、文或者韵文、散文的

---

① 刘师培《中国中古文学史讲义》,上海古籍出版社,2000年版,第111页。

② 如郭绍虞先生曾批评阮元之说:"《文选》之文,指的是广义,并非只是文笔之文,是可以包括笔在内的。"参其《〈文选〉的选录标准和它与〈文心雕龙〉的关系》,载俞绍初、许逸民主编《中外学者文选学论集》,中华书局,1998年版,第133页。

名义,来标识、归纳《文选》作品的路径,与此实有本质的相通。

　　而年代稍后的刘咸炘则将《文选》作品归纳为词赋之体和告语之体两大类。词赋之体,计有赋、骚、诗、七、对问、设论等多种文体,直接源自《诗》教;其余则为告语之体①。由于刘咸炘学脉较弱,故其观点至今影响不大。

　　总体看来,此种看法的归纳、划分,虽有道理,但并未充分考虑《文选》自身的固有特质,尤其与《文选》的排序不能相应。其划分所照应的范围显然更大,近于整个文章学,以此来考察《文选》的体类及义例,恐失之粗疏。

　　另一种是归为三大类。三大类的名目基本一致,都是赋、诗、文。但对于各大类涵盖的认定又有差异,目前来看,对于三大类之"赋"的认定,皆与《文选》中"赋"类相同;对于大类之"诗"的认定,多数意见与《文选》中"诗"类相同,亦有将"骚"计入者②;而对于大类之"文"的认定,相关意见则差异较大:

　　如骆鸿凯先生在《文选学·征故》中分列赋、诗、杂文三大类,将《文选》自"骚"以下,直至"祭文",悉数作为"杂文"③。傅刚先生将《文选》中"诏"以下的 35 体皆计入大类之"文"中,但其所论大类之"赋"与"诗",并未计入"骚""七"两体④。与其意见相近的还有

————————

　　① 刘咸炘《文选序说》,《推十书》(增补全本),戊辑第 1 册,上海科学技术文献出版社,2009 年版,第 22 页。关于刘氏此文的相关评述,可参拙文《"〈文选〉例主〈诗〉教"说辨正》,《兰州大学学报》2014 年第 5 期;亦见本书"魏晋南北朝编"。
　　② 如李立信《〈昭明文选〉分三体七十三类说》,载中国《文心雕龙》学会编《〈文心雕龙〉与 21 世纪文论研究国际学术研讨会论文集》,学苑出版社,2009 年版,第 167—169 页。李先生此论虽牵涉版本而立言,但论据、逻辑均不甚圆满,力之先生已有详细的辩驳,参力之《"〈昭明文选〉分三体七十三类说"商兑》,《学术交流》2013 年第 1 期。
　　③ 骆鸿凯《文选学》,知识产权出版社,2013 年版,第 197—211 页。
　　④ 傅刚《昭明文选研究》,中国社会科学出版社,2000 年版,第 278—279 页。

王立群先生:"《文选》所收七百余篇作品按赋诗文三大文类编排,每大文类之中再划分为若干次文类。《文选》共有七十六种次文类。其中,'骚'为楚辞,'七'为赋体,不能计入赋、诗、文之中。其余七十四种次文类,赋分十五种,诗分二十四种,文分三十五种。"①此处,"骚""七"二者再次被排除在三大类之外。

　　应该说,赋、诗、文三大类的划分,更符合《文选》的实际情况,比之前的两大类分法更显优越。当前学界以此为主流认知,良有以也。但论者往往在三大类中难以措置"骚""七"二者,则充分反映出《文选》中"骚""七"二体的特殊性。不过,在具体论证《文选》中"骚""七"二体的特殊性之前,尚有必要对日本学者关于二者并非《文选》原有设体的论说,做出适当的回应。

二、日钞《文选篇目》设体之异与《文选》编纂中的设体变更
——论"骚""七"为《文选》定编之设体

　　日本学者陈翀近年来先后撰文详细介绍并考察了日本平安时期(公元794—1192年)的一份《文选》古目录:此目题为《文选篇目》,抄录于镰仓时期古辞书《二中历》之《经史历》篇中,此篇内容出自平安末期三善为康的著述《掌中历》②。据陈先生介绍,《文选

---

①　王立群《〈文选〉次文类作家编序研究》,《文学评论》2004年第3期。《文选》中"诗"之分类在版本上存在差异,李善注本作23类,五臣注本作24类,区别是"咏怀"中是否将"临终"一类分出。王先生文中此处注释明言"在胡克家刻本《文选》的基础上增加'临终'一个次文类",知其所据应为五臣注本。

②　陈翀《萧统〈文选〉文体分类及其文体观考论——以"离骚"与"歌"体为中心》,《中华文史论丛》2011年第1期;《再论唐末五代大规模刻书之可能性——以〈二中历〉所存〈文选篇目〉为例》,《域外汉籍研究集刊》第八辑,中华书局,2012年版,第291—292页。

篇目》的主体内容先后分为四个层次：

首先，是被编成口诀的目录，共出现了 34 体：赋、诗、离骚；歌、诏、令、教；策、表、上书；启、弹、笺、奏；书、移、檄、难；对、设、辞、序；颂、赞、符、史；述、论、箴、铭；诔、哀、碑、志。

其次，是关于各体在书中起讫卷次的详细记录，共分上、中、下三帙，每帙十卷，每卷又分为卷初、卷中、卷终三部分。有趣的是，此部分记录共出现了 36 体，即：赋、诗、离骚、歌、诏、策、令、教、表、上书、启、弹、笺、奏记、书、移、檄、难、对问、设论、辞、序、颂、赞、符命、史论、史述赞、论、箴、铭、诔、哀、碑、墓志、吊、祭文。

与前相比，"策"的位置出现了变化，而本该对应于"志"的地方，则出现了"墓志""吊文""祭文"三种文体。陈翀先生将此三者作为"志"的次文体，并推论《文选》中除了诗、赋二体外，亦可能有文体下包括次类的现象，但又认为《文选目录》中的差异具有"因需要便于诵读而受到平安大学寮之博士家调整的可能性"①。笔者认为，《文选》在诗、赋二体外，是否有别种文体分出次类，目前在各类版本中均无法找到肯定的证据，日钞《文选篇目》中 34 体的记载，若非无意漏记，应属有意为之，通过营造整齐的形式以增强美感，至于其书中具体设体多少，恐不能据此以求。

再次，是三善为康基于北宋异本所作的案语："今案：'教'次有'秀才策文'；'箴'初有'连珠文'；'墓志'次有'行状文'；又'启'在'歌'之终。追可勘之。"②这个本子，"策"的次序又回到了"教"之

① 陈翀《萧统〈文选〉文体分类及其文体观考论——以"离骚"与"歌"体为中心》，第 306 页。
② 陈翀《萧统〈文选〉文体分类及其文体观考论——以"离骚"与"歌"体为中心》，第 306—307 页。标点为笔者所加。

后，各体中还多出了"连珠""行状文"二体，这些次序都与今日通行之《文选》相符，但"启"的次序则完全不然。

复次，仍是案语："今私以本书检考，时自周至梁八代，撰集人一百三十人，撰著篇数七百三十八首。赋五十六，诗四百廿，骚一等。其体有三十三：赋、诗、骚、七、诏、策、令、教、表、书、启、弹、笺、奏（属表）、移、檄、难、设论、辞、序、颂、赞、符命、史论、连珠、箴、铭、诔、哀、碑、志、行状、吊、祭。"①陈翀先生原以为是镰仓时期《二中历》编者转录时所加的案语，后发现镰仓转抄时所加注语均以行间小字注或眉批予以标记，故将其界定为三善为康的原文；并认为此处的"本书"即《经史历·书史卷数》中所记的三十卷本《文选》，属五代毋昭裔所刻五臣注本，之后出现的 33 体，是其具体构成②。这个本子在文体次序上与今日通行之《文选》比较接近，陈先生认为：

> 文体之"离骚"虽然变成了"骚"，但还是继承了古本只收《离骚》一篇的安排。"歌"体虽然不再存在，原属此体的作品则全部被归入到新立的"七"体中。③

此处所论恐有商榷的余地，此本只收《离骚》一篇，逻辑上不能反证《文选篇目》中的"离骚"亦代表《离骚》单篇，因为《文选篇目》所托之三十卷本古《文选》并无存世实物，在中峡十卷的详细卷次

---

① 陈翀《萧统〈文选〉文体分类及其文体观考论——以"离骚"与"歌"体为中心》，第 304 页。标点为笔者所加。
② 陈翀《再论唐末五代大规模刻书之可能性——以〈二中历〉所存〈文选篇目〉为例》，《域外汉籍研究集刊》第八辑，中华书局，2012 年版，第 291—292 页。
③ 陈翀《萧统〈文选〉文体分类及其文体观考论——以"离骚"与"歌"体为中心》，第 311 页。

中，"诗，自第十一，讫第十六之初；离骚，在第十六之中；歌，自第十六之终，讫第十七之中、终。诏、策、令、教，第十八；表，第十九；上书、启、弹事、笺、奏记第廿"①。按照篇幅来估算，"离骚"很可能不止《离骚》单篇，否则不足以抗衡其余篇卷。此处案语之"赋五十六"，应是单纯以"赋"类篇目所示计数的结果，以通行本《文选》严格算来，赋为 52 首，诗为 435 首②；骚为 8 篇，但《九歌》显示为 6首，《九辩》显示为 5 首，共计 17 首。此处案语之"诗四百廿，骚一"，很可能是计数失误所致，当然也不排除此本缺失作品的可能性。《文选序》言"骚人之文，自兹而作"③，知《文选》所录之"骚"应非止《离骚》一篇，此本若仅有 33 体，逊于通行本，则其缺失似应不少。要之，此本之"骚"类是否仅《离骚》一篇，恐不易轻下识断。

　　至于说"歌"体在后世本子中悉数归入了"七"中，恐属刻舟之求。《文选篇目》中后人所记，固然立足于目录之差异，但并非意味着各类本子的作品内容完全一致，更不能据此强求不同文本系统的目录所代表作品的完全对等，尤其在体类相异之时。陈先生认为，《文选篇目》"至少为唐前《文选》之旧貌，极有可能就是现在已经失传的萧统原编三十卷本的原貌"④。这个看法看似大胆，实则寄托着当前选学界对于《文选》原貌的渴盼。其是否原貌，目前尚

<hr>

　　① 陈翀《萧统〈文选〉文体分类及其文体观考论——以"离骚"与"歌"体为中心》，第 304 页。标点为笔者所加。
　　② 具体统计可参傅刚《从〈文选诗〉看萧统的诗歌观》，载中国文选学研究会、郑州大学古籍整理研究所编《文选学新论》，中州古籍出版社，1997 年版，第 202—204 页；《昭明文选研究》，第 229—230、249、275—277 页。
　　③ （南朝梁）萧统编，（唐）李善注《文选》，中华书局，1977 年版，第 1 页。
　　④ 陈翀《萧统〈文选〉文体分类及其文体观考论——以"离骚"与"歌"体为中心》，第 303 页。

不宜轻断。但其中"歌"体的出现,则需要特别注意。

　　由于认定《文选篇目》中"离骚"仅有《离骚》单篇,陈翀先生认为其中"歌"体,在内容上囊括了今本《文选》中除《离骚》以外的"骚""七"二体,"萧统则将《九歌》《九章》《卜居》《渔父》《九辩》《招魂》《招隐士》《七发》《七启》《七命》等作品都列入'歌'体之内。可以说这是一种颠覆传统文体观的大胆革新。……萧统将'七'体并入'歌'体之内,可能是以经学中的'七音八风九歌'之说为依据"①。所谓"七音八风九歌",陈先生文中再未论及,经笔者查考,其最早见于《左传·昭公二十年》:"先王之济五味,和五声也。以平其心,成其政也。声亦五味:一气、二体、三类、四物、五声、六律、七音、八风、九歌,以相成也。"②历来关于"七音"的解释基本一致,指宫、商、角、徵、羽、变宫、变徵七种音阶。陈先生文中力图论证"七"与《楚辞》作品文化特性上的同质关系,并以此推论"歌"体成立之由,确实有基于音乐属性的考虑,但"七音"与"七"体的成立似乎并无本质联系,所以陈先生对于"歌"体的论述,逻辑上是较为勉强的。

　　日钞《文选篇目》无疑具有极为珍贵的文献学价值,但文字层面的可信,并不意味着其在文化层面具有不加论证的"天然"合理性。陈先生立足于《文选篇目》认为,今本《文选》的文体分类是宋代以来《文选》版本体例出现混乱所致③,恐怕有些想当然。目录

---

　　① 陈翀《萧统〈文选〉文体分类及其文体观考论——以"离骚"与"歌"体为中心》,第322—323页。
　　② 杨伯峻《春秋左传注》(修订本),中华书局,第4册,1990年版,第1420页。
　　③ 陈翀《萧统〈文选〉文体分类及其文体观考论——以"离骚"与"歌"体为中心》,第309—314页。

作为一种记述体裁,本身就会由于漏记、失检而导致完整性的缺失。另外,古籍在传抄与刊刻过程中,目录往往别行,其定篇与正文并非完全同时,若再加上众手参与所带来的误差,目录与正文之间出现的差异,亦为可以理解的常见现象。《文选篇目》在文体数量上与众多版本系统《文选》目录的差异,所揭示的应是《文选》早期传抄阶段的正常"乱象",而其中"歌"体的出现与消亡,则为《文选》多次编纂的可能性,提供了侧证。

今本《文选》的 39 体,应非萧统编纂《文选》的最初设计,《文选·序》明言"三十卷",但所论文体与今本《文选》设体的差异,可证《文选·序》当作于《文选》最终定编之前,其中呈现的编纂思想,并未悉数体现在定编《文选》中,但不能排除其在某个阶段落实于编纂的可能性。典籍的成型与定型,应视为两个概念①。而日钞《文选篇目》与《文选·序》及今本《文选》设体均有差异,说明《文选》在最终定编以前,曾出现过不同设体的文本系统。至少可知,其中设有"歌"体的本子,在隋唐时期尚有流传,这应是日钞《文选篇目》的文本来源。

"歌"体的具体内容,目前尚无法知悉,但其在存世诸多《文选》版本中的匿迹,足以说明,《文选》的最终定型应经过多次编纂,而在多次编纂的过程中,《文选》的设体有所改变,有所更新。而《文选·序》很可能只是代表着某个阶段的《文选》文本面貌,但此种文本后来又经过了调整,最终定编于 39 体的面貌。《文选·序》对于"歌"未置一词,在《文选篇目》中则昭然存在,说明"歌"体之设相对

---

① 相关论述可参拙文《〈楚辞〉编纂体例"经传说"析论》,《中国诗歌研究》第九辑,社会科学文献出版社,2013 年版,第 126—127 页;亦见本书。

更早，若其在萧统撰写《文选·序》之后，再行撤换、调整为"七"的可能性似乎很小。凡此均可证，《文选·序》所代表的文本系统，并非《文选》的初编原貌。日本平安时期仍保留有《文选》定编之前的不同文本系统。其中载有"歌"体者，相较之下，应属更早阶段的产物。

无论如何，在定编的《文选》中，"骚""七"无疑是存在的，这在诸多记载和存世的《文选》版本中都可寻到例证。此下所谈，均立足于定编《文选》的面貌。

三、"骚""七"的兼体与《文选》的"由诗渐文"

"骚""七"的特殊性，主要体现在其文体意义上的兼"体"属性。有学者考察认为："从文体学的角度看，所谓'骚'者，域不出《楚辞》。"[1]而对于《楚辞》的文体归属，历来的看法并不一致。汉人司马迁、扬雄、班固等，都将其作为赋，此类看法一直影响至今；南朝时期，始逐渐出现别"骚"于赋的现象，目录学著作《七录》中亦设立了"《楚辞》部"，此种认知在后世得到了众多显扬，当代学界中辞、赋二分的观念，即可导源于此。另外，古典时期论及诗歌传统时，往往将《楚辞》也算进来，说明古人亦将《楚辞》认定为广义的"诗"，这个看法也为今人所广泛承袭[2]。同时，亦有学者将《楚辞》中相

---

① 力之《关于"骚""赋"之同异问题——兼论吴子良等批评〈文选〉别"骚"于"赋"之得失》，《〈楚辞〉与中古文献考说》，巴蜀书社，2005 年版，第 210 页。

② 如各类诗歌史论著中，均会不同程度的涉及《楚辞》。张松如先生主编的《中国诗歌史·先秦两汉》(吉林大学出版社，1988 年版)更是将《楚辞》中的汉人作品称为"汉代的骚体诗"。

关作品称为"赋体杂文"①。所以,《楚辞》既可以属"诗",又可以属
"赋",又可以属"文",也可以单独成体。每一种划分,都有其合理
的依据。

至于"七"体,《文心雕龙》将其归入"杂文"中,而其创制之作
《七发》,则往往被视为《楚辞》与汉赋的中间环节。如刘永济先生
的梳理与考察:"按'七'之为体,彦和谓枚乘首制,实斋谓肇自孟子
之问齐王,近世章太炎独以为解散《大招》《招魂》之体而成。今核
其实,文体孳乳,必于其类近。孟子问齐王之文义虽近似,而文制
相远。《大招》《招魂》,历陈宫室、食饮、女乐、杂技、游猎之事,与
《七发》体类最近。特枚乘演为七事,散著短章耳。今从太炎
说。"②在刘勰、章学诚、章太炎三家不同的说法中,刘永济先生作
出了最合理的判断。从体制上讲,《七发》确实可将源头设置于《楚
辞》。那么,《楚辞》在文体归属上的纷纭意见,势必会连及"七"体。
不过,由于"七"体的相关作品,大多铺陈较盛,所以历来多将其归
入赋中。

"七"在《文心雕龙》中被归入"杂文",《文心雕龙·杂文》有较
为精要的叙写:

> 自《七发》以下,作者继踵,观枚氏首唱,信独拔而伟丽矣。
> 及傅毅《七激》,会清要之工;崔骃《七依》,入博雅之巧;张衡
> 《七辨》,结采绵靡;崔瑗《七厉》,植义纯正;陈思《七启》,取美
> 于宏壮;仲宣《七释》,致辨于事理。自桓麟《七说》以下,左思

① 郭预衡《中国散文史》(上),上海古籍出版社,2000年版,第45页。
② 刘永济《十四朝文学要略》,中华书局,2007年版,第100页。

《七讽》以上，枝附影从，十有余家。或文丽而义暌，或理粹而辞驳。观其大抵所归，莫不高谈宫馆，壮语畋猎。穷瑰奇之服馔，极蛊媚之声色。甘意摇骨髓，艳词洞魂识，虽始之以淫侈，而终之以居正。然讽一劝百，势不自反。子云所谓"犹骋郑卫之声，曲终而奏雅"者也。①

此中所谓"讽一劝百"之语，亦出扬雄，《汉书·司马相如列传》："扬雄以为靡丽之赋，劝百风一，犹驰骋郑卫之声，曲终而奏雅，不已戏乎？"②刘勰在总结"七"体时引扬雄此语，说明其观念里亦将"七"体纳入"赋"中，而且认为其过分靡丽。这一点得到了后世绝大多数学者的赞同。

总体来看，"骚""七"与"赋"在文体上最为纠缠，经过当代学者的认真研究，可知"从一般的意义上说，'骚'当合于赋；而严格说来，'骚'自与一般的赋有所不同。……故'骚'可以入赋；而赋不能入'骚'。（"七"和"设论"等与赋的关系，大略类此）"③。不过，"赋"作为一种文体，形态是极为复杂的。刘永济先生曾总结说："赋本诗文合体，故有近诗者，有近文者。"④此种情况，或被称为"两栖"，如郭绍虞先生之说："中国文学上的分类，一向分为诗、文二体，而赋的体裁则介于诗、文二者之间，既不能归入于文，又不能列之于诗。可是，同时另有一种相反情形，赋既为文，又可称之为

---

①　（南朝梁）刘勰著，范文澜注《文心雕龙注》，人民文学出版社，1958 年版，第 255—256 页。

②　《汉书》卷五七，中华书局，1962 年版，第 2609 页。

③　力之《关于"骚""赋"之同异问题——兼论吴子良等批评〈文选〉别"骚"于"赋"之得失》，《〈楚辞〉与中古文献考说》，第 210 页。

④　刘永济《十四朝文学要略》，第 212 页。

诗,成为文学上属于两栖的一类。"①对于赋体归属的"无可无不可",足以说明"赋"在文体分类中的兼体属性。

　　值得注意的是,此种语境下的"文",与"诗"相对,显然是指包括骈文和散文在内的文章制作。事实上,程千帆先生已有较为细致的划分:"赋既兼具骈、散、韵文之形态,而为此三者之中间体制。"②此中韵文,实即"诗"体。后来胡大雷先生从文体三分(诗、骈文、散文)的角度,重点论述了赋的媒介、沟通作用③,本质上都是对于"赋"的兼体属性的论说与推阐。作为文体的"七"常被纳入"赋"体中,故其兼体属性已自不待言。

　　除却"骚""七"二者的文体特殊性外,其于《文选》中的位置与排序,正可以映现出《文选》排列文体的若干原则。不过,在此之前,需要对《文选》中"文"的不同层级作一简要论述。

　　《文选》中的"文",大致有四个层级:一是《文选·序》首段所言及的"人文",其含义较广,但在《文选·序》中仅一带而过,未有详论;二是文章篇籍的制作,这是《文选》总名中"文"的含义,所谓"文选",就是在"文"的领域内选录作品。从其所选作品来倒推,此"文"即韵文、散文、骈文的总和,亦即通常所言的"诗文"作品;三是与"诗"相对之"文",这个层面《文选·序》并未涉及,但在《文选》作品的大类区分上,仍属有意义的认知归纳;四是《文选》中明确标"文"的各体作品,如"策秀才文""碑文""吊文""祭文"等。

---

　　①　郭绍虞《赋在中国文学史上的位置》,《照隅室古典文学论集》(上编),上海古籍出版社,1983年版,第80页。
　　②　程千帆《闲堂文薮》,齐鲁书社,1984年版,第146页。
　　③　胡大雷《从"诗笔之辨"到文体三分——论"赋"在南北朝的再发现与其文体学意义》,《文学遗产》2015年第2期。

　　在《文选》所选作品中,"赋"足以当《诗》①,而"诗"与《诗》同名,所以,《文选》中"赋"与"诗",皆可归入广义的"诗"中。"骚""七"既作为独立之体,并列于《文选》各体之中,那么,此二者次于广义之"诗"、又前于"诏""册""令""教"等"文"(前述第三个层面)的状况,就标示出《文选》在文体排序上,大致应是先"诗"而后"文"。而"骚""七"的兼体特点和所处位置,说明在《文选》中,作为大类的"诗"与"文"之间的界限并非判然两分,而是具有"中间地带"来衔接。所以,《文选》排列文体即序"体"的原则应更精确地表述为——由"诗"渐"文"。"骚""七"二体在《文选》中就是大类之"诗"与"文"之间的"中间地带",属于兼"体"过渡。这即是笔者此文题目的命名由来。

四、余　　论

　　对于《文选》的文体分类,自古至今颇有批评的声音,其中虽有不少合理的看法,但更多的情况则是由于忽略了文体的动态变化和互相交流,对文体的认识和界定过分刻板所致。如果对传统的文体采取较为通达、也更为客观的态度来审视和研究,就会发现文体在本质上属于表达的规则,而且往往出于归纳和分工的需要,并非与生俱来的存在。不同文体之间的区分虽然存在,但有些时候并不能截然分明。这是任何基于规则的事物包括概念、理论都会有的"模糊边界"。

---

　　①　详参拙文《〈诗〉的隐显与〈文选〉"赋、诗、骚"的排序——〈文选〉序"体"研究之一》,《广西师范大学学报》2012 年第 6 期;亦见本书"魏晋南北朝编"。

　　而且,从文体发展的历史来观察,每种文体形态的固定和成型,尤其是核心规则或规定性的确立,都需要一段时间的实践甚至是实验性操作的积淀,经过一定的发展演变过程。这个过程的早晚迟速,需要综合多方面信息才能较为准确地获知。不少文体在南北朝时期还处在强烈变动的阶段,其规则意识尚未形成,更无法充分获得理论的自足性,所以对相关文体的确认存在较大差异,也在情理之中。

　　在这个意义上讲,《文选》的设体,并不都是成熟的文体形态,其所设各体及对应作品,未必都能代表各种文体的真实水平与核心形态,也未必能在各种文体的认知上呈现出公认的普遍意义。从《文选》出发来探究文体发展及相关思想,虽自有学术价值,亦为不少学人所行之事,但文体的发展演变过程,在《文选》中的呈现,终究有限。若仅据《文选》作横截面的观察,文体自身的流动性和复杂性,就容易受到忽略。这样的观察及由此而来的立论,对于今日的文体研究而言,显然是远远不够的。

　　可贵的是,迄今为止,已有不少学者关注到此类问题,如刘永济先生特意论及文体的孳乳分合,还制作了《文体孳乳分合简表》①,为后人提供了继续探索的基础。近年来,诸多学者如吴承学②、蒋寅③、胡大雷④、赵俊玲⑤等都对文体间的交流互动、变化发

---

　　①　刘永济《十四朝文学要略》,第 212 页。
　　②　代表性论述见吴承学《中国古代文体学研究》,人民出版社,2011 年版,第112—147 页。
　　③　蒋寅《中国古代文体互参中"以高行卑"的体位定势》,《中国社会科学》2008 年第 5 期。
　　④　胡大雷《论中古文体的扩张、互动及非常态化》,《学术月刊》2012 年第 9 期。
　　⑤　赵俊玲《论"复合型"文体——以"设论"等为例》,《理论月刊》2016 年第 7 期。

展有较为深入地考察,值得学界给予特别的关注。如果我们今后加强相关问题的研究,相信一定会对传统时期的文体认知及相关实践,产生更为精深的理解和更为有力的把握。

(原载《广西师范大学学报》2017 年第 6 期)

吴梅先生《文选》遗说辑考及课义发微

吴梅先生是近代词曲学大家,学术成就及地位早为学界所知。《吴梅全集》的出版(河北教育出版社,2002年),尤其是《日记》上下两卷的面世,让我们有机会领略到吴梅先生在当时学术及生活中多方面的境遇与魅力。据《日记》所载,吴梅先生1936—1937年间在南京中央大学开有三门课,分别是《练习作文》《元明剧选》和《词学通论》。词曲之学乃先生"本色当行",在南北多所高校均有讲授,是其学术研究中最重要的部分。《练习作文》课程,从《日记》内容来看,主要是讲授《文选》,或可借此略窥吴梅先生对于《文选》一书的态度与见解。

一、遗 说 辑 考

《日记》中关于此课的相关记载,总体比较简略,仅于个别地方有详细阐述。我们以授课时间的先后,悉数罗列于下,标点皆依《日记》,每则材料之后附录《日记》中页码,以便查检。个别地方,笔者略附案语,以供理解之助。

1. 丙子年七月廿九日（1936 年 9 月 14 日）

　　早八时往中大，以为照上学期时也。及检课目表，方知改动。记之如下。练习作文（上午十时），元明剧选（下午三时），词学通论（下午四时）。于是上午往返两次，下午又去一次。（第 779 页）

2. 丙子年八月初一日（1936 年 9 月 16 日）

　　早赴中大，讲《文选·序》一篇，宋本有注，而尤延之本删之，于是明清诸刻，皆无此注。独怪胡果泉重雕尤本，邀顾千里、彭湘涵襄校，而亦遗此注，真百思不得其理矣。因将六臣注补示诸生云。（第 780 页）

　　案：寻绎之下，吴梅先生授课所用《文选》版本，应为清代胡克家所刻的李善注本，此本无《序》的注，故需"将六臣注补示诸生"。其所谓"宋本"，当即《四部丛刊》影印的宋刻《六臣注文选》，而尤袤（字延之）本则是李善注本，为胡克家（字果泉）重刻所本。此处提出的主要疑惑是：尤刻本《文选》源自宋本六臣注《文选》，不当删去《序》的注。关于尤刻本《文选》的来源，《四库提要》、胡克家刻本中的《文选考异》均认为其出自六臣注本，日本的斯波六郎等人亦持此说，后来傅刚先生经过仔细考察，指出此说持有者并未充分参照宋本，遂致观点错误，尤袤本《文选》乃属独立的李善注本系统①。

———————————

　　① 　傅刚《文选版本研究》，北京大学出版社，2000 年版，第 161—166 页。

也就是说，宋本中《序》注，皆为五臣注。尤本不载，理固宜然。即便尤刻本乃自六臣注本中析出者，其不载五臣注亦属正常，胡克家本据递修尤刻本重刻，自然不会有五臣注。吴梅先生所谓"百思不得其理"者，今日已得妥善之解决。

3. 丙子年八月初三日(1936 年 9 月 18 日)

> 早起阅《八代诗乘》，因《文选序》中，有"退傅有在邹之作"一语，按诸选中，韦孟止载讽谏诗，而在邹一首则无，因检梅禹金辑本，此诗在焉，上课时即示诸生。又有一疑，《文选序》明明有注，但自尤袤刻本删去此注，其后刻本皆无之，或以五臣所注，不如崇贤之精，故从略欤? 吾谓究是唐人学说，不可删也。因复取吕延祚六臣注本示诸生焉。(第 781 页)

案:《八代诗乘》为明代梅鼎祚(字禹金)所编诗集，主要辑录自汉至隋的诗歌。日记此处所言主要涉及两个问题，一是关于《文选·序》的注文问题，与上条所论几同，前文已有申述，不赘。二是《文选·序》及《文选》本身的差异问题，具体表现在《文选·序》中言及"在邹之作"，《文选》中却仅有韦孟《讽谏诗》而无其《在邹诗》(二者均载《汉书》卷七十三《韦贤传》)。此类问题，尚有其他多种表现，以往学界多认为是《文选》仓促成书或成于众手所致，近年来力之先生提出，《文选·序》与《文选》本身的差异主要是由于二者的价值取向有所差异，且序文本身具有随意性，不能强求其与《文选》本身保持严格的对应[①]。笔者对此深表赞同，《文选·序》中提

[①]　参力之《关于〈文选序〉与〈文选〉之价值取向的差异问题——兼论〈文选〉非仓卒而成及其〈序〉非出自异手》，《文学评论》2002 年第 2 期;《〈文选序〉与〈文选〉之异乃属正常现象辨》，《汉语言文学研究》2011 年第 3 期。后者涉及《在邹诗》的问题。

到《在邹诗》,主要是出于论述诗歌发展历程的需要,与《文选》之选录并无必然的逻辑关联。

4. 丙子年八月初六日(1936 年 9 月 21 日)

> 早起读《文选·登楼赋》,为后日讲解计。(第 782—783 页)

5. 丙子年八月初八日(1936 年 9 月 23 日)

> 早阅《登楼赋》,注中当阳县城楼,六臣本、毛本皆误作富阳,惟尤延之本不误。富阳在浙,校者亦太昏愦矣。按仲宣楼有谓在襄阳者,有谓在荆州者,愚意当阳为是。赋中"挟清漳倚曲沮",已明言所在地。漳水出于南漳,沮水出于房陵,而当阳适漳、沮之会,又西接昭邱,即楚昭王墓。是崇贤注当阳城楼,至当不易也。赋中警句,要以"信美非吾土"二语为佳,不知忧生念乱之感,自在言外。而"纷浊迁逝,逾纪迄今。王道一平,高衢骋力",此数语为空处转换,措辞得当,非言可喻,世人皆漫读之,曾不细思也。此不善析理也。因即本此义授诸生云。(第 783 页)

案:《登楼赋》为"建安七子"之一王粲的名作,见《文选·赋》"游览"类。此处所论,盖有两端:一是通过考校版本异文"当阳"与"富阳"的正误,引发出所赋之楼具体位置的考证。吴先生充分运用赋文中相关地理方面的内证,判断出李善注所言不误,极为精彩。其所言"毛本",当为毛氏汲古阁刊本,此本是翻刻尤本,但其误同六臣本,应是参照六臣本作了校改。二是寄望学生们对赋文的言外之意给予关注,且要善于剖析文理。赋中"虽信美而非吾土兮,曾何足以少留"二句,历来为人所赏。吴先生在授课中,当重点发挥作者的"忧生念乱之感";至于"纷浊迁逝"数语在文章结构、脉络中的作用,亦当为先生授课之着力处,惜详情已无从考知。

6. 八月初九日(1936 年 9 月 24 日)

早阅《文选旁证》,尽《天台山赋》一篇。……斗室徘徊,亦足俯仰,屋小如舟,无碍诵习也。(第 784 页)

7. 八月十三日(1936 年 9 月 28 日)

早赴中大,授《天台山赋》半篇。(第 785 页)

8. 丙子年八月十七日(1936 年 10 月 2 日)

早赴校上课,讲《天台山赋》,兴公未至此山,假图奋藻,序中固明言之。而五臣注,亦详载兴公意将解组,托兴远游,故赋中云云,皆非亲历语。余本此意详解,则通篇脉络分明矣。末段诠释玄理,的是晋人见解。惟应注意者,自"肆觐天宗,爰集通仙"下,一句言仙,一句言佛,理路又至清析也。近人选学,用力此处者少矣。(第 787 页)

案:《游天台山赋》是东晋孙绰(字兴公)的名作,见《文选·赋》"游览"类。该篇之《序》曰:"然图像之兴,岂虚也哉!非夫遗世玩道,绝粒茹芝者,乌能轻举而宅之?非夫远寄冥搜,笃信通神者,何肯遥想而存之？余所以驰神运思，昼咏宵兴，俯仰之间，若已再升者也。方解缨络，永托兹岭。不任吟想之至，聊奋藻以散怀。"①可见，此赋是孙绰根据图象"驰神运思""奋藻散怀"的作品，并非实地游览的产物。时至今日，很多研究者仍认为此赋是孙绰实际游览天台山之后的创作，吴梅先生之提点，深具借鉴意义。另，其所谓"近人选学，用力此处者少矣"，大约是不满于晚清以降选学不重视文本分析的趋势②。不过其所谓分析，并不等同于简单的赏玩，而是讲求章法、脉络与思想理路的结合、统一，注重把握作者的思想宗尚和真实心态，然后方可深入文理。此为吴梅先生授《文选》课尤加注意者，纵观《日记》所载分析文本诸条，莫不如是。

9. 丙子年八月廿四日(1936 年 10 月 9 日)

今日穿越大使见蒋介石，不知谈何语，和战之机，在今日也。闻日本新条件四项：一长江一带分驻防军；二全国财政须与日本合作；三中国军中须聘日本人顾问；四检验新出版教科书。闻之，真堪发指焉。读《芜城赋》，不禁有感。（第 791 页）

案：《芜城赋》见《文选·赋》"游览"类，是南朝鲍照有感于广陵城在公元 450 年（宋文帝元嘉二十七年）和公元 459 年（孝武帝大明三年）两罹兵祸之情境而作，赋中铺叙昔日繁华与今日之破败景象，深寓兴亡之感。尤其末段"天道如何，吞恨者多"一句，道尽沉郁之悲。吴梅先生读此赋而有感于时势，悲愤爱国之心可见一斑。

---

① （南朝梁）萧统编，（唐）李善注《文选》，中华书局，1977 年版，第 163—164 页。
② 清末民初的《文选》研究，版本、校勘、训诂、注释等文献学研究模式仍然占据主导。参王立群《现代文选学史》，中国社会科学出版社，2003 年版，第 511—512 页。

10. 八月廿七日(1936 年 10 月 12 日)

十时赴校,讲《芜城赋》毕。此文炼字炼句,人尽知之,而通体结构,及下字无一处可移易,则多有未能悉者。如"全盛"一段,将扬州物产丰厚,铺陈一遍,不可移至他处。"版筑雉堞"一段,全写城字,不杂他语。而"基迥固护,万祀一君"二语,尤幽劲蓄势,反扑下文,为全篇谋局最胜处,学古文当从此等处用力。"泽葵依井"一段,极力摹写芜字,故有"孤蓬惊砂"、"灌莽丛薄"诸语,非仅赋废城已也。至"藻扃黼帐"一节,则指池馆;"东都妙姬"一节,则指声伎,然后一歌作结,其辞至淡。所以用淡语者,以前文"泽葵依井"云云,已十分浓丽也。凡一篇文字,切不可草草读去。(第 792—793 页)

案:此处对《芜城赋》之谋局部篇、结构脉络及文辞风格都作了详尽绵密的剖析,颇类明清之评点。相信此处所记,即为先生在课堂上倾力相授者,目的应是让学生们了解文章的写法。此正可照应该课程的名字——"练习作文"。中国古典时期,直接关于创作的论述并不多见,大部分是从鉴赏、评论、分析入手,以鉴赏论来涵容创作论。吴先生之法,颇存古风。

11. 丙子年八月廿九日(1936 年 10 月 14 日)

早起阅《诗集传》毕,即赴校上课,讲《文通·别·恨》二篇,先将《恨赋》关键,点明所以。盖六朝盛玄学,深契老庄说。第人生百岁,不免一死,纵悟虚无,亦甚无谓。故此文"恨"与"死"字并提。首三句从墟墓发慨,最为沉痛。此后一则曰"仆本恨人",再则曰"伏恨而死",末又谓"自古皆有死,莫不饮恨吞声",是此文实是"死赋"。所以标作"恨赋"者,以"死"字究触世忌,而又恐世人不察,故凡提"恨"字,总与"死"字并列。所引秦皇、赵王、李陵、明妃、冯衍、嵇康六人,亦处处结到"死"字,其旨甚显。而世人犹以"恨"事视题者,可云梦梦矣。(第793页)

案:"《文通·别·恨》二篇"标点有误,文通乃江淹之字,非篇名,宜作"文通《别》《恨》二篇",意指江淹《别赋》《恨赋》。二者均见《文选·赋》"哀伤"类。吴先生认为《恨赋》中凡提"恨"字,总与"死"字并列,明写"恨"而实写"死"。应当承认,这是一个新鲜的提法。其说不仅追源老、庄、玄学,而且引多处文字以佐证,具有很强的说服力。以此再观《恨赋》,则有全新之理解。王国维先生在《人间词话》中说:"诗人对宇宙人生,须入乎其内,又须出乎其外。……入乎其内,故有生气;出乎其外,故有高致。"[①]所论虽为诗人,移之于学术研究,亦极为贴切。吴先生此处所论,可谓既"入乎其内"又"出乎其外"。

12. 丙子年九月十四日(1936 年 10 月 28 日)

早赴校,授刘孝标《广绝交论》,止讲一段。诸生中有以刘氏兄弟事询者,余一一答之。盖任昉诸子,实不克承家,天下事,不克自振,欲倚父执提挈,固有所不能也。孝标极论五术三衅,深合叔季之弊,此又关执政枋者。苟国家崇儒术,敦伦

---

① 姚柯夫《〈人间词话〉及评论汇编》,书目文献出版社,1983 年版,第 25 页。

彝,则君臣、父子、夫妇间,各得其所,况在朋友,其生死不渝之
情,又可逆睹也。六代是何等时局,亦安有道义之交乎? 孝标
此文,非过激也。(第 801 页)

案:《广绝交论》,见《文选·论》,是刘孝标有感于南朝著名文
人任昉之后人境遇潦倒而创作之文。《南史·任昉传》云:"(昉)有
子东里、西华、南容、北叟,并无术业,坠其家声。兄弟流离不能自
振,生平旧交莫有收恤。西华冬月著葛帔练裙,道逢平原刘孝标,
泫然矜之,谓曰:'我当为卿作计。'乃著《广绝交论》以讥其旧
交。"[①]吴梅先生以此推及六朝时局,不仅彰显出眼界之开阔,大约
也是借题发挥,暗指二十世纪三十年代之国家失序、世情浇薄。

13. 丙子年九月十六日(1936 年 10 月 30 日)

往校上课,仍讲《绝交论》。吾以文中"恤其凌夷"一语,作
全篇之骨,则前后脉络,及作文之意,煮然全解矣。(第 802 页)

14. 丙子年九月三十日(1936 年 11 月 13 日)

早课讲孙子荆《与孙皓书》。此文始终整洁,初学论谋,篇
法最为清楚。惟通篇所述,皆司马氏威德,与曹魏无涉。盖石
苞由大将军提汲,心中止有晋公而已,与上篇《嵇叔夜书》,正
是相反。嵇则不愿仕晋,故假托七不堪。石则不知有魏,故侈
陈司马宣王。两篇衔接,在昭明原无深意,而后之读者,不自

---

① 李延寿《南史》卷五九,中华书局,1975 年版,第 1455—1456 页。

知感喟系之也。(第 808 页)

案:《为石仲容与孙皓书》,见《文选·书》,为西晋孙楚(字子荆)的作品。文章以石苞(字仲容)口吻叙写"司马氏威德",整饬明白,吴先生云"篇法最为清楚",洵为的论。此篇之前即嵇康(字叔夜)《与山巨源绝交书》,嵇康在文中表达了自己不仕晋朝的态度。二者前后映衬,令人感慨。若复参照吴先生所处时局,则其所谓"感喟",盖亦借古论今者。至于两篇如此排列是否"原无深意",似可供学界讨论。

15. 丙子年十月初六日(1936 年 11 月 19 日)

晚阅《文选》,为曹公《与孙权书》,明日授课讲此文也。通篇皆恫赫语,而文情蚌蚌,不觉慢傲,元瑜书记翩翩,真不凡焉。(第 811 页)

案:起首标点有误,《文选·书》中题目为《为曹公作书与孙权》,此处应标点为"晚阅《文选·为曹公与孙权书》"。此文为"建安七子"之一阮瑀(字元瑜)的名作。阮瑀所作章表书记很出色,"元瑜书记翩翩"出自曹丕《论吴质书》,文载《文选·书》。

16. 丙子年十月十九日(1936 年 12 月 2 日)

早赴中大,讲《邱迟与陈伯之书》。此文自中学皆读过,然不得五臣注,则题旨不明。吕向云:"梁平南将军陈伯之,初仕齐。齐东昏侯遣之将兵拒梁武帝。伯之知势屈,乃降梁。至是又以众降。故与此书。"又《梁书·陈伯之传》云:"天监四年,太尉临川王弘,率众代魏,命记室邱迟,作书与之。伯之乃于寿阳拥众八千归。"盖陈本齐臣,虽降梁武,恐不相容,故奔元魏,武帝侍其家属如故,以究非叛臣也。书中"松柏不剪,亲戚安居。高台未倾,爱妾尚在。"实为南归倾心之所以然。而世人竞赏"暮春三月"数语,是重文情而忽事实也。因特为拈出焉。(第817—818页)

案:"《邱迟与陈伯之书》"标点有误,当为"邱迟《与陈伯之书》",见《文选·书》。文中"暮春三月,江南草长,杂花生树,群莺乱飞"数语,颇为世人所赏。吴梅先生此处拈出"松柏不剪,亲戚安居。高台未倾,爱妾尚在"之语,显然是要提醒学生们注意作品文字背后的事实依据,不要一味迷陷于优美文辞。其批评世人"重文情而忽事实"之语,足为今日文学研究者所鉴。

17. 丙子年十月二十一日(1936年12月4日)

早至校,仍授《陈伯之书》。方毕,诸生请讲《报孙会宗书》,即拟下星期授之。(第818页)

18. 丙子年十月二十四日(1936年12月7日)

早课毕,取《汉书·杨恽传》一查,方知恽与戴长乐互讦一事,实由长乐褊衷,而恽露才扬己,亦咎由自取。长乐为宣帝微时故知,既贵,尝受诏肄习宗庙典礼,还夸掾吏曰:"我亲见帝,为帝副,秺侯为御。"人有告长乐,此非人臣所宜言,事下廷尉。长乐疑告者为恽所指使,亦上书告恽数事。……所列五条,皆长乐罗织语,事下廷尉,请逮捕治,帝不忍加诛,恽与长乐,皆罢免为庶人。余前读《报孙会宗书》,未详得罪之由,因记之于此,以备遗忘焉。(第819—820页)

案:《报孙会宗书》,见《文选·书》,是西汉杨恽的名作。此文历来被视为体现杨恽思想的主要文献,吴先生此处主要撮述《汉书·杨恽传》相关内容,作为理解文章的参考。此种作法,与上条重视文中"事实"的态度互相契合。

19. 丙子年十月二十六日(1936 年 12 月 9 日)

晨赴校,将《孙会宗书》讲毕。诸生请讲《文赋》,余允之。(第 821 页)

20. 丙子年十月二十八日(1936 年 12 月 11 日)

阅《文赋》一篇,为下周一用。(第 821 页)

21. 丙子年十一月初三日(1936 年 12 月 16 日)

早往校,仍授《文赋》。(第 823 页)

22. 丙子年十一月初八日(1936 年 12 月 21 日)

早赴校,仍讲《文赋》。(第 826 页)

23. 丙子年十一月十五日(1936 年 12 月 28 日)

　　早赴校上课,讲郭景纯《游仙诗》,仅及三首。论游仙以何敬宗一诗为正格。景纯诸作,大半述怀,仙家遐举,不过数联,钟记室非之,不无见地。余本何义门说,以此诗与屈子《远游》之旨相同,则全篇七章,皆迎刃而解矣。盖自伤坎壈,无从匡济,其意固显然也。(第 828 页)

　　案:《文选·诗》"游仙"类共有何劭(字敬祖)《游仙诗》一首和郭璞(字景纯)《游仙诗》七首。此处"敬宗"当为"敬祖"之笔误。钟记室,即钟嵘(字仲伟),因其做过参军、记室一类小官,故名。钟嵘《诗品》"中品"评"晋弘农太守郭璞诗":"始变中原平淡之体,故称中兴第一。《翰林》以为诗首。但《游仙》之作,辞多慷慨,乖远玄宗。而云'奈何虎豹姿',又云'戢翼栖榛梗',乃是坎壈咏怀,非列仙之趣也。"[1]何焯《义门读书记》曰:"何敬祖《游仙诗》,游仙正体。弘农其变。此诗似为闵怀太子作。郭景纯《游仙诗》,景纯之游仙即屈子之《远游》也。章句之士,何足以知之。"[2]此为吴先生所本。

24. 丙子年十一月十七日(1936 年 12 月 30 日)

　　早赴校,讲《游仙诗》毕。(第 828 页)

---

① 曹旭《诗品集注》,上海古籍出版社,2011 年版,第 318—319 页。
② (清)何焯《义门读书记》卷四六,中华书局,1987 年版,第 895 页。

25. 丙子年十一月二十二日(1937 年 1 月 4 日)

余亦早起赴校,讲《游仙诗》二首。(第 830 页)

26. 丙子年十一月二十四日(1937 年 1 月 6 日)

早赴校讲《招隐》《反招隐》二诗毕,即作结束。(第 831 页)

27. 丁丑年正月初七日(1937 年 2 月 17 日)

早起略迟,进餐后即赴校,仍讲演《连珠》,尽七章。(第 848 页)

28. 丁丑年正月初九日(1937 年 2 月 19 日)

早赴中大,仍讲《连珠》,诸生尚不知此体为韵文,因一一 指示之。(第 848 页)

29. 丁丑年正月十四日(1937 年 2 月 24 日)

早赴校仍讲士衡《连珠》。(第 851 页)

30. 丁丑年正月十六日(1937 年 2 月 26 日)

早赴中大,仍讲《连珠》,忽有工科旁听生,突如其来,意欲

何为？吾令其退出，渠不动，危坐听讲，至钟鸣始出，岂政府侦探耶？（第852页）

31. 丁丑年正月二十三日(1937 年 3 月 5 日)

早赴校授课，《连珠》已毕。（第855页）

32. 丁丑年二月十三日(1937 年 3 月 25 日)

晚阅谢庄《宣贵妃诔》。（第863页）

33. 丁丑年二月廿八日(1937 年 4 月 9 日)

早赴中大，仍讲《马汧督诔》。（第869页）

34. 丁丑年三月十六日(1937 年 4 月 26 日)

早起点《文选·咏史诗·秋胡诗》一过，即赴校上课。（第874页）

35. 丁丑年三月二十日(1937 年 4 月 30 日)

早起赴校，讲《秋胡诗》毕。（第875页）

36. 丁丑年三月廿五日(1937 年 5 月 5 日)

　　早检赋选稿,删繁得十六篇,以之授徒,可以瀹人神智,熟玩莲笔,自可有成。目如下。

　　　　班叔皮《北征赋》王仲宣《登楼赋》

　　　　祢正平《鹦鹉赋》鲍明远《芜城赋》

　　　　谢希逸《月赋》江文通《别赋》

　　　　虞子山《小园赋》宋广平《梅花赋》

　　　　裴晋公《铸剑戟为农器赋》林叔澍《小雪赋》

　　　　贾公束《蜘蛛赋》王戴门《曲江池赋》

　　　　又《江南春赋》尤西堂《反恨赋》

　　　　陈迦陵《看奕轩赋》吴谷人《秋声赋》(第 876 页)

　　案:前六者见于《文选》,皆为赋中名篇。

37. 丁丑年四月十五日(1937 年 5 月 24 日)

　　早赴校,即讲《美新》文。余从顾起元、何义门说,以为子云未作此文。而诸生中终有怀疑,无显证可据,亦无如何也。(第 882 页)

　　案:扬雄《剧秦美新》一文,载《文选·符命》,宋代以降,或疑该文非扬雄作。明代胡直、简绍芳诸人皆论其非扬雄作,顾起元《说略》中对胡、简二人之说加以辨析,认为二家说法皆欠妥,但由于汉代文献本身存在龃龉之处,故未能确言《剧秦美新》

之作年①。显然，顾起元氏并未否定扬雄的著作权。而何焯著作
中也未见否定扬雄著作权的文字，吴梅先生此处所言恐不确。《剧
秦美新》作者为扬雄，学界目前已有公论②。而其作年，则看法不
一，综合考量之下，扬雄此文当作于始建国四年夏③。

二、课 义 发 微

综合以上材料，可以大致看出吴梅先生讲授《文选》的特点：

一、在篇目选取上，注意多样性与代表性。除开《文选序》，按
照《日记》中出现的先后顺序，吴梅先生选取的文类至少有赋、论、
书、诗、连珠、诔、符命七种，涉及从西汉到南朝梁之间的多个朝代。
这些肯定不会是课程内容的全部，不过足以揭示出课程内容的丰
富。一般说来，《练习作文》课的目标，乃在掌握多种文体的写作技
巧。而欲掌握写作技巧，多向前人的优秀作品学习是必不可少的
途径之一。兼顾到多种文类与多个时代的内容选取，与该课程的
目标设置应是紧密相关的。

同时，吴梅先生对于作品的选取颇注意其在各自时代的代表
性。所选作品的年代分布是这样的：

西汉：《报孙会宗书》《剧秦美新》；

东汉：《登楼赋》《为曹公作书与孙权》；

---

① （明）顾起元《说略》卷八，影印《文渊阁四库全书》第 964 册，上海古籍出版社，
1987 年版，第 490—492 页。

② 清代学者已有充分论证，现代学者亦有补充研究，参方铭：《〈剧秦美新〉及扬雄
与王莽的关系》，《中国文学研究》1993 年第 2 期。

③ 详参拙文《〈剧秦美新〉作年及涉莽时事考论》，见本书"魏晋南北朝编"。

西晋:《为石仲容与孙皓书》《文赋》《招隐诗》《演连珠》《马汧督诔》;

东晋:《游天台山赋》《游仙诗》;

未详西晋还是东晋:《反招隐诗》;

南朝宋:《芜城赋》《秋胡诗》;

南朝梁:《恨赋》《别赋》《广绝交论》《与陈伯之书》。

由此可知,所选作品的整体年代比例是比较均衡的,而在每个时代之中,作品的类别比例也比较均衡。这样就更加凸显出作品选取的难度,同时也意味着所选作品应具很强的代表性。从已知的作品看来,先生所选不尽取诸传世名篇。作为选集,《文选》所录作品自然各具特色,但并非篇篇引人注目。《与陈伯之书》《恨赋》《别赋》等自然属历来传诵之名篇,但《反招隐诗》《马汧督诔》等则稍显冷落。吴梅先生兼而取之,既可避免学生熟习之弊,亦可充分展示作品的文类意义。作品的选取固然要考虑艺术性,但作为讲授写作的课程,所选作品于文类上的代表性应该说更为重要。从这个意义上讲,吴梅先生的选取是颇有深意的。

二、在作品的讲授顺序上,能够不拘常规。《文选》本以类相从之集,各类之中又以时间先后为次。按照常理,讲授《文选》据原有顺序即可,或者以作品的年代先后为顺序亦可。然而,吴梅先生的讲授顺序则异于是。《日记》所涉作品的顺序,按照《文选》的文类来分,依次是:赋、论、书、赋、诗、连珠、诔、诗、符命,在《文选》中的卷数依次是:11、15、55、43、17、21、22、55、57、21、48。在多种作品构成的"赋""诗"两类内部,作品顺序与《文选》同;而在"书"类之中,作品顺序又异于《文选》。虽然看似没有规律,但仔细查案之下,仍有线索可寻。据《日记》所载,《报孙会宗书》与《文赋》

二者乃应学生之请讲授的，应不在吴梅先生原授课计划之中。

　　不论此二者，就会发现：除了《秋胡诗》出现在"诔"与"符命"之间，其他各类并无别出的现象。这也提示我们，虽然作品的讲授顺序并无严格的逻辑性，但讲授过程中各个文类的相对独立性或者说稳定性，可为学生更好地理解、领会作品及其文类意义提供相应条件。即这样的讲法，更便于学生掌握各种文类的写作方法。至于文类顺序、作品顺序与《文选》自身不尽一致的现象，其实意味着教学对于教科书规范的突破，可在某种程度上避免学生的思维定式，更有利于调动学生的积极性，取得更好的学习效果。

　　三、在作品讲授过程中，注重文本的解读。这大体关涉两个方面：一是关于文章的写作技巧，比如文章的脉络、结构、风格乃至字句的运用，吴梅先生在授课过程中都有涉及。如其言《芜城赋》一段（见本文第 10 条），详尽绵密，丝丝入扣，堪为代表。当然，更多的时候，《日记》中只是概而言之。一是关于文章的内容，尤其是作品的时代背景。如讲授《与陈伯之书》时，吴梅先生能够超越单纯的玩赏，而融入当时的情境，讲究于"文情"之外不忽"事实"，可谓探源之论。背景而外，先生亦注重文章内容的考辨。如其考校《登楼赋》一段（见本文第 5 条），即以作品名物为本证，结论令人信服。难得的是，先生能将两个方面充分结合起来，如其分析《恨赋》（见本文第 11 条），先从时代背景入手，然后紧扣题旨，层层推演，后又归结总题，重加阐扬，行文潇洒流畅，背景与语句之分析相互交融，浑然天成，显示出高超的解读艺术。

　　总体来看，吴梅先生在讲授《文选》过程中，虽主要着眼于文理，注重文本分析，但其并未沿袭明清时文传习之弊端，而是秉承先秦以来"知人论世"的优良传统，对作品的背景、文情、事实等诸多方面都予以认真研究,且融会贯通,表而出之,虽存残片于日记,亦足窥见吴梅先生授课之风采。

至于授课中偶有疏失之处,或因版本受限,或因时代局限,可谓瑕不掩瑜。另,从其"示诸生"(见本文第 2、3 条)、"诸生中有以刘氏兄弟事询者,余一一答之"(见本文第 12 条)、"诸生请讲《文赋》,余允之"(见本文第 19 条)、"诸生尚不知此体为韵文,因一一指示之"(见本文第 28 条)等语可知,吴梅先生授课颇为注重师生交流,始终以学生所需为念,拳拳之心,跃然纸上。而其在授课过程中,不仅讲解前贤诸说与自身心得,亦且明白讲述自己的疑惑,如在《文选·序》注及《剧秦美新》作者问题上的疑虑,都引出了师生间的讨论,展现出吴梅先生开放的学术态度与宽广的学术胸怀。

当时的南京中央大学,师资力量雄厚,仅以文学院而论,即有汪东、吴梅、黄侃、胡小石、汪辟疆等一大批著名学者云集于此,形成了优良的学术环境。从吴梅、黄侃等先生的日记来看,学者们之间的交往颇为密切,且多切磋之效。虽然称之为学术共同体尚显勉强,但这些学者确实具有一定的共同特点,即都具有深厚的旧学根底,并致力于古典学术研究。这种对于中国古典的温情投入,并非某个学者的私人心怀,而是当时众多学人的理智选择。

二十世纪前半叶,"新文化运动"的开展,使我国的旧学体系乃至整个传统文化都受到了严重冲击,学界在狂飙突进、破坏藩篱之后,颇思树立。而"返本开新"的理路早已融渗进中国历代知识群体的血液,所以诸多学人重回古典,并不让人意外。另外,时局的影响也不容小觑,尤其是外来侵略势力的嚣张,迫使当时许多学人回到传统深处寻求民族前进的支撑力量。时任中央大学校长罗家伦曾提出,大学应该"负担起创立民族文化的使命",可谓合为时而发。

以当时的文学创作而论,随着"选学妖孽"口号①的提出与广为流播,《文选》自唐代以降形成的文章典范尤其是创作范式的意义,已逐步消解乃至荡然无存。但在白话文为主体的新文学尚未取得正统地位以前,如何承续中国古典文学璀璨的传统,如何接续文脉,或者简单一点说,如何写文章,应是当时知识群体不得不面临和考虑的重要问题。在此意义上讲,吴梅先生选择《文选》来讲授"练习作文"课,既是对于"新文化运动"偏激之处的一种有意识而又颇具勇气的反拨,又包含着当时知识群体对于古典教育的礼敬、对民族文化的深切忧虑与重构传统的远大自期。关注此种趋向,或许有助于更深刻地理解当时的学术与学人。

（本文内容曾析为二文发表,分别为:《吴梅先生〈文选〉课义发微》,载《牡丹江大学学报》2015 年第 6 期;《〈吴梅日记〉所载〈文选〉遗说辑考》,载《湖南人文科技学院学报》2016 年第 1 期。今合为一文,略有增改）

---

①　此语首见钱玄同 1917 年 2 月 1 日《致胡适》一信（载《新青年》1917 年 2 卷 6 号)中,原意为批评明清以来旧文学之俗流,但其影响及于学界对《文选》一书的认识与研究。至今学界不少学者仍将"选学妖孽"理解为《文选》研究之代称,对于此语出发点及原意的认识,似嫌轻易。

论曹操《观沧海》中的生命意识

　　生命意识，一般是指生命个体对于生命的自觉认识。生命意识在诸多方面均有呈现，而其在文学作品尤其是诗歌作品中的呈现，不同于较为直接的宣讲或口号、标语，往往显得幽微、沉潜，且往往与生命个体的其他认识交织、融合在一起，故而传递出复杂而丰富的美感。此种美感，无疑属于文学作品表现力的重要佐证，值得学界深入讨论。

　　一般说来，与单纯的文人创作相比，政治人物的文学作品不仅蕴含着其自身对于世界、社会、生命的诸多认知，而且由于其身份的特殊性，其参与社会的程度更加直接、深切，对于时代气息和脉搏往往有更为精准的把握，所以更能代表其所处时代的整体意识和思想观念。因此，研究政治人物的文学作品中所流露的生命意识，无疑是颇具学术意义和探讨价值的研究课题。

　　本文着重研究曹操的诗歌作品《观沧海》中的生命意识，就是立足于曹操身份的复杂性——既是政治家、军事家，又是文学家，某种程度上还是思想家，并以此来探究曹操在相应时段对于物象、人生、时势乃至宇宙生命的认知，并推求曹操作为生命主体的价值取向。

　　关于曹操的生平,《三国志·武帝纪》有详细记载①,不再赘述。值得注意的是,曹操的文学创作较为丰富,他善于写诗,且往往在诗歌作品中抒发自己的政治抱负,同时他也关注底层民众的苦难生活。比较公认的看法是,曹操的文学创作,开启并繁荣了建安文学,给后人留下了宝贵的精神财富。

　　《观沧海》是曹操诗作中的名篇,原属曹操所作乐府《步出夏门行》的首章,其名为后人所加。《步出夏门行》保存在《乐府诗集》中,属《相和歌·瑟调曲》,此调古辞但言升仙得道之事或慨叹人生无常②。此篇在《宋书·乐志》中题作《碣石步出夏门行》。曹操此诗的内容,大略是借古题写时事。诗的结构共有五个组成部分,开头为艳辞曲,此后分别为《观沧海》《冬十月》《土不同》《龟虽寿》四解③。一解即为一章,各章内容独立,所以一般也认为其为组诗。

　　《观沧海》的创作时间在建安十二年(公元 207 年),此点历代以来是公认的。此年夏,曹操率军北征乌桓,取得胜利后返归,途中登碣石山,创作了《观沧海》。这场军事胜利,对于曹操来说,有着非凡的意义。早在建安初期,曹操即与当时盘踞北方的袁绍势力发生摩擦。建安十年(公元 205 年),曹操基本肃清了袁氏在河北的统治势力。但袁绍之子袁尚、袁熙则趁机逃至辽东半岛,与乌桓部族联合起来,屡屡侵扰边境,为曹操政权制造了不少麻烦。南方地区的孙吴政权及长江中游的刘表、刘备势力,也对北方虎视眈眈,所以,平定乌桓,实为统一全国的必要步骤和必然环节。这次

　　① 《三国志》,中华书局,1971 年版,第 1—55 页。
　　② 上海古籍出版社编《先秦汉魏六朝诗鉴赏》,上海古籍出版社,1998 年版,第 177 页。
　　③ 余冠英《三曹诗选》,人民文学出版社,1979 年版,第 10—11 页。

胜利对曹操来说,不仅有助于巩固北国后方,而且险中求胜,极大提升了曹操及其属下的信心和雄心①。经此一役,当时北方基本已在曹操控制之中,所以,诗中展现出的总体精神是昂扬向上的,诗中的生命意识也显得丰富、壮丽而深刻。

对于碣石山的位置,历来有所争论,经过众多学者的辨析,目前学界基本都认为《观沧海》中的碣石山即为今河北昌黎县北的碣石山,此山现在虽已不在海边,但秦汉时期的海岸线距离其很近,其主峰海拔近 700 米,正是观海、祭海的好地方,此山即曹操当年登临之处②。曹操登山观海,感兴而作此诗。

《观沧海》全文为:"东临碣石,以观沧海。/水何澹澹,山岛竦峙。/树木丛生,百草丰茂。/秋风萧瑟,洪波涌起。/日月之行,若出其中;/星汉灿烂,若出其里。/幸甚至哉,歌以咏志。"③末尾"幸甚至哉,歌以咏志",是乐府创作中的习用套语,与诗的正文内容无关。其余诸句,都有关于物象生命的描写,如大海、山岛、树木、百草、秋风、日月、星辰。以下分别做些论析。

"东临碣石,以观沧海"这两句话除了点明"观沧海"的位置,亦呈现出一种雄浑的气势,可以引发读者对大海景象的充分想象。诗人登上碣石山顶,居高望远,视野极为开阔,眼前大海的波澜壮阔引起了人的无限感怀。"水何澹澹,山岛竦峙"是环顾四周所看到的景象,海面上水波"澹澹",海旁边山岛耸立,这种互相对比又

---

① 参骆玉明《沧海洪波　英雄襟怀——谈曹操〈观沧海〉诗》,《中学生阅读》(初中版)2006 年第 10 期。

② 参谭其骧《碣石考》,《学习与批判》1976 年 2 期;冯君实《"东临碣石"的碣石在哪里?》,《吉林师大学报》1978 年 3 期;黄盛璋《碣石考辨》,《文史哲》1979 年第 6 期;任乃宏《"碣石"新考》,《文物春秋》2014 年第 2 期。

③ 郭茂倩《乐府诗集》,中华书局,1998 年版,第 545 页。

互相扶持的组合,传递出一种特殊的和谐意味。

"树木丛生,百草丰茂"这两句主要写山岛上的植被,非常的茂盛、茂密,给人以生机盎然的感觉。而"秋风萧瑟,洪波涌起"这两句则又将视线转移到大海,并且点明此时的季节正是秋天。唯有秋天登高而望,才更容易产生丰富而深刻的人生慨叹。这几句中,山与水、海与岛构成了一组相连而又对照的意象,属于空间的营造;而秋风、树木、百草,则体现着季节、气候与当时的物象征候,属于时间的营造。二者互相交织,共同烘托出物象生命的开阔、顽强、壮美、崇高。前面这些诗句描写沧海景象,有动有静,如"洪波涌起"与"水何澹澹"所描述的是动景,"树木丛生,百草丰茂"与"山岛竦峙"描述的是静景,二者互相映衬,相得益彰。

"日月之行,若出其中",是从海的平面去观察的,"星汉灿烂,若出其里",则属于诗人的想象。诗人将大海视为宇宙生命的孕育者和成就者,将日月、星辰都作为大海自由吐纳的生命体,数者之间的互动,充分展示出生命在宇宙间流转不断、生生不息的真谛。骆玉明先生认为:"《观沧海》是中国文学史上现存最早的一首完整描绘自然景物的诗篇,但诗人的趣味,并不在单纯写景。"①可谓非常精准的一种判断。《观沧海》中的物象生命,与曹操的主体生命是紧密相连的。孙明君先生即将诗中的大海视为"曹操天下意识的外化",且进一步作了阐明:"所谓天下意识,简言之,乃是指契合原始儒学基本精神的,以天下为己任,自强不息,昂扬进取的人文精神。"②此说颇具概括力,也把握住了诗作的主要倾向。但严格

---

① 骆玉明《沧海洪波 英雄襟怀——谈曹操〈观沧海〉诗》,《中学生阅读》(初中版)2006 年第 10 期。

② 孙明君《天下意识的投射——曹操〈观沧海〉赏析》,《文史知识》1996 年第 2 期。

来说,《观沧海》中的物象生命,具有自己的独立性,并不完全是曹操精神意识的投射,将诗篇中所有物象生命都纳入"天下意识"投射的范围,恐怕是不够妥当的。因此,有必要谈谈诗篇中曹操主体生命的存在状态。

诗作的开篇两句,既平实又庄重。征诸曹操战胜乌桓的事实,与北方即将一统的未来,足见这两句诗所蕴含的历史价值与纪念意义。碣石山主峰,突兀临海,历史上,秦始皇、汉武帝都曾勒石纪功,而今,叱咤风云的英雄曹操又正临此山。历史遗迹与动荡的现实互相交融,过往与未来互相交织……面对竭石,此时此刻,作为诗人的曹操抚今思昔,为之心潮澎湃。开篇两句,虽说明地点,叙述事理,但是在叙述之中实包藏着无限激昂慷慨之情①。

此下数句,字面上似乎都是纯粹的物象描写。实则在物象的排列对比中,也展现着曹操丰富的人格特征和生命体验。"水何澹澹,山岛竦峙",一动一静,与人生的动荡与安宁极为相似,若联系当时的时局,曹操南征北战逐渐统一北方的历程,不难看出,这两句背后所流露出的人生慨叹,有雄心,又有无奈,更有尝遍人生百味后的冷静与沉着。"树木丛生,百草丰茂",则将视线由远拉近,看到植物一派勃勃生机,人也会不自觉地受到感染,这两句的铺叙,其实从侧面反映出曹操渐至老境之后对于青春生命的特殊感受,虽然此处只是写了植物,但其背后却是"物"与"我"的对比,惟其如此,才能真正解释此处忽然提到岛上植物的缘由。而"秋风萧

---

① 李雨丰《吞吐宇宙　气韵沉雄——曹操〈观沧海〉赏析》,《昭通师专学报》1986年第 4 期。

瑟,洪波涌起",在情感上则更进一层,由"物"与"我"的对比生出了
萧瑟之感,在此种情感中,"洪波涌起"代表的应不是单纯的海水的
动荡,而是世事的纷扰不停,时局的难以遄息。因此,从这几句诗
看来,曹操的主体生命是略显疲惫甚至悲凉的,不断的世事变幻,
已经使诗人生出了苍老的心境。而此后的诗句,则代表着一种
转折。

"日月之行,若出其中;星汉灿烂,若出其里。"这里的转折,首
先是从物象的实写转向了虚写,从"观"转向了"感",而且借助想象
将沧海之大作了形象化的处理,极富张力。传统时期,人们对于
"天"(宇宙)的认识,是一种循环无极的模式。日月行空,环绕天
际,相继出没。诗中用了两个"若"字,语气上很轻,但是举重若轻,
把日月星辰与大海联在一起,认为日月的运行、星辰的灿烂,都是
出于大海的孕育、包容和支持。联系此前诗人的萧瑟心境,这两句
无疑是一种情感、心境的转折,标示着一种生命意识的升华。此时
的诗人,已不再停留在"物"与"我"的对比观照,而是"物""我"合
一,大海这种包容一切、成就一切的性格与博大、雄阔、孕育、容纳
的精神,其实就是诗人自身的生命追求。这样的气象、胸怀与激
情,充满着浪漫主义所独具的特质,也体现着永无止境、勇往直前
的积极向上的精神力量。正是这两句的出现,才确立了这首诗的
整体基调和主要精神。

总之,曹操《观沧海》一诗,不仅充分展现了大海及相关物象的
生命状态,也表达了诗人作为生命主体胸怀天下、海纳百川的气势
与精神高度,蕴含着诗人强烈而深沉、激情而从容的生命追求。全
诗充分展现了情景交融、"物""我"合一的艺术境界,平实的语言融
合着悲凉、无奈、昂扬、奋发等多种情绪,显示出时局的复杂多变对

于人心的巨大影响，及其在文学作品中的意识流露。正是在这个意义上，曹操的《观沧海》可以作为建安文学的代表作品，打开一扇窗，为后世提供观察、了解建安文学独特风貌的契机。

（原载《亳州学院学术研究》2017 年第 3 期）

"离合诗"的源流与兴衰

　　关于"离合诗"的起源,最早论述者为刘勰,《文心雕龙·明诗》曰:"离合之发,则萌于图谶。"①此论主要立足于"离合诗"的形制,将其溯源至谶纬之学中文字结构的离析分合。谶纬之学,发自先秦,西汉末季由于政治形势的变化而渐趋繁盛,其文本呈现内容多样,以隐语创设为大宗,汉字及其结构的拆分组合是其中主要的方式。如著名的《孝经右契》:"宝文出,刘季握。卯金刀,在轸北。字禾子,天下服。"②"卯金刀"合成"劉"(刘)字,"禾子"合成"季"字,明显是为刘氏汉家天下的合法性造势。

　　虽然隐语作为特殊的文化现象,可以映衬出文字的文化威权,但"卯金刀"之类并不算是严格意义的"离合",与"离合诗"更是相去甚远。王运熙先生曾言:"离合诗格,须先离后合,《越绝书》:'以去为姓,得衣乃成。厥名有米,覆之以庚。以口为姓,承之以天。'仅有合无离,严格论之,实不足以当离合之名。若《参同契》之'百世一下,遨游人间','汤遭厄际,水旱隔并',始备离合雏形,第不似

---

　　①　(南朝梁)刘勰著,范文澜注《文心雕龙注》,人民文学出版社,1958年版,第68页。

　　②　(清)马国翰《玉函山房辑佚书》,上海古籍出版社,1990年版,第2193页。

孔氏之整齐耳。"①因此,我们可以从谶纬之学中寻找"离合"的来源,但这仅仅限于"离合"作为一种修辞的状况。

最早对"离合诗"的体制进行理论总结者,应属明代徐师曾。其在著作《文体明辨》中曾论述道:

> 按离合诗有四体:其一,离一字偏旁为两句,而四句凑合为一字,如"鲁国孔融文举""思杨容姬难堪""何敬容""闲居有乐""悲客他方"是也;其二,亦离一字偏旁为两句,而六句凑合为一字,如"别"字诗是也;其三,离一字偏旁于一句之首尾,而首尾相续为一字,如"松间斟""饮岩泉""砌思步"是也;其四,不离偏旁,但以一物二字离于一句之首尾,而首尾相续为一物,如县名、药名离合是也。②

嗣后涉及"离合诗"的论著渐多,但总览之下,皆未出徐氏笼照,因循之功多而深探之意少。徐氏此处所论的四体,其实并非同时共存之物,而是"离合诗"在不同历史阶段的体制呈现,包含着诸多的源流信息。

现存最早的"离合诗",公认是孔融的《离合郡姓名诗》,见载《艺文类聚》卷五六:"渔父屈节,水潜匿方。与时进止,出行施张。吕公饥钓,阖口渭旁。九域有圣,无土不王。好是正直,女固予匡。海外有截,隼逝鹰扬。六翮不奋,羽仪未彰。龙蛇之蛰,俾也可忘。

---

① 王运熙《离合诗考》,原载《国文月刊》第七十九期(1947年);亦见其《乐府诗述论》(增补本),上海古籍出版社,2006年版,第544页。

② (明)徐师曾《文体明辨》,《四库全书存目丛书·集部》第312册,齐鲁书社,1997年版,第537页。

玖璇隐曜，美玉韬光。无名无誉，放言深藏。按辔安行，谁谓路长。"①直到宋代，叶梦得才首次对此诗进行详细分析："此篇离合'鲁国孔融文举'六字。徐而考之，诗二十四句，每四句离合一字。如首章云：'渔父屈节，水潜匿方。与时进止，出行施张。'第一句渔字，第二句水字，渔犯水字而去水，则存者为鱼字。第三句有时字，第四句有寺字，时犯寺字而去寺，则存者为日字。离鱼与日合之，则为鲁字。下四章类此，殆古人好奇之过，欲以文字示其巧也。"②这一解释真正揭示出了"离合诗"的本质特色：要先对诗中之字进行拆分，是为"离"；然后要将拆分所得重新组合，是为"合"。汉字离合的现象早已有之，但其出现于诗中，成为主导，应主要是在六朝时期。

曹丕在《典论·论文》中曾评价孔融："理不胜词，以至乎杂以嘲戏。"③"嘲戏"虽然有时显得滑稽不经，但毕竟是一种有意识的主体行为。虽然这种"有意"的行为在现在看来，还受到了许多"限制"。以《离合郡姓名诗》为例，虽然作者身处"五言腾踊"的汉末，却依然用"四言正体"来创作④，而这首四言诗又因为字的结构以及古今异体等因素而使其中某些地方的解读显得颇为牵强⑤。不过，这正可说明此诗已超越普通的"俳谐"范围而带有一种"试验"的性质，尽管这种"试验"还有对正统的"依违"和不少"生涩"之处。

---

① （唐）欧阳询《艺文类聚》卷五六，上海古籍出版社，1982年版，第1004页。

② （宋）叶梦得《石林诗话》卷中，见（清）何文焕《历代诗话》，中华书局，2004年版，第418页。

③ （南朝梁）萧统编，（唐）李善注《文选》卷五二，中华书局，1977年版，第720页。

④ 《文心雕龙·明诗》："暨建安之初，五言腾踊"；又曰："四言正体，则雅润为本。"见（南朝梁）刘勰著，范文澜注《文心雕龙注》，第66、67页。

⑤ 关于此点，多位研究者都有论及，较为详尽的分析可参鄢化志《中国古代杂体诗通论》，北京大学出版社，2001年版，第178—179页。

仅从形制上看，"离合诗"的出现并非偶然，而就创作机制来说，它充满着创作主体求新求变的"试验"意味。叶梦得"好奇之过"的说法，过分看重了这种"试验"的游戏化成分。实则以阐释的难度来观照，"离合诗"的产生并非什么轻松的"游戏"，而毋宁说是一种艰难的"开拓"。六朝文人的拟作正可说明这一点。

六朝人拟作的"离合诗"数量不少，可能这种特殊的形制引发了人们特别的兴趣。如西晋潘岳的离合诗曰："佃渔始化，人民穴处。意守醇朴，音应律吕。枀（桑）梓被源，卉木在野。锡鸾未设，金石拂举。害咎蠲消，吉德流普。谿（溪）谷可安，奚作栋宇。嫣然以憙，焉惧外侮。熙神委命，已求多祜。叹彼季末，口出择语。谁能墨诚，言丧厥所。垄亩之谚，龙潜岩阻。尟（鲜）义崇乱，少长失叙。"①此诗可得"思杨容姬难堪"六字。观其形制，与孔融《离合郡姓名诗》全同，均为四言，且均以每句首字为"离合"之基，不过此诗的释读显然更为流畅。杨容姬为潘岳爱妻，诗人使"离合"后的内容成为真正意义的主旨，可以说极大扩充了"离合诗"的深层内涵，也在客观上促使后世的"离合诗"作者更加注重此类诗作的艺术性。

其后的"离合诗"创作集中在南朝，而以宋为大宗，出现了五言之制与所谓"骚体离合"②。如以下几首诗：

（南朝宋）孝武帝："霏云起兮泛滥，雨霭昏而不消。意气悄以无乐，音尘寂而莫交。守边境以临敌，寸心厉于戎昭。阁

---

① （唐）欧阳询《艺文类聚》卷五六，第1005页。
② 王运熙《离合诗考》："洎乎刘宋，王韶之始创为骚体。……其后孝武帝、刘骏亦有骚体离合。"见《乐府诗述论》（增补本），第548—549页。案：南朝宋孝武帝即刘骏，此处标点有误。

盈图记,门满宾僚。仲秋始戒,中园初凋。池育秋莲,水灭寒漂。旨归涂以易感,日月逝而难要。分中心而谁寄,人怀念而必谣。"(悲客他方)

（南朝宋）谢灵运:"古人怨信次,十日眇未央,加我怀缱绻,口咏情亦伤,剧哉归游客,处子勿相忘。"(别)

（南朝宋）谢惠连:"放棹遵遥涂,方与情人别。啸歌亦何言,肃尔凌霜节。"(谷)

（南朝宋）贺道庆:"促席宴闲夜,足欢不觉疲,咏歌无余原,永言终在斯。"(信)①

可以看出,此时的"离合诗"已经可以将表面的文字与深层的意蕴紧密地结合。尤其是谢灵运、谢惠连二人之作,即便撇开"离合"的体制,依然是优秀的诗歌。如此一来,"离合诗"就超越了此前以"离合"后所得内容为主的特点,转而"内外兼修",艺术上逐渐迈向了成熟。同时,"离合诗"的篇幅明显出现了缩短的趋势,以四句"离合"一字的形式成为主流。不过,这种主流就"离合"本身来讲,仍然属于徐师曾所论的"离一字偏旁为两句,而四句凑合为一字"一体。倒是谢灵运的这首"别"字诗,徐氏将其单列为一体"离一字偏旁为两句,而六句凑合为一字",虽脱胎旧制,而实造新曲,谢氏才力,确非寻常。

———————————

① （唐）欧阳询《艺文类聚》卷五六,第1005页。

　　齐代的石道慧、王融，梁代的萧巡、元帝萧绎，陈代的沈炯等递有制作，但自形制到艺术，均无大的突破。倒是南朝声律理论的逐渐成熟在"离合诗"中留下了痕迹。如庾信的"春"字诗："秦青初变曲，未有逐琴心。明年花树下，月月来相寻。"①虽为离合，亦非常合律。总体而言，南北朝时期，杂体诗的创作异常繁盛，种类异常繁多②，未始不可以看作此时文人们的多方探索。单就"离合诗"而言，从形制到思想艺术再到声律，都出现了非常成熟的作品。唐代的"离合诗"能够继续承做并再创新制，恐怕与六朝"离合诗"取得的突破性进展和高度的艺术成就是分不开的。

　　唐代"离合诗"的创作实际上集中在两个唱和活动中：大历年间权德舆集团的唱和与晚唐的皮、陆唱和。关于权德舆集团的诗歌创作状况，蒋寅先生在《大历诗人研究》中早有论述，其中对"离合诗"亦有不少涉及：

　　　　贞元十九年秋，权德舆作《离合诗赠张监阁老》云：黄叶从风散，暗嗟时节换。忽见鬓边霜，勿辞林下觞。躬行君子道，身负芳名早。帐殿汉官仪，巾车塞垣草。交情剧断金，文律每招寻。始知蓬山下，如见古人心。……诗十二句，内容称赞张荐的道德文章，历叙其出使异域的经历及两人的友谊，同时首字离合成"思张公"三字，……这种形式近乎字谜，不用说有很浓的游戏色彩。单纯离合字并不难，难的是离合之间同时完

---

　　① （北周）庾信著，（清）倪璠注，许逸民校点《庾子山集注》，中华书局，1980年版，第383页。

　　② 参鄢化志《中国古代杂体诗通论》，第199—247页；徐克超《汉魏六朝诙谐文学研究》，复旦大学博士学位论文，2003年。

成了一首辞达意足的抒情诗,并且被离合的三字还标明诗的
主旨,这就不容易了。……张荐的酬作内容还过得去,离合的
"私权阁"三字未免稍逊。两人的唱酬立刻引起众人的兴趣,
接着又有中书舍人崔邠、杨于陵,给事中许孟容、冯伉,户部侍
郎潘孟阳、国子司业武少仪续作,离合之字分别是"咏篇""郊
三作""好""五非恶""辞章美""才思博",都与唱和题旨有关。
就中诗意文辞俱混成的数崔邠、潘孟阳二作,其余均有拼凑痕
迹。许孟容离了六字,却只合一字。这样一比,诸人的敏钝巧
拙就显露出来了。①

我们将张荐、崔邠、潘孟阳、许孟容四人的诗引下:

> 移居既同里,多幸陪君子。弘雅重当朝,弓旌早见招。
> 植根琼林圃,直夜金闺步。劝深子玉铭,力竞相如赋。
> 间阔向春闱,日复想光仪。格言信难继,木石强为词。
> 　　　　　　　(张荐《奉酬礼部阁老转韵离合见赠》)

> 脉脉羡佳期,月夜吟丽词。谏垣则随步,东观方承顾。
> 林雪消艳阳,简册漏华光。坐更芝兰室,千载各芬芳。
> 节苦文俱盛,即时人并命。翩翩紫霄中,羽翮相辉映。
> (崔邠《礼部权侍郎阁老史馆张秘监阁老有离合酬赠聊继此章》)

> 咏歌有离合,永夜观酬答。笥中操彩笺,竹简何足编。

---

① 蒋寅《大历诗人研究》(上编),中华书局,1995年版,第421—422页。

> 意深俱妙绝,心契交情结。计彼官接联,言初并清切。
> 翔集本相随,羽仪良在斯。烟云竞文藻,因喜玩新诗。
>
> （潘孟阳《和权载之离合诗》）

> 史才司秘府,文哲今超古。亦有擅风骚,六联文墨曹。
> 圣贤三代意,工艺千金字。化识从臣谣,人推仙阁吏。
> 如登昆阆时,口诵灵真词。孙简下威凤,系霜琼玉枝。
>
> （许孟容《答权载之离合诗》）[1]

张荐、崔邠、潘孟阳三人的离合诗所得结果,蒋先生书中已述,分别是"私权阁""咏篇""词章美"。以此看来,许孟容的拙钝不在于他"离了六字,却只合一字"(谢灵运正是以六字合一字),而是他的诗作形制虽颇规整,但仅有末章的"如"和"孙"能够离合,所得内容仅一"好"字,给人以大旗虎皮之感。起码比起其他诸人,确实显得有些拙劣。总观诸人所作,均为整齐的五言诗;而且权德舆的诗还平仄互押同韵部之字,确称得上是别出心裁。值得注意的是此时有日本来唐僧人亦作有"离合诗",这就是撰写《文镜秘府论》的弘法大师——空海。其诗曰:"磴危人难行,石险兽无升。燭(烛)暗迷前后,蜀人不得过。"[2]"离合"后得一"燈"(灯)字。由此可见"离合诗"的魅力与影响。

晚唐的皮、陆唱和在文学史上是极重要的现象,仅就"离合诗"而言,徐师曾所说的"离一字偏旁于一句之首尾,而首尾相续为一

---

① 均载《全唐诗》卷三三〇,中华书局,1960 年版,第 3685、3686、3687、3689 页。

② 参蒋寅《大历诗人研究》(上编),第 423 页;蔡毅《空海在唐作诗考》,《日本汉诗论稿》,中华书局,2007 年版,第 2—3 页。

字"与"不离偏旁,但以一物二字离于一句之首尾,而首尾相续为一物"二体,均创自皮、陆唱和①。如陆龟蒙《闲居杂题五首》之《鸣蜩早》:"闲来倚杖柴门口,鸟下深枝啄晚虫。周步一池销半日,十年听此鬓如蓬。"就是将"口""鸟"合为"鸣";"虫""周"合为"蜩";"日""十"合为"早"。皮日休《奉和鲁望闲居杂题五首》之《晚秋吟》:"东皋烟雨归耕日,免去玄冠手刈禾。火满酒炉诗在口,今人无计奈侬何。"如出一辙,将"日""免"合为"晚";"禾""火"合为"秋";"口""今"合为"吟"。这样的形制突破了旧制以四句"离合"一字和以六句"离合"一字的形式,而且不必局限在每句首字上作文章。从而使"离合诗"的释读有了一种流畅的连环之美。可以说,皮、陆二人此类的"离合诗"代表着诗人对于汉字结构之美更为充分的发掘。它彻底褪去了惨淡经营的艰涩,呈现出一种前所未有的圆熟与从容。

而两人的药名、县名"离合诗"更是将正统"离合诗"与六朝的"药名诗""地名诗"交融而成的产物。如南朝王融的《药名诗》:"重台信严敞,陵泽乃闲荒。石蚕终未茧,垣衣不可裳。秦芎留近咏,楚蘅摧远翔。韩原结神草,随庭衔夜光。"每句开头二字均为药名②。再看皮日休《怀锡山药名离合二首》:

> 暗窦养泉容决决,明园护桂放亭亭。历山居处当天半,夏里松风尽足听。

> 晓景半和山气白,薇香清净杂纤云。实头自是眠平石,脑侧空林看虎群。

---

① 皮、陆二人的"离合诗"分别载《全唐诗》卷六一六及《全唐诗》卷六三○。
② 鄢化志《中国古代杂体诗通论》,第224页。

所含药名分别为：决明、葶苈（亭历）、半夏；白薇、云实、石脑。此中所谓"离合"，即将上句末字与下句首字组合而来，正如徐师曾所言，是"不离偏旁，但以一物二字离于一句之首尾，而首尾相续为一物"。陆龟蒙《和袭美怀鹿门县名离合二首》（"云容覆枕无非白，水色侵矶直是蓝。田种紫芝餐可寿，春来何事恋江南""竹溪深处猿同宿，松阁秋来客共登。封径古苔侵石鹿，城中谁解访山僧。"）亦同此制。这固然使"离合诗"增添了新奇之处，同时也标志着"离合诗"的尽巧极变，难有翻新之制。

　　的确，我们在唐代以后很难再寻觅到"离合诗"的踪影①。究其原因，恐怕与"离合诗"的这种"离合"特色有莫大关联。"离合诗"无论如何新巧，终究是以汉字的结构特色为基础，而不能无限制的求变生新。这是内因使然。至于外因，一则是民间猜谜、行令等艺术的蓬勃发展，凸现出文人"离合诗"创作的苍白；二则是诗体本身在中晚唐时候的转变以及词的兴起使"离合诗"这样深具"游戏"面目的创作难以为继。五代的离乱又影响到宋一统之后尤其是宋初诗歌，使其极具庄严峻穆之风。而词这种新的体式，使宋人的个人情怀，包括游戏和娱乐的实践，有了极好的寄托空间②。因此，杂体诗至宋代，数量、体式顿减实属必然，非独"离合诗"为然。这大概亦属文学之"变"罢。

　　（原载《攀枝花学院学报》2015 年第 4 期。本次收录，略有增改）

---

　　①　或有论者将苏轼"砚石犹在，岷山已颓。姜女既去，孟子不来"作为"离合诗"，如王运熙《离合诗考》，载《乐府诗述论》（增补本），第 561 页。实则其已非真正的"诗"，且"离合"体制亦不严，只能算作谜体制作。
　　②　董希平《唐五代北宋前期词之研究：以诗词互动为中心》，昆仑出版社，2006 年版，第 1—20 页。

唐宋编

李白《望庐山瀑布》绝句"伪作说"析论

　　唐代大诗人李白有两首《望庐山瀑布》诗歌存世,一为五言古诗,一为七言绝句。由于后者篇幅较短,内容精炼,且多年来入选各类诗歌选本及各级教科书,所以更为世人所知并广泛接受。此诗字数不多,不少人可随口背诵:"日照香炉生紫烟,遥看瀑布挂前川。飞流直下三千尺,疑是银河落九天。"①长期以来,此诗均被认为是李白的作品,直到2016年,孙尚勇教授发表文章认为,七绝《望庐山瀑布》并非李白的作品,它极可能是晚唐五代或宋初人根据李白的五言古诗所改写的②。此说一反前人历来相沿的看法,颇具学术勇气,但究竟有无道理,能否成立,恐怕仍需认真仔细地进行检验。

　　孙尚勇先生在文中共提出了四个理由来支撑其观点:一、七绝

---

　　①　詹瑛主编《李白全集校注汇释集评》第6册,百花文艺出版社,1996年版,第3027页。

　　②　孙尚勇《七绝〈望庐山瀑布〉是李白作品吗?》,《古典文学知识》2016年第6期。

《望庐山瀑布》因袭五古以及李白他作的地方过多；二、李白同时代的文人、唐人李诗抄本、现存各种唐人的唐诗选本和唐人诗文评皆未曾提及七绝《望庐山瀑布》；三、七绝内容本身的疑问："日照香炉"不可能"生紫烟"；四、七绝与五古的风格不相类，五古略见稚拙，有欣喜的天仙之气，七绝太过纯熟，看不出表达了什么明确的感情①。由于这四个理由具有各自相对的独立性，故于此集中引述之后，不妨依次展开针对性的辨析。

首先，孙先生的第一个理由是站不住脚的。古往今来，很多文学作品中，都存在因袭他作的成分，有时甚至是直接引用。本质上说，这与作品的真伪问题并无根本关联。比如古人诗歌作品中独特的"集句诗"，就是直接择取他人作品中的成句来组建新的篇章。这种新的篇章，往往呈现出新的意蕴和味道，虽然通篇文字都取自别人，但仍然可以算作新的作品，理应归入集句者的名下。又如《诗经》同一篇中往往出现重章复沓的现象，虽然可能是施诸音乐的表演性使然，但在文字效果上，就是显而易见的自我重复。这也昭示出，文学作品中的因袭及其程度，不能作为判定作者问题的标尺。

而且，从艺术创作规律来看，文学作品中某些成分的重复，实为不可避免的现象。后辈作家向前辈学习，从而借鉴、吸收前辈作家创作的成分与养分，甚至直接挪用人物、情节等作品构成要素，均属文学发展过程中的固有现象。文学作品的创新，很多时候只是局部的创新，未必是全盘的推倒重来。除开借鉴他人的创作因素，作家自身的创作亦然。很多作家包括诗人在进行

---

① 孙尚勇《七绝〈望庐山瀑布〉是李白作品吗？》，《古典文学知识》2016 年第 6 期。

创作时,往往有自己较为常用和喜爱的意象、词汇乃至人名,甚至形成创作习语和思维定式,形诸文字时就会不自觉(或自觉而难以改变)地呈现出某种程度的自我因袭与重复。而且,为了强化自身的存在感,某些作家在创作时还会有意识地进行自我因袭,以期作品获得鲜明的特色,为人所记取。虽然有不少作家在呈现作品时,往往会力避蹈袭,多求新变,但浪漫色彩浓厚的李白诗歌显然不在此列。李白生性潇洒,旷达不羁,从其诗歌创作的总体态势来看,他并不刻意追求自己每首诗歌的新意,亦并未谨守某些"避嫌"式样的规矩,而是以气驭辞,重在呈现自我。应该说,两首《望庐山瀑布》出现某种程度的自我因袭,并不令人意外。

其次,孙先生的第二个理由也显得较为牵强。众所周知,古代文献并未悉数存留于后世,如今所见的各类材料中唐人未曾提及李白这首七绝,不代表当时人不了解、不知道这首诗,更不代表这首诗不存在。除却文献存留的有限性,还需考虑文献记录的选择性。文学选本往往有编选、审美等方面的侧重,唐人的唐诗选本未选此首七绝,并不能证明其不存在;而唐代的诗文评等著作本身就是读书的"余事",并非笼括一代的作品而立论。至于孙先生文中举敦煌遗书中的李诗唐人抄本无此七绝,确系事实,但此抄本仅抄录李白诗歌一小部分,很多重要作品都遗漏未录,据此论断七绝《望庐山瀑布》非李白作品,显系武断。

至于李白同时代文人未提及此首作品,实乃情理中事,唐代虽然诗歌创作繁盛,但同时代的文人提及他人作品的例子并不太多,起码比起整个唐诗创作来说,比例实在极低,若据此而立论,那大部分唐诗作品恐怕都得背负"伪诗"之名。细致说来,此种现象,主要与古代文学作品的传播境遇有关。唐代的诗歌作品,传播最广的当属被之管弦便于散播人口的乐府诗,而其他诗歌的传播,恐怕要更多依赖当时的社会环境尤其是交通状况与人际交往情况。所以,时人未提及此诗,只能说此诗当时流传未广,尚未为人所熟知、接受,而不能证明此诗的不存在。实际上,孙先生在其文末也提到宋本《李太白文集》与北宋人所编的《文苑英华》《唐文粹》《庐山记》中都有此首七绝,说明李白此诗在创作出来后并未随即大显于世,应由专人集中保存而流传及宋。

再次,孙先生的第三个理由恐怕有望文生义的嫌疑。孙先生在文中综合引证分析了前贤的诸多说法,认为初日照射香炉峰不可能生出紫烟,具体论证可分为两点:1.日照下瀑布出现的应是彩虹色,而不是紫色;2.日光照射只会使紫烟消散,而不能生出紫烟。如果从物理学的角度来考察,孙先生的论证无疑颇有道理。但在文学语境中,语句不能悉数作为科学事理来分析。李白诗中此句所观,应与瀑布距离较为遥远,所以才有"遥看"之语;而首句"日照香炉生紫烟"应是针对香炉峰的景象而发,而不是说瀑布生了紫烟。孙先生的第一点论证恐理解不准确。从较远距离来看香炉峰,其云雾缭绕自不待言,日光初照下,确会有紫烟出现在视野之内,当然,以实际情形而论,当不仅有紫色,起码还会有红色呈现。李白此处用紫烟既有实写的成分,恐亦有深层的寓意。紫色在传统文化中常被作为高贵、吉祥的象征,尤其在关涉云、烟之时,西晋郭璞的《游仙诗》中即有关于紫烟的语句:"赤松临上游,驾鸿乘紫烟。"①李白此处亦用"紫烟"之语,恐怕不仅是要呈现香炉峰上的

---

① 逯钦立《先秦汉魏晋南北朝诗》,中华书局,1983年版,第865页。

祥瑞之象,而且是在寄托诗人内心深处对于仙气仙道的渴望与追求。

至于"紫烟"之前用"生"字,也暗含多种寓意。"生"有升腾之象,符合日出初照时云雾逐渐消散的自然景象,也象征着日出之后生机勃发的自然规律,同时与李白一贯的热烈豪放风格相匹配。需要强调的是,紫烟之"生",不单纯是由于日光照射,而应归结为香炉峰自身所生。这与古人的观念有关,尤其是地理学家多认为,万物的发生发展都源于气机的运行,山川河流都是气的融结与表现。李白此处所写,与此种观念相合,其将紫烟作为庐山香炉峰的生机表现,与日光互相映发,呈现出令人振奋的吉祥景象。"生"字的使用,可谓精确、精妙。

复次,孙先生的第四个理由并无充足的说服力。同题而不同体的作品,在风格上存在差异,实在正常不过。具体到《望庐山瀑布》,五古由于以五个字为单位,所以传递情感显得朴拙一些,至于是否有天仙之气,似乎见仁见智。揆诸五古所写的情形,应是作者登上香炉峰之后的所见所感,所以有"初惊""仰观""流沫"等语词。而七绝则是包含着远望视角的创作,且以七个字为单位来传递情感,所以显得更为从容,技巧上也更为圆熟。二者是在不同角度或者说不同时间点对于庐山瀑布的观感抒写,有情绪、风格上的差异,并不令人费解。至于这种抒写表达了何种感情,可由学界继续探讨,但这并不能否定七绝为李白的作品。

要之,关于《望庐山瀑布》七绝非李白作品的怀疑,目前来看,都不太能够成立。此诗仍应归于李白的作品。不过,此诗的诗题及内容在各类版本中用字存在歧异,经学者研究,此诗的通行本文字面貌并非此诗的原始面貌,而是经由李白自己修改和后人窜改个别字眼(如改"长"为"前"、改"半"为"九")的混合式文本①。另需注意的是,南宋胡仔引此诗首句为"日暮香炉生紫烟"②。此种文字的来源,目前尚未考知,但"日暮"与"生紫烟"虽在物理上亦可讲通,但在内在肌理上总嫌扦格,不如"日照"来得更为贴切、契合。这些状况总体而言,均属此诗的流传与接受问题,并不能在事实层面否定此诗的著作权。

如果仔细体察,关于李白此诗是伪作的说法,其实暗含着一个颇为有趣的命题,即如何理解同题的七绝与五古的关系。这种关系,又至少牵涉两个层面的问题:一是七绝与五古在时间上的先后,一是七绝与五古在艺术上的高下。关于前者,虽然学界对二诗的系年尚未形成一致的看法,但都认为五古的创作时间在前,七绝在其后。这一点在两首诗的文本中有所体现,五古更多近景的描写,七绝则远近皆有,显得更有层次感。创作姿态的从容,需要时间的疏离和空间的距离,这是文艺世界的通则。那么,为什么写了五古之后,又写了七绝的同题之作呢?或者说,七绝是否为续貂之作呢?这就必然涉及二诗在艺术上的高下问题。

虽然作为同题之作,七绝在后世的总体影响上远超五古,但宋元明清时期,亦有相关评价认为,五古在艺术上优于七绝,尤其"海风吹不断,江月照还空"两句,获誉更多③。仔细推求之下,五古关于瀑布的描述虽然用语亦有夸张,但因过分紧扣瀑布来写,反而显得较为质朴。所谓的"海风""江月"全出诗人想象,与其他瀑布景

---

① 孙桂平《李白〈望庐山瀑布〉(其二)异文问题思考》,《集美大学学报》2010 年第2 期。
② 胡仔《苕溪渔隐丛话》后集卷四,人民文学出版社,1962 年版,第 23 页。
③ 詹瑛主编《李白全集校注汇释集评》第 6 册,第 3029 页。

语形成了反差,使读者由此产生了思想上的抽离,但这种反差与抽离并未在五古中得以持续,其后接续的实景描写已在无形中冲淡了这两句的艺术感染力,甚至使其显得有些突兀。以此两句来判断五古的艺术成就,本身就没有多少说服力,遑论将其作为胜过七绝的依据。

　　再观七绝,从首句的香炉峰到次句以下的瀑布,视线的聚焦点自上而下,十分符合李白一贯的高蹈风格。此下所言的瀑布如挂,则不仅道出了瀑布在远看之中的整体性,而且将瀑布的动态表述为静态,在符合诗人远观之象的同时,也凸显了瀑布与山峰的差异乃至对比。山峰静默而苍翠,瀑布则如白练,二者的差异才是"挂"字得以存在的前提。第三句的抒写,又将瀑布还原为动态,"飞流直下"当属近处取景,说明此时诗人已由远及近来进一步观察瀑布;而所谓直下,也堪可表明瀑布的水势之盛。瀑布三千尺,当然是虚数,带有夸饰的成分,但也从侧面反映出了瀑布的长度和山峰的高峻。高山和瀑布相得益彰,瀑布飞流而下,无疑给人留下一种明快、激越的观感与心理震撼。这种崇高、雄壮的美,充分体现出自然山水的生命力,也触动了观者包括诗人在内的情思,令人澡雪精神。之后末句的呈现,完全是一种夸张的想象。银河,在我国古典时期经常被提及,相似的表述还有天河、银汉、星河、星汉、云汉、河汉等,其星象呈现为一条乳白色的亮带,似银色之河而得名。诗人将瀑布比作银河,除了色彩的相似之外,亦再次将视线调整至远观,从而在整体色彩上凸显出瀑布的存在。

　　纵观七绝全篇四句,诗人的情绪层层递进,视线亦不断调整往复,先是从山峰到瀑布,由上而下;后又由远及近来进一步观察瀑布;最后则又抽离开去,将飞翔的思绪巧妙地赋予到瀑布的流动性之中,给人以奇绝妙绝的艺术享受。更为可贵的是,诗人在选取意象来呈现目见之自然时,不是孤立地进行单一的表达,而是将阳光、山川、紫烟、瀑布等各种物理景象综合融汇,注重它们之间的沟通与互动。诗作中的"照""生""挂""下"等字眼,无不体现出此种写作意图。诗作的这种表达方式实际上已经充分灌注了作者的所思所感,可以说,诗中的景色既是自然,又无不反映出诗人投射其中的主体意识。

持之与同题的五古比较,可知五古中的景物描写,更像观察者的客观记录,虽然其中亦有想象之辞与仙趣之笔,但都游离于景语之外,类似于插入的"补白",景与情并未妥帖地融合;而七绝中的景物,则与诗人的主体生命紧密相连,物象与情感在其中,是高度统一、难以区分的。诗篇传递出的景色之美,就是作者情感的中心所在。因此,以艺术成就而言,七绝实远在五古之上。这一点,历代大多数读者是有共识的,七绝的强大影响力正是以此为基础。但若从主旨的显露程度来衡量,七绝显然逊于五古,五古中的游仙之意已陈说得十分显豁,七绝则未有相似语句来显志,只能通过相关意象来比推。七绝中"紫烟"之语寄托有诗人的仙怀,前文已论;而末句"银河"意象的出现,实为五古中"河汉"意象的复见,其相关叙写恐不单是为了形容赞叹庐山瀑布的造化参天,亦未尝不可视为诗人李白对于修道通天理念的潜在认同与隐蔽表达。也就是说,五古诗作中那种因山水之美而渴求仙道的意绪在同题绝句中仍然存在,只不过比较隐约罢了。

如此看来,五古之优长主要在思想宗旨上,而七绝之优胜主要在艺术手法上,二者的优劣抑扬,实际上取决于各人所持的衡量标准及其重心设置。如果抛开简单的等级判断,将同题的五古与七绝视为互文性的篇章,似乎更为合适。诚如程千帆先生所言:"李白,作为一个伟大的诗人,在同一题目之下,写了一首五古之后,再写一首七绝,绝非随便的自行重复,而是有意识地互相补充。"①合观二者,无论在思想性还是艺术性上,都可互相补充、相得益彰,同题作品之妙,于此可见一斑。

(原载《殷都学刊》2018 年第 1 期)

---

① 程千帆《关于李白和徐凝的庐山瀑布诗》,《古诗考索》,《程千帆全集》第八卷,河北教育出版社,2000 年版,第 237 页。

《游子吟》"谁言寸草心,报得三春晖"圆解

唐代诗人孟郊的作品《游子吟》,是历来为人传诵的名篇。其全文如下:

> 慈母手中线,游子身上衣。
>
> 临行密密缝,意恐迟迟归。
>
> 谁言寸草心,报得三春晖。

前面数句意思显豁,末尾的两句,当前学界主流皆理解为顺承关系,大多解释为:谁说子女像小草那样微弱的孝心,能够报答得了像春晖一般的慈母恩情呢? 然细绎之下,此种理解似有未妥。

在多数语境中,"谁言"引起的句子,多表示一种反驳的态度,主要针对既有的言说或事实。如《诗经·召南·行露》"谁谓女无家,何以速我讼",即以女子口吻反驳男子"无家"之辞;又如《诗经·卫风·河广》"谁谓河广,一苇杭之",则为反诘"河广"之辞。在孟郊的另外一首诗《赠别崔纯亮》中,有"出门即有碍,谁谓天地宽"之语,亦表示对"天地宽"这种既有言说的反驳。循此义例,《游子吟》中的"谁言寸草心",应是对"寸草心"这种说辞的反对。正如

"一苇杭之"是"谁谓河广"的"证据"（虽然是失实的主观证据），"报得三春晖"，亦应为"谁言寸草心"的支撑。换句话讲，"报得三春晖"在作者的主观心意中，是可以达致的效果，而不应如主流解释为无法报答。可知此诗末两句之间，并非完全的顺承，语义上是存在转折的。

至于"寸草心"，既为遭受反驳的说辞，应是在具体情境下的一种状摹。若依传统解释，"寸草心"为游子之心，则"谁言"之语应是"游子"身份所发，可能是"游子"面对指责之反应。因为既曰"游子"，则常年在外、无法朝夕尽孝可知，亲族友朋以礼法道德责备之，应十分可能。因寸草外在之势较为微弱，故其内在之心，亦被视为如此。以"寸草心"作比，实指责"游子"孝心不彰。"游子"于此反驳，可知"谁言寸草心"一句应暗含简略成分，可增字解释为："谁言我孝心微弱如寸草之心？"这是针对指责的表层反驳，其中对"寸草心"的理解同于指责者。但另外一层意思也不应忽略："谁言寸草之心必定微弱？"盖"游子"孝迹虽微，孝心却未必微弱；由外在行迹简单比推内在心意，未必合乎实情。后文的"报得三春晖"，承此意绪，意义似亦不主一端。

"报得三春晖"，显然是"游子"对于指责的一种反拨，但其主体并不明确。如果主体是"游子"的孝心，那么，此处的"报"，自应解释为报答，"三春晖"则意指"慈母"之恩情。其中"寸草心"的微弱状态仅是表象，而"游子"的孝心则形成了一种背反和超越。如此一来，诗义虽亦可通，但"寸草心"与"三春晖"之间的物候关系，似未得到合理的阐发。

如果"报得三春晖"的主体是"寸草心"，即言寸草之心并不微弱，而是可以"报得"三春之晖的。此时所谓"报"，则应理解为传达、宣示之意。因以物候而论,三春荣景,皆可由小草预兆;三春之晖,可由初生之寸草传达出消息。近世毛泽东《卜算子·咏梅》有句曰"俏也不争春,只把春来报",其"报"字亦属此义。由物及人,可推知"游子"之意,寸草之势虽微虽弱,但其内心却传达宣示着三春之荣晖。此种理解之下,"三春晖"不宜为"慈母"之恩泽,而应是"游子"的自期,指暂时未至而内心企盼达到的光明前景。循此,则该诗末二句应为"游子"借寸草的自况——谁言寸草之心必定微弱?未来的三春荣晖皆可由此预见。这显然应指向"游子"事业方面的成就,以及在此基础上尽孝亲人的基本策略和美好愿景。

不过,诗义解释亦有另一面向。观全诗前四句,主要以"慈母"为主导,若将末二句亦沿此轨迹理解,则"寸草心"应有可能是对于慈母之心的形容。寻诸常理,女性亲人尤其是长辈的关怀,更多是从个人、家庭角度出发,呈现出个人化的细密风格。这种立足细微的特性,与"寸草"之细微无疑具有相似的关联。但在传统社会的公共层面,女性或女性特质的细致与细腻,常被视为缺乏开阔视野与理性色彩的优柔寡断,古语常言"妇人之仁",即是对女性更加注重内心情感立场的嘲讽。在此意义上,公共舆论中的女性关怀,经常被认为是没有实际效果、甚至是毫无必要的。这与"寸草"的微弱亦有相似的关联。

《游子吟》中临行缝衣的形象和行为,足以展现出"慈母"在细微之处的关怀。但寸草之势微弱,并不代表其心意亦微,前文已论。此时的"谁言"之语,字面上是为寸草之心而反驳,实际上是为慈母之心而反驳,可解释为:"谁言慈母之心如寸草般微弱?"基于此,"报得三春晖"之"报",即应理解为传达、宣示之意;"三春晖",应主要喻示母爱的温暖与纯粹。合论前句,则应指"慈母"对于"游子"的关爱之心，虽如寸草般细微，却并非如寸草般微弱，其所传达、展现出的母爱温暖而又纯粹，可比三春之晖。

综上所述，《游子吟》"谁言寸草心，报得三春晖"的解释，应非单向所能尽，概而言之，略有三端：一为"游子"反驳加于自身的指责，寸草之心虽显微弱，但其孝心则不然，可以报答"慈母"之恩情；二为"游子"自况，寸草之势虽微，但其内心则不然，而是传达宣示着自身的事业成就及由此尽孝的愿景；三为诗篇前四句的承续，以"寸草心"为"慈母"之心，言其细微而不微弱，可以传达宣示出母爱的温暖与纯粹。三者在意义逻辑上皆可通顺，优劣高下，目前似未易论断，不妨互存以见诗艺之妙。

值得一提的是，句中的"谁言"，某些版本作"谁知"或"谁将"①，亦有作"难将"者②。异文之间，意义不一，似乎可以侧面证明，古人对于此句的理解亦非一致，但总体上并未超出前文所论的三种解释。同时，任何一种异文，都在一定程度上限制了意义的丰富性，反倒不如"谁言"来得更有韵味，亦更显优雅与蕴藉。

---

① 萧涤非等《唐诗鉴赏辞典》(修订本)，上海辞书出版社，2004年版，第654页。
② 华忱之、喻学才《孟郊诗集校注》，人民文学出版社，1995年版，第14页。

《念奴娇·赤壁怀古》
"羽扇纶巾"为诸葛考

　　北宋苏轼《念奴娇·赤壁怀古》为千古传诵的名篇,历来为人赏爱。全文为:"大江东去,浪淘尽,千古风流人物。故垒西边,人道是,三国周郎赤壁。乱石穿空,惊涛拍岸,卷起千堆雪。江山如画,一时多少豪杰。　　遥想公瑾当年,小乔初嫁了,雄姿英发。羽扇纶巾,谈笑间,樯橹灰飞烟灭。故国神游,多情应笑我,早生华发。人生如梦,一樽还酹江月。"

　　观我国教科书及各类著作中,多以"羽扇纶巾"所指为周瑜,以为此句乃状摹周瑜之儒将风采,且言三国魏晋时期儒士多如此装扮,以证此为周瑜之装束。此种理解,显然是将"羽扇纶巾"理解为承上之句,与前句通指周瑜。但如此理解,与该词之语境不甚相合,与瑜亮之文化形象亦不合。以下试作论述,以求教于方家。

　　词作上阕由自然环境,联想到三国时期赤壁之战中的历史人物。所谓"多少豪杰",显然说明作者所思所想并非只有一个人。若将下阕"遥想公瑾当年,小乔初嫁了,雄姿英发。羽扇纶巾",皆视为关于周郎一人的描述,则其与上阕的意义关联,似难以完全彰显。而且,下阕此处明确使用"谈笑间",足见所指非止一人。若将前此理解为通指周瑜,则与"谈笑间"所暗含的双边甚至多边关系,不甚配搭,从而减弱词作的艺术塑造力。

　　细审可知,"雄姿英发"与"羽扇纶巾",在本质上是存在一定矛盾的。东汉刘劭《人物志》曰:"聪明秀出谓之英,胆力过人谓之雄。"所谓"雄姿英发",应指周瑜当时的风姿与风采,既有勇武的气概,又有智慧的谋略,文武兼备,风流倜傥。而"羽扇纶巾"的意蕴,显然更偏向于儒士,透着淡定从容的态度。

　　以三国赤壁之战的形势而论,曹军的主要用兵方向是东吴,周瑜作为东吴的都督,肩负正面迎敌的重任,所以其姿态必须"雄";若其果真"羽扇纶巾",不但不会映衬出其儒将的风流,而且还会动摇军心,于战事不利。而此时的刘备基业未立,诸葛亮虽已出山辅佐刘备,但时间不久,名位亦仅军师,其在装束上似无须考虑过多仪式性,而更可能延续隐居时期的着装风格。

　　而且,诸葛亮出使东吴,主要目的是联合东吴抗击曹军,以免东吴被灭,从而影响到刘备立业西川的战略规划。换句话说,诸葛亮是以帮助和辅助的姿态出现于东吴,在赤壁大战中,比起正面迎敌的周瑜,心态上应更为放松。相应地,其着装风格,比起周瑜来,必然更显轻松。比照可知,此时的诸葛亮,显然更为符合"羽扇纶巾"的装束风格。

　　据此可推,词作中"雄姿英发"和"羽扇纶巾",应是并列关系,分别指周瑜和诸葛亮。二人是当年赤壁之战中最关键、也最具光彩的人物,足以代表当时的"多少豪杰"。词作中提点出二人于谈笑间定策以退敌,显然属于高度艺术化的概括,彰显出以周瑜和诸葛亮为代表的三国人物的潇洒气度,与作者下文"故国神游"的叙事逻辑亦颇为相合。

　　因作者于赤壁神游,遥念三国人物、千古风流,而作者自己却"早生华发",这种鲜明的对比,促使作者生出了"人生如梦"的慨叹。如果仅以周瑜为参照系,"故国神游"的内容恐怕略显单薄,而且相对于周瑜的英年早逝,"早生华发"的慨叹不免显得矫情而且多余。因此,将"谈笑间,樯橹灰飞烟灭"的主体设定为周瑜和诸葛亮二人,显然更为妥帖,与整首词作的义脉和逻辑更相契合。这也就意味着,"羽扇纶巾"的所指,应为诸葛亮。

　　　　　　　　　　　　　　(原载《文史杂志》2020 年第 2 期)

"褰裳涉溱"与"独上兰舟"：
《诗经》与宋词比较一则

在中国古代文学的长河中,有着许多美丽的风景,从《诗经》《楚辞》到唐诗、宋词、明清小说,都令人赞叹流连。如今,关于这些领域的研究都已成为专门之学。而对于它们之间的关系,学界亦有相应的研究,取得了不少的成果。不过,由于需要涉足不同的领域,此种研究的规模还不算很大。以《诗经》与宋词之关系而论,宋词沾溉于《诗经》可不必论,而宋词所开新境也当与《诗经》作细致比较方能得出清晰的认识。

宋词一向被人们认为是长于个人抒怀的体式,而《诗经》作品题材较为多样,其中以《郑风》为最活泼,所展现的个人情感当属最多。那么,从二者中分别选取作品进行比较,对认识二者之关系当有相当之价值。从此种背景出发,本文选取《郑风·褰裳》与词人李清照的《一剪梅》作为比较对象,来作相关分析。先将两首作品引出：

郑风·褰裳

子惠思我,褰裳涉溱。子不我思,岂无他人。狂童之狂也且。

子惠思我，褰裳涉洧。子不我思，岂无他士。狂童之狂也且。①

一剪梅

红藕香残玉簟秋，轻解罗裳，独上兰舟。云中谁寄锦书来？雁字回时，月满西楼。

花自飘零水自流，一种相思，两处闲愁。此情无计可消除，才下眉头，却上心头。②

从字面上看，两首作品都含着情思，且关联着涉水的行为。这是我们选取二者进行比较分析的重要基础。在具体分析之前，先要对两首作品的主旨作一介绍。

关于《郑风·褰裳》的主旨，历来有多种不同的说法。不过，目前学界的一般看法近乎一致：此诗乃女悦男之辞，是女子对于心上人的期盼与点拨。而关于词作《一剪梅》的意旨，似乎历来并无异议：女词人对于丈夫的思念之情。某种程度上，这与《褰裳》的"女思男"之旨颇为相通。主旨既然相通，我们就重点对两者的叙述进行比较分析。

很显然，《诗》篇与词作在叙述方面的共同点，首先集中在叙述者的性别上，即两首作品的叙述者皆为女性。当然，从作品的相关情境来看，《褰裳》一诗的叙述者当是未婚的少女；而《一剪梅》的叙

---

① 《毛诗正义》，影印《十三经注疏》，中华书局，1980年版，第342页。
② 王仲闻《李清照集校注》，人民文学出版社，1979年版，第23—24页。

述者应即女词人自身，是已婚的少妇①。这样的差异，实际上已经决定了两首作品在总体风格上的迥异。我们很容易便可看到，两首作品在总体叙述风格上几乎是相反的。

《褰裳》全篇，皆为叙述者之陈说，却饱满而生动地刻画出一个怀春的少女对于恋人的嗔怨。女子的言辞大胆、直白，充满原始的生命热度。尤其是第二人称的写法，使得女方的陈说更像一种怂恿，她是用激将的方法来促使、推动男方在感情道路上更进一步，风格热辣。与之相比，词作《一剪梅》的整体叙述则显得颇为幽怨、冷清。相比《褰裳》中女子类似"问责"的咄咄逼人，词作的叙述者显然较为温柔、宁静，更像是一首清雅的独白。同样是女子的言辞，词作的叙述显然呈现出原始生命力的弱化趋势。其中第一人称的使用，并未给读者带来叙述者应有的存在感，她在言说自身，却是以抽离的姿态，像在描述别人。这样的呈现，显然传达出叙述者的落寞与忧伤，词作亦因此蒙上了淡淡的哀愁。

与此同时，我们发现，《褰裳》的叙述手法显得颇为巧妙：本为女悦男，但女方的声口却似男方对自己有意；本来是女方看中了男方，却又希冀男方采取主动，还发出了警告："子不我思，岂无他人"；本来是女子思慕男子，却通篇流露出男子对于女子的向往……诗作中言语表征与人物意图的错位，正体现着女子的微妙心理。这种对于女子微妙心理的刻画不仅在上古纯朴的时代殊为难得，即

───────────

　　①　关于此词的作年，元代伊世珍的《琅嬛记》认为乃婚后不久所作。后王仲闻先生提出异议："清照适赵明诚时，两家俱在东京，明诚正为太学生，无负笈远游事。此则所云，显非事实。"（《李清照集校注》，人民文学出版社，1979年版，第25页）诸葛忆兵先生曾考证此词作年在李清照34岁到38岁之间，经历婚姻十多年之后。（《李清照〈一剪梅〉作年考辨》，《文艺研究》2005年第6期，第156—157页）本文言"少妇"，主要是从词作的叙述意味着眼。

使放在后世文学作品当中,亦绝不逊色。但此中关键的一点值得说明,若非女子恋人的存在及参与,则此女之叙述绝无如此魅力。而在李清照这首《一剪梅》中,除去"云中谁寄锦书来"一句的暗示,女子的恋人形象几乎寻觅不见。也可以说,在词作的整个情境中,恋人只是隐约的潜影,并没有明显的在场痕迹和参与行为。如此,词作的整体格调便自然会趋向幽微一路。

简单地说,在两首作品所建构的具体情境中,恋人的在场与否显然相当重要,对于作品的表现力有着巨大的影响。这一点,可以在叙述者各自设定的行为方式上得到最有力的证明。两首作品都说到涉水的行为,值得特别重视。

《褰裳》之中,女子明确说到要男子"褰裳涉溱""褰裳涉洧"。在过去的很长时间里,学者们多把"褰裳涉溱"与"褰裳涉洧"理解为叙述者自身的动作,这种说法可以明确追溯到郑玄①。若以今日研究情形而论,似当属之于叙述者的心上人为宜。即此涉水行为是女方希望于男方、为男方所设定的。但行为实施与否,读者不得而知。与《褰裳》中叙述者为对方设定行为不同,《一剪梅》中的"轻解罗裳,独上兰舟",乃是叙述者自身的行为,而且应是已经发生的行为。将这两种行为放在一起,可以清晰地看到两者之间相同的质素:衣服与水流。

水流和男女爱情之发生有着紧密关联,且具有很深的文化渊源,起码在《诗经》的时代,已经是一种较为普遍的现象②。而不管

---

①　郑《笺》曰:"子若爱而思我,我国有突篡国之事,而可征而正之,我则揭衣渡溱水往告难也。"见《毛诗正义》,影印《十三经注疏》,第342页。

②　刘毓庆《〈诗经〉之水与中国文学中水意象的历史考察》,载陈致主编《跨学科视野下的诗经研究》,上海古籍出版社,2010年版,第60—173页。

是"褰裳"还是"轻解罗裳",其目的都是为了更便于涉水,更利于追寻感情。这就意味着,现有的衣服在某种程度上已不可避免地成为了藩篱。只有当人对之有所突破,才能通向爱情之途。而"褰裳"和"轻解罗裳"作为自主性行为,更进一步彰显出衣服在此种情境中所代表的,其实是一种源自行为主体自身的障碍。"褰裳"和"轻解罗裳"是为扫除此种障碍的手段。而水流的寓意大约可以认定为一种通向彼岸的阻隔,这在《诗经》中已有诸多例证①。我们不妨将其认定为来自外部的阻碍。

在《褰裳》的虚拟行为中,作为叙述者心上人的男方,其行为程序应该可以用几个相关词语简要地勾勒出来:褰裳→涉水→彼岸(恋人所在)。"涉溱"或者"涉洧"这种渡河的举动,无疑都是为克服困难、穿越阻隔而发。而这种行为与其说是指向彼岸,毋宁说是受到了彼岸的召唤。正是恋人所在的彼岸及其所隐含的幸福感,引领了此前的举动与行为。如果将叙述者考虑进来,可以明显看到叙述者为对方设定的行为最终是指向叙述者自身的,叙述者自身即彼岸。也就是说,叙述者在这里不仅是发言人,更是导演与策划者。另外,值得注意的是,此诗的第二人称写法,在《诗经》中并不多见。这标示着诗歌具有很强的指向性,具体到了河对岸的人,尽管在现实中女方的意中人并不一定就在河对岸,但在诗歌所建构的情境中,此人无疑是在场的。这就使得整个诗歌在某种程度上变成了一种对话场景。

而在《一剪梅》中,情况有了明显的变化:首先是在衣服的层

---

① 刘毓庆《〈诗经〉之水与中国文学中水意象的历史考察》,载陈致主编《跨学科视野下的诗经研究》。

面,同样为裳,《褰裳》中为褰提,此处则是轻解。这当然有服饰变化的缘故:宋代女性的服饰比起先秦男子的服饰,约束性显然更大。不过,这多少也暗示着行为主体自身的障碍在加重。与此同时,外部阻隔也在加深。舟船这种渡水工具的出现可以说明此点。这是词作中又一个显著的变化。渡水工具的出现,在某种意义上,其实是揭示出眼前水流已非提裳可过,那么,也就从侧面反映出此种情境下,男女之间的外部阻隔比起《褰裳》的情境要显得深广,或者说益加深广。如果仔细体察,会发现此中至少蕴含着这样的意味:男女两性之间的距离在增加,互相理解的难度也在加大。

此外,词作中的彼岸并不确定。这可以说是词作比起《褰裳》来最重大的一个变化。舟船作为工具,本应穿越阻隔,加快涉水的进程,然而,在词作中它似乎并未显现出应有的作用。按照常理,工具是对阻隔的正面回应,标示着进军彼岸的希望。然而,恋人的缺席或者说潜在的游移,导致了词作中彼岸的不确定性,从而使得工具本应有的正面意义趋于消解。工具在这里成为了一种略显尴尬乃至滑稽的摆设。也就是说,登舟的指向性不再是原本应有的渡河涉水、通向彼岸,而是戏剧性地转向了未知。那么,此处的行为程序其实可以这样来表示:解裳→登舟→未知。登舟在某种程度上成了叙述者自我排遣的方式之一。叙述者在这里已不再拥有《褰裳》中的威权:此时此地的叙述者仅仅对自己作出安排,关于对方,则不再耳提面命,而只是默默含着期盼。

如此看来,从《褰裳》到《一剪梅》,叙述者显然更为"内倾",词作中性别意识和个体色彩都有了显著增强。这背后固然牵涉到女性社会地位的变迁与女性人格的塑造,但更重要的恐怕还是体现出这样的意味:文学创作者更加关注自身,文学表现自我的力度和深度得到了加强。与《诗》篇中构建对话场景不同,词作中更多地是个人的独自抒怀,甚至创设出一个不需对话的艺术世界。在突出个体自主性的同时,也显示出主体的孤独。同时,与《褰裳》中叙述者"代办"他人的行为方式相比,词作《一剪梅》更多地显示出女性对于包括恋人在内的整个外部世界的顺从与无奈。如果说《褰裳》所体现的两性关系更多着眼在互动,那么,《一剪梅》中的女性,则并不向对方提出要求,虽然她仍旧企盼着来自对方的关注,但她宁愿将这种思绪放在心中,独自品味。换言之,她在作品中更关注自己的内心世界。某种程度上,这正标示着人对于自我的清晰认知以及人际界限的把握。显然,这样的认知和把握,使文学的自限性得到了很大加强,也使文学更多地呈现个体、呈现自我。这应该是中国文学在不断演变发展过程中的重要收获。

(原载《齐齐哈尔大学学报》2015 年第 3 期)

棒喝与打骂：禅宗与儒家教育方式之比较

棒喝是禅宗常用的开悟手段。不过，严格来说，棒与喝是两种不同的形式，"棒"，最初的内涵是用棒打人；"喝"，最初的意思则是大声喝骂。"棒"主要是手头上功夫，喝则侧重于口头。用通俗的话道来，棒与喝就是禅宗的打和骂。

说到打骂，在中国传统儒家教育中似极为常用。《礼记·学记》云："夏楚二物，收其威也。"郑玄注曰："夏，榎也；楚，荆也。二者所以扑挞犯礼者。"①可知夏、楚二物的实体，即木板与荆条，都是古代教育中体罚学生的用具。后世的私塾教育，也往往有戒尺打手心、打板子、吃教鞭等形式。这样的教育方式也常被称为"棍棒教育"。此种教育方式虽然在字面上突出了体罚的重要意义，但在实施体罚的过程中，亦常夹杂有言语暴力，行动与语言相互补充，以期达到理想的教育效果。毋庸讳言，传统"棍棒教育"的精髓正在打和骂，且多数情境下讲求打与骂互相配合。这种配合，在禅宗的棒喝中亦属常见。

然而如果仔细体察，会发现禅宗的棒喝，与传统的打骂教

---

① 《礼记正义》卷三六，影印《十三经注疏》，中华书局，1980年版，第1522页。

育,有着根本性的区别。仅以打骂的形式而言,两者即有较大差异：

　　先说打的方面。传统的儒家教育,多用木板和荆条,主要施罚部位在手部和背部；而禅宗的"棒",则主要针对头部。与此相应的,是受教育者态度的差异。在儒家教育理念中,体罚行为之施行者多具有天然的威权,因此受者一般不得躲开。而禅宗的棒打,受者是可以躲避的。毕竟,打手部和背部,对于一般人而言,身体尚可承受。而头部受到击打,则极易出现死伤。所以,禅宗虽有棒打,但多数并未落到实处,受者不仅可以躲避或用手格挡,甚至可以适度的还击。据《景德传灯录》记载,马祖往往会打徒弟,而怀海参见老师马祖时,即掌掴马祖一个耳光,马祖挨打后亦并不生气,反而吟吟而笑。怀海也被弟子希运禅师打过耳光……此种情形在儒家教育中几无可能。面对师长等位尊者,儒家教育理念极为强调尊、敬的态度,受者最多只能逃避,还击则是违背道义之举。《孔子家语·六本》载有"曾子受杖"的故事,可见儒家教育对于体罚的态度。

　　曾子耘瓜,误斩其根,曾皙怒,建大杖以击其背,曾子仆地而不知人久之。有顷乃苏,欣然而起,进于曾皙曰："向也参得罪于大人,大人用力教参,得无疾乎?"退而就房,援琴而歌,欲令曾皙而闻之,知其体康也。孔子闻之而怒,告门弟子曰："参来勿内。"曾参自以为无罪,使人请于孔子。子曰："汝不闻乎?昔瞽瞍有子曰舜,舜之事瞽瞍,欲使之未尝不在于侧；索而杀之,未尝可得。小棰则待过,大杖则逃走,故瞽瞍不犯不父之罪,而舜不失烝烝之孝。今参事父,委身以待暴怒,殪而不避,既身死而陷父于不义,其不孝孰大焉？汝非天子之民也,杀天子之民,其罪奚若？"曾参闻之曰:"参罪大矣!"遂造孔子而谢过。①

　　曾参被自己的父亲打昏过去,醒来后还担心父亲因为用力过度而身体出现问题,和颜悦色地问候之后,又拿出琴来唱歌,表示自己身体没事,并未被打坏,以此让父亲安心。虽然这些举动显得不合乎人情,但在本质上是符合儒家的尊亲原则的,所以曾参并未认为自己有什么过错。孔子听说此事后的愤怒,以及教导曾参的言辞,并不是从人性角度出发的关怀,而是站在道义立场上的数落。他从"天子之民"的角度来规避曾参在面对体罚时的风险,实际上仍是在维护师、尊、长、上等强势阶层的威权,之所以让受者规避风险,是因为受者一旦身死,对于强势阶层的名誉有所损伤。

　　由此可知,儒家教育之基本点,乃在维护长幼尊卑等伦理秩序与社会秩序,并在学理上作出解释。如果谁受到强权的责罚,只能像舜之事父一样,小的责罚忍受,大的责罚逃走。《孔子家语》此处所载舜之事迹,亦见于《说苑·建本》和《后汉书·崔骃列传》,应为有渊源之事。由此生出的"小杖则受,大杖则走",亦成为儒家教育中一个重要理念。

　　再说骂的方面。传统的儒家教育,多是以否定性的立场对受者展开各种方式的言语攻击,甚至不惜以人格侮辱的方式,刺激受教育者向着设定的目标前进。此种教育方式,往往承载了较多的负面情绪,也传递出较重的负面气息,自现代意义观之,这实际上

---

① 《孔子家语》,上海源记书庄,1926年版,第81—82页。

昭示出儒家教育理念对于受教育者人性的不够尊重。禅宗的"喝"，虽也有骂，但绝非单纯的喝骂，而是具备着多种形式。

　　据研究，禅门之"喝"有主看宾、宾看主、主看主、宾看宾等形式，随着场合、情境的不同，形式会有不同。在具体形态上，除了大喝、大吼之外，还有呵、嘘、咄、叱等形式，意义各不相同①。所以，禅门的"喝"，看起来比较简单，但尺度往往不好拿捏。据记载，临济义玄禅师善用喝法，时间一长，其门下徒弟亦学他临事而喝，但他们往往只在声气上学习，并未得其中玄妙，近于盲目乱喝，此举后来遭到了临济义玄禅师的制止。所谓"临济喝少遇知音"，就是指世人过分看重喝在声气上的形式，而忽略了其背后的深层意旨。若仅仅求之于声气，则不免有胡喝乱喝的倾向，仍不算作真正的"喝"。

　　除了打和骂形式上的差异，棒喝与儒家的打骂教育在教育对象、教育目标、教育理念和教育效果上，都有着不小的差异。

　　从教育对象上来看，禅宗的棒喝教育，主要是施之于佛门中人，按照普遍的理解，僧人并非俗世中人，而是属于方外的群体。所以，包括棒喝在内的禅宗教育，在本质上并不会过多考虑复杂的社会关系。这一点与棒喝施为过程中的突发性、直接性是可以互相对应、互相参证的。

　　至于儒家教育，则与此不同，其主要教育对象是处于世俗社会中的人，所以其教育的着眼点和出发点往往要照顾到人的社会性和群体性，所以儒家的诸多教育方式往往是循序渐进的，而且很多

---

　　①　钟沈荣、张应斌《禅宗棒喝及其教育旨趣》，《湛江师范学院学报》2007 年第 2 期，第 33 页。

时候是因势利导，重在讲求外在情势对于人的前途的各种影响。同样是体罚，儒家的打骂往往是渐进式的，通常要在受教育者有了生理或心理的相关准备后才予以施行；而棒喝则往往是毫无征兆的突然发生，可以想见，这如果移之于世俗社会，定然难容于世人。

从教育目标上看，儒家的打骂教育或者说"棍棒教育"，其打骂的用意多在培养诚敬之心和笃敬的态度。打骂的目的，主要是使受教育者学会敬畏，由畏而敬，由敬而畏，后乃敬畏合一，由修身至于齐家、治国、平天下。简而言之，是由自然人发展到合格的社会人，最好两方面能够兼顾。

而禅宗的教育目标，则主要是使受教育者破除世俗社会的诸多影响，即便不能从根本上除掉全部的社会性，也要尽可能地减少其浸染，并以宗教所划定的意识形态为指导，培育新的人性和人格。也就是说，儒家教育是要维护俗世的社会秩序，培育合格的社会人与自然人；禅宗教育虽然与世俗有着千丝万缕的联系，但本质上是要构建超脱于世俗之外的宗教世界。这是基本点的大不同。

从教育理念上看，儒家教育非常重视文化之传承与发展，尤其注重经典的教化作用，以"格物致知"为基本路向，引导受教育者向经典学习、向历史学习、向传统学习，以期在不断的学习和借鉴中获取智慧，养成优秀的人格，进而为社会和国家做出贡献。纵观中国历代的改革，几乎都以古圣先贤为号召，以公认的经典为理论依据，所谓"反本开新"，可以看作是儒家教育理念的充分实践。虽然在儒家教育中，存在着打和骂等体罚方式，但其出发点仍在先秦时期形成的礼乐文化，其用意仍是培养受教育者于儒家古典价值体系中安身立命，求为君子一道。这一点是先秦以来儒家教育的"大传统"。

　　相较于儒家对文化影响力的重视，禅宗教育更注重心的作用，有人总结禅宗的核心思想为："不立文字，教外别传；直指人心，见性成佛。"说明禅宗教育理念中，对于文字等载体并不重视，重要的是人心，人心可以直接左右成佛的境界。这样的理念，更加便于普通人参与实践，至少在形式上可以减少儒家教育略显繁重的学习过程，使禅宗思想迅速地深入人心。以棒喝而论，其主要用意是以直接、快速的方式来初破受教育者心中的痴缠之念，主要指向在破除执念、破除成见，以求悟道。可以说，禅宗的棒喝，主要寄望于受教育者的开悟。

　　从教育效果上看，儒家的打骂教育，在一定程度上规范了人性，有利于人在社会发展中获得认同和多方协作的可能。古代有"棍棒之下出孝子"的说法，实际上体现出儒家的棍棒教育对于促进人性规范的积极作用。然而，其客观效果亦有消极的一面。儒家的棍棒教育往往对受教育者进行强力矫正，其方式往往极大地限制了受教育者的灵性和自由，不仅是时间的自由，也有空间的自由；不仅是身体的自由，更有心灵的自由。受教育者若走向正面，性情往往受限；若走向反面，则不免自暴自弃，甚至沦为反社会者。

　　禅宗的棒喝教育，形式上有打和骂，但棒喝并非为打骂而打骂，打和骂仅为形式，并非禅宗棒喝教育的中心所在，甚且亦非必要、必需的形式。棒喝在形式上的打骂，多数存在于棒喝教育产生的早期，后来随着时间发展，形式颇有些演变。棒喝早期最有名的代表，是德山宣鉴禅师和临济义玄禅师。相传"德山棒如雨点，临济喝似雷奔"，可见早期棒喝风格之峻急。不过，据载，"临济喝少遇知音，德山棒难逢作者"①。说明此种棒喝风格，并不受人欢迎，

---

　　①　（宋）普济《五灯会元》，中华书局，1984 年版，第 1031 页。

理解者并不很多,教育效果一般。后来,棒喝的形式不主打骂,甚至演化为仅以微笑示人或闭目不答,效果应该改善不少。可知真正的棒喝,重在棒外之旨、喝外之意,俗语所谓"当头棒喝",亦只取其警醒之意,与打骂已经无甚关联了。

总体来说,禅宗的棒喝与儒家的打骂,虽然都属重要的教育方式,而且有着某些相似的形式,但两者之间具有根本性的差异。若能将两者的合理成分有效利用,必能对今日的教育产生助益。

(原载《文学教育》2016 年第 2 期)

元明清编

关羽夜读《春秋》的文化渊源与价值构建

　　在现存众多三国题材的戏剧、影视等文艺作品及许多民俗文化产品中,关羽夜读《春秋》的形象经常出现,使人印象颇深。如在祭祀关羽的武庙中,曾有对联赞颂关羽:"清夜读《春秋》,一点烛光灿今古;孤州伐吴魏,千秋浩气贯乾坤。"①说明关羽夜读《春秋》,已经是深入人心的一种文化"事实"。然而细究之下,此一情节却并未明确出现在《三国演义》文本之中。那么,此种文化形象的成因及意义指向,就成了值得探讨的学术课题。今不揣谫陋,辨其源流,申以情理,以期更为深入理解关羽文化形象的相关问题。

　　依据通行的毛评本,《三国演义》中真正提及关羽"夜读"的材料,仅见于第二十七回,关羽送嫂途中,遭到暗算,对方本欲夜晚偷袭,但"胡班潜至厅前,见关公左手绰髯,于灯下凭几看书。班见

---

　　① 朱一玄、刘毓忱《三国演义资料汇编》,南开大学出版社,2012年版,第547页。

了,失声叹曰:'真天人也!'"①此声感叹,在书中叙写情节里,为关
羽等人的化险为夷提供了契机,足见关羽灯下读书的风采非同一
般。遗憾的是,关羽此时所读何书,原文并未说明。除开此处的正
面叙写,另有一处为侧面映衬之文,见于第七十七回:"关公亡年五
十八岁。……后往往于玉泉山显圣护民,乡人感其德,就于山顶上
建庙,四时致祭。后人题一联于其庙云:'赤面秉赤心,骑赤兔追
风,驰驱时无忘赤帝;青灯观青史,仗青龙偃月,隐微处不愧青
天。'"②此处联语中所谓"青灯观青史",直接照应第二十七回"灯
下凭几读书"之事,虽然将所读之书,更加明确为"青史",但亦未言
明具体为何书。

　　而关羽爱读《春秋》,则史有明载。《三国志·蜀书·关羽传》
裴松之注引《江表传》曰:"羽好《左氏传》,讽诵略皆上口。"③《三国
志·吴书·吕蒙传》裴松之注引《江表传》亦言关羽:"斯人长而好
学,读《左传》略皆上口,梗亮有雄气。"④据学者研究,汉末三国时
期,研读《春秋》非个别现象,而是遍及多种社会群体的社会风气,
关羽熟读《春秋》是受此风气影响;而且各群体所读《春秋》几乎都
是《春秋左氏传》⑤。《三国演义》中关羽爱读、熟读《春秋》的相关
描写,应以此为史实依据。

　　如第五十回,曹操赤壁战败,在华容道遭遇关羽而言道:"五关
斩将之时,还能记否? 大丈夫以信义为重。将军深明《春秋》,岂不

---

　　①　(明)罗贯中著,(清)毛纶、毛宗岗点评《三国演义》,中华书局,2009 年版,第
158 页。

　　②　(明)罗贯中著,(清)毛纶、毛宗岗点评《三国演义》,第 459—460 页。

　　③　(晋)陈寿《三国志》卷三六,中华书局,1971 年版,第 942 页。

　　④　(晋)陈寿《三国志》卷五四,第 1275 页。

　　⑤　梁满仓《关羽读〈春秋〉背景刍议》,《许昌学院学报》2006 年第 3 期,第 20 页。

知庾公之斯追子濯孺子之事乎?"①曹操所言之事,见载《左传·襄公十四年》,意在希望关羽感念旧情而放过自己②。此例亦可印证关羽所读《春秋》应即《左传》。《三国演义》文载,关羽亡后,后人有诗叹曰:"汉末才无敌,云长独出群。神威能奋武,儒雅更知文。天日心如镜,《春秋》义薄云。昭然垂万古,不止冠三分。"③此种评价,类于盖棺定论,特意表出关羽行迹合乎《春秋》之义,亦足证关羽与《春秋》的紧密联系。历代以来,将关羽与《春秋》互相关联的论说材料极多,不再赘述。

同时,《三国演义》毛评中对于关羽形象的解读,亦多与《春秋》相牵连。如毛氏在第二十五回正文前的"回评"中写道:"汉是汉,曹是曹,将两下划然分开,较然明白,是云长十分学问,十分见识。非熟读《春秋》,不能到此。"④此处已明确说到,关羽的正统意识源自熟读《春秋》。与此相近,第六十六回正文前"回评"亦曰:"关公不屑与东吴较量尔我,只将'大汉'二字压倒东吴,此其读《春秋》得力处也。"⑤亦将关羽的政治观念,归结为读《春秋》之故。另外,第三十八回写刘备访诸葛亮而不遇,说:"昔齐桓公欲见东郭野人,五反而方得一面。"夹评曰:"关公爱读《春秋》,便对他说一春秋故事。"⑥既显示了刘备的知人,又突出了关羽对于《春秋》的喜爱。第一百二十回提到杜预时,夹评亦曰:"关公好读《春秋》,杜预好读

---

① (明)罗贯中著,(清)毛纶、毛宗岗点评《三国演义》,第 302 页。
② 郑长青《关羽秉烛读〈春秋〉的文化解读》,《运城学院学报》2010 年第 6 期,第 14 页。
③ (明)罗贯中著,(清)毛纶、毛宗岗点评《三国演义》,第 460 页。
④ (明)罗贯中著,(清)毛纶、毛宗岗点评《三国演义》,第 143 页。
⑤ (明)罗贯中著,(清)毛纶、毛宗岗点评《三国演义》,第 396 页。
⑥ (明)罗贯中著,(清)毛纶、毛宗岗点评《三国演义》,第 225 页。

《左传》,正复相对。"①此中亦提及关羽爱读《春秋》之事,并约略暗示出关羽所爱好的《春秋》应为《左传》,与史书相关记载颇为符合。

以此再观关羽之"夜读《春秋》",可知其应是杂糅史传中关羽《春秋》之好与《三国演义》等作品中灯下读书情节的文化塑造,属于比推采综而来的文化形象。盖因关羽好读《春秋》,既见诸历史记载,又于小说中反复渲染,故其夜读之书,就"理所当然"成了《春秋》。虽然从逻辑上讲,关羽"夜读《春秋》"的形象是比推而来,但其渊源有自,似不可归入完全凭空无稽的创造。

此外,亦有"秉烛达旦"之事,常与关羽夜读《春秋》发生关联。《三国演义》第二十五回载,关羽"约三事"而暂时栖身曹操处,"操欲乱其君臣之礼,使关公与二嫂共处一室。关公乃秉烛立于户外,自夜达旦,毫无倦色。操见公如此,愈加敬佩"②。此处描写在后世曾引起诸多非议,如明代胡应麟曰:"古今传闻讹谬,率不足欺有识,惟关壮缪明烛一端则大可笑……案《三国志·羽传》及裴松之注,及《通鉴》《纲目》,并无此文,演义何所据哉?元词人关汉卿撰《单刀会》杂剧,虽幻妄,然《鲁肃传》实有单刀俱会之文,犹实于明烛也。"③以历史真实为标准来衡量,"秉烛达旦"之事确实有所不合,但如此设计情节的用意,倒也获得了某些赞扬。如明代徐渭《蜀汉关侯祠记》曰:"如所谓操闭侯与嫂于一室,及手刃布妻,皆正史所无事,而人共信而诧之。然而愚以为此皆不足以尽侯也。"④

---

① (明)罗贯中著,(清)毛纶、毛宗岗点评《三国演义》,第717页。

② (明)罗贯中著,(清)毛纶、毛宗岗点评《三国演义》,第145—146页。

③ (明)胡应麟《少室山房笔丛》卷四一,上海书店出版社,2009年版,第432页。清代翟灏《通俗编》卷三七"秉烛达旦"条即撮述《少室山房笔丛》内容,见朱一玄、刘毓忱《三国演义资料汇编》,第597—598页。

④ 朱一玄、刘毓忱《三国演义资料汇编》,第490页。

这种论调更像是基于小说的考量，且承认"秉烛达旦"之事是小说的一种独特创造，符合关羽的内在精神气质。

　　不过，小说此处写关羽秉烛达旦，"立于户外"，并未谈到读书之事。但后世颇有将此与读《春秋》之事互相联系者。如明代陶世征《关圣读春秋》曰："独留达旦光，一炬无终始。"①分明是把关羽秉烛达旦与读《春秋》之事杂糅为一的论说。与前文所论《三国演义》中凭几夜读的情节相较，"秉烛达旦"之事除了同样发生在夜晚时候，也与关羽的两位嫂子有关。武庙中曾有对联曰："对嫂非避嫌，此夜心中思汉；赦瞒岂报德？此时眼下无曹。"②所谓"避嫌"，应是照应小说中"秉烛达旦"的情节。联语中将其与关羽义释曹操的行为对举，说明对小说此处所铺设的情节已持充分的理解态度。至于其中将关羽的行为与"思汉"大义连通起来，则颇为符合中国文化的情礼观念。

　　自孔子"克己复礼"的言辞开始，儒家多数时候不仅强调要对自身欲望保持克制，而且往往突出礼义对于人情的节制与规导作用。如《荀子·礼论》曰："人生而有欲，欲而不得，则不能无求；求而无度量分界，则不能不争；争则乱，乱则穷。先王恶其乱也，故制礼义以分之，以养人之欲，给人之求。"③关羽寄身曹操，既有荣华富贵的诱惑；与两位嫂子夜处一室，又有来自伦理方面的考验。小说中关羽的行为，除了展现出关羽坚守伦理的精神和守礼重义的立身处世之念，也昭示着关羽对于名节的看重以及刘备为代表的汉室宗统的深层认同。明代李贽《关王告文》："彼不知者，谓秉烛

---

①　朱一玄、刘毓忱《三国演义资料汇编》，第495页。
②　朱一玄、刘毓忱《三国演义资料汇编》，第547页。
③　（清）王先谦《荀子集解》，中华书局，1988年版，第346页。

达旦为公大节。噫！此特硁硁小丈夫之所易为，而以此颂公，公其享之乎?"①此言似是而实非。"秉烛达旦"之事，在事理层面上固然不算难为，但在义理层面上，从人伦到大义，都与《春秋》的内在意蕴、政治理念及教化功能十分相合，是十足的"大丈夫"行径。

既然关羽夜读《春秋》是一种文化塑造，那么，除开相关记载及形迹之征连，从文化逻辑及相关层面来分析关羽夜读与《春秋》的联系，亦属必然的选择。以典籍性质言之，诸子之书及作家文集等所展现的思想较为活跃，不甚符合关羽恪守礼节、维护正统的人物形象和角色定位；故关羽夜读的角色追求，当于经书、史书中寻找阅读对象。揆诸汉末三国时期的典籍条件和学术风气，史书尚未称盛，经书承两汉余绪，仍是阅读视野中最突出的存在。以此而论，关羽于夜晚读书，经书实为最合理而必然的选择。

在经书之中，《春秋》的特质较为明显。《春秋》于汉代虽属经书，却本为史书，兼具经史二类典籍的特点，比起其他经书来，更能凸显关羽的性格、品质和形象。汉代的儒家经书之中，《诗经》多能引发男女情思，特别是其中《国风》的诸多语句，颇有挑逗意味，在特定情境下读之，容易使人产生误会；关羽夜读之情境，乃与二嫂在途中共处，故不宜选择《诗经》来阅读。至于"三礼"(《周礼》《仪礼》《礼记》三部典籍)，内容过于繁难，而且主要关乎先秦时期的礼仪规范，不符合关羽寻求现实出路，尤其是治国立业基准的角色心理；其中只有《礼记》相对活泼，但字数较多，以当时物质载体而言，必然卷帙浩繁，不便携带，关羽在突围之中夜读，亦不应选择"三礼"为阅读对象。《周易》的主要内容关乎卜筮，并不适合作为军士

---

① 　(明)李贽《焚书》卷三，见其《焚书　续焚书》，中华书局，1975年版，第119页。

的关羽阅读;且汉代以来,《周易》不断为王朝治政提供思想资源,逐步跃至群经之首,统治阶层的控制亦较为严格,并非社会习见之读物。《尚书》在汉代虽不会如《周易》般受到阅读方面的限制,但其字句佶屈聱牙,内容深奥难懂,不适合平时阅读;且字数较多,不便携带;汉代以后颇以《尚书》为王道治政的典范,读《尚书》并不符合关羽的形象定位。

再观《春秋》,字数较为适中,更便于携带,《春秋左氏传》因包含诸多历史故事,属于理想的夜读对象。更重要的是,《春秋》虽本为鲁国史书,但经孔子整理删削之后,在记述中已暗寓褒贬,有使"乱臣贼子惧"(《孟子·滕文公下》①)的功能。此后的《春秋》,遂直接与孔子相连,成为正宗儒学的化身。孔子而后的《春秋》,实际上代表着儒家理想中政治文化的秩序和规范。记录战国学术总纲的《庄子·天下篇》曾有记载:"《诗》以道志,《书》以道事,《礼》以道行,《乐》以道和,《易》以道阴阳,《春秋》以道名分。"②所谓"《春秋》以道名分",即指《春秋》对于王道政治体系中等级和秩序的宣示和重视。将关羽夜读的对象确定为《春秋》,无疑昭示出关羽对于王道正统及政治秩序的遵守与自觉践行的意识。

同时也需看到,关羽夜读《春秋》,符合关羽形象的儒化和圣化趋势。在历史记载中,关羽主要以勇武形象示人,虽然爱好并熟读《左传》,但其声誉的获取主要是基于武力及军事方面的成就。但在《三国演义》等小说及戏剧等文艺作品中,关羽形象有了极大的改变,除去高超的武艺之外,关羽的思想和行为几乎完全符合了儒

---

① 《孟子注疏》卷六,影印《十三经注疏》,中华书局,1980 年版,第 2715 页。
② 陈鼓应《庄子今注今译》(最新修订重排本),中华书局,2009 年版,第 908 页。

家的忠义设定。这种有意的创造,夸大了儒家思想对于关羽品行的塑造和熏陶,将忠义仁勇这些理想品质都集中在关羽身上,从而促进了关羽在社会文化层面的圣化趋势。如《三国演义》等许多作品中,均注意塑造关羽不近女色的特点,而将历史记载中关羽爱好女色的一面完全抛弃了①。

另外,自宋代以来,官方对于关羽的推崇和封祀日渐增高和丰富,民间对于关羽的崇拜也日益增长,凡此都在不断推进关羽形象的正向演变。关羽的形象,在历史记载固有的呈现之外,亦逐渐得到修整,以受众意愿为准,既有相关因素的删减,更有相关内容的增添。可以如此表述,关羽的文化形象,是被逐渐制造出来的,而非天然如此,是其固有的历史形象与儒家理想及民间期待互相作用、互相融合而产生的结果。在此过程中,关羽的形象也逐渐脱离某些“天然”的局限性,而产生出多种符号化的意义,关羽自身从非凡的人物逐渐成为超凡的“圣人”,甚至一种文化符号。

在这个意义上讲,夜读《春秋》,无疑是构建与塑造关羽文化形象的重要手段。将《春秋》作为关羽的夜读对象,既合乎关羽作为历史人物的相关记载,亦符合其所处时代的社会文化风气,与小说、戏剧等作品中关羽的人物形象和角色设定也十分贴合。《春秋》所蕴含的秩序、等级、名分及统系意识,进一步强化了关羽既有形象中的忠诚、仁义、守礼等品质特点,从而使关羽的文化形象显示出强烈的指向性,成为符合《春秋》大义规定性的典范和样板。关羽,在蜀汉大将和汉统旧臣的身份之外,亦成为古典时期标准的

---

①　雷会生《〈春秋〉大义与关羽形象的儒雅化、道德化——〈三国志〉〈三国志平话〉与〈三国志演义〉中关羽形象比较》,《辽东学院学报》2010 年第 5 期,第 116 页。

臣子形象。虽然他在后世被尊为"关圣大帝"等种种圣号,崇拜广泛犹胜帝王,但其文化形象的根本基础,却并非治世抚民的君道,而是忠义守礼为基调的臣道。

　　一般而言,文艺作品中的相关设定与人物形象契合度越高,人物形象就越发真实,越容易深入人心;相应地,文艺作品即能取得更大的接受度。关羽夜读《春秋》,虽然在《三国演义》小说中并未明确显示,但在戏曲、图像、雕塑和后世的诸多文艺作品乃至文化产品中,多有相当明显或者"自然"的表现。此种形象的形成和延续,尽管包含着不无有意的"制造",但其嵌合度显然极高,既满足了知识阶层和普通民众的心理期待,也巩固了关羽日益正向的形象发展趋势,完美展现了文化选择的兼容性与文化塑造的生命力。同时,这种文化塑造经过广泛流播,也日渐稳固,改变着世人对于文化世界的相关认知。

　　　　（原载《河南教育学院学报》2020 年第 5 期）

略论《青楼韵语》的性质、成书与体例

　　《青楼韵语》一书，世所罕见，时至今日，亦少有专门研究者。有鉴于此，笔者拟对此书进行全面整理和研究。今据国家图书馆善本部赵元方先生旧藏本，对《青楼韵语》的性质、成书与体例等方面作一些论述，抛砖引玉，以求方家指正。

　　《青楼韵语》自万历年间问世以来，典藏目录中极为少见，而其在不同的目录中，亦往往被归入不同的类属。如清代藏书家钱曾《也是园书目》将其归入"史部·校书"类①，民国时期《扫叶山房书目》之《扫叶山房图书汇报》将其归入"小说类"②，郑振铎先生《西谛书目》则著录在"集部·总集类"③，现当代较之台湾地区，大陆地区出版的古籍书目亦多归入"集部·总集类"。而严绍璗《日藏汉籍善本书录》著录在"集部·词曲类"④，《中国曲学大辞典》著录

---

　　① 中国书店编《海王邨古籍书目题跋丛刊》第 1 册，中国书店，2008 年版，第 136 页。

　　② 徐蜀、宋安莉编《中国近代古籍出版发行史料丛刊》第 23 册，北京图书馆出版社，2003 年版，第 307 页。

　　③ 国家图书馆古籍馆《西谛藏书善本图录：附西谛书目》，中华书局，2008 年版，第 112 页。

　　④ 严绍璗《日藏汉籍善本书录》，中华书局，2007 年版，第 2034 页。

在"曲集·散曲类"①。可见，对于《青楼韵语》一书的认知，历来看法并不一致，有必要进行深入分析。

关于《青楼韵语》的命名由来，在该书《凡例》中第一条即有说明："韵语别以青楼，凡诗词曲调止选古今名妓，外此即玑囊彤管、铿然简端而名不列乐籍者，不敢妄拊窜入。"说明此书专收妓女作品，此外的作品不管多么优秀，概不入选；而所选作品为"诗词曲调"之属，皆为韵文。《凡例》末署名"丙辰上元日六观居士张梦徵识"，参照书中序跋等内容，可知此"丙辰"，为万历四十四年（公元1616年）。因此，以书名言之，《青楼韵语》应是专门收录古代至明代青楼名妓的诗、词、曲等韵文作品的一部书。根据张梦徵的《跋》，书中收录的作品计五百有余，对应的作者一百八十人。但仅仅着眼于妓女韵语作品，恐未能全面把握《青楼韵语》一书的涵义。

《青楼韵语》书中，除了数百篇妓女作品之外，还有《嫖经》及其注释。《嫖经》一书，明代以前未见，虽名曰经，但文字浅易，时露鄙俗，应是明人好事之作。《嫖经》书名虽狎，观其条目，却与房中无甚干涉，其中包含大量青楼习俗，亦有不少劝诫内容，要旨乃为嫖客提供相关社会学知识，去惑指迷。此部分内容，与朱元亮关系密切。《青楼韵语》书中卷一题下有双行小字："环应居士朱元亮辑注并校证，六观居士张梦徵汇选并摹像"，其上有"武林"二字跨行，表示朱、张二人之籍在浙江杭州。可见，《青楼韵语》的问世，朱、张二人均有贡献。朱元亮应是对《嫖经》"辑注并校证"，张梦徵则是汇集妓女作品，并为之作图②。

---

① 齐森华等《中国曲学大辞典》，浙江教育出版社，1997年版，第657页。
② 《青楼韵语》中的图像，各版本数量不一，俟诸他日专门考察。

　　不过，对于《青楼韵语》的成书情况，时人说法已不一致，主要有三种意见：

　　其一来自书前署"万历丙辰春王正月在杭子题"的《序》："梦徵氏汇为集，揣摩为图，示千古钟情之极则也。而惧不可训，元亮氏复为编缀《嫖经》。"此处所言的序列是：张梦徵先汇集妓女相关作品，然后揣摩人物及作品情境作图，之后朱元亮将《嫖经》编排进来，成为《青楼韵语》。

　　另一来自书前署"万历乙卯岁除夕玄度子题于无余精舍"的《韵语小引》："玄度子，腐儒也，生平喜作道学语。环应居士思困其辩，偶与梦徵集《韵语》成，戏相示曰：世传《嫖经》旧矣，予因而注，因而集韵语，因而别之以青楼。"其中的环应居士，即朱元亮。据玄度子所述，朱元亮似乎将功劳悉数归在自己身上，先是注《嫖经》，之后是汇集妓女作品，再之后是命名工作。当然，玄度子仍然承认张梦徵在汇集妓女作品中的贡献。

　　又一来自书前署"花褸上人书于绿天庵"的《青楼韵语题词》："以故梦徵居士为辑是集，颜之曰《青楼韵语》，冠以《嫖经》，附以诗若词，绘以图，与元亮氏漫缀以品题焉。虽曰品题，实《嫖经》注疏也。"据《室名别号索引》，可知"花褸上人"乃明代许当世[①]。许氏所言，则将张梦徵作为绝对主角，而且序列有过变化：先编集妓女作品，然后命名为《青楼韵语》，之后将《嫖经》编排进来，之后将《嫖经》与相关作品对应起来，再绘出图像。此中朱元亮的角色形同虚设。

　　既然意见多有不一，不妨将各项分开考察。关于妓女作品的

----

　　①　陈乃乾编，丁宁补编《室名别号索引》（增订本），中华书局，1982年版，第162页。

汇集,张梦徵在《跋》和《凡例》中都有相关说明,可见其对情况较为熟悉。各家说法中都认同张氏在汇集妓女作品中的贡献,而且在传世明刻本的署名中,朱、张二人的分工是十分明确的。若此部分工作为朱元亮所为,张梦徵的署名绝对是经不住考验的。因此,妓女作品的汇集,应主要是由张梦徵完成的。

至于摹像作图,应是张梦徵无疑。《凡例》最末一条曰:"图像仿龙眠、松雪诸家,岂云遽工,然刻本多谬称仿笔,以诬古人,不佞所不敢也。"这显然是张氏个人口吻的言说,其交代自己的图像是仿照李公麟、赵孟頫诸大家的画法。张氏所画图像之原本,今已不可得见,但《青楼韵语》中的插图,已在中国版画史上拥有重要地位①。作图的时间,应在文字工作结束之后,因为在明刻本中,《青楼韵语》分为四卷,每卷皆有插图,且比例大致相当,可知是有意的安排。

《嫖经》"辑注并校证"的著作权,是归朱元亮的。但《嫖经》在此前应已成书,《凡例》有云:"《嫖经》系旧人所作,即语多俚而搜引变态,曲中人情,非但为青楼左券,因之用世,允称通人,故录以弁首。"可见将《嫖经》经文冠于书前,应亦是张梦徵的施为。这是由他对《嫖经》的认识所决定的。而书中出现的《嫖经》注释,则主要来自朱元亮。《凡例》有云:"注释系元亮先生名笔,愚意略为参赞,至旧注稍不俗者,并得备录。"可见,《嫖经》在传世过程中,是有注释的。但此种注释,可能并不全面,且文辞较俗,故朱元亮对其进行了新的注释。在朱注之外,张梦徵亦有相应补充,且采录了旧注中较雅的部分内容。

---

① 　参周心慧《中国古代版刻版画史论集》,学苑出版社,1998年版,第83页。

　　对于《嫖经》及其注释的编排，应亦是张梦徵所为。《凡例》中有牵涉该书编排方式者："汇语以《嫖经》为纲，上加一圈以便条览，次注释、次经目、次诗、次词、次曲，而古今世代名次，其中又各为先后。"可见此书是将《嫖经》及其注释分条列下，每条注下复分出若干主题，围绕此主题陈列历代作品，先诗、后词、再曲，每种体裁中又以时代先后为次。这样的编排方式，要求操作者对经文、注释及妓女作品之间的关联十分清楚，尤其要精准把握妓女作品的内涵。这样一来，只有搜集妓女作品的张梦徵，才能承担此任。

　　至此，可以看出，张梦徵是《青楼韵语》一书的最初筹划者和主要编纂者。《青楼韵语》的成书过程是：

　　先由张梦徵汇集古今名妓之韵语作品，此时"青楼韵语"之书名应已伴随而生；然后由朱元亮对《嫖经》进行注释和校证；之后张梦徵对朱注进行补充完善，且采录了若干旧注；此后张梦徵将经文和注释分条排列，每条之下分出经目，经目下分体陈列妓女作品，每体之中又以时代先后为次；分成四卷后，张梦徵又在每卷中挑选若干作品及作者绘成图像，此书于此乃成。根据书前之《序》，此书最早付版应为万历四十四年（公元 1616 年）。以此来看，《青楼韵语》的性质是相当复杂的。其有总集之属性，但绝非单纯之总集；其有注疏之体制，却又非纯正的注疏……其性质之难明，多半由于体例之特殊。以下简要做些考察。

　　《青楼韵语》一书的体例，堪称最奇。概而言之，其有横跨经、史、子、集四部之体。分而言之，则是兼有经部注疏之体、史部纲目之体、子部类书之体、集部总集之体。

　　经部注疏之体：《青楼韵语》以《嫖经》经文冠首，其下有朱元亮专门为经文所作的注，而注下之妓女作品，则功能近于为注作疏，进一步发显经文及注释的意蕴。中国古籍中，经部居四部之首，向来受人敬重，经书是中国古典文化的主要承载者。经部注疏之体，亦源远流长。《青楼韵语》书中将围绕青楼之《嫖经》正式列为类似儒家经文之纲领，已足惊世骇俗；不仅如此，书中尚有此类经文之系统注释，且以历朝妓女之韵语作品来作进一步疏解，不仅前无古人，亦且后无来者。

　　史部纲目之体：纲目体是史书编纂的一种特殊体式，其纪事仍以年代先后为序，但每事皆有提纲，通常是纲简目详，以纲统目。纲目体的名著是朱熹的《资治通鉴纲目》，其以"纲为提要，目为叙事"，"纲"仿《春秋》，"目"效《左传》，对后世有极大影响。以《春秋》与《左传》之关系衡之，纲与目之间的关系其实类似于经与注。《青楼韵语》书中，在《嫖经》经文之下列注释，可算一种简略的纲目体。更主要的是，在各条注释下往往会有相关的主题，这些主题往往来源于经文及其注语，在《凡例》中被称为"经目"；但其和所附作品之间，也构成了纲与目的关系。如卷一有经文云："调情须在未合之前，允物不待已索之后。"此下之"经目"是"调情"，下有诗二首，皆与调情相关。也就是说，"调情"对于其下作品而言，是纲；而作品对于"调情"而言，是目。不过，这种"目"的形式，并非记述性的文字，而是诗词等韵语作品。

　　子部类书之体：类书的主要特点，是将资料分类编排。《青楼韵语》一书，虽然并未有意识、成系统的将妓女作品分类排列，但其将相关作品列在相应主题之下的做法，客观效果上确实呈现出了类书的某些特征。如卷一"偏宜多置酒，莫怪不陪茶"经文之下，所列主题是"置酒"，其下所列作品有"诗十五首，词一首"。那么，这十五首诗和一首词，就可认为是历代名妓韵语作品中与"置酒"相关的资料。这一点与类书的体式和功能是相通的。

集部总集之体:关于《青楼韵语》的总集性质,不少典藏目录中都有明确揭示,前文已有罗列。从此书的成书过程看,《青楼韵语》最初的面貌就应该是一部专门收录历代名妓诗、词、曲等韵语作品的总集。虽然在最终面貌中,总集的特征有所减弱,但在每个主题下的作品,既以体分,各体之中又以年代为次的原则,与《文选》等总集的体例则是相同的。

(原载《兰台世界》2015 年第 2 期)

国图所藏《青楼韵语》明刻本考述

　　《青楼韵语》一书,产生于明代万历年间。其内容主要包括两大部分:一是《嫖经》及其注释,一是晋至明代以来妓女的诗、词、曲等韵语作品。具体编排分为几个层级:首先是将《嫖经》分条陈列;每条之下缀以时人朱元亮的注释,间亦有无注者;注释之后复于经文、注文中采择相关主题,作为"经目";"经目"下分体陈列时人张梦徵所汇集的古今名妓的韵语作品;每体之中作品又以时代先后排列。张梦徵复于每卷中择取数首作品为之作图,这些图像经徽派名工版刻之后,成为徽派木刻版画的代表。朱、张二人皆为浙江人,生平不详。总体来看,《青楼韵语》是一部奇特而有趣的书①。

　　该书自问世以来,极少见载于明清各种目录。民国以降,藏书家之著录始渐增多。如周越然、郑振铎、黄裳诸家,皆有关于明刻本《青楼韵语》的论载。但诸家论述并不一致,且各家所述内部亦时或有异②。凡此种种,足令人生疑,而相关疑惑之解答,皆有待今日对《青楼韵语》明刻本作出全面而详尽的考察。

---

　　①　详参拙文《略论〈青楼韵语〉的性质、成书与体例》,《兰台世界》2015 年第 2 期;亦见本书"元明清编"。

　　②　参本文附录《〈青楼韵语〉明刻本著录情况简表》。

目前大陆地区可见的明刻本《青楼韵语》,除零星私人藏本外①,悉数存于今国家图书馆(以下简称"国图")。当然,除明刻本之外,此书在后世尚有数种版本。本文先就国图所藏的明刻本作相关分析,其余诸本俟诸他日再作讨论。

一、各本叙录

据笔者查验,国图目前藏有《青楼韵语》明刻本四种,本文依次称之为"明甲本""明乙本""明丙本""明丁本"。四本形制、装帧均相同,皆为白口、单栏、单鱼尾;正文部分皆宋体刻字,9 行,18 字;每本皆为四卷,每卷起讫皆同,且皆有插图,图皆双面连式,图中皆有题词,图之位置与文辞出处纵不相邻,亦相隔不远。但各本之中,插图内容及位置不尽相同,正文前之内容也互有差异。为便于讨论,现针对各本分述如下:

(一) 明甲本(编号:01812)。依照内容之顺序先后考察:

1. 牌记。此页信息较为丰富:右上有印,"已小有与雪","与雪"应理解为"雨雪",此印当为雨雪天气所钤。印下有"不许翻刻"之语。页中为"青楼韵语"四个大字。左上有两行书:右为"一校古狭邪经,一联古今注释";左为"一汇词妓新曲,一仿名公画意"。此处所言主要是概括《青楼韵语》一书的编纂工作。"古狭邪经"即指《嫖经》,《嫖经》之来历,至今不明,明代以前未见。观其文字浅易,

---

① 黄裳先生藏有残本,见其《来燕榭书跋》,上海古籍出版社,1999 年版,第 221 页;严一萍先生旧藏之本,今已拍售,见韦力《2004 京城古籍秋拍述评》(下),《鉴藏》2005 年第 3 期,第 91—92 页;日本东京大学亦有藏本,可参严绍璗《日藏汉籍善本书录》,中华书局,2007 年版,第 2034 页。

时露鄙俗,应为明人作品。详细年代虽不可知,但至少在万历年间
《青楼韵语》成书之前,必已产生无疑。《嫖经》旧有注释;《青楼韵
语》中注释包含着朱元亮的新注和一部分旧注。张梦徵《青楼韵语
凡例》云:"注释系元亮先生名笔,愚意略为参赞,至旧注稍不俗者,
并得备录。"可见,《嫖经》旧注,总体风格较俗,只能部分采录。注
释的主体是朱注,朱注之外,张梦徵亦有相应补充。

"汇词妓新曲",主要是指张梦徵对明代当时妓女韵语作品的
汇集。其《凡例》云:"古名妓大略收罗无遗,时下颇乏作家,有亦未
能尽识,据远近征得者若干首,随征随录,真赝未暇穷执也。"可见,
《青楼韵语》一书中收录的"时下"作家作品,是张氏自己搜集的。
不过,由于条件限制,作品的真伪就不能悉数考知了①。"仿名公
画意",可参《凡例》最末一条曰:"图像仿龙眠、松雪诸家,岂云遽
工,然刻本多谬称仿笔,以诬古人,不佞所不敢也。"虽然表示出谦
虚的态度,但已显然交代出自己的图像是仿照李公麟、赵孟頫诸大
家的画法②。将此处之语比对书中卷一题下文字,其意当更清晰。
卷一题下有此书著作权的说明:"武林环应居士朱元亮辑注并校
证,六观居士张梦徵汇选并摹像。"可见,此书是朱、张二人分工合
作的结果,朱元亮主要负责校正、注释《嫖经》等工作,张梦徵则负
责汇集妓女作品,并为之作图。此页左下有"张府藏板"四字,字上

---

① 黄裳先生曾对具体的作品表示过怀疑,见其《榆下说书》,安徽教育出版社,
2006年版,第144页。薛冰先生亦显言作品真伪之不可考,"至于书中指为妓女作品的
诗词曲,究竟有多少是妓女自作,有多少又是嫖客代作或文人伪托,也是无从考究的事
情"。参其《插图本》,江苏古籍出版社,2002年版,第168页。
② 龙眠,指北宋著名画家李公麟。其长居安徽桐城龙眠山下,自称"龙眠居士",
生平事迹可参《安徽通志》。松雪,指元代著名书画家赵孟頫,其号松雪、松雪道人,有
《松雪斋集》行世。

有"府藏画"圆印。以此观之,此本当源自张梦徵家藏之版。

2.《韵语序》。该序首页与牌记重现。题下有"国立北平图书馆所藏"印。"国立北平图书馆"之名存在于 1928—1949 年,后相继更名为北京图书馆、国家图书馆。字体为行草,10 页,5 行,12—14 字不等。《序》末署名"万历丙辰春王正月在杭子题"。万历丙辰为万历四十四年,当公元 1616 年。各种目录中所载"万历四十四年刻本"之说,当本此《序》。"在杭子"疑为谢肇淛,谢氏字在杭。此《序》内容主要是阐发《青楼韵语》一书的意义,告诫读者勿沉迷于文辞、人物之赏玩,而应深刻体察书中蕴含的世态人情,以为借鉴。其曰:"是编也,妓得之惕秦镜之照,而士察之如悬鉴以游于世矣。嗟夫,尤物易以移人!妓且词,其机韵故足倾动一时,而才人韵士,其兴偏豪,其情偏荡,其流逸每不返,将无逐妄求真,寻声续韵,不以为鉴,而以为程,则失作者意而自祸且逾烈。吾尤愿须眉士择地而蹈,择人而语,毋徒韵之求,雄心销于雌守也。"

3.《韵语小引》。行楷,6 页,6 行,16 字。末页仅有"黄桂芳刻"小字在行二右下方,余皆空白。文末署名"万历乙卯岁除夕玄度子题于无余精舍"[①]。可知此为万历四十三年,即公元 1615 年所作。"玄度子"疑为赵琦美,赵氏字玄度。《小引》的内容,主要是论述《青楼韵语》可"与道学相发明","且可以助道学所不及",并感叹"此书真从讲道学中得来,真足羽翼经传"。评价已相当之高。

4.《青楼韵语题词》。行书,稍显潦草。2 页,8 行,18—21 字不等。题下有"无已"印。文末署名"花裀上人书于绿天庵"。"花

---

① 马廉先生曾对此本有过研究,著录此处为"万历乙卯去度子韵语小引",见马廉著,刘倩编《马隅卿小说戏曲论集·隅卿日记选钞》,中华书局,2006 年版,第 323 页。案:"去",当为"玄",盖原稿不清,编者误认。

裪上人"即明代许当世,卷末有"许彦辅氏""华裪"二印,亦当指许
氏①。《题词》以"韵"字之义入手,论及青楼、妓女、《嫖经》之韵,
并归结道:"以故梦征居士为辑是集,颜之曰《青楼韵语》,冠以
《嫖经》,附以诗若词,绘以图……实《嫖经》注疏也。韵哉,梦徵!
后有肄业此道者,梦徵不为之朱夫子哉!……此道中经术,从可
明矣。我请翻经与之语韵。"此处显然已将《青楼韵语》中之作品
界定为"《嫖经》注疏",且将张梦徵比拟为朱熹,盛赞其发显《嫖
经》之功。言谈之中,似以《嫖经》比照"六经",可见明人思想之
一斑。

5.《韵语画品》:行书,颇草,但较《题词》字耐看。2 页,10 行,
仅一行为 23 字,余行 17—21 字不等。题下有"黄桂芳刻"小字。
文末署名"莆阳郑应台述"。末有"图南"印。《画品》主要针对张梦
徵所作图像进行论析,称赞其图"千古如见,易世而肖","唐、晋、
宋、元工师法无不具,山形水性、夭态乔枝、人群物类无不该,淋漓
笔下,绝于今而当于古也。"从后世对于书中插图的重视来看,郑氏
所言应非单纯奉承之辞。

6.《跋》:行书,2 页,5 行,15 字。首页左下栏外有"黄桂芳刻"
小字。文末署名"六观居士跋"。六观居士即张梦徵。文末有二
印,"张锡兰印""梦徵印"。当即张梦徵印文。此《跋》最关键的内
容是"右辑古今词妓凡伯八十人,韵语计五伯有奇"之语,道出收录
作者的数量是 180 人,作品是 500 余首。值得注意的是,自《序》至
《跋》,皆手写体,五种字体各异。

<hr>

① 陈乃乾编,丁宁补编《室名别号索引》(增订本),中华书局,1982 年版,第 162
页;杨廷福、杨同甫编《明人室名别称字号索引》(下册),上海古籍出版社,2002 年版,第
344 页。

7.《青楼韵语凡例》；宋体刻字，4 页，9 行，18 字，末页空白。末署名"丙辰上元日六观居士张梦徵识"。可知该《凡例》作于万历四十四年(公元 1616 年)的正月十五。《凡例》共七条，对书名、作品来源、收录标准、编排方式等诸多方面均作了说明，是了解《青楼韵语》编纂过程的重要依据。

8.《青楼韵语目录》：卷首有二印，"王立承""孝慈"。则此本当为王立承旧藏。王立承(1883—1936)，字孝慈，号鸣晦庐主人，河北通县人。平生喜藏书，尤以戏剧小说及版画书为精，大名鼎鼎的《十竹斋笺谱》所用底本即为王氏藏本①。《目录》为宋体刻字，12 页，9 行。《目录》中先列朝代，其下有小字注明该朝代收录的作者人数；每代中具列人名，人名分列于每栏上下，唯明代景翮翮一人占据全栏；人名上皆有手批墨圈，当是阅者计数所为；人名下有双行小字标明其作品类别及数量。需要说明的是，《目录》中作者数量为 180 人，正合张梦徵《跋》中所言，而作品数量则不足 500 首，与《跋》中有异。

9.正文。正文分为四卷，各本文字内容皆同，笔者另有专论，此处不赘。以下主要针对其他内容进行考察。

卷一题下有双行小字"环应居士朱元亮辑注并校证，六观居士张梦徵汇选并摹像"，其上有"武林"二字跨行，表示朱、张二人浙江之籍和在成书过程中的分工。本卷仅有图 1 幅：题词位于右页右中方，"曲室从倾倒，偏宜说丽情。"署名"嫣红"。参照书中作品，可知其出自明代卫紫英《赠友》诗。图左页左下栏外有"黄端甫刻"小

---

① 王达弗《鲁迅和郑振铎合印先父王孝慈藏书〈十竹斋笺谱〉记》，《阜阳师院学报》1982 年第 3 期。

字。图右页右下栏内有"鸣晦秘宝"印,知为王立承印文,其号鸣晦
庐主人,前文已揭。图左页左下栏外及邻页右下角为空白,当为潮
气粘页所致。值得注意的是,此卷中作者之右上方皆有笔迹标出
其年代。

卷二有缺页,仅有图1幅:题词位于右页右下方,"羞归明月
渡,懒上载花船",署名"月仙"。此出宋代周月仙《舟中自叹》诗。
图右页右下栏外有"黄桂芳刻"小字。

卷三亦有缺页,仅有图1幅:题词位于左页左上方,"天上银河
一色秋,梧桐疏影挂牵牛"。署名"三昧氏"。此出明代景翩翩《秋
夜寄张孝廉》诗。图左页左下栏内有"鸣晦秘宝"印。此卷作者仅
薛涛一人标出了年代,然薛涛一人亦非全标。另有两处眉批:梁代
吴兴妓女《赠谢府君》诗中有手批墨圈,上有眉批:"的是唐音"。薛
涛《上韦相公》中亦有批圈,上有眉批:"盛唐风味,一字一珠。"

卷四有图3幅:图1题词位于右页上中部,"抱琴方注想,忽到
画眉郎"。署名"紫微"。此出明代马绶《期至》诗。图左页左下栏
外有"黄一彬刻"小字。图2题词位于左页左中方,"欲问相思处,
花开花落时"。署名"薛涛"。此出唐代薛涛《春望》诗。图3题词
位于左页左中方,"闲凭画槛沉吟久,摘得莲花忆六郎"。署名"纤
若"。此出明代王观微《寄张梦徵六兄》诗,说明其与张梦徵是有交
情的。

卷末页有"国立北平图书馆所藏"印。行4、行5分别有字:
"总因待月无嫌敞""只为留香不厌垂",落款小字"樾堂氏拟"。行
6有字:"甲申之朔三月上丁北向祝礼为。"行7有字:"宗大人祈寿
毕假寐片时。"樾堂氏,疑即清人荣光世,荣氏号樾堂。其生卒年为
1835—1880年,其中并无甲申年,根据文字先后顺序,此处之甲

申，当为清光绪十年（公元 1884 年），而"北向祝礼"的行为应在此年三月初二，此日为丁丑日，当得"上丁"之义。可见，此本当在荣氏宗族内部传承，且在寿庆仪式上出现过。

（二）明乙本（编号：11235）。此本书前有"曾在赵元方家"印，可知此本当为赵先生旧藏。赵元方（1895—1974），名赵钫，字元方，号无悔，著名藏书家，藏书室名"无悔斋"。中华人民共和国成立后，曾向北京图书馆（今国家图书馆）捐赠善本多种。2009 年国图曾将其无悔斋藏书作为特藏精品展出①。

1. 此本正文前无牌记，其余内容及字体皆同明甲本，唯所钤印章有所不同。依次为：《韵语序》题下有"赵元方藏""北京图书馆藏""赵氏元方"三印，文末有"特旨为民""廷方氏"二印。《韵语小引》题下有"长生无极""永受嘉福""十钟万印人家"三印。据"十钟万印人家"，可知此本曾为清末著名学者陈介祺藏本。《青楼韵语题词》题下有"曾在赵元方家""无已"二印，末之"许彦辅氏""华祄"二印与明甲本同。《韵语画品》末有"图南"印，同明甲本。《跋》末"张锡兰印""梦徵印"二印与明甲本同。《青楼韵语凡例》全同明甲本。《青楼韵语目录》末有"乐寿""福德长寿"二印。

2. 正文中有句读符号"。"与"、"，并有毛笔之圈点，前者当为刻本原有，后者当为藏书者所为。正文中作者均未标年代。

卷一有缺页，开篇天头有"人生一乐"印，题下有"无悔斋藏"印，知为赵元方先生藏书印。此卷有图 2 幅：图 1 题词位于右页右上方，"不是司空频见惯，蛾眉才见便消魂"。署名"徐翩"。此出明

---

①　参雷梦水《北京藏书家赵元方》，《中国典籍与文化》1994 年第 1 期；陆昕《闲话藏书·赵元方的藏书及文物》，学苑出版社，2002 年版，第 302 页；《国家图书馆举办特藏精品展》，《中国文化报》2009 年 9 月 4 日头版。

代徐警鸿《嘲友》诗。图右页右下栏内有"水月女子"印。图2题词位于右页右下方,"玉斝漫飞淮浦月,锦筝还趁郢人歌"。署名"湘兰"。此出明代马月娇《和程孺文》诗。图左页左上栏内有"黄端甫"小字。

卷二题下有"赵氏元方"印。此卷有图3幅:图1题词位于左页左上方,"潇湘江上探春回,消尽寒冰落尽梅"。署名"谭意歌"。此出宋代谭意歌《寄张正字》诗。图2题词位于左页左上方,"灵沼文禽皆有匹,仙园美木尽交枝"。除园、木、枝三字外,余字旁皆有点读痕迹,当为阅者所为。署名"桂英"。此出宋代桂英《送王魁》诗。图3乃"月仙"之图,同明甲本。

卷三题下有"曾在赵元方家""一廛十驾""赵钫珍藏"三印,皆为赵先生印章①。此卷有图3幅:图1即"三昧氏"之图,同明甲本。图2题词位于右页右上方,"长天空阔雁来尽,深院落花莺更多"。署名"苏小小"。此出南齐苏小小《同寝赠司马櫄》诗。图3题词位于左页右上方,"执手但言君去后,竹窗虚影为谁清"。署名"冲儒"。此出明代赵观《喜友人至》诗。图左页左下栏外有"黄端甫刻"小字。末页有"天生我才必有用"印。

卷四亦有缺页,题下有"赵""钫"二字印。此卷有图2幅:图1即"紫微"之图,同明甲本。图2题词位于右页右下方,"昼永雕梁落燕泥,屏山香暖炷金猊"。署名"文珠"。此出明代郝文珠《赠女弟》诗。图左页左下栏外有"黄端甫刻"小字。卷末有三印:从上到下依次为:"元方审定""古观楼藏书印""北京图书馆藏"。

---

① 赵元方先生印章,可参雷梦水《北京藏书家赵元方》,《中国典籍与文化》1994年第1期。

（三）明丙本（编号：11624）。此本卷首残损较严重，有火烧兼水浸痕迹，但已有相应修复。书页时有不清之处。且此本诸图多有描补痕迹，但效果不佳，致有与他本之图不符者。

1. 正文前无牌记和《韵语序》，其余内容及字体皆同明甲本，唯完整程度和所钤印章有所不同。先有《韵语小引》之文，但起首文字有缺，仅存 5 页。次为《青楼韵语题词》，下有"北京图书馆藏""无已"二印，末之"许彦辅氏""华祒"二印与明甲本同。次为《韵语画品》末有"图南"印，同明甲本。其后为《跋》，印同明甲本。之后为《青楼韵语凡例》《青楼韵语目录》，内容同明甲本，无印。

2. 卷一首页下有"曾留吴兴周氏言言斋""四明朱氏敝帚斋藏""仰周所宝"三印。前者为近现代藏书家周越然先生的印文，"言言斋"为其藏书之处①。该印中后一"言"字以重文符号表示。后二印屡见于明清善本戏曲小说，惜未能考知。仅可知此本曾为朱氏敝帚斋所藏。此卷有图 3 幅：图 1 为"徐翩"之图，同明乙本，但无"水月女子"印。图 2 为"嫣红"之图，同明甲本。图 3 为"湘兰"之图，同明乙本。所谓同前本者，乃除开描补痕迹之谓，以下准此。

卷二有图 3 幅：依次为"谭意歌""桂英""月仙"之图，皆同明乙本。但图 1 仅有右页，左页为空白；图 2 仅有左页，右页为空白。

卷三有图 3 幅：依次为"三昧氏""苏小小""冲儒"之图，皆同明乙本。但图 1 左页及右页右下角均为空白，当为残损之迹。

卷四有图 2 幅：依次为"紫微""薛涛"之图，皆同明甲本。

周越然先生曾先后两次专文介绍《青楼韵语》。首次曰："《青楼韵语》四卷，古嫖经也。经文每条后有诗词以诠释之，故曰韵

---

① 周越然《书与回忆·言言斋》，辽宁教育出版社，1996 年版，第 229—234 页。

语。……余家藏本，系明刻初印者。……前有万历己卯玄度子序，郑应台题词，六观居士跋，又凡例，目录。全书有精图十一叶，卷末似有缺文。"①虽对此书的性质和内容作了大致的介绍，但失之粗略，且有错漏之处，如称玄度子《小引》为"序"、漏掉了《画品》。再次的记述见于《书书书》中："卷一图六面全，卷二图四面（缺两面），卷三图六面（缺一面），卷四图四面（缺两面）。全书前有万历乙卯玄度子小引，花袱上人题词，郑应台画品，六观居士跋，凡例七条，及目录六叶。"②显然，周先生在此处的描述更加精确。可见，周先生是通过细读修正了前说，此段文字与版本面貌也更为贴合。但其言家藏本为"明刻初印者"，恐难取信于人，此点后文再论。

（四）明丁本（编号：15677）。此本版页时有乱墨，不甚清晰，目录中致有人名缺字者，盖木版印刷数量较多时之固有现象。前三卷皆有缺页。各部分文字皆同明甲本相应部分。每卷首尾皆有印，卷首为"长乐郑振铎西谛藏书"印，卷末为"长乐郑氏藏书之印"。可知此本为郑振铎先生旧藏。

1. 正文前先是《韵语序》，题下有"长乐郑振铎西谛藏书""北京图书馆藏"二印。次为《韵语小引》，仅存 4 页，文字未完。其后依次为《跋》《韵语画品》《青楼韵语题词》，皆与明甲本同。后为《青楼

---

① 周越然《言言斋古籍丛谈》，辽宁教育出版社，2001 年版，第 33 页。据书前周退密之《序》，《言言斋古籍丛谈》一书乃辑录周氏 1933—1938 年为《晶报》书话专栏所撰文章所得。则此篇文字当作于二十世纪三十年代。

② 周越然《书与回忆》，辽宁教育出版社，1996 年版，第 134 页。此篇所署日期为"三十一年九月八日"，可知属 1942 年的手笔。周氏《书书书》1944 年由上海中华日报社初版，1966 年香港汉学图书供应社又翻印出版。其中谈《青楼韵语》一篇，曾先后被收录在《书与回忆》（第 133—137 页）和《周越然书话》（陈子善编，浙江人民出版社，1999 年版，第 350—354 页）中。但文中"摹像"二字，两者中均作"墓像"，本文据理而改。

韵语目录》，文字同明甲本，无印。与他本相比，不仅少了《凡例》，且次序亦有不同。

2. 卷一有缺页，有图 3 幅：图 1 为"徐翙"之图，同明丙本。图 2 为"嫣红"之图，同明甲本。图 3 为"湘兰"之图，同明乙本。

卷二有缺页，有图 3 幅：依次为"谭意歌""桂英""月仙"之图，皆同明乙本。值得一提的是，此卷白欢《临终寄丘郎》诗上有眉批 3 行："娇音如出亲口，令人不忍卒读。"齐锦云《赠庠士傅春谪戍诗》上有眉批两行："直出痛肠，读之酸鼻。"这两处眉批，极可能是郑振铎先生的手笔。

卷三题下除郑印外，又有"周莗之印"。此卷亦有缺页，图 3 幅：依次为"三昧氏""苏小小""冲儒"之图，皆同明乙本。

卷四题下除郑印外，亦钤"周莗之印"。此卷有图 3 幅：依次为"紫微""薛涛""纤若"之图，同明甲本。卷末有"北京图书馆藏"之印。

卷末页行 5 有小字："辛未五月二十三日访瞿安于百嘉室得观奇籍。湖帆题名。"行 8 有大字"辛未五月瞿安借读一过"，下有印"霜崖叚读"。行 8、行 9 钤有"长乐郑氏藏书之印"。"辛未"当为公元 1931 年，吴梅先生字瞿安，晚号霜崖，百嘉室为其藏书之所。湖帆当即吴湖帆，近代著名鉴赏家。以此可知，郑先生所藏此本当为吴梅先生借读过①，期间又为吴湖帆先生见到并题名。此一段难得的书缘之中，亦可见《青楼韵语》一书之价值。

郑先生《西谛书目》"集部·总集类"著录有《青楼韵语》："四

---

① 郑振铎先生在《记吴瞿安先生》文中曾提及此事："有好曲，他还是要搜罗。他见到我的唐英《古柏堂传奇》和《青楼韵语》都借了去抄。"见《郑振铎全集》第二卷，花山文艺出版社，1998 年版，第 445 页。

卷,明朱元亮辑,明万历刊本,四册,有图。"①郑先生在其《中国古代木刻画史略》中专门谈到万历时代,并选取《青楼韵语》插图一幅,其言:"《青楼韵语》四卷……北京图书馆和我均有藏本。我藏的一部,不全。"②言下之意,其时北图尚有别本,而郑先生发现自己的藏本并不完全。同书亦谈到"徽派的木刻画家们",又曰:"《青楼韵语》四卷……其插图十幅……我有藏本。"③但揆诸郑先生此本,插图数量应为12幅。后来薛冰先生曾专文论及此书:"《青楼韵语》四卷……每卷插图三幅,图作双面连式,共十二幅。此本郑振铎先生原藏,现藏中国国家图书馆。"④可见,郑先生藏本的插图是十二幅而非十幅,而其所谓"不全"乃指卷前内容不全,且此本前三卷皆有缺页。

二、各 本 比 较

四种明刻本的情况已大致介绍如上,但围绕各本均有不少疑点,需要通过比较方能更加清晰地呈现并寻求解决。本部分比较主要包含四个部分:一是正文前各项内容及各卷文字的完整性比较,主要集中在文字完整程度及次序;二是各卷中插图之比较,主要着眼在数量及所涉作者;三是各本、各部分刻工之比较,主要考察其分工及其对书本面貌的影响。四是各本印记之比较,主要指向在版本的庋藏与流传;以下分别言之。

---

① 国家图书馆古籍馆《西谛藏书善本图录·附西谛书目》,中华书局,2008 年版,第 112 页。

② 郑振铎《中国木刻画史略》,上海书店出版社,2006 年版,第 88 页。

③ 郑振铎《中国木刻画史略》,第 121 页。

④ 薛冰《插图本》,江苏古籍出版社,2002 年版,第 168 页。

（一）正文前各项内容及各卷文字的比较。为了观览的清晰，不妨列表呈现。

版本 次序	明甲本 （王立承旧藏）	明乙本 （赵元方旧藏）	明丙本 （周越然旧藏）	明丁本 （郑振铎旧藏）
1	牌记	无	无	无
2	序	序	无	序
3	小引	小引	小引（缺首页）	小引（缺后2页）
4	题词	题词	题词	跋
5	画品	画品	画品	画品
6	跋	跋	跋	题词
7	凡例	凡例	凡例	无
8	目录	目录	目录	目录
9	卷一	卷一（缺1页）	卷一	卷一（缺2页）
10	卷二（缺1页）	卷二	卷二	卷二（缺2页）
11	卷三（缺1页）	卷三	卷三	卷三（缺1页）
12	卷四	卷四（缺2页）	卷四	卷四

显然，以正文前各项内容来论，明甲本最为齐全，之后依次是明乙本、明丙本、明丁本。而从正文内容来论，明丙本最为完整，之后依次是明甲本、明乙本、明丁本。综合来看，明甲本的文字内容最完整，明乙本次之，明丙本又次之，明丁本残缺最甚。以郑振铎先生对自己藏本内容不全的认知来判断，其所言的北图藏本，内容应该是完整的。

正文前内容的次序，明甲本、明乙本、明丙本是相同的①，而明

① 今见明甲本之《跋》在《画品》之后，但根据二十世纪二十年代马廉先生的记述，王立承旧藏本之《跋》在《画品》之前，未知是否此本面貌在流传过程中有所改变，录之待考。参马廉著，刘倩编《马隅卿小说戏曲论集·隅卿日记选钞》，第323—324页。

丁本则是《跋》与《题词》互换了位置。究其原因,应该是书贾装订失误所致,否则不至于连《凡例》都要漏掉。令人感到疑惑的是,此四本中《跋》皆在卷前,而非在书末。其开篇曰:"右辑古今词妓凡伯八十人",既谓之"右",则此《跋》似应在书末。据黄裳先生的介绍,其所藏残本仅一、二两卷,卷前依次为《题词》《画品》《凡例》《目录》①。若黄先生此本之《跋》并未漏刻,则其当在书末。那么,将《跋》放在卷前的四种明刻本,恐怕就不能简单地说是万历四十四年所刻,其于初刻面貌必已有所更改。至于周越然氏所言的"明刻初印者",目前还难以考知,但绝非此四本当可断言。

（二）各卷中插图之比较。为讨论简便,将插图所涉人物列表如下:

次序＼版本	明甲本	明乙本	明丙本	明丁本
卷一图中人物	嫣红(明代卫紫英)	徐翩(明代徐謇鸿) 湘兰(明代马月娇)	徐　翩 嫣　红 湘　兰	徐　翩 嫣　红 湘　兰
卷二图中人物	月仙(宋代周月仙)	谭意歌(宋代) 桂英(宋代) 月仙	谭意歌 桂　英 月　仙	谭意歌 桂　英 月　仙
卷三图中人物	三昧氏(明代景翩翩)	三昧氏 苏小小(南齐) 冲儒(明代赵观)	三昧氏 苏小小 冲　儒	三昧氏 苏小小 冲　儒
卷四图中人物	紫微(明代马绶) 薛涛(唐代) 纤若(明代王观微)	紫微 文珠(明代郝文珠)	紫　微 薛　涛	紫　微 薛　涛 纤　若

① 黄裳《来燕榭书跋》,第221页。

　　从数量上看,明丁本最多,为 12 幅,之后依次为明丙本 11 幅,明乙本 10 幅,明甲本 6 幅。以四卷的比例衡量,每卷应为 3 幅。前三卷情形较为明朗:卷一之图皆为明人,分别为徐警鸿、卫紫英、马月娇;卷二之图皆为宋人,分别为谭意歌、桂英、周月仙;卷三之图分别为明代景翩翩、南齐苏小小、明代赵观。

　　问题出在卷四:明甲本、明丁本此卷之图相同,分别为明代马绶、唐代薛涛、明代王观微。明丙本亦出现了前二者,其所阙失,应即王观微之图。而明乙本出现的郝文珠之图,使此卷插图所牵涉的人数变成了 4 个。明甲本既源自张府藏本,所据当更精确,那么,明乙本多出的 1 幅该如何解释呢?

　　明乙本中,郝文珠此图既有诗句,左页左下栏外又有"黄端甫刻"小字。刻工问题,下文详论。不过,刻工既能刊刻此图,说明此图之刻,应非有意作伪,而更可能源自张梦徵自己的创作或他人的仿作。张梦徵为《青楼韵语》所作之图,由于书页的版式限制,在书中呈现为两面连式,但其原作必为单张作品,其脱离图版而流传的可能性极大。而且,张梦徵如此热心于编纂青楼作品,其为妓女作图亦未必局限于 12 幅,所多出者,就很可能成为刻工及书贾增改书中插图的凭资。当然,也不排除有利益因素,书贾将他人仿作版刻入书,致有今日明乙本之面貌。

　　(三) 各本各部分刻工之比较。相关信息可参下表:

次序 ＼ 版本	明甲本	明乙本	明丙本	明丁本
小引	黄桂芳	黄桂芳	黄桂芳	无
画品	黄桂芳	黄桂芳	黄桂芳	黄桂芳
跋	黄桂芳	黄桂芳	黄桂芳	黄桂芳

续表

次序\版本	明甲本	明乙本	明丙本	明丁本
卷一	黄端甫（嫣红图）	黄端甫（湘兰图）	黄端甫（嫣红图） 黄端甫（湘兰图）	黄端甫（嫣红图） 黄端甫（湘兰图）
卷二	黄桂芳（月仙图）	黄桂芳（月仙图）	黄桂芳（月仙图）	黄桂芳（月仙图）
卷三	无	黄端甫（冲儒图）	黄端甫（冲儒图）	黄端甫（冲儒图）
卷四	黄一彬（紫微图）	黄一彬（紫微图） 黄端甫（文珠图）	黄一彬（紫微图）	黄一彬（紫微图） 黄端甫（纤若图）

全书刻工之名共出现了三个，分别是黄桂芳、黄端甫、黄一彬。黄桂芳和黄一彬的籍贯都在安徽歙县虬村，据道光年间的《重修虬川黄氏宗谱》，可知黄桂芳名为黄应秋，桂芳为其字，其为虬川黄氏26世孙，生于万历十五年（公元 1587 年），卒年不详；黄一彬，为虬川黄氏 27 世孙，生于万历九年（公元 1581 年），卒年不详。黄桂芳先在安徽，后迁杭州；黄一彬之祖父由安徽迁杭，一彬生长在杭州①。至于黄端甫，生平不详，有学者认为他就是黄一彬②，但并无确切根据。其与黄一彬等人的名字出现在晚明许多戏曲小说书中，互相关系当较密切，应该亦属迁杭之徽州黄氏。

从其出现的位置看，三人各有分工：黄桂芳至少负责卷前部分及卷二插图，黄端甫至少负责卷一、卷三的插图，黄一彬至少负责卷四的部分插图。至于四卷正文的文字刊刻，应亦由三人分工合作，惟难以考知其详。总体来看，黄桂芳应在全书刊刻工作中投入最多，黄一彬应最少。据现存的晚明版刻，黄一彬之名出现次数极

---

① 参周芜《徽派版画史论集》，安徽人民出版社，1983 年版，第 40、42、44 页。李国庆《明代刊工姓名索引》，上海古籍出版社，1998 年版，第 565、568 页。

② 刘尚恒《徽州刻书与藏书》，广陵书社，2003 年版，第 154 页。

多,远超黄桂芳与黄端甫,可以想见黄一彬在刻《青楼韵语》时应同
时进行着其他书籍的刊刻任务,故不能尽力于此书。

　　值得注意的是,明乙本中的文珠图由黄端甫刻版制作。此图
来历有些可疑,前文已讨论。但黄端甫刻此图确有启示:首先,张
梦徵为《青楼韵语》所作之图极可能不止 12 幅;其次,黄氏版刻的
《青楼韵语》插图亦极可能不止 12 幅;其三,《青楼韵语》书中插图
很可能是经过精心选择的;其四,未入选《青楼韵语》之插图当亦流
传于世,并受到重视,致有将其替换或混淆原图者。但更可能的
是,插图的刊刻并非一次性完成,而是由于此书行世初期受到欢
迎,遂在后期刊印中逐渐增多了插图的数量。这种可能性亦昭示
出另一种可能,即国图所藏的四种明刻本可能代表着《青楼韵语》
在早期流传过程中不同阶段的面貌。如果真是如此,那么,结合插
图数量及文字版刻质量的差异,四者的成书先后当依次是:明甲
本、明丙本、明乙本、明丁本。

　　(四)各本印记之比较。各本印记详细信息可参下表:

各项＼版本	明甲本	明乙本	明丙本	明丁本
牌记	已小有与雪、府藏画	无	无	无
序	国立北平图书馆所藏	曾在赵元方家、赵元方藏、北京图书馆藏、赵氏元方、特旨为民、延方氏	无	长乐郑振铎西谛藏书、北京图书馆藏
小引	无	长生无极、永受嘉福、十钟万印人家	无	无

续表

各项＼版本	明甲本	明乙本	明丙本	明丁本
题词	无已、许彦辅氏、华裾	曾在赵元方家、无已、许彦辅氏、华裾	北京图书馆藏、无已、许彦辅氏、华裾	无已、许彦辅氏、华裾
画品	图南	图南	图南	图南
跋	张锡兰印、梦徵印	张锡兰印、梦徵印	张锡兰印、梦徵印	张锡兰印、梦徵印
凡例	无	无	无	无
目录	王立承、孝慈	乐寿、福德长寿	无	无
卷一	鸣晦秘宝	人生一乐、无悔斋藏、水月女子	曾留吴兴周氏言言斋、四明朱氏敝帚斋藏、仰周所宝	长乐郑振铎西谛藏书、长乐郑氏藏书之印
卷二	无	赵氏元方	无	长乐郑振铎西谛藏书、长乐郑氏藏书之印
卷三	鸣晦秘宝	曾在赵元方家、一麈十驾、赵钫珍藏、天生我才必有用	无	长乐郑振铎西谛藏书、周莘之印、长乐郑氏藏书之印
卷四	国立北平图书馆所藏	赵、钫、元方审定、古观楼藏书印、北京图书馆藏	无	长乐郑振铎西谛藏书、周莘之印、长乐郑氏藏书之印、北京图书馆藏、霜崖段读

　　所有印记中，除了描述性印文及前文所考，尚有"无已""图南""古观楼藏书印""四明朱氏敝帚斋藏""仰周所宝""周莘之印"等印文难得确解。"无已"之印，与"许彦辅氏""华裾"一样，四本皆有，则此三者应即同指，"无已"当为许当世之号。"图南"之印，亦四本

皆有,其与《画品》作者郑应台的关系,目前还不清楚。明清两代,以"图南"为字号者极多。如果其非郑氏之号,那么,衡量各种因素,其最有可能为明末画家张翀之号。张翀,号图南,生卒年不详。其以人物画见长,故宫博物院有其顺治年间的作品。出现在明乙本中的"古观楼藏书印",明丙本中的"四明朱氏敝帚斋藏""仰周所宝"及明丁本中的"周菫之印",目前尚未有清晰的线索可资考证。

就目前考察而言,明甲本渊源最明,其应源出张梦徵家藏之版,很可能在清代中后期,为荣光世及其家族所收藏。至晚在二十世纪二十年代,王立承先生已拥有此书,并曾借给著名学者马廉,供其研究之用。据"国立北平图书馆所藏"引文,可以推知此本必于 1949 年以前入藏国图。王立承 1936 年逝后,其藏书亦相继散出,则此本入藏国图的时间,必在 1936—1949 年间。明乙本先为清末著名学者陈介祺藏本,后归赵元方先生。赵先生在新中国成立后曾向国图捐献不少善本,此本应是作为捐赠之书而入藏国图的。明丙本先为四明朱氏敝帚斋藏品,至晚在二十世纪三十年代已归周越然先生。周先生在三十年代及四十年代先后两次撰文予以介绍。据"北京图书馆藏"印,此本入藏国图亦在新中国成立后。明丁本应属"周菫"旧藏,至晚在二十世纪三十年代已归郑振铎先生。郑先生曾将此本借予吴梅先生,供其研究之用,吴湖帆先生曾于吴梅先生处见到此书,并留有题名。此本入藏国图,应在郑先生1958 年去世之后。

三、结　语

结合前面的论述,可知目前国图所藏的四种明刻本《青楼韵语》，内容皆不完整，各有缺失。具体而言，正文前的部分，明甲本最全；正文四卷文字，明丙本最全；书中插图，明丁本最全。若从总体衡量，明乙本所缺内容反而最少。四本中除去残缺部分的正文内容，是基本相同的。

　　四本皆非初刻，《跋》皆在正文之前。明甲本应源出张梦徵家藏之版，但其插图仅有 6 幅，缺失过多；明乙本的品相在四本中最为精美，其插图比明甲本要多出 4 幅，与四卷的比例也更为均衡；明丙本文字残缺较多，且品相不佳，插图虽有 11 幅，但显得模糊，且多有描补痕迹，时有弄巧成拙之处；明丁本插图多至 12 幅，但文字印刷质量最差，乱墨较多，且装订马虎，当是仓促成书所致。四者可能代表着《青楼韵语》一书在早期流传过程中不同阶段的面貌，四者成书的先后次序应是：明甲本、明丙本、明乙本、明丁本。

　　四本经由不同的藏书家与流传途径，最终入藏国图。明甲本入藏国图的时间最早，在 1936—1949 年间，系王立承先生旧藏散出。其余三本皆在新中国成立后入藏。其中，明乙本由赵元方先生捐赠，在四本中品相最佳。明丙本系周越然先生旧藏，从目前品相来看，其遭有水火之厄，入藏国图前应颇为流离。明丁本属郑振铎先生旧藏，入藏国图应在 1958 年郑先生辞世后，由于郑先生的影响，学界对其重视度亦最高。

　　目前学界关于《青楼韵语》一书的认知，因为所据之本不同，往往互有差异。今将国图所藏四种明刻本参互比对，可知《青楼韵语》中，共存有《嫖经》经文 140 条，分别为卷一 31 条，卷二 30 条，卷三 35 条，卷四 44 条。每条经文下均有注释，注释后往往有相应的作品，但共有 51 条注释之后无相关作品对应。书中所收韵语作

者共计 182 人,比张梦徵《跋》中所言多出 2 人,年代分布是晋 1
人,南齐 1 人,梁 1 人,隋 4 人,唐 24 人,宋 25 人,元 10 人,明 116
人。全书所收妓女作品共计 505 首,其中诗 449 首,词 46 首,曲 9
首,联 1 首。其中明代景翩翩作品最多,共计 43 首,分别是诗 40
首、词 1 首、曲 2 首;大部分作者入选 1 首作品。

　　总体看来,《青楼韵语》是研究青楼女子及其文学成就、社会
活动的宝库,也是研究中国古典社会形态的重要著述。开展关
于此书的研究,具有多方面的价值。而这一切,都需要建立在充
分了解四种明刻本各自的优劣,并取长补短、互补利用的基础
之上。

附　　录

《青楼韵语》明刻本著录情况简表

著录者	形式	著录信息	著录年代	出　　处
钱曾	条目	青楼韵语四卷	清初	《也是园书目》"史部·校书"类
周越然	专文	《青楼韵语》四卷,古嫖经也。经文每条后有诗词以诠释之,故曰韵语。……	1933—1938 年	原载《晶报》书话专栏,后收入《言言斋古籍丛谈》(辽宁教育出版社,2001 年)。
周越然	专文	《青楼韵语》四卷……本篇先言余家所藏《青楼韵语》各种不同之版本,再述其内容,末补新版之不足者。	1942 年	原载周氏《书书书》(上海中华日报社,1944 年;香港汉学图书供应社,1966 年),此篇曾先后被收入《书与回忆》(辽宁教育出版社,1996 年)和《周越然书话》(浙江人民出版社,1999 年)。

续表

著录者	形式	著录信息	著录年代	出　处
西谛书目	条目	四卷,明朱元亮辑,明万历刊本,四册,有图。	20 世纪 30—40 年代	"集部·总集类",文物出版社,1963 年。
郑振铎	条目	《青楼韵语》四卷……北京图书馆和我均有藏本。我藏的一部,不全。其插图为歙中良工黄一彬等刻。《青楼韵语》四卷……其插图十幅,即出梦徵笔。……	不详	《中国古代木刻画史略》第六部分注[5];第七部分注[29],上海书店出版社,2006 年。
黄裳	专文	此《青楼韵语》,残存一、二两卷,得于吴下琴川书友夏淡人许。刊印精绝,书亦罕见。……	1952 年	《来燕榭书跋》,上海古籍出版社,1999 年。
黄裳	专文	《韵语》的插图是当时和后来都公认的名作。它甚至比原书的文字部分还有更强的生命力。……	1980 年	《榆下说书·晚明的版画》,安徽教育出版社,2006 年。
黄裳	专文	这四卷书刻于万历末年……这里所选录的妓女作品,……一共收集了一百八十人,明朝的妓女就有一百十四名。(文长,不具引)	不详	《插图的故事》,上海书店出版社,2006 年。
薛冰	专文	《青楼韵语》四卷……万历四十四年(1616)刻本。版框高一九八毫米,宽一二四毫米;半页九行,行十八字;白口,单边;每卷插图三幅,图作双面连式,共十二幅。此本郑振铎先生原藏,现藏中国国家图书馆。	不详	《插图本》(《中国版本文化丛书》之一),江苏古籍出版社,2002 年。
严绍璗	条目	《青楼韵语》四卷,(明)朱玄亮辑注并校正,张梦徵汇选并摹像。明万历四十四年(1616年)刊本,共二册。东京大学总合图书馆藏书,原渡边信青洲文库等旧藏。	不详	《日藏汉籍善本书录》"集部·词曲类",中华书局,2007 年。

著录者	形式	著录信息	著录年代	出　处
北京图书馆古籍善本书目	条目	青楼韵语辑注校证四卷,明朱元亮撰、张梦徵辑,明万历刻本,四册,九行十八字,白口四周单边。 青楼韵语辑注校证四卷,明朱元亮撰、张梦徵辑,明万历刻本,四册。 青楼韵语辑注校证四卷,明朱元亮撰,张梦徵辑,明万历刻本四册。	不详	"集部·总集类",书目文献出版社,1987 年。
中国古籍善本总目	条目	《青楼韵语》四卷,明朱元亮辑注校证、张梦徵辑,明万历刻本,九行十八字,白口四周单边,有图。	不详	"集部·总集类",线装书局,2007 年。

（原载《中国诗歌研究》第十二辑,社会科学文献出版社,2016年 3 月版。本次收录,略有增改）

马二先生非"迂儒"论

——关于《儒林外史》的一个误读

关于《儒林外史》中的马二先生,鲁迅先生在《中国小说史略》中曾专门分析道:"此马二先生字纯上,处州人,实即全椒冯粹中,为著者挚友。其言真率,又尚上知春秋汉唐,在'时文士'中实犹属诚笃博通之士,但其议论,则不特尽揭当时对于学问之见解,且洞见所谓儒者之心肝者也。至于性行,乃亦君子,例如西湖之游,虽全无会心,颇杀风景,而茫茫然大嚼而归,迂儒之本色固在。"①显然,鲁迅先生虽然给出了一些正面的评价,但批评马二先生对于西湖美景"全无会心",至称其为"迂儒",总不免有些嘲讽的意味。而且,鲁迅先生对马二先生的看法颇为后来多数研究者所承袭。马二先生的"迂儒"形象遂逐渐深入人心。

揆诸《儒林外史》文本,可知鲁迅先生主要是针对第十四、十五回中马二先生游西湖的片段。如果细读这些文字,我们会发现鲁迅先生及后来的多数学人对于马二先生的评价是有失公允的。众所周知,能够真正去欣赏美景是需要一些条件的,比如充足的时

---

① 鲁迅《中国小说史略》,上海古籍出版社,1998年版,第157页。

间、必需的金钱和闲适的心境。我们不妨围绕这几个方面略作分析。

首先，来看时间。据《儒林外史》第十四回载，马二先生解蘧公孙之事后，便欲回杭州，蘧公孙挽留，马二先生道："我原在杭州选书。因这文海楼请我来选这一部书，今已选完，在此就没事了。"后又叙曰："马二先生上船，一直来到断河头。问文瀚楼的书坊，乃是文海楼一家，到那里去住。住了几日，没有甚么文章选，腰里带了几个钱，要到西湖上走走。"可见，马二先生正是在闲暇时候去游西湖的，即游西湖的时间应该是充足的。根据第十四、十五回的记载，马二先生在西湖盘桓至少四日，第一日游玩，第二日睡觉，第三日游玩得遇洪憨仙，第四日又复访洪憨仙。若此可知，其真正游西湖的时间当为两日，即第一日和第三日。这个时间长度当与常人无异。

其次，来论金钱。据第十三、十四两回所载，马二先生在嘉兴府文海楼书坊选书所得有一百两银子，除去日常用度和赴杭州的盘缠，所余九十二两为蘧公孙之事已悉数捐出。这就意味着，本来马二先生可以有近百两的银子畅游西湖的，而其至西湖时据第十四回所载，仅"带了几个钱"，以理度之，其实带钱财恐不过数两。可以说，马二先生在西湖的种种境遇，无不与囊中羞涩有关。

单看其饮食之窘，则可谓尽相矣。如第一日情景，第十四回载："（马二先生）望着湖沿上接连着几个酒店，挂着透肥的羊肉，柜台上盘子里盛着滚热的蹄子、海参、糟鸭、鲜鱼，锅里煮着馄饨，蒸笼上蒸着极大的馒头。马二先生没有钱买了吃，喉咙里咽唾沫，只得走进一个面店，十六个钱吃了一碗面。肚里不饱，又走到间壁一个茶室吃了一碗茶，买了两个钱处片嚼嚼，倒觉得有些滋味。"此处已明言,在众多美食面前,马二先生"没有钱买了吃",只好吃面充饥,但效果似乎不甚理想。之后的吃茶、嚼处片不过应景而已,必不敷所欲。

同回文字又曰:"旁边有个花园,卖茶的人说是布政司房里的人在此请客,不好进去。那厨房却在外面,那热腾腾的燕窝、海参,一碗碗在跟前捧过去,马二先生又羡慕了一番。"官场请客极尽丰盛,马二先生只好在茶室里"羡慕",可见其食欲并未得到满足。同回又写其游至茶亭,曰:"柜上摆着许多碟子:桔饼、芝麻糖、粽子、烧饼、处片、黑枣、煮栗子。马二先生每样买了几个钱的,不论好歹,吃了一饱。"虽然杂食居多,马二先生这次总算吃饱了,随后便回去休息了一天。

至于第三日的情景,似乎略有改善。第十四回载马二先生:"看见有卖的蓑衣饼,叫打了十二个钱的饼吃了,略觉有些意思。"这"略觉有些意思"与第一日嚼处片时"觉得有些滋味"正可仿佛,都属于临时打点。同回又载其:"吃了两碗茶,肚里正饿,思量要回去路上吃饭。恰好一个乡里人捧着许多烫面薄饼来卖,又有一篮子煮熟的牛肉。马二先生大喜,买了几十文饼和牛肉,就在茶桌子上尽兴一吃。吃得饱了,自思趁着饱再上去。"这大约是马二先生游西湖唯一满意的一餐饭。几十文饼加上一篮子的熟牛肉,已足令马二先生欣喜与尽兴,正可见马二先生游西湖之日果腹的机会甚少,此前食物的解饱程度亦不高。"自思趁着饱再上去",亦发映衬出吃饱之不易。

直到此日遇到洪憨仙的盛情招待,马二先生才真正吃了"大餐"。第十五回载:"捧上饭来:一大盘稀烂的羊肉、一盘糟鸭、一大碗火腿虾圆杂烩,又是一碗清汤。虽是便饭,却也这般热闹。马二先生腹中尚饱,因不好辜负了仙人的意思,又尽力的吃了一餐。"这顿"便饭"在马二先生游西湖的时日中,已属美味佳肴,虽然文中很口语化的表达为"这般热闹"。马二先生在腹中尚饱的情况下又尽力去吃,除了不好拂洪憨仙之意外,腹中尚有余地恐怕亦为一因。

至此,我们显然可以认定:马二先生游西湖之时,手头相当拮据,以至于经常受到饥饿的威胁,连吃个饱饭都不甚容易,更不用说吃自己"羡慕"的东西,欣赏西湖的美景。金钱的匮乏显然导致了饮食之忧,同时也必然使审美感受力出现下降之势。以此种情境去理解其对西湖美景以及士女游人的淡漠,方觉真切。鲁迅先生所谓"茫茫然大嚼而归",恐怕仅仅看到了表层,而并未仔细考虑表层背后的情境。

再次,来观心境。第十四回载蘧公孙欲留马二先生家住,马二先生劝蘧公孙之辞曰:"你此时还不是养客的时候。况且杭州各书店里等着我选考卷,还有些未了的事,没奈何只得要去。倒是先生得闲来西湖上走走。那西湖山光水色,颇可以添文思。"说明马二先生杭州之行虽有关生计,但其对于游西湖一事久已上心,且对于西湖美景颇为向往,认为有助文思。可以想见,本来马二先生已计划好去游西湖,且其选书所得有百两银子,资费充裕,其心境本应是平和、闲适的。但蘧公孙之事所带来的手头拮据无疑使得这种心境发生了改变。饮食方面的焦灼感,当然是明显的例证。

此外,从马二先生的游踪及观览方式也可以窥见其当时的心境。从书中记载可知,马二先生乃首次游西湖,所以其对于西湖地区的地理环境并不熟悉。第十四回载:"中间走了一二里多路,走也走不清,甚是可厌。马二先生欲待回家,遇着一走路的,问道:'前面可还有好顽的所在?'那人道:'转过去便是净慈、雷峰,怎么不好顽?'"这一问已充分显示出马二先生对西湖环境的陌生。在这个陌生的环境当中,马二先生除了要忍受饥饿,还要克服自己的紧张与种种不适。

以第一日游西湖而论,马二先生的路线大致是:先出钱塘门,次至湖沿上牌楼处,次至湖沿面店,次至湖沿茶室,行走数里之后,便先后到了雷峰塔、净慈寺。出净慈寺后入茶店,吃饱后打道回府。其中除了吃喝,最要紧的便是三处关于女子的描写。这些女子的神态、服饰、举止乃至身上的香味,都使得马二先生不大自在。可以想见,维护道学的马二先生寓目于此,内心定然颇为不安。尤其是在净慈寺遇到女香客的情景,第十四回有详载:"马二先生身子又长,戴一顶高方巾,一幅乌黑的脸,腆着个肚子,穿着一双厚底破靴,横着身子乱靶,只管在人窝子里撞。女人也不看他,他也不看女人。前前后后跑了一交。"这显然是以图画式的文字来状摹马二先生的行动,此刻的马二先生不仅与周边诸人极不协调,连脚步也慌乱起来。其心态所受之冲击,可不言而喻矣。

第三日游西湖,除遇洪憨仙之事,余皆平平。经常引人讨论的是如下一段文字:

> 马二先生心旷神怡,只管走了上去。又看见一个大庙门前摆着茶桌子卖茶,马二先生两脚酸了,且坐吃茶。吃着,两边一望:一边是江,一边是湖。又有那山色一转围着,又遥见隔江的山,高高低低,忽隐忽现。马二先生叹道:"真乃'载华岳而不重,振河海而不泄,万物载焉'!"(第十四回)

马二先生此处的叹语,大约也是赞语,出自《中庸》:"今夫地,一撮土之多，及其广厚，载华岳而不重，振河海而不泄，万物载焉。"①这常被用来嘲讽马二先生的少文与迂腐。但如果我们稍加了解，便知其自有道理。

马二先生告诉蘧公孙，游西湖可以添文思，可这并不意味着文思就一定要形诸抒发性灵的诗文，即添文思并不必须自创新文。况且马二先生心中的"文"，恐怕还是以圣贤之文及代圣贤立言的八股时文为宗吧，其面对美景，引述《中庸》之文，正与其儒者身份相应，恐非当时及后世仅知以美诗、美文配美景之文人所能想见。况且这是在马二先生两脚已酸、饥肠辘辘的情况下所出之辞，即便才高之辈，身处此种境地，恐亦难有壮思飞兴之作。

了解到以上诸多因素，我们对马二先生的态度或者可以有所改观。说时文选家马二先生缺少情趣，或不算错，但以游西湖为例证，恐有违忠恕之道。一个贫士面对繁华的无奈，真的很具讽刺意义吗？一个没有能力、没有条件去欣赏美景的寒儒，在某种意义上，的确是煞风景的，但他因此就显得迂腐乃至可笑吗？鲁迅先生知道焦大不喜欢林妹妹②，却苛求吃不饱肚子又心境不宁的马二先生要陶醉于西湖美景，总不免有些"强人所难"的嫌疑。

（原载《名作欣赏》2012 年第 6 期）

---

① 《礼记正义》卷五三，影印《十三经注疏》，中华书局，1980 年版，第 1633 页。

② 鲁迅《"硬译"与"文学的阶级性"》，《鲁迅全集·二心集》，人民文学出版社，2005 年版，第 208 页。

从京剧《绿牡丹》故事戏谈戏曲文献
的涵盖及其功用

当前戏曲研究的发展十分迅速,而各类戏曲文献也得到了前所未有的重视。文献在学术研究中处于基础性地位,舍文献而谈研究,终究不过是"无米之炊"。二十世纪以来,以王国维为代表的一大批戏曲研究者,秉承中国古典学术的优秀传统,在戏曲文献方面做出了重大开拓,为此后的戏曲研究奠定了良好基础,且提供了极具借鉴意义的高起点范式。王国维的"二重证据法"在文史领域的大放异彩,使戏曲研究的广度和深度尤其是文献运用的范围和涵盖得到极大扩展和延展①。然而,对于戏曲文献的特殊性,学界虽有认知但深入分析者不多,本文拟以京剧《绿牡丹》故事戏为个案具体论述,或许可于问题有所裨益。

---

① "二重证据法"主要是王国维在古史领域中自觉化实践的理论总结:"我辈生于今日,幸于纸上之材料外更得地下之新材料。由此种材料,我辈固得据以补正纸上之材料,亦得证明古书之某部分全为实录,即百家不雅驯之言亦不无表示一面之事实。此二重证据法惟在今日始得为之。"参王国维《古史新证——王国维最后的讲义》,清华大学出版社,1994年版,第2—3页。而随后的学术界将其大规模运用于诸多研究领域。比如戏曲研究中对于戏曲文物(戏曲碑刻、戏台、戏曲服饰等)的重视亦可算作此种理论的具体实践。

选取京剧《绿牡丹》故事戏为对象，主要出于几个考虑：

一、我国戏曲题材来源广泛，小说与戏曲的关系尤其紧密，探讨二者的关系是中国文学研究中颇具吸引力的课题，而藉此亦可对小说在戏曲研究中的作用有所了解。京剧《绿牡丹》故事戏正属此例。以《绿牡丹》为名的原生性作品有两种：1.明代吴炳的传奇戏剧；2.清代无名氏的长篇章回小说。京剧《绿牡丹》故事戏对应于后者①。

二、在戏曲研究中，关于清代中后期的戏曲研究相对薄弱，尤其是数量众多的花部戏，其资料建设工作至今仍无法满足研究需求。其中与京剧相关联的部分，虽说有众多京剧研究者关注和涉及过，但毕竟是根据其与京剧关系的亲疏而经过"过滤"的所得，以此为据来描述当时的戏曲状况，恐难令人满意。《绿牡丹》故事戏产生于这个时期，从它的众多剧种便可看出其在当时的流行②，但今日所见资料又以京剧为大宗，那么，以京剧《绿牡丹》故事戏为例来考察，便具有了典型的意义。

三、京剧《绿牡丹》故事戏剧目众多，又历经改变，有些剧目甚至今日仍有上演③。我们借今日所演可以适当回溯那些资料缺失的剧目的音乐甚至演出状况，对于了解和研究戏曲故事的演变和

———————

① 这里所说的"对应"，并非指戏曲取材于小说。《绿牡丹》小说与扬州评话关系密切，（徐燕《〈绿牡丹〉研究》，扬州大学 2007 年硕士学位论文，第 37—39 页）不能排除戏曲题材直接源于扬州评话的可能。在目前缺乏证据的情况下，我们只能承认"《绿牡丹》故事戏"的成立，而不能用"《绿牡丹》本事戏"这个名称。

② 据笔者考察，《绿牡丹》故事戏有京剧、川剧、滇剧、豫剧、湘剧、粤剧、徽剧、秦腔、河北梆子、同州梆子、莆仙戏、黄梅戏、布袋戏等多种剧种。

③ 比如京剧《绿牡丹》故事戏中的《刺巴杰》即于 2003 年 2 月 4 日由天津市青年京剧团在中国大戏院演出，见天津《每日新报》2003 年 2 月 2 日第 14 版的预告及 2 月 5 日的相关报道。

同一故事多剧种的流传形态也有帮助。这样的复杂过程，完全可以展示出戏曲研究中对于文献处理的种种情形。

　　戏曲研究与其他学术领域的研究一样，需要以目录为入手处。但戏曲目录在传统目录学中长期处于弱势，这给戏曲研究工作的开展带来了很多不便。比如京剧《绿牡丹》故事戏的著录以陶君起先生的《京剧剧目初探》（增订本）一书中所列为最详，计有《大闹桃花坞》《四望亭》《龙潭镇》《扬州擂》《嘉兴府》《刺巴杰》《四杰村》《巴骆和》《安河镇》《翠凤楼》《宏碧缘》十一出剧目①。据陶书"凡例"，其所据目录来源有《道咸以来梨园系年小录》《故宫藏升平署剧目》《五十年来北平戏剧史材》《前北平国剧学会书目》《富连成戏目单》《上海市剧目》等多种②，但于所举的十一出剧目来源中，最早的是《富连成戏目单》。而根据近年来的一些工具书可知，剧目的来源其实更早。

　　《中国曲学大辞典》"曲目·花部"有"绿牡丹"条："《春台班戏目》及《庆升平班戏目》著录。事见《绿牡丹》第十八至二十一回。京剧有《宏碧缘》。"③同书亦著录有此两种戏目，"清乾隆三十九年春台班戏目"条曰："正文收戏目计七百四十三种（包括重见戏目），……戏目之后附有道光年间艺人抄录的春台班著名演员余三胜等人所演的剧目二百三十七种（包括重见本）。"④同页"清道光四年庆升平班戏目"条曰："《梨园系年小录》载此戏目，并云'退庵

---

　　①　陶君起编著《京剧剧目初探》（增订本），中国戏剧出版社，1963 年版，第 153—156 页。

　　②　陶君起编著《京剧剧目初探》（增订本），第 8—9 页。

　　③　《中国曲学大辞典》，浙江教育出版社，1997 年版，第 571 页。

　　④　《中国曲学大辞典》，第 926 页。

居士藏旧戏目一曲,系清道光四年(公元 1824 年),庆升平班领班
人沈翠香所有'。共收戏目二百七十二出,封面写'道光十二载闰
二月稽永林'。"①据此可知,道光初期已有固定演出之《绿牡丹》故
事戏。春台班为清代"四大徽班"之一,曾于嘉庆二十五年(公元
1820 年)报散,道光二十年(公元 1840 年)以后又重建,直至光绪
二十六年(公元 1900 年)解散②。目前所见《绿牡丹》小说最早刻
本为清嘉庆五年三槐堂所刻《绿牡丹全传》,则知《绿牡丹》一剧在
《春台班戏目》中当属"道光年间艺人抄录"的部分。结合春台班情
形,《绿牡丹》戏亦有产生于嘉庆时期的可能。

　　而《庆昇平班戏目》亦著录有《四杰村》《龙潭镇》,均取材于《绿
牡丹》故事③,可见道光初期,已有艺人致力于将《绿牡丹》故事改
编为戏剧,并颇见成效。据研究,《绿牡丹》小说保留了许多"说话"
的艺术特点,与扬州评话关系密切④,而《北京传统曲艺总录》卷十
一"时调小曲"有"绿牡丹序一支","作者无考,未见著录,《百万句
全》选录此曲。此曲演述《绿牡丹》故事。"⑤书前"采用曲艺总计选
集目"载,《百万句全》为咸丰六年(公元 1856 年)钞本,未题撰者。
另据《中国戏曲志·北京卷》,清代曾有长篇曲词《绿牡丹》⑥,综合
起来可以推知,北京地区在咸丰甚至是道光年间当已有长篇曲词

---

①　《中国曲学大辞典》,第 926 页。

②　《中国曲学大辞典》,第 854 页。

③　《中国曲学大辞典》,第 571 页。

④　扬州评话研究小组编《扬州评话选》,上海文艺出版社,1962 年版,第 380 页;
徐燕《〈绿牡丹〉研究》,第 37—39 页。

⑤　傅惜华编《北京传统曲艺总录》,中华书局上海编辑所,1962 年版,第 591 页。

⑥　《中国戏曲志·北京卷》编辑委员会主编《中国戏曲志·北京卷》(上),中国
ISBN 中心,1999 年版,第 209 页。

《绿牡丹》,所谓"绿牡丹序",仅是其中被选录的一支"时调小曲"。而长篇曲词《绿牡丹》则与《绿牡丹》小说一道成为《绿牡丹》故事戏取资之所。由此可见,《绿牡丹》故事衍生出众多戏曲是有良好群众基础和民俗氛围的。凡此都对研究京剧《绿牡丹》故事戏与《绿牡丹》小说的传播以及多种相关艺术样式的互动交流提供了重要线索。

　　遗憾的是,同绝大多数古典戏曲一样,京剧《绿牡丹》故事戏中的多数并不文本流传下来,属于"有目无文"者,学界对于当时的戏曲状况也因此时常处于"失语"状态。即便是"有目有文"的情况,也需要警惕目录与文本各自的变化,这大致包括三种现象:一、目变文未变;二、目变文亦变;三、目不变文变。前两种情况目前只能以理度之,除了无法确知戏曲文本的变化之外,主要影响因素是戏曲的遭禁①、流播中的地域差异还有中华人民共和国成立后的"戏改"等多种因素。而"目不变文变"这种状况则相对来说,显得更为平常。

　　民国时期的《戏考》载有《四杰村》和《刺巴杰》的文本②,我们固然无法判断此时的《四杰村》与《庆升平班戏目》中的《四杰村》有何异同,但通观《戏考》所载的《四杰村》《刺巴杰》《宏碧缘》的文本,用语相类甚多。据《戏考》第二十三册"宏碧缘头本"下"提要"曰:

---

　　①　光绪十六年(1890)6月,江南布政司使出示严禁"淫戏"。其中有《绿牡丹》。(中国戏曲志编辑委员会编《中国戏曲志·上海卷》,中国 ISBN 中心,1996 年版,第38—39 页)但此时的《绿牡丹》戏内容是否与道光时期的《绿牡丹》戏相同,则不得而知。不过,遭禁之后换个名字上演亦颇有可能。

　　②　上海书店出版社 1990 年版《戏考大全》"影印说明":"本书原名《戏考》,1915年初版出书,1925 年出齐,共四十册。……为提供资料,根据中华图书馆原本影印,书名改为《戏考大全》,合订精装本 5 册。"本文所引《戏考》内容均出《戏考大全》。

　　今《宏碧缘》一戏，即演全本绿牡丹事实也。戏为沪上欢迎之名伶小达子当在大舞台时，与诸伶工互相斟酌编成者。……全剧自骆宏勋母子，从定兴游击署中、搬柩出署、寄居任正千家、同游桃花坞、看华振芳父女卖艺做起，中间凡《平山堂打擂》《四望亭捉猴》《大闹嘉兴府》《四杰村余千救主》《酸枣岭刺巴杰》《巴骆和》等著名武戏，皆包括在内。总之较全部《绿牡丹》中事实，只有增多，偶有删节，皆无甚紧要之处，故其节目反较书中紧凑而有精神。①

　　则《宏碧缘》实乃融合此前诸戏的新排之作。那么，《四杰村》和《刺巴杰》距离《宏碧缘》的产生年代应不很远。据《戏考》载，《刺巴杰》一名《酸枣岭》，又名《巴骆和》，其提要中明确记述了《刺巴杰》与《巴骆和》内容的不同，并言："本剧虽亦名为《巴骆和》，实则尚无此事也。"②这或许与《巴骆和》曾入宫应承而《刺巴杰》可能借名自重有关③，不过也从侧面证明，《巴骆和》确属"目不变文变"的情况。如此可以推知，即便今天可以见到若干戏曲文本，我们也没有足够的理由来据以探讨其早期的形态，这与戏曲文本的"先天不足"有关。

　　戏曲文本是戏曲研究的重头戏，但戏曲研究不能仅仅局限于文本。与戏曲艺术的丰富性和综合性相比，戏曲文本保留的信息实在有限，尽管文本在研究中作用巨大。简单说来，有以下数端：

---

　　① 《戏考大全》第 3 册，第 807—808 页。
　　② 《戏考大全》第 2 册，第 679 页。
　　③ 《清升平署志略》(商务印书馆，2006 年版)所载光绪十九年入宫应承戏目，中有《巴骆和》，见该书第 119 页。

一、戏曲的音乐体系在戏曲文本中无法再现,尤其是曲调。当然,长期以来,已有不少围绕京剧和昆曲以及一些地方剧进行的若干带有"抢救"性质的工作,许多经典戏剧也因此得以"重见天日"。但这在整个戏曲历史中所占比例仍然太小,早期的戏曲音乐我们至今只能看到一些有限的名词,比如元杂剧和南戏的音乐,今天大半需要悬想。即便在京剧中,相同的剧目,各派的唱腔也时有不同。许多京剧大师又博采众长,创为新腔。这些都给考察戏曲史的形态和流变带来了难度。

二、戏曲的动作体系在戏曲文本中只有极具限度的呈现。目前只能根据一些简短的说明来领会大致而非精确的动作。比如,"绕场介"仅仅表示人物要绕场,至于怎样绕场,只能在表演中见到。这大概也促使演员们深入琢磨,京剧中的流派和各派的"规矩"的形成恐怕也与演员可以进行适度空间的发挥有极大关系。

三、戏曲文本与戏曲演出并不严格对应。一个戏本,可以有多种表演;而同样一出戏,可以有多个演出本。二者之间往往有互动。以京剧为例,早期多是口耳相传,文本的出现当然可以为后来者提供一些"典范"意义。但戏曲演出毕竟要考虑观众、地域、时事等多重因素,那么时常超越"文本"的演出便是合情合理的。这样演出本也会逐渐增多。又加上戏班、派别等因素,戏曲文本的意义恐怕不宜过分抬高。

作为一门综合艺术,戏曲当然还包括其他很多方面。比如,演员的"行头"、人物脸谱、戏台、戏票、戏曲评论甚至"票友"(京剧专名,在此借用以表达兼戏曲研究者身份的戏曲爱好者)等等,都可以而且应该成为戏曲研究中的重要部分。在了解戏曲演出的具体状况时,这些往往能够提供很大帮助。

　　不过,在戏曲之外,也有不少文献材料可以为戏曲研究提供帮助。比如笔记、小说的相关内容。清代李斗《扬州画舫录》中所载的戏目和有关的描述早已为研究界所利用;王芷章《清升平署志略》对于清中后期的戏曲研究也意义重大。可以说,笔记中关于戏曲的记载的学术价值有时并不逊色于戏曲专著。

　　小说的版刻目录在戏曲研究中也相当重要,尤其是小说与戏曲紧密相关时。据王利器先生辑录的《元明清三代禁毁小说戏曲史料》,《绿牡丹》小说先后在道光十八年、道光二十四年和同治七年明确遭禁①。但《绿牡丹》小说,目前已知在清代的版刻至少有24种②,足见此种禁毁措施之无力。小说的广泛传播,毫无疑问会使《绿牡丹》故事在社会上广泛流行,并进而推动《绿牡丹》故事戏的创作、传播和繁荣,那么,《绿牡丹》故事戏不仅在民间为观众所喜爱(诸多剧目和剧种可以为证),其进入文化上层的视野乃至"入宫应承",便有了充足的理由和深厚的背景。另一方面,《绿牡丹》故事戏的传播也会促进《绿牡丹》小说消费的兴盛(众多版刻既是例证)。这是一个美妙的互动进程。小说情节与戏曲剧目的对应也是一个很有意味的研究课题,而《绿牡丹》小说自身的"说书"特点以及其回目与情节的不完全一致,也使我们保有小说成书受曲艺影响这种思考的权力③。

---

　　①　王利器《元明清三代禁毁小说戏曲史料》(增订本),上海古籍出版社,1981年版,第124、133、145页。

　　②　王清原、牟仁隆、韩锡铎编纂《小说书坊录》,北京图书馆出版社,2002年版。

　　③　《绿牡丹》小说中,如第二十三、二十八、三十五、三十六、四十、五十三回均有或明或暗的"文不对题"现象。

　　总之,在戏曲研究中,应该最大限度地网罗相关材料,不能仅将目光局限于戏曲本身。研究工作中文献的范围扩大,对于研究者视野的开阔、观念的更新、认识的深化均有重要意义。同时,我们也需要对相关文献保持足够的警惕,不仅要分析其对错,还要分清其层次,推求其适用度,这样才能最大限度地发挥各类文献的作用,争取将戏曲这样一种综合性的艺术研究推向新的高度。

(原载《哈尔滨学院学报》2016 年第 2 期)

附编

《诗经异文汇考辨证》评介

　　《诗经》研究,历时两千余年,多以探求诗篇意旨为重心。而自汉代以降,《诗经》原有的音乐体制已杳不可知。这就意味着,在绝大多数时候,文字是诗篇意义的最重要载体,诗篇意旨归根到底是对诗篇文字的理解。那么,在探求意义之前,将文本流传过程中产生的异文详加梳理,以求提供更为精确的文本面貌,显然是必需的学术研究工作。

　　然而,在长期的《诗经》研究史中,此类研究却并不多见,清儒于此虽用力颇勤,但囿于既成观念,不尽人意处极多。二十世纪以来,出土文献及其相关研究成果日益增多,关于《诗经》异文研究的著作,如于茀《金石简帛诗经研究》、陆锡兴《诗经异文研究》、程燕《诗经异文辑考》等,皆以出土文献为重点取资之所。虽有不少创获,但对传世文献引《诗》材料利用不广,终嫌单薄。要之,关于《诗经》异文的研究工作还有待进一步深入和全面。在这个意义上讲,袁梅先生《诗经异文汇考辨证》①一书的问世，实有承前启后之功，是《诗经》学界的一件幸事。

此书约 70 万字，对《诗经》三百余篇作品的异文进行了系统的梳理考辨，规模宏大，气象开阔，允为新时期以来《诗经》异文研究中最为厚重的一部著作。概而言之，此书具有如下特点：

一、取材广泛，处理得当

《诗经》的异文，根据其来源，大致可以分成两大部分：一是《诗经》自身版本之异文。此中大宗为毛《诗》系统的异文，而三家《诗》系统及其他未明何家的系统，由于存者无多，所产生的异文亦仅涵盖 305 篇作品的局部，远非完整。另一是其他文献中关于《诗经》的引语。这一部分材料数量庞杂，但价值不容小视。宋代以后学者试图重建三家《诗》，皆倚重此类材料。这样一来，从异文来推求《诗经》文本之初，就至少表现在两个层面：一是齐、鲁、韩、毛诸家系统内部之比较；二是各家系统与相关引《诗》材料之间的比较。

袁先生此书，于两部分材料均有采择，而尤以后一部分为多；相应地，于两个层面亦均有涉及，亦以后一层面为多。这样的学术取径，与清儒颇有相通之处。清儒关于典籍异文的研究，往往是以辑佚之法作校勘，即不仅重视典籍自身不同版本之间的比较，亦将其他典籍中相关引文与现存版本进行比较，从而形成判断。袁书中对清儒的研究成果征引颇众，且多表赞同，盖非无因。然而，与清儒相比，袁先生显然有了更多的参照系，比如百余年来日益丰富

---

① 齐鲁书社，2013 年 1 月版。

的出土文献,这在书中也有所体现。不过,与多数清儒企图将群籍引《诗》材料悉数归入四家《诗》派不同,袁书的处理显然更为得当:既呈现出群籍引《诗》的真实状况,又标举出确属三家《诗》的内容。这不仅反映出袁先生功力的深厚,也为学界昭示出《诗经》异文研究的新范式:在更广泛的文献基础上进行更精准的梳理与判断。

二、分析细致,方法多样

典籍异文研究的首要目标,应是尽可能推求典籍的原貌。落实到具体的研究工作,就是不仅要最大限度地汇集相关的异文,而且要加以分析论述甚且做出判断。袁先生于此有着自觉的学术追求,其曰:"拙稿试将其中疑义显著者罗列于每篇白文之后,并于各条目下汇录众说,择善而从,且参以笔者愚见,力求探其本旨。间有异说纷呈,骤难董理者,则兼辑各家所考,歧义并存,以期来者详审明辨之。"①观诸全书,知其信非虚语:书中所谓"骤难董理"的部分极少,几乎全部致疑处都给出了相应的意见。而这些意见的得出,往往建立在细密的分析论证基础之上。在具体的分析论证过程中,袁书所采取的方法是多样的,大略说来,主要有四种:

(一)字形比对。此种方法在袁书中较为常见,具体运用中,往往溯源甲骨文、金文进行分析。如针对《小雅·无羊》"何蓑何笠"之"何",先引甲骨文、金文字形,进而分析道:"甲骨文象人荷戈之形,为'何'(荷)之初文。金文沿袭其形而略变,后又加'口'。隶

---

① 《诗经异文汇考辨证·凡例》,第1页。

书、楷书又承金文演化为'何'。"①此类分析简要精当,颇启人思。

（二）声音推校。此种方法在书中亦极为常见,如《小雅·小弁》"维忧用老"条,作者列举并分析"老"字的异文情况后作结道："'老''耆'字义相通,'老''考'字义互训。'老',卢晧切,古音在三部。'耆',古厚切,古音在四部。以诗章音韵推校,其字当作'老'。"②虽然只是一种推断,但以字音展开推校,作用是相当明显的。

（三）意义互参。此种方法在书中亦较为常见,《召南·摽有梅》"迨其今兮"条可为例证："《蜀石经》残碑'其'作'及',疑为手民之误。此句首'迨'字犹'逮'也,其义为'及''趁',若'迨'连用'及'字,则烦复不词矣。且首章、三章均为'迨其……设二章作'迨及',则前后参差,有违通例。"③经此论证,《摽有梅》此处当用何字已昭然而明。

值得留意的是,此法不仅运用在篇章之内,亦且运用于篇章之间。如《周南·汉广》"不可休息"条,"息"有异文"思",袁先生乃归纳道："'思'字在《诗经》中用例颇多,凡一百零八例。其中作助词者四十五例。用于句首者十一例,如……用于句中者八例,如……用于句末者二十六例,如……以上众例,足证'思'字可作语词,不为义……再者,'休''息'二字可互训,然在周代文献中罕见'休息'一词……准此,宜从《韩诗》'息'作'思'为是。"④此处显然是用统计学的方法将《诗经》中全部"思"字予以全面系统的分析,进而以

① 《诗经异文汇考辨证》,第 414 页。
② 《诗经异文汇考辨证》,第 478 页。
③ 《诗经异文汇考辨证》,第 26 页。
④ 《诗经异文汇考辨证》,第 14—15 页。

此为参照,作出判断。所作结论或可商量,但此种方法值得大力提倡。

(四)句式格断。此种方法在书中较为少见,如《王风·丘中有麻》"施施"条,论经文只一"施"字,并言:"且本篇二、三章均为四言,唯首章末句'将其来施施'为五言,词气不畅,体格不一。由此可知经文应作'将其来施'也。"①虽然并不作为主要论证方法,但结论的说服力确实有所加强。

需要说明的是,这几种方法在书中,更多时候是互相配合使用的。书中有不少条目由于综合几种方法来论证,媲美于专门论文,所得结论也极其令人信服。

三、识断谨严,源流并重

袁书中共有条目 2 129 条,绝大部分都有详明的考辨和最终的意见。这些意见的内容十分丰富,具体到异文的类型,袁先生已有所区分,计有同音通假、双声通假、叠韵通假、同义通假、形省通假、联绵字、古今字、篆籀关系、隶变关系、正俗字、倒文致异、衍文致异、正讹致异、避讳致异等十多种②。如此精严的划分,不仅体现着袁先生自觉的理论追求,也反映出袁先生在异文研究背后深刻的学术理念,即不满足于简单的是非判断,而是进一步要阐明源流变迁。这种从平面到兼及纵向的维度转换,无疑已经超越出传统校勘学的范畴,实际上已初步深入到典籍形态的研究。某种意

---

① 《诗经异文汇考辨证》,第 120 页。
② 参见《诗经异文汇考辨证·凡例》,第 1—2 页。

义上,这是典籍异文研究更加立体化的表征,也标示着一种更加开放的学术姿态。

　　总之,此书的出版,不仅是《诗经》异文研究的一大收获,对于《诗经》研究的多个方面都将会有推动作用。不过,体大思精之书,亦难免略有瑕疵。比如所用《诗经》白文,以朱熹《诗集传》为底本,似有不妥。又如在取材方面,对金石、简帛、敦煌文献采择太少,利用不够充分。另外,群籍引《诗》所致的异文,与群籍引文体例、版本流传等情形关联颇密,与《诗经》本身可能关系不大,究竟如何确定其中真正属于《诗经》异文的部分,恐怕还需学界进一步深入研究。不过,瑕不掩瑜,相信此书必将嘉惠学林,对"《诗经》学"的发展起到广泛而深远的学术影响。

　　（原载《古籍整理出版情况简报》2014 年第 2 期,发表时与人共同署名,内容有所删改,今仍复旧观）

中华书局重印本《楚辞补注》点校补正

中华书局 1983 年版《楚辞补注》(以下简称《补注》)世所通行,至 2002 年 10 月已是第 4 次印刷,其间吸收多位先生的成果,"每次均有挖补修改"①。此后,中华书局又数次重印《补注》,封面有所变化,细检全书,与 2002 年本全同。关于 2002 年重印本,闵丰、侯体健、张丽萍、田吉等人均撰文对其中的点校问题进行了一些改正②。但除此之外,书中仍有不少问题,且改正之文中有个别意见并不十分确切,今就目力所及,一并列出,以求教于方家。

一、漏　　标

1. 页 1"楚辞卷第一"下解题:"郭璞注十卷、宋处士诸葛《楚辞

①　见中华书局 2002 年重印本《楚辞补注》"重印出版说明",第 5 页。
②　闵丰《〈楚辞补注〉校点举正》,《古籍整理研究学刊》2007 年第 2 期,第 35—38 页;侯体健《重印修订本〈楚辞补注〉错讹举隅》,《古籍整理研究学刊》2007 年第 4 期,第 92—94 页;张丽萍《02 年版〈楚辞补注〉标点错误举例》,《文教资料》2007 年第 8 期,第 82—83 页;张丽萍《〈楚辞补注〉的标点及文字校勘失误释例》,《毕节学院学报》2009 年第 7 期,第 62—67 页;田吉《重印点校本〈楚辞补注〉错讹订补》,《上海高校图书情报工作研究》2008 年第 3 期,第 50—53 页。

音》一卷、刘香《草木虫鱼疏》二卷、孟奥音一卷、徐邈音一卷。"

　　案:"郭璞注"当作"郭璞《注》","孟奥音""徐邈音"当作"孟奥《音》""徐邈《音》"。

　　2. 页 13 行 12:"又李善注本有以事为时为代,以民为人之类,皆避唐讳,当从旧本。"

　　案:"事""时""代""民""人"均应加引号。如页 178 行 5—6:"五臣注《文选》,改'世'为'俗'以避讳。"

　　3. 页 19 行 13:"《尔雅》亦作茨,布地蔓生,细叶,子有三角刺人。"

　　案:"布地蔓生,细叶,子有三角刺人"乃《尔雅·释草》"茨,蒺藜"下郭璞注语①,当加引号。

　　4. 页 20 行 2—3:"管子曰:圣人之治于世,不人告也,不户说也。"

　　案:"管子"当加书名号。

　　5. 页 20 行 3—4:"《说文》朋,古凤字,凤飞,群鸟从以万数,故以为朋党字。"

　　案:此条在《说文解字》(此后简称《说文》)"凤"字条下②,"《说文》"后当加冒号并引号。

－－－－－－－－－－

　　①　《尔雅注疏》卷八,《十三经注疏》(标点本),北京大学出版社,1999 年版,第 244 页。
　　②　(汉)许慎《说文解字》卷四,中华书局,1963 年版,第 79 页。

6. 页 20 行 9："注云:恚盛貌,引《楚词》康回凭怒。"

案:"康回凭怒"乃《天问》中语,当加引号。

7. 页 27 首行："《汉书仪》云:黄门令日暮入对青琐、丹墀拜。"

案:查语势,当作"黄门令日暮入,对青琐、丹墀拜"。

8. 页 28 行 15："《尔雅》曰:鶠凤,其雌皇。"

案:此条出《尔雅·释鸟》,邢昺疏:"凤,一名鶠。"①可知,"凤"乃释"鶠"之语。二者之间,当加逗号。

9. 页 32 行 12—13："邠,《说文》作汃。汃,西极之水也。"

案:"汃,西极之水也"为《说文》释语,当加引号。

10. 页 39 行 6:《说文》夬,久也。

案:"《说文》"后缺冒号、引号。

11. 页 43 行 8—10:"昔人引《山海经》,西海之南……其下有弱水之渊环之。……今按:《山海经》内昆仑虚在西北……百神之所在。"

案:自"西海之南"到"其下有弱水之渊环之"乃《山海经·大荒西经》之文,其前逗号当改为冒号,并加引号;自"昆仑虚在西北"至"百神之所在"乃《山海经·海内西经》之文,当加引号,其前当用

---

① 《尔雅注疏》卷一〇,第 309 页。

逗号①。

12. 页 52 行 6 点校者附注:"同上无之字",同页行 8 点校者附注:"同上无体字",页 53 行 7 点校者附注:"同上无是以二字。"
案:"之""体""是以"均应加引号。

13. 页 44 行 12:"《尔雅》有铃曰旂。"
案:"有铃曰旂"乃《尔雅·释天》之文②,其前当加冒号、引号。

14. 页 56 行 5:"下文云白云兮为镇,是也。"
案:"白云兮为镇"为《湘夫人》语句,见《补注》页 67,当加引号。

15. 页 59 行 9:"《说文》忡,忧也。引《诗》忧心忡忡。"
案:《说文》云:"忡,忧也。从心,中声。《诗》曰:'忧心忡忡。'"③那么,此处标点当作:"《说文》云:'忡,忧也',引《诗》'忧心忡忡'。"

16. 页 70 行 11:"《诗》云有车辚辚也。"
案:"有车辚辚"当加引号。

17. 页 75 行 3—4:"《周礼》笙师共其钟笙之乐。注云:钟笙,

---

① 两处引文分别见袁珂《山海经校注》,巴蜀书社,1993 年版,第 466、344—345 页。
② 《尔雅注疏》卷六,第 186 页。
③ (汉)许慎《说文解字》卷一〇,第 223 页。

与钟声相应之笙。……《尔雅》木谓之簴，悬钟磬之木也。"

　　案：《周礼·春官·笙师》载："凡祭祀、飨、射，共其钟笙之乐，燕乐亦如之。"郑注曰："钟笙，与钟声相应之笙。"①而"木谓之簴"乃《尔雅·释器》之文，"悬钟磬之木"为郭璞注语②。古人引书，字句往往异于原文，且往往将不同层级的内容，比如正文和注语，混而言之。所以，我们这里将"《尔雅》"之后的语句作同级处理。此处标点当作："《周礼·笙师》：'共其钟笙之乐'，注云：钟笙，与钟声相应之笙。……《尔雅》：'木谓之簴，悬钟磬之木也。'"

　　18. 页79行3："《尔雅》云：唐蒙女萝。女罗，兔丝。"

　　案：此乃《尔雅·释草》之文，当加引号。郭璞注曰："别四名。"邢昺疏："孙炎曰：'别三名'，郭云：'别四名'。则唐与蒙，或并或别，故三四异也。《诗经》直言唐，而传云'唐，蒙也'，是以蒙解唐也。则四名为得。"③故"唐蒙女萝"当作："唐、蒙，女萝。"

　　19. 页80行14—15："《尔雅》茵芝注云：一岁三华，瑞草也。"

　　案：《尔雅·释草》："茵，芝。"郭璞注："芝，一岁三华，瑞草。"邢昺疏："瑞草名也，一岁三华，一名茵，一名芝。"④可知"茵""芝"为二名，应断开。故此处标点应作："《尔雅》：'茵，芝。'注云：'一岁三华，瑞草也。'"

---

20. 页 88 行 15："《书》有旁死魄，哉生明，既生魄"。

案："旁死魄"，"哉生明"，"既生魄"均见于《尚书·武成》且不连属①，故均应加引号。

21. 页 92 行 6："《疏》引南北顺橢，其修几何。"

案：同页《天问》之正文有"东西南北，其修孰多？ 南北顺橢，其衍几何？"之语，则《疏》中所引当为"其衍几何"，"修"与"衍"恐因近而误。但即便如此，"南北顺橢，其修几何"仍需加引号。

22. 页 95 行 15："《尔雅》有枲麻，麻有子曰枲。《天对》云：浮山孰产？ 赤华伊枲。引《山海经》浮山有草焉，其叶如麻。"

案：《尔雅·释草》："枲，麻。"郭璞注："别二名。"②则二字当断开且加引号。又《山海经·西山经》有载："又西五十二里曰竹山。其上多乔木，其阴多铁。有草焉，其名曰黄雚，其状如樗，其叶如麻，白华而赤实……又西百二十里曰浮山，多盼木，枳叶而无伤，木虫居之。有草焉，名曰薰草。"③则"浮山有草焉，其叶如麻"或为误合二处记载所致，但引号仍需加。

23. 页 96 末行："《离骚》所谓羿焉射日？ 乌焉解羽?"

案："羿焉彈日？ 乌焉解羽"见当页正文，当加引号。

---

①　《尚书正义》卷一一，《十三经注疏》（标点本），北京大学出版社，1999 年版，第 288—290 页。

②　《尔雅注疏》卷八，第 247 页。

③　袁珂《山海经校注》，第 29—30 页。

24. 页 103 行 9:"《说文》云:殛,诛也。引《书》殛鲧于羽山。"

案:"殛鲧于羽山"当加引号。

25. 页 105 行 14:"致罚者,《汤诰》所谓致天之罚也。"

案:"致天之罚"不见《尚书·汤诰》,而见于《汤誓》①,但引号仍需加。

26. 页 106 行 6—7:"下云弊于有扈,则秉季德者,谓夏启也。"

案:"弊于有扈""秉季德"分别见于《补注》同页及下页正文,均当加引号。

27. 页 132 末行:"前汉有江夏郡。应劭曰……故曰江夏。"

案:"应劭曰"以下正是《汉书·地理志》"江夏郡"之应劭注②,则标点当作:"《前汉》有'江夏郡',应劭曰:'……故曰江夏。'"

28. 页 141 行 11:"前云方仲春而东迁,此云滔滔孟夏者。"

案:"方仲春而东迁"乃《九章·哀郢》之句,见《补注》页 132,与"滔滔孟夏"均当加引号。

29. 页 151 行 11:"《七谏》中推自割而食君,亦解此也。"

案:《七谏·怨思》:"子推自割而食饥君",见《补注》页 247,则"推自割而食君"当加引号。

---

① 《尚书正义》卷八,第 191 页。

② 《汉书》卷二八,中华书局,1962 年版,第 1567 页。

30. 页 202 行 5:"修门,已见《九章》龙门注中。"

案:"龙门"当加引号。

31. 页 215 行 6—7:"《尔雅》:枫摄摄。"

案:今本《尔雅·释木》作"枫,欇欇"。邢昺疏引《说文》云:"枫,木。……一名欇欇。"①可知"欇欇"乃释"枫"之语,当断开。

32. 页 233 行 9:"《广雅》云:蟪蛄,蛁蟟,即《楚词》所云寒螀者也。"

案:"寒螀"当加引号。

33. 页 321 末行:"《尔雅》:娵觜之口,营室东壁也。"

案:此乃《尔雅·释天》之文,邢昺疏:"娵觜,室壁之次也。壁东南则在室东……由其营室与东壁相成,故得正四方。"②可知"营室"与"东壁"非一体,当断开。

34. 页 324 首行:"《尔雅》:蘦苦菫。"

案:此乃《尔雅·释草》之文,邢昺疏:"蘦,一名苦菫,可食之菜也。"③可知"苦菫"为"蘦"之释语,当断开。

---

① 《尔雅注疏》卷九,第 272 页。
② 《尔雅注疏》卷六,第 176、178 页。
③ 《尔雅注疏》卷八,第 251 页。

二、误　　标

1. 页44行10:"《上林赋》云:左苍梧,右西极。注引《尔雅》,西至于豳国,为西极。"

案:《文选·上林赋》此句下李善注曰:"《尔雅》曰:'至于豳国,为西极'"。[①]又《尔雅·释地》:"西至于邠国。"[②]"邠"与"豳"通,则此八字当加引号,其前逗号当去。

2. 页55行7:"《骚》经曰:奏《九歌》而舞韶兮。"

案:"《骚》经"当作"《骚经》",已有言及者[③]。"韶"当作"《韶》",《离骚》中此句无误,见页46。

3. 页60末行、页61首行:"邅,池战切。《文选》音陟连切,原欲归而转道于洞庭者,以湘君在焉故也。"

案:"《文选》音陟连切"显承前语,此后语句不见《文选》,显为兴祖释语。故其前当用逗号,其后当用句号。

4. 页68行9:"《集韵》:者,有觐音。"

案:此为兴祖《补注》转述《集韵》之语,当作:"《集韵》'者'有'觐'音。"

---

① (梁)萧统编,(唐)李善注《文选》卷八,中华书局,1977年版,第123页。
② 《尔雅注疏》卷七,第198页。
③ 田吉《重印点校本〈楚辞补注〉错讹订补》,《上海高校图书情报工作研究》2008年第3期,第53页。

5. 页 70 行 1:"何谓九山,会稽……孟门也。"

案:"九山"后当用问号。

6. 页 77 行 6—7:"《尔雅》曰:河出昆仑虚,色白,所渠并千七百一川。色黄,百里一小曲,千里一曲直。"

案:此条出《尔雅·释水》,"千里一曲直"今本作"千里一曲一直"。邢昺疏:"云'所渠并千七百'者,谓所受之渠,并计凡有一千七百也。云'一川色黄'者,以其所受渠多,沙壤涵浠,故为一川而水色黄也。"①则标点应作:"《尔雅》曰:'河出昆仑虚,色白,所渠并千七百,一川色黄,百里一小曲,千里一曲直。'"

7. 页 109 行 12:"太公曰:'君何不驰也。'"

案:句末当用问号。

8. 页 190 行 12:"《说文》:㰉嘆,无声。"

案:《说文》释"嘆"字曰:"㰉嘆也。"②"㰉嘆"当加引号。"无声"不见《说文》,当为兴祖之语,前当用句号。

9. 页 196 行 10:"《说文》云:辌,卧车,音凉。"

案:"音凉"不见《说文》,当为兴祖之语,前当用句号。"辌,卧车"当加引号。

---

① 《尔雅注疏》卷七,第 226 页。
② (汉)许慎《说文解字》卷二,第 34 页。

10. 页 199 行 12:"《尔雅》:蝮,虺,博三寸,手大如擘。"

案:此条出《尔雅·释鱼》,当加引号。郭璞注曰:"此自一种蛇,名曰蝮虺。"①则"蝮""虺"二字当连读。

11. 页 221 行 13:"言四国竞发,善气,穷极音声,变易其曲,无终已也。"

案:"竞发"与"善气"当连读。

12. 页 266 行 8—9:"嘆,音莫,《说文》:寂,寞也。"

案:"寂寞也"乃《说文》"嘆"之释语,见上第 8 条引,不应断开,且应加引号。

13. 页 270 行 8:"蝦,《释文》音遐,《说文》云:蝦,蟆也。"

案:"蝦蟆也"乃《说文》"蝦"之释语②,不应断开。

14. 页 315 行 2:"《语》曰:小车无軏。軏,车辕,耑持衡者。"

案:《论语·为政》:"小车无軏",包咸注曰:"軏者,辕端上曲钩衡。"则"軏"非"车辕"可知,"车辕耑持衡者"才是正确的标点,"车辕"后逗号当去。且"《语》曰:"后当加引号。

15. 页 317 行 9:"蛓,音次。《说文》云:毛虫有毒,蜇人。"

案:《说文》云:"蛓,毛虫也。"③"有毒,蜇人"之语不见《说文》。

---

① 《尔雅注疏》卷九,第 302 页。

② (汉)许慎《说文解字》卷一三,第 282 页。

③ (汉)许慎《说文解字》卷一三,第 279 页。

则此处标点应作："螆，音次，《说文》云：'毛虫。'有毒，螫人。"

16. 页 328 行 4："虽紫阳病其未能尽善。而当时欧阳永叔、苏子瞻、孙莘老诸君子之是正，庆善师承其说，必无刺谬。"

案：此处"虽……而……"为转折语气，其间不宜用句号，当用逗号。

三、前 后 不 一

1. 页 9 首行："《诗》曰：履帝武敏歆。"而页 112 行 15："《诗》曰：厥初生民……履帝武敏，歆。"

案：两种句读皆有一定的道理，不过前者较合古籍整理的惯例，当从之。

2. 页 16 行 12 中点校者附注有"明翻宋本"之语，"重印出版说明"页 3 行 11 及页 94 左数行 2 点校者附注中均作"明繙宋本"，而页 191 行 3、页 212 行 3、页 280 行 2 点校者附注中又作"明翻宋本"。

案：《四部丛刊》卷首有"上海涵芬楼借江南图书馆藏明繙宋本景印"之语，然"明翻宋本"更便于读者理解，且"繙""翻"互通，宜统一为"明翻宋本"。

四、文 字 疑 误

1. 页 144"古固有不竝兮"注："並，俱。"

案：文作"竝"而注作"並"，不妥。明翻宋本正文及注均作

"並",宜从改。

2. 页166"余将焉所程"补注:"《说文》:程,品也。十发为程,一程为分。"

案:今本《说文》作"十程为分",后亦有"十分为寸"之语①。疑此处"一"为"十"之误,宜从改或出校说明。

五、榷　　疑

此外,侯体健先生文中有两条意见似未确切,今略陈管见于下:

1. 侯文第11条言《天问》"昔屈原所作,凡二十五篇,世相教传,而莫能说《天问》……多所不逮"。中"'天问'二字当断入下句,所谓'而莫能说'者为屈原所作二十五篇,非仅指《天问》一篇"。

案:《补注》页48《离骚经章句·叙》中曰:"至于孝武帝,恢廓道训,使淮南王安作《离骚经章句》,则大义粲然。……孝章即位,深弘道艺,而班固、贾逵复以所见改易前疑,各作《离骚经章句》。……今臣复以所识所知,稽之旧章,合之经传,作十六卷章句。"可知,仅《离骚》一篇已颇"能说",且说者颇众;又页85《天问章句·序》中曰:"屈原放逐,忧心愁悴。……楚人哀惜屈原,因共论述,故其文义不次序云尔。"因《天问》"文义不次序",所以教传过程中"莫能说",顺理成章;页119《天问章句·叙》中又称:"今则稽之旧章,合之经传,以相发明,为之符验,章决句断,事事可晓,俾后

_____

① （汉）许慎《说文解字》卷七,第146页。

世学者永无疑焉。"正表明王逸有鉴于《天问》理解和阐释的困难而作了相当的努力。总之,"莫能说"的仅指《天问》,点校本此处标点不误。

2. 侯文第 28 条认为《九思・逢尤》"目眽眽兮寤终朝"句下补注"眽,目财视貌,音脉"。宜断作:"眽,目财,视貌,音脉。"且"'目财'乃注'眽'字之音,其后疑脱一'切'字"。

案:补注语出《说文》:"眽,目财视也。"①"目财视"是指眼睛看钱财时的状态,《说文》以此来释"眽"。补注之"目财视貌"与"目财视也"同义。而许慎释语中不可能有"某某切"字样,所以侯先生"目财切"的推测不能成立。点校本此处标点不误。

（原载《湖南人文科技学院学报》2015 年第 5 期）

---

① （汉）许慎《说文解字》卷四,第 72 页。

《文选资料汇编·赋类卷》评介

由郑州大学刘志伟教授主编的《文选资料汇编·赋类卷》(以下简称《赋类卷》),已于 2013 年 8 月由中华书局出版。此书为中国"《文选》学"研究会规划的多卷本《文选资料汇编》之一种,分上、下两册,共计 59 万字,汇集了历代有关《文选》赋的研究资料,上起先秦,下至近现代,跨度 2 000 余年。

资料汇编往往被认为是基础性的工作,甚至被许多学者摒弃在学术研究之外。这样的看法虽然颇有市场,却失之肤浅。如果要进行真正的学术创造,就必须先去了解相关领域的学术发展历史及脉络,学术史的高度和状貌实际上可以决定和左右未来学术研究的起点和方向。而欲呈现学术史的脉络和状貌,资料汇编是最直观而有效的选择。目前在中国古典文学研究领域,资料汇编工作还未得到应有的重视,虽然中华书局策划的"古典文学研究资料汇编"系列丛书,有着极好的学术反响,但受制于当前的学术考核标准,投入其中者日渐减少。且已出的资料汇编,发展并不均衡,不仅多集中在专门之家,年代亦多集中在唐宋以后。而唐前的作家作品,由于年代距今较远,研究资料相对较多,搜集、整理起来难度较大,故相关的资料汇编工作显得较为寥落。在这个意义上讲,《文选资料汇编》的规划和实施,无疑彰显出极强的战略眼光与学术雄心。

《文选》一书,收录先秦至南朝梁代的作品七百余篇,是现存最重要的一部唐前总集。而关于《文选》的研究,隋唐时期已成专门之学,千百年来,未曾断绝,新时期以来,渐趋繁荣。于此情境下,开展《文选资料汇编》的工作,不仅十分必要,而且适逢其时。在《文选》所设的39体中,赋的分量不仅较大,而且列于首位,《文选序》曰:"古诗之体,今则全取赋名。"可知赋作在《文选》中的重要地位。因此,《赋类卷》的先期出版,不仅凸显了赋作的地位,而且为后续各体的分卷汇编提供了良好的借鉴与典范。

《赋类卷》有许多值得称道的地方,以下择要谈论三点:

一、网罗繁富,源流并重。众所周知,收录资料的广度是衡量资料汇编质量高低的首要标准。《赋类卷》所收资料的来源包括总集、别集、诗文评、史书、经子注疏、笔记、小说、类书、方志等各种典籍,书末所列的"引用书目",共分四个部分,集部之书361种,经子之书192种,史部之书54种,文选学专著18种,共计625种。这样的广度,在同类著作中,是不多见的。同时,《赋类卷》所收资料的性质也极为多样。举凡作品的相关史料记载、后人的评论、疏解、拟作以及对作品真伪、本事、年代、背景、名物等的考证文字,皆精心采择,多所网罗。可以说,《赋类卷》充分展示出历代关于《文选》赋研究的基本情况与发展态势,也在一定程度上显示出历代赋学观念的发展变化。

一部优秀的资料汇编并不是资料的简单堆积,而必然会反映出相关领域的学术源流。《赋类卷》在采择资料时,就特别注重《文选》赋研究的源流,做到了源流并重。该书很多部分,都近于学术专题，可以令读者清晰地感知到学术问题的起源、发展与流变。可以说，《赋类卷》是以明确的学术史意识构建的研究资料汇编，值得同道学习借鉴。

二、体例严密，层次分明。资料汇编在资料的广度之外，还需注意编排方式。恰当的编排方式，可以更清晰地呈现采择的资料和编者的意图，便于阅读和研究者使用。以此来观《赋类卷》的体例，可谓恰到好处。

《赋类卷》的资料共分两大部分，总论和分论。总论为总体论述《文选》赋的资料，从宏观上论述《文选》赋乃至赋文体的源流、体式、创作、风格、功能等，依时代先后，分为唐前、唐五代、宋金、元代、明代、清代、现代七个部分。分论为涉及具体作品的资料，按照《文选》中赋作的顺序依次排列，每篇赋作的相关资料则大致以年代先后为次。这样的编排方式，既妥善区分了总论性资料与具体作品相关资料二者不同的面向，又兼顾到了各自的特点，眉次清晰，颇便省览。

值得注意的是，《赋类卷》在体例上的创新与突破。《文选》中原收赋作 56 篇，但《赋类卷》根据若干赋作的特点，将原属一篇赋作而《文选》析为多篇的如《两都赋》《二京赋》《三都赋》等的资料，仍旧合为一处；并将一些关系密切的赋作，如《羽猎赋》与《长杨赋》《高唐赋》与《神女赋》等的资料，并为一处，这样共列目 48 篇。如此就避免了相关资料的重复及强行拆分的失误，保护了资料的完整性和可读性。

除了篇目省并之外，《赋类卷》最大的创新之处是"附录"体式的设置。《凡例》第五条曰："一些关联性较强的资料，则将后出者以附录形式辑录在初始条目之下，注明'附录'，以便检寻。"从书中情况来看，"附录"的大规模出现，是基于关联性对文献资料的扩充，延展了文献资料的不同层级，呈现出学术发展的复式脉络，凸显了学术研究的历史流变，极大增强了资料汇编的学术史意味。此种编排方式，类似古代"纲目""正变"等层级设置，显示出清醒的学术源流观念和层级区分意识，但在资料汇编中从未见及，具有强烈的开创意义。

三、识断谨严，补益多方。资料汇编虽然以汇编为名，但并非将相关资料悉数照录。选择取舍之间，最能考验编纂者的功力。《赋类卷》在此方面，亦极有特色。

最有代表性的，是书中对于旧注的辨误及相应处理。《文选》在古典时期，拥有多种注释，而这些注释在不同的版本中时有舛误，如何厘清《文选》的各类注释，是当前《文选》研究中的重要课题。而作为一部资料汇编，如何处理旧注的疑误之处，是《赋类卷》必须面对的任务。《赋类卷》采取的办法，见于《凡例》第七条："盖因注文流传久远，又经删削合并，多失原貌，故除可确定为李善、五臣注者，概以'阙名'标目，以示谨慎。"检寻全书，此类"阙名"情况共有 10 处，看起来虽不多，但以提供资料的立场衡之，已然不少，足以传达出编者谨严的学术态度与强大的学术自信。更重要的是，这样的处理，不仅使资料归属更加精确，而且提点出专题研究的深度，颇见学术光彩。

更多体现编纂者识见的，是书中的"编者按"。《赋类卷》的"编者按"共有 31 处，总论部分 7 处，分论部分 24 处。从构成上看，内容十分丰富，包含考证、辨误、补充说明、提供线索等多种类型，其中以辨误为大宗。资料的准确度和延展度，是学术研究能否顺利开展的前提。《赋类卷》能够致力于此，对学界利用此书展开相关研究必有较大助益。

　　总的来看,《赋类卷》的出版,代表着当前学界资料汇编工作的极高水准,为多卷本《文选资料汇编》的持续进行提供了高起点,也为同类资料汇编著作设立了高标准。《赋类卷》的行世,必将极大促进新时期古籍整理工作的顺利开展,促进"《文选》学"及中国文学的相关研究。

　　《赋类卷》是以刘志伟教授为主导的郑州大学"《文选》学"研究团队精诚合作的成果之一,希望该团队能够再接再厉,在不远的将来为学界贡献出《文选资料汇编》的后续各卷。在中国文选学研究会的筹划之下,刘教授及其团队还将陆续开展"《文选》学"的相关项目和工作,我们期待更多的成果不断涌现,也企盼着《文选》研究与中国古典文学研究的真正繁荣。

　　(原载《中华读书报》2014 年 4 月 9 日第 11 版。收入本书时,略有增改)

论陈尚君先生《全唐诗补编》的文献整理方法

　　自二十世纪八十年代至今,唐代文学研究发展迅速,在整个古代文学研究中地位突出。复旦大学陈尚君先生力行有年,成就斐然。纵观尚君先生历年来的论著,数量不可谓多,然而质量之高,令人惊叹!早在二十世纪九十年代学界就认为其著作"凡是治唐代文学的,都应必备"①。在尚君先生不断向学界献出的学术精品中,文献整理成果特著,颇令业界乃至世人瞩目。其中以《全唐诗补编》影响最大,被誉为"唐诗辑佚工作的重大突破"②,"《全唐诗》之外的又一部唐诗总集"③,"二十世纪唐诗整理研究的最大成就"④。

　　蒋寅先生曾赞叹:"陈尚君博闻强识,考据文献,堪称同辈学人中第一人。予言学术之当代性,必举君之考据学为例。盖古人考据,目标既定,或注一书,或考究一问题,毕生从事于斯。然其搜集材料或无范围,随见随取,有如临池垂钓,有一尾钓一尾,故每有没

---

　　①　傅璇琮《序》引葛晓音语,载陈尚君《唐代文学丛考》,中国社会科学出版社,1997 年版,第 2 页。
　　②　陶敏《唐诗辑佚工作的重大突破——评陈尚君〈全唐诗补编〉》,《复旦学报》1993 年第 6 期,第 103 页。
　　③　许总《唐诗研究的世纪回顾》,《东南大学学报》2000 年第 3 期,第 126 页。
　　④　尹楚彬《〈全唐诗补编〉补正》,《文学遗产》2002 年第 1 期,第 117 页。

世而业未竣者。尚君则否,其补《全唐诗》,先画定唐诗材料范围,
继而探明清人修书时所有文献,将其书逐一覆核,已得馆臣遗漏者
若干。复广考馆臣未及之书,所得益多。凡唐代文献所及之书涉
猎已遍,非唯唐诗,举凡历史、文学、文献诸多资料俱入网罗,犹撒
一大网,竭泽而渔,鱼虾蟹鳖,不胜拣择。以考据而言,即今日系统
方法也。"①的确,《全唐诗补编》堪称尚君先生最具方法论意义的
文献整理之作。

关于陈尚君先生的治学方法,傅璇琮先生和尚君先生本人早
有谈及,皆举大要而言。至于文献整理方法,迄今未见专文,因此
本人不揣浅陋,结合《全唐诗补编》之成书过程,对尚君先生的文献
整理方法略作分析和论述,以期对当今文献整理工作有所助益。

《全唐诗补编》(以下简称《补编》)1992 年由中华书局出版,包
含《全唐诗外编》(以下简称《外编》)和《全唐诗续拾》(以下简称《续
拾》)两部分。《外编》1982 年曾由中华书局出版,包括四个部分:
王重民据敦煌文献辑的《补全唐诗》与《敦煌唐人诗集残卷》,孙望
辑的《全唐诗补逸》20 卷,童养年辑的《全唐诗续补遗》21 卷。《续
拾》则是尚君先生的搜集所得。据尚君先生的回顾,其于 1985 年
初即完成《续拾》初稿四十二卷,收诗约 2 300 首。中华书局初审
后,提出了修改意见,并约请其修订《全唐诗外编》,至 1988 年秋,
同时完成两书。《续拾》增至六十卷,包括以后补入的,共收诗
4 663 首又 1 199 句,作者 1 191 人。《外编》删去误收重收诗 614
首又 269 句,删去作者 242 人,作了局部调整,增写了 10 余万字的
修订说明和校记,所存诗凡 1 664 首又 306 句,作者 566 人次。中

---

① 蒋寅《金陵生小言》,广西师范大学出版社,2004 年版,第 21—22 页。

华书局付印时,将两书合为《补编》,共收诗 6 327 首又 1 505 句,作者 1 600 多人,其中新见作者 900 多人。收诗数约相当于《全唐诗》的七分之一,新见作者约相当于《全唐诗》已收作者的三分之一①。由此可见《补编》程功之巨。

如此庞大的工程,如何着手呢? 尚君先生找到了一个在我们意料之中而又非比寻常的切入点——排列书目。《续拾·前言》说:"《全唐诗》编成不久,朱彝尊编有《全唐诗未备书目》,但他只是据唐宋书志列举书名,不少书在宋代已经亡佚,这个书目显然无补于事。我在着手纂辑之初,排列了几种书目:据两《唐·志》考察唐人著述概况;据宋人书志了解宋人能见的唐代书籍情况,据《全唐诗》及《全唐诗外编》排出前人已用书目;据清人及今人所编书目了解存世典籍总况,特别是康熙以来新发现古书的情况,将这些目录综合比较后,确定以唐宋典籍为主要依据,以前人未用或新发现典籍为重点,对宋以后亡佚的古籍,亦广搜佚文,以便利用。"②从中,我们最先感受到的是辑佚依据的全面扩展。

从最早为《全唐诗》补遗的《全唐诗逸》③,至《补编》问世以前的所有论著里,辑佚的依据虽不少但成系统的极少。"为《全唐诗》作补遗诸家,市河世宁仅据日本文献,王重民全取敦煌遗书,孙、童取资较宽,但似亦均就所知搜罗,未曾备征文献。"④直至尚君先

---

① 陈尚君《〈全唐诗补编〉编纂工作的回顾》,原载《书品》1993 年第 2 期;亦见《唐代文学丛考》,第 483—484 页。另,《补编》出版时将王氏《敦煌唐人诗集残卷》换为《补全唐诗拾遗》,其中有 50 多首为《外编》所未收,详情请阅《〈外编·出版说明〉》。

② 陈尚君《全唐诗补编》,中华书局,1992 年版,第 1—2 页。

③ 此书乃日本人市河世宁(1739—1820)据日本文献补录,共 345 则,编为 3 卷,鲍氏刊入《知不足斋丛书》,1960 年中国书局排印《全唐诗》时,附于书后。

④ 陈尚君《陈尚君自选集·自序》,广西师范大学出版社,2000 年版,第 9 页。

生,方以宏大之气魄,沿流扬波,循枝振叶,精思密求,网罗备张,遂成赫赫盛业。傅璇琮先生于此曾有论说:"他所查阅的书,其面之广确实是惊人的,不止是唐人著述,凡宋元以来的总集、金石、方志、谱牒、说部,以及敦煌文献、佛道二藏、域外汉籍,都巨细无遗地加以搜辑,据他自己估计,先后检书超过 5 000 种,仅方志就有 2 000 多种。这种竭泽而渔式的网罗,其收获即为辑得逸诗 4 600 多首(其中新见作者 800 多人),相当于前此各家所得总和之两倍多。与此同时,又对《外编》作不少校订工作……可以说是清代中期以后唐诗辑佚的最大成果。"①

　　此中最为重要者,是对各种书目的调查、比对和考索。尚君先生曾详细申述排列书目的三个方面,尤其精彩的是第二方面——"唐人著作总目和宋时尚存书目":"这部分以集部为主。如唐人别集,胡震亨所列得 691 家,我复加勾稽,所知已逾千家。宋人能见到的约仅此一半,而今存唐集非出明以后人重编者,仅 160 种左右。另如唐人编选诗歌总集,我考出 160 多种,也远超出时贤所考。宋人能看到的唐集而今已不存者,为我从宋人著作特别是类书、地志、诗话中辑录逸诗提供了重点线索。"②可见目录对于尚君先生而言,已不单是辑佚工作的入手处和起点,其本身亦成为辑佚的对象。对于目录的特殊重视,不仅保证了辑佚的精确度,也为相关后续工作如注出处、录异文、辨真伪、考事迹等提供了极大便利。以一人之力,仅越数年便成《补编》巨帙,应首先归功于清源工作之到位。傅璇琮先生谈起尚君先生的治学路数,第一点便是"熟练掌

---

①　傅璇琮《序》,载陈尚君《唐代文学丛考》,第 2 页。
②　陈尚君《〈全唐诗补编〉编纂工作的回顾》,《唐代文学丛考》,第 485 页。

握目录学"①。清儒曰:"目录之学,学中第一要紧事"②,尚君先生
可谓得其中三昧。

从围绕书目所做的工作,一直到全书的编纂,可以明显看出尚
君先生一以贯之的"史源意识"。以书目本身而论,自唐至清,再到
当代学人的成果,尚君先生都充分利用和吸纳,从而对历代的唐诗
收录情况了然于胸,这可以算作"纵"的一面;"横"的一面,则主要
表现在对前人选录、总汇、补遗唐诗等各种著作中已用书目的调
查。纵横交织,前人复杂的工作得以渐次清晰,辑佚的用书线索亦
随之清晰。以如今存世文献言,大致可分两类:一、前人已用之书但
用而未尽者;二、前人未用之书。尤其是历代亡佚之书或有残存、复
见于它书者,中亦间有唐诗,此种辑校的难度显然较大。尚君先生
形象地比喻道:"唐人有别集者逾千家,未未结集者亦数以千计,确
如满天星斗,星光灿烂。流传千余载,别集原编存者仅百余种,其余
均如流星般亡失,仅有零章断句,因他书转引或其他途径而得
存。"③这些零章断句,也在尚君先生的努力下得到了系统呈现。

尚君先生曾简要地描述其确定的工作计划:"凡前人未用之唐
宋典籍,无论与诗歌有无关系,都尽量翻检一过。前人已用之书,
也重加覆核,以检查有无遗漏。而明清典籍,则以金石碑帖类和地
方文献为主。"④这样,文献的层次便鲜明起来。在《续拾·前言》
里,尚君先生对所用书籍作了分类:唐宋四部典籍;佛藏;道藏;元
明清著作;敦煌遗书;日本、朝鲜人著作中所存唐诗;有些疑伪之

---

①　傅璇琮《序》,载陈尚君《唐代文学丛考》,第 7 页。

②　王鸣盛《十七史商榷》卷一,商务印书馆,1959 年版,第 1 页。

③　陈尚君《我作〈全唐诗补编〉》,《古典文学知识》1994 年第 3 期,第 11 页。

④　陈尚君《〈全唐诗补编〉编纂工作的回顾》,《唐代文学丛考》,第 485 页。

书。并一一做了说明。正因为有了这种鲜明的层级意识,材料运用和体例编排等诸项工作才显得条分缕析、次序井然。

材料运用之"史源意识",主要表现在引书证、录异文和相关诗、人的考辨三个方面。

引书证,除了《续拾》之需要外,亦包括对《外编》书证的补录。《外编》的《修订说明》言:"提供佚诗的较早出处,对确定诸诗的可靠性十分重要。修订时就所见补录了书证,凡原据明清两代典籍而唐宋元著作中已见征引者,原引宋元典籍而唐代已见引录者,皆为注出之。原辑本有据后出典籍转引存世前代典籍者,亦尽可能覆按原书,予以说明。他书中有可补录原辑各诗诗题、诗序及文字上的缺误者,也尽量录出。"①对他人著作之修订,尚且如此,何况己作?《续拾·凡例》曰:"凡所引录,皆注明出处及卷数,以便覆检。"②确实,通览《补编》全书,真是无一诗无出处,无一句无出处,无一字无出处。有了坚实的书证基础,关于异文与考辨的工作便可坚决而彻底地进行。

对于异文的处理,在《外编》和《续拾》当中有所不同。据《外编》的《修订说明》,其异文处理原则总括为:一、凡所据版本与原辑者所据版本一致,或版本较为单一之书,异文显为誊录;二、其余情况,或改动文字而保留原文,或出校记说明之;三、可确定为避讳字、俗写字、误排误印者,径予改回③。这样操作的结果,不仅极大增强了文字的精准度,还尽量保留了原辑者的作品风貌,充分显示出尚君先生严谨求实的学术态度和尊贤重义的思想意识。

---

①③　陈尚君《全唐诗补编》(上),第561页。
②　陈尚君《全唐诗补编》(中),第1页。

　　《续拾》既为其本人所辑,异文处理起来要相对简便。《续拾·凡例》曰:"各诗异文,仅就所见录出,一般情况下仅照录异文,注于各字句下,尽可能少作改动,以保持原貌。凡改动之处,增改之字用方括号括出,删误之字仍注其下,用圆括号括出。"①此种形式的操作,既提供己见,又提供来源,体现出清醒而卓越的学术追求。

　　异文的精确备录,亦为考辨提供了有利条件。《补编》能取得非凡的成就,考辨的精审实为要因。如《叙拾》卷一四"神迥《怀欧阳山人严秀才》:鸦鸣东牖曙,草秀南湖春"。引书证曰:"《十万卷楼丛书》本皎然《诗式》卷四。"又:

　　　　按:《诗式》误作"祖迥",今据《吟窗杂录》卷三十二、《四有斋丛说》卷二十四、《全唐诗》卷八五一定位神迥作。《吟窗杂录》题作《怀欧阳山人》。《全唐诗》收此二句,缺题。又其小传云:"临晋人。姓田。贞观间流化岷峨,为道俗宗仰。"殆据《续高僧传》卷十五。按唐有二神迥,另一为宝应间越州僧,见《宋高僧传》卷二九。检《诗式》录其诗于严维、皇甫冉等诗后,知应为肃代间人。诗中提到之南湖,亦在越中。诗题中之严秀才,疑即长期居于越中之严维。因知此诗应为越州僧神迥作,《全唐诗》误,今为移正补题重录。②

　　短短一段文字,运用了内证、外证、理证等多重手法,不仅指出了《全唐诗》之误,亦指出了《诗式》之误,这不能不归功于史源学的

---

　　① 陈尚君《全唐诗补编》(中),第1页。
　　② 陈尚君《全唐诗补编》(中),第869—870页。

意识及其运用。多年以后，尚君先生总结其方法道："存世典籍，决不用后出他书之引录，只有已逸书，方得据他书转引；同一记载而见于各书记录的，尽可能地追溯来源，比对异同，引用最早出处；对各类史料，严格区分其来源性质，确定信值，不盲从，不轻疑，把握合适的尺度。"①可见尚君先生不仅勇于实践，还有高度的理论自觉。

体例编排包括对《外编》体例的修订和《续拾》体例的编排两个部分。《外编》因属于前人成果，不宜重新编排。但因各编之间时有重收、误收之例，尚君先生在保持原本风貌的前提下作了删改和修订。如"《全唐诗》已收，而辑本又重录者，概予删除。《全唐诗补逸》与《全唐诗续补遗》二书中有十余例诗重收，一般均删后者而存前者，出处不同者另注出。有二例前者误而后者是，则保存后者"②。又，"凡《全唐诗》是而他书所录有误者，均从删，删却的依据均于后文加以说明；凡《全唐诗》误而他书是者，仍保留之，并将考订的意见附于该条下；一时尚无从断定者，仍存旧文，以俟博识"③。另外，"除无世次作者据已考知事迹移归相应卷次外，一些卷次因删去诗较多而并合。此外，原分散在各卷内的无名氏诗作，一律移至书末的无名氏卷中，神仙鬼怪诗多出依托，也一律移至书末，另编一卷，以引起读者注意"④。孙书原为二十卷，修订后为十九卷；童书原为二十一卷，修订后为十七卷。陶敏先生说："经过修订的《外编》，读者可以较为放心的使用了。"⑤可谓知言。

---

① 　陈尚君《陈尚君自选集·自序》，第 18 页。
②③ 　陈尚君《〈外编〉修订说明》，见《全唐诗补编》（上），第 562 页。
④ 　陈尚君《〈外编〉修订说明》，见《全唐诗补编》（上），第 563 页。
⑤ 　陶敏《唐诗辑佚工作的重大突破——评陈尚君辑校〈全唐诗补编〉》，《复旦学报》1993 年第 6 期，第 104 页。

《续拾》前诸编的体例,《续拾·前言》言之甚详:"《全唐诗》先帝王,次臣工,次闺秀、释道,反映了当时的观念。另以神仙鬼怪列目,也未尽妥当。如仍循旧例,显然不妥。今人或以四唐之分来编次,但将上千名作者归入各段,总难免武断,各人间前后次第也无从排列。"①于是"经斟酌再三,本书采用了杨守敬倡之于前,逯钦立行之于后的以作者卒年先后为次第的编次方法"②。

具体的方式,则见于《续拾·凡例》:"本书序次,以卒年先后排列。卒年不可确考者,以其可考之生平最后事迹为依据。年代不可确考者,则依其世次及酬答往还者事迹推定。惟十国作者,情况较特殊,故仍从《全唐诗》分国排列,其后复依卒年为序。世次无考作者、无名氏作品、托名神仙鬼怪歌诗、歌谣谚语,以及可确定作于宋以前然无从甄别为唐朝人抑或为六朝人所作诸诗,分列全书最后数卷。"③此外,值得提出的是,每位作者之下,作品编排亦有规则。大体言之:对于新见作者,先诗后句;已见作者,则大致循"补、重录、移正、复出、补题、补序、存目、附"之顺序。这样的次第和类别划分,纲目清晰,显得更为精确,而且可靠,充分体现出尚君先生严实细密的工作方式。书证和相应的考辨工作亦因之各得其所,从而相互映衬,相互支撑,成一"系统方法"。

纵观《补编》全书,可以发现尚君先生所用方法是植根于传统的,但在很多方面又具有超越性。以上所举之外,还有一点需特别提出,即从文学自身发展和学术研究的实际意义出发,来进行文献整理。

---

①② 陈尚君《全唐诗补编》(中),第 6 页。
③ 陈尚君《全唐诗补编》(中),第 1 页。

　　《续拾·前言》中谈到"诗与非诗的区别"时说:"本书以既尊重传统,又循名责实的态度以定取舍。"①还分析了赋、铭、赞、颂等韵文的情况:"六朝以来均视为文而不视为诗……但也有特殊情况,如唐人屡以七言歌行称为赋;唐人辞赋中间或篇末,常附入歌诗;隋唐铜镜中常以六朝或当时人诗作镜铭;碑志一般系以铭颂,但也有个别作者不称铭颂而称为诗歌;有些作者的五七言诗用铭、箴、赞、颂之类命篇。凡此之类,本书均酌情予以收入,以便研究。"②尤其详细的考察了佛教偈颂的本意及流变,然后说:"自唐以降,诗、偈互称的例子不胜枚举,如《全唐诗》所收道会、庞蕴、李翱、段怀然、谦光、无作等人诗,在唐宋人著作中最初引录时均称为偈颂,宋以后诗歌总集中以偈颂入选者甚多。唐人偈颂句式多变化,诗意俚俗,多存俗语方言,近年来已引起研究唐代文学、语辞、音韵等学者的广泛注意。有鉴于此,本书打破旧例,收录此类作品,以期对研究者提供检索的便利。"③

　　为避冗滥,《续拾·凡例》又定下具体标准:"甲、唐人所译经论中偈颂一概不取;乙、仪赞文字一律不收;丙、四言偈颂一般不收;丁、不押韵之作不收;戊、对句而未成篇者不收。"④这样将诗放在广阔背景中的考察与操作方式,必然使收录之诗带有文体学意义和一定程度的文学史乃至学术史意义,对包括唐代文学在内的整个中国文学研究必然起到巨大的推动作用。

　　《全唐诗补编》之后,尚君先生又相继完成了《全唐文补编》《旧

---

①　陈尚君《全唐诗补编》(中),第 3 页。

②　陈尚君《全唐诗补编》(中),第 3—4 页。

③　陈尚君《全唐诗补编》(中),第 4—5 页。

④　陈尚君《全唐诗补编》(中),第 1 页。

五代史新辑会证》等大型文献整理之作,赢得了学界的广泛好评。而尚君先生却谦称:"像我这样专事文史考据之学,所作实属为人之学,即希望以个人之工作给他人以治学的方便。"①这种淡泊的心志及甘为人梯的精神,在当前学界堪称楷模。衷心祝愿尚君先生在学术道路上续写辉煌!

　　(原载《天中学刊》2015 年第 6 期,又载朱占青、刘小兵主编《当代学者研究》第一辑,河南人民出版社,2016 年版。发表时与人共同署名,内容有所改动,今仍复旧观)

---

① 《陈尚君自选集·自序》,第18页。

参 考 文 献

（清）阮元等校刻《十三经注疏》，北京：中华书局，1980年版。

［日］安居香山、［日］中村璋八《纬书集成》，石家庄：河北人民出版社，1994年版。

（汉）许慎《说文解字》，北京：中华书局，1963年版。

（清）姚际恒著、顾颉刚点校《诗经通论》，北京：中华书局，1958年版。

（清）王先谦《诗三家义集疏》，北京：中华书局，1987年版。

杨伯峻《春秋左传注》（修订本），北京：中华书局，1990年版。

鲁洪生主编《诗经集校集注集评》，北京：现代出版社、中华书局，2015年版。

（汉）司马迁《史记》，北京：中华书局，1959年版。

（汉）班固《汉书》，北京：中华书局，1962年版。

（南朝宋）范晔《后汉书》，北京：中华书局，1965年版。

（晋）陈寿《三国志》，北京：中华书局，1959年版。

（南朝梁）沈约《宋书》，北京：中华书局，1974年版。

（唐）魏徵等《隋书》，北京：中华书局，1973年版。

上海师范大学古籍整理研究所校点《国语》，上海：上海古籍出版社,1998 年版。

（清）王先谦《荀子集解》,北京:中华书局,1988 年版。

（汉）王充著、黄晖校释《论衡校释》,北京:中华书局,1990 年版。

陈鼓应《庄子今注今译》(最新修订重排本),北京:中华书局,2009 年版。

（清）俞樾《诸子平议》,北京:中华书局,1954 年版。

杨伯峻《列子集释》,北京:中华书局,2013 年版。

袁珂《山海经校注》,成都:巴蜀书社,1993 年版。

（宋）普济《五灯会元》,北京:中华书局,1984 年版。

（宋）洪兴祖《楚辞补注》,北京:中华书局,1983 年版。

（宋）朱熹《楚辞集注》,上海:上海古籍出版社、合肥:安徽教育出版社,2001 年版。

（南朝梁）萧统撰,（唐）李善注《文选》,北京:中华书局,1977 年版。

饶宗颐《敦煌吐鲁番本文选》,北京:中华书局,2000 年版。

高步瀛《文选李注义疏》,北京:中华书局,1985 年版。

（南朝梁）钟嵘著,曹旭集注《诗品集注》,上海:上海古籍出版社,1994 年版。

（南朝梁）刘勰著,范文澜注《文心雕龙注》,北京:人民文学出版社,1958 年版。

（宋）郭茂倩《乐府诗集》,北京:中华书局,1979 年版。

（清）严可均《全上古三代秦汉三国六朝文》,北京:中华书局,1958 年版。

逯钦立《先秦汉魏晋南北朝诗》,北京:中华书局,1983 年版。

费振刚等《全汉赋校注》,广州:广东教育出版社,2005 年版。

张震泽《扬雄集校注》,上海:上海古籍出版社,1993 年版。

张震泽《张衡诗文集校注》,上海:上海古籍出版社,1986 年版。

詹瑛主编《李白全集校注汇释集评》,天津:百花文艺出版社, 1996 年版。

陈尚君《全唐诗补编》,北京:中华书局,1992 年版。

王仲闻《李清照集校注》,北京:人民文学出版社,1979 年版。

(明)罗贯中著,(清)毛纶、毛宗岗点评《三国演义》,北京:中华书局,2009 年版。

(清)章学诚著,叶瑛校注《文史通义校注》,北京:中华书局, 1985 年版。

(清)何焯《义门读书记》,北京:中华书局,1987 年版。

王国维《观堂集林》(外二种),石家庄:河北教育出版社,2001 年版。

余嘉锡《古书通例》,上海:上海古籍出版社,1985 年版。

钱穆《两汉经学今古文平议》,北京:商务印书馆,2001 年版。

刘咸炘《推十书》(增补全本),上海:上海科学技术文献出版社,2009 年版。

闻一多《闻一多全集》,北京:生活·读书·新知三联书店, 1982 年版。

程千帆《程千帆全集》,石家庄:河北教育出版社,2000 年版。

袁梅《诗经异文汇考辨证》,济南:齐鲁书社,2013 年版。

朱自清《诗言志辨》,桂林:广西师范大学出版社,2004 年版。

洪湛侯《诗经学史》,北京:中华书局,2002 年版。

李春青《诗与意识形态》,北京:北京大学出版社,2005 年版。

马银琴《两周诗史》,北京:社会科学文献出版社,2006 年版。

刘立志《汉代〈诗经〉学史论》,北京:中华书局,2007 年版。

高亨《周易大传新注》,济南:齐鲁书社,1980 年版。

陈来《古代宗教与伦理——儒家思想的根源》,北京:生活·读书·新知三联书店,1996 年版。

李峰《西周的政体:中国早期的官僚制度和国家》,北京:生活·读书·新知三联书店,2010 年版。

徐复观《中国人性论史》(先秦篇),台北:商务印书馆,1969 年版。

顾颉刚《秦汉的方士与儒生》,上海:上海古籍出版社,2005 年版。

余英时《士与中国文化》,上海:上海人民出版社,2003 年版。

陈槃《古谶纬研讨及其书录解题》,台北:台湾编译馆,1991 年版。

徐兴无《谶纬文献与汉代文化构建》,北京:中华书局,2003 年版。

杨权《新五德理论与两汉政治——"尧后火德说"考论》,北京:中华书局,2006 年版。

张汝舟《二毋室古代天文历法论丛》,杭州:浙江古籍出版社,1987 年版。

徐蜀、宋安莉编《中国近代古籍出版发行史料丛刊》,北京:北京图书馆出版社,2003 年版。

严绍璗《日藏汉籍善本书录》,北京:中华书局,2007 年版。

国家图书馆古籍馆《西谛藏书善本图录:附西谛书目》,北京:

中华书局,2008年版。

中国书店编《海王邨古籍书目题跋丛刊》,北京:中国书店,2008年版。

孙启治、陈建华《中国古佚书辑本目录解题》,上海:上海古籍出版社,2009年版。

陈乃乾编、丁宁补编《室名别号索引》(增订本),北京:中华书局,1982年版。

杨廷福、杨同甫编《明人室名别称字号索引》,上海:上海古籍出版社,2002年版。

李国庆《明代刊工姓名索引》,上海:上海古籍出版社,1998年版。

郑振铎《中国木刻画史略》,上海:上海书店出版社,2006年版。

周心慧《中国古代版刻版画史论集》,北京:学苑出版社,1998年版。

刘尚恒《徽州刻书与藏书》,扬州:广陵书社,2003年版。

姜亮夫《楚辞书目五种》,北京:中华书局,1961年版。

刘永济《屈赋通笺》,北京:人民文学出版社,1961年版。

蒋天枢《楚辞论文集》,西安:陕西人民出版社,1982年版。

汤炳正《屈赋新探》,济南:齐鲁书社,1984年版。

姜亮夫《楚辞学论文集》,上海:上海古籍出版社,1984年版。

金开诚《屈原辞研究》,南京:江苏古籍出版社,1992年版。

崔富章《楚辞书录解题》,北京:高等教育出版社,2010年版。

李大明《汉楚辞学史》(增订本),北京:中国社会科学出版社、华龄出版社,2004年版。

力之《〈楚辞〉与中古文献考说》,成都:巴蜀书社,2005年版。

伏俊琏《俗赋研究》,北京:中华书局,2008 年版。

王利器《郑康成年谱》,济南:齐鲁书社,1983 年版。

陆侃如《中古文学系年》,北京:人民文学出版社,1985 年版。

刘跃进《秦汉文学编年史》,北京:商务印书馆,2006 年版。

孙少华《桓谭年谱》,北京:社会科学文献出版社,2012 年版。

侯文学《汉代经学与文学》,北京:人民出版社,2010 年版。

刘师培《中国中古文学史·论文杂记》,北京:人民文学出版社,1984 年版。

刘永济《十四朝文学要略》,北京:中华书局,2007 年版。

罗根泽《乐府文学史》,北京:东方出版社,2012 年版。

邓国光《挚虞研究》,香港:学衡出版社,1990 年版。

傅刚《昭明文选研究》,北京:中国社会科学出版社,2000 年版。

程章灿《魏晋南北朝赋史》,南京:江苏古籍出版社,2001 年版。

王立群《现代文选学史》,北京:中国社会科学出版社,2003 年版。

王运熙《乐府诗述论》(增补本),上海:上海古籍出版社,2006 年版。

赵敏俐等《中国古代歌诗研究——从〈诗经〉到元曲的艺术生产史》,北京:北京大学出版社,2005 年版。

胡大雷《文选编纂研究》,桂林:广西师范大学出版社,2009 年版。

鲁迅《中国小说史略》,上海:上海古籍出版社,1998 年版。

郭预衡《中国散文史》,上海:上海古籍出版社,2000 年版。

鄢化志《中国古代杂体诗通论》，北京：北京大学出版社，2001年版。

吴承学《中国古代文体学研究》，北京：人民出版社，2011年版。

蒋寅《大历诗人研究》，北京：中华书局，1995年版。

陈尚君《唐代文学丛考》，北京：中国社会科学出版社，1997年版。

蔡毅《日本汉诗论稿》，北京：中华书局，2007年版。

马廉著，刘倩编《马隅卿小说戏曲论集·隅卿日记选钞》，北京：中华书局，2006年版。

傅惜华编《北京传统曲艺总录》，上海：中华书局上海编辑所，1962年版。

陶君起编著《京剧剧目初探》（增订本），北京：中国戏剧出版社，1963年版。

《戏考大全》，上海：上海书店出版社，1990年版。

王利器《元明清三代禁毁小说戏曲史料》（增订本），上海：上海古籍出版社，1981年版。

王清原、牟仁隆、韩锡铎编纂《小说书坊录》，北京：北京图书馆出版社，2002年版。

后　记

　　若从硕士阶段算起，正式开始研习古典已有十多年。其间虽以《诗经》研究为主攻方向，参与、主持了一些项目，也发表了相关的学术论文，但总觉自己的研究未合自我的期许，有时甚至难契深衷。再加上生性懒散、心多旁骛，故常常游离于主线之外，胡乱读书，一来聊以驱遣来自主线方面的忧愁；二来亦可拓展眼界、兼收并蓄。至于侧应主线，有所论述，并不在最初的设定之内。不过，作为出身中文的人，于此过程往往不能无感，又压抑不住发表议论和探究原委的冲动，竟至陆续"制造"出不少文章。

　　这些文章，写作时间的跨度不小，自硕士阶段直到如今；涉及对象的时间范围有些长，自先秦至明清皆有；同时，这些文章所关注的典籍图书不够精纯，也无甚规律；文章的写法和体例，亦没有固定的所谓"路数"。唯一确定的共同点，大约是这些文章都不是专门研习《诗经》的成果，虽然有些篇章也牵涉《诗经》。而且，有些考察内容，基本是自身所了解的知识和经验的表现，可能与相关领域的专业研究存在一定距离；甚至有些内容本身就是难登大雅之堂的普通习作。

　　今撮为一集，命名为《古典研习录》，既是纪念过往的一些研习经历，又有对自己不务"正业"的警醒之义。最关键的是，这个名字可以容纳这些不甚齐整的文章。本书仿照文学史的四段划分法，分出了"先秦两汉编""魏晋南北朝编""唐宋编""元明清编"四个部分；另有"附编"，主要是容纳一些说明、评介性的文字。

多年以来，先后得到诸多师友与同道的指导、帮助和鼓励，铭感于心。按照惯例，我应该列出一长串名单，正式表示感谢。但近几年，我的一些学术看法已逐渐脱离"安全区"，为了不连累别人，就在心底统一道谢吧。希望将来有机会拿出好的研究成果，再来讲述自己在人生道路上所受的教益。